张建全 著

Nashi
Shenzhen
Aiqing

那時深圳愛情

深圳出版社

序

都市繁华下的幽微人性
——评张建全小说集

张鸿

爱情，文学创作的永恒母题。古今中外的小说，不论主题是战争、家国还是江湖，大多会以爱情作为推动情节的关键。在社会不断发展的进程中，爱情也变成了生活中的一种快餐式的交流。那么，对于当下的人们来说，谈论爱情还有意义吗？

对于这个问题，张建全的中短篇小说集《那时深圳爱情》必定有自己独特的见解。从表象上看，爱情的表达方式发生了翻天覆地的变化，但深入探究，它所蕴含的情感仍旧是真诚、深刻的，尽管它的保鲜时间发生了变化。在这部作品中，张建全运用平实的笔法，通过7个短篇小说、6个中篇小说讲述了关于深圳的故事，抑或是爱情，抑或是亲情，抑或是友情，故事的主线都离不开人生中必然会经历或渴望拥有的东西。在后记中，张建全提到了"不由自主写爱情"，但我们需要看到，作品中，在爱情谎言背后，他想要给我们传达的、更为深层的意义。他或许是想经由这些故事，告诉我们他体悟到的人生道理，又像是在记录世间被忽视的情感经验。"一千个读者就有一千个哈姆雷特",只要读者能从这些故事中获取各自的人生感悟,张建全就是成功的。

小说的主题和意蕴,对于故事的完整性和现实性是极为重要的。故事的完整性和现实性是小说的灵魂所在,而小说给我们传递的思考,就需要以情节为载体得以呈现。尤其是支撑小说发展的诸多情节,作者皆能精准呈现并有所升华,营造了一个又一个看似平凡而意义深远的故事,阐发了他对于人生三大主题——爱情、生命、理想的感慨与反思。

在《狗眼看人》中,作者透过狗的视角让读者看清了人性的复杂和世间温暖,并通过命运的流变道出其难以言说的孤独和无奈。小说中描述的狗眼看人低是准确的,它的视野也一定是独特的,在它的眼中,在它的经历中,人性的冷漠和温暖,在兜兜转转的抛弃、回转缘分中留下了温暖。在人世间,人与人的缘分,都是阶段性的,有开始,必然会有结束。何况人与狗呢?"去旧迎新"的事情时刻都在发生,总有一天你会明白,真正治愈你的,从来都不是时间,而是你心里的释怀和格局,只要你的内心不慌乱,世界都不能影响你分毫。巷子里的猫很自由,却没有归宿;围墙里的狗有归宿,却始终低着头。没有人能逃避这个选择题,最终的结果只会有两种:一种是为了自由流浪他乡,另一种就是为了归宿禁锢终身,但愿我们都能在这样的选择中获取温暖和救赎。故事并不是作者虚构的,而是他在生活中所亲身经历或者听来的故事,他通过小说向我们抛出命题,而内里深刻的蕴涵需要读者自己领悟。

一个女人，还是从农村出发来到深圳这座大都市的女人，从一个男人的身边到另一个男人的身边实现了阶级跨越，不仅是自身，还带着父母一起转变身份。小说《出嫁》应该就是现实版的"一人得道，鸡犬升天"。作者的笔触并没有表现出不满或者是鄙夷，字里行间总会让人感觉到对人物的惋惜与怜悯，涂抹着忧伤的底色。现实社会总是给了男人更多的宽容，女人只有舍弃某些东西才能赢得幸福。莎士比亚说过："爱情里面要是掺杂了和它本身无关的算计，那就不是真的爱情。"这样爱算计、会周旋的人得到了一切，故事却在中途戛然而止，就像童话故事里的最后一句话——王子和公主从此过上了幸福的生活，但生活怎么会总是幸福的呢？作者的叙述娴熟且真诚，在看似平淡的叙述中给出了寓意深刻的答案，故事的留白也给了读者更多自由探索的空间……

"招聘员工时，有时候外表形象是现时增分项，学历能力是未来增分项。未来既然无法测评，那么形象就加重了录取的砝码。"读罢《绯闻主角》，我似乎读懂了作者对王秋月这一陷入绯闻的女秘书的苦心经营。作为"绯闻"的当事人，王秋月所承受的指指点点不可估量，但她绝不是"硕果仅存"的，像她这样的人还有很多，更多的人生故事还在继续。而她对自身命运的无力感，则是作者力图表达的。

一个女人的成功就是从过去的青春气息被风尘味所代替而开始的，然而，久见风月如烟尘。《两代人》里，方大姐说的一句话特别有现实意义："这种事处理得好，朋友还是朋友。机会嘛，什么时候都有。"很多事情都是一念之间，结局就会是天壤之别、云泥之别。在《于小姐》中，当于妹仔从渔家姑娘成为深圳S集团公司下属的免税商场营业员时，丑小鸭变成天鹅的天时、地利、人和都具备了，在时间的发酵下终于变成了于美凤。虽然她坚持"我嫁不出去就不嫁人，我能养活自己"，但心里的失落还是只有自己最清楚。作者笔下的于妹仔用爱情换取财务自由之后还不忘追求爱情，但是人生的复杂便在于此处了，舍弃过去的动力哪里又那么容易找回呢？又如《能够说什么》中在歌舞厅工作的吴小迎、《走过泥泞》中在图书馆工作的晶晶，她们的职业身份千差万别，但对爱情的忠贞不渝却是一致的。

"祸福茫茫不可期，大都早退似先知。"当你意外地成为上一个情感故事的倾听者时，下一个情感故事的开头就已经写进了你的人生。但是，猜到了故事开头却没有猜到故事的结局，你以为已经胜券在握，哪知道早已经被踢出战场，失去了竞争的资格。在《祸福》中，作者对于祸福的叙述是十分中肯的，他不但描摹了主人公内心无法停歇的波澜，还善于捕捉其内心深处所散发的幽微之光。

不管是美好的结局还是悲伤的结局，每一个故事都有自己结束的时间节点。在《人面桃花》中，作者通过一女（赵美伶）三男（郑一豪、于海和章亚军）讲述了一个在人欲横流的都市中，发生的畸恋与弑妻的悲剧故事，读来既引人入胜，又发人深思。再如《劫后余情》里，具有10余年深漂史的东北姑娘那美，尽管遭遇家庭变故和个人凌辱，但却能凭借其独立意识与坚强个性，遇事淡定而有分寸。小说中那些泛着暖意的动人瞬间，被作者写得情真意切、耐人寻味。

婚姻在不同人的心目中占据了不同的地位，但婚姻的真谛或许要在失去之后才能领悟。"就当是曾经有过的逢场作戏罢了！"在《婚姻》中，尹小洁来来去去10余年的感情就用这句话画上了句号。华灯初上，细雨沥沥的气氛正适合爱情发酵，干柴烈火的引诱下双方都抛弃了自己的家庭，忘记了自己的婚姻，用报复的心理、补偿的心理获得了心理的平衡，她用实际行动，在另一个层面上找到了夫妻之间新的平衡，但时间总是会给你很多不同的答案。作家贾平凹曾说："人活着的最大目的是为了死，而最大的人生意义却在生到死的过程。"在作者看来，婚姻是一种在世俗生活中的修行，尽管人类社会的生活大多数是以婚姻为形式的，但生活的终极目的却不是婚姻，而是快乐与幸福，许多人都是"不识庐山真面目，只缘身在此山中"，只有历经沧桑，从世事中超脱出来，你才能在纷繁复杂的事情中抽丝剥茧，窥探真相。作者试图通过这个故事，告诉人们不要沉迷于表象，一定要透过表象抓住本质。

"世上爱情，皆有始终。"这是《高成就爱情史》的题记。小说讲述了画家高成就曲折的爱情史，主人公名为"高成就"，但成就恰恰不算高，极具戏谑意味。从有名无实的婚姻到有实无名的婚姻，从渴望爱情到抗拒爱情，高成就的选择总是会经历很长一段艰难岁月和世事变化，是忠于爱情还是忠于金钱，这个问题甚至可以上升到哲学的高度，作者并没有说出他的答案，只是给我们讲了一个关于选择的故事，为我们提供主人公选择后的结局，剩下的都留给我们去琢磨。他只是一个故事的讲述者，而不是故事的评说者。

"歌手诉说着那个伤怀的故事，给观众点缀着轻松的夜晚。那是别人的悲哀，可作自己的欢乐。"对于读者而言何尝不是如此。在看似世俗的选择中，总有一些人还是会遵从自己的内心，奔向梦想的远方。在《阿美娜》中，我们感受到主人公的快乐、悲伤、无奈等情绪，自然也会将自己带入这些情绪中，想起那些似曾相识的故事，类似的跌宕起伏、悲欢离合……

商海浮沉，爱恨情仇。中短篇小说集《那时深圳爱情》语言精练、情节紧凑，张建全笔触细腻而深刻，刻画出人物的内心世界和情感变化，使读者能够深入了解人物的心路历程，时有细节令人拍案叫绝。他对于深圳、对于爱情的阐释，正是他与自己人生境遇的和解过程。相较于每一个故事的内容，作者更重视这部作品在读者心中掀起的波澜，同时也期待与读者进行心灵交流。

从故事的书写到对爱情的解读，再到读者内心所得，张建全仿佛在述说着一种深思熟虑的创作感悟：读小说不是猜谜，而是一种从自我到作品，再从作品到自我的"内循环"。在阅读小说的过程中，复制作者的心境我们谁都做不到，我们能做的是，听从自己的内心寻找那份自己理解的情感。小说中那种幽微杳渺的心灵境界，只能慢慢去感触。作者笔力深厚、情感细腻，能把人写活，把故事写透。藤蔓般的情感纠葛，颇为精妙的叙事策略，既烛照出城市生活的内在本相，又描摹出城市小说创作的别样风貌，使人物身处尘世却有超然物外之感。

　　纵览全书，张建全对于爱情、对于人生的理念和思考跃然纸上，伴随着命运遭际的不断变化，文字蕴藏的内核也随之变化。在饱满的人性观照下，小说的人物对话充满了良知和睿智，如同一个个直指人心的镜头。从张建全的文字不难看出，小说集《那时深圳爱情》能让读者陷入沉思。它摆脱了思想束缚，不拘泥于固有的章法，追寻爱情的本真，既有"人生如逆旅，我亦是行人"的豪放有趣，又不失"婚姻的泥土埋不住情感的种子"的豁达开阔，值得我们细细品味。

（作者系广州市文艺报刊社副社长、副主编，

广州市作家协会副主席）

目录

「短篇小说」

狗眼看人

我是一只狗。

我照镜子的时候，我发现我的眼睛和鼻子头儿是炭黑色的，毛色是米黄的，收养我的主人邱一美在看宽屏电视电影《忠犬八公的故事》的时候，说我长得像八公。

我听了有些纳闷，就扭头看了看电视屏幕。电视上的狗跟它的主人正在疯狂地玩闹，我一时恍惚——那狗与我一模一样，真的是我吗？我没有去过美国呀？我的主人也不是那个高鼻梁的美国人呀？

"男主角把爱狗教授演得真好！"邱一美的男朋友黄正宇这样赞叹。

邱一美不同意黄正宇的观点，反驳道："我觉得他演得不如八公好！这只可爱的秋田犬应该获得奥斯卡金像奖！"

邱一美其实是我的第二任主人。

我的第一任主人是一对年轻的情侣，男的叫李晓明，女的叫樊兵兵。他俩经常吵架，后来两人分手的时候，就把我遗弃了。

邱一美算是我的养母，我见证过邱一美与黄正宇的恋爱经过。

那一年，黄正宇四十多岁，是个香港老板。他在香港有老婆孩子，家住新界火炭的御龙山花园。从火炭搭乘深港两地巴士向北，一个小时就能到皇岗口岸。由于距离太近，香港与深圳就像是一个城市的两个区。

黄正宇专做进出口贸易生意，他常来深圳见客户，离口岸较近的岗厦食街是他经常光顾的地方。有一次，黄正宇来岗厦食街街口的"天天渔港"吃饭，由此认识了在渔港当咨客的邱一美。黄正宇是个很会夸人的男人，他见了穿旗袍的邱一美，就说："小姐真美！你是哪里人呢？"

"杭州人！谢谢老板夸奖。"

邱一美实际不是杭州市人，而是杭州市郊的萧山县（现已改区）人。但她一米七的个头，大眼黑发，白肤红唇，黄正宇真以为眼前的美人不仅是杭州人，而且判定她是杭州大户人家的大小姐。

吃完饭，邱一美送黄正宇出了门，就把一张名片递给邱一美，说："常联系哦，我真的很欣赏小姐！"

"谢谢黄老板，欢迎您常来我们渔港！"邱一美收好名片，笑着对黄正宇说。她好像对这位西装革履、风度翩翩的黄老板也蛮欣赏。

我们狗看人，确实觉得人也低，但我看人蛮准呢！我看得出来，这黄老板几次三番来"天天渔港"，每次手上都有礼品袋，里边装着香港那边出产的时装、化妆品、巧克力、饼干糖果什么的，邱一美收到礼物当然高兴。渔港的同事调侃邱一美，说那个香港老板拜倒在她的石榴裙下了。

我们狗也像人类一样，记事之前——爹娘是谁，家在哪儿——都不怎么清楚呢。我只是依稀记得，我的前主人李晓明和樊兵兵牵着我到岗厦食街，正要进"天天渔港"大门时，被邱一美挡住了："帅哥美女，咱们酒家不让带宠物犬进门的，抱歉啦！"

"好，那我把它拴在门口行吗？"

"行的，那你可拴好了，别让它跑丢了。"

这样，我就被前主人拴在了"天天渔港"大门口左手石狮子的腿上。

过了一个半小时，李晓明拎着一个酒瓶出来，樊兵兵稍后也出来了，但她却哭着跑到食街街口，拦了一辆的士，独自走了。

"一别两宽，我不稀罕！"李晓明朝的士大喊，"啪"的一声，酒瓶随之在他前边的石板路上碎了一地。

"咳，咳咳，你咋回事儿？"穿保安服的食街管理员过来，问李晓明。李晓明像是醉了，也哭了，凶巴巴地面向管理员吼道："我他妈想死！"

管理员仔细打量着男主人，摇了摇头，转身离开了，叹气道："我不与醉汉计较！"

邱·美出了门，对李晓明说："大哥，别忘了你的狗。"

"什么狗？我人都没有了，还要狗？"李晓明说完，踉跄着走了。

我在"天天渔港"石狮子肚皮子底下睡着了，直到第二天天亮，都没有人搭理我。

邱一美第二天上午来上班，看到我，惊讶地说："呀！看来他俩可真顾不上你了！"

邱一美说完话，就到酒楼拿了块带肉的猪腿骨，又打了半碗水。

我等主人等了一个晚上，心里是凉透了。我本想埋怨主人太不负责任，太冷酷无情，他们怎么就把我当成一块抹布，说丢就丢了呢？我可知道了，为什么全国各地会有那么多流浪狗了。有我主人这种人在，流浪狗就不会绝迹。我听过有太多人讨厌流浪狗、打骂流浪狗的。但你们不想一想，狗也不想流浪，不想过那种无家可归、缺吃少穿、无医无药的生活。你们要指责，也应该指责遗弃狗的人；你们要控诉，也应该控诉造成流浪狗的社会！

我在被主人遗弃后，变成了酒楼门口的乞丐，好在"天天渔港"不缺我吃的喝的。开始，邱一美一个人关心我、照顾我，后来酒楼的老板、厨师、服务员都照顾我。有时候不在饭点，他们就让我进到酒楼里边，有人帮我洗澡，有人帮我修发剪毛，还买好看的衣服给我穿。他们七嘴八舌地给我取名字，邱一美说："我说了算，就叫它天宝，天天渔港的宝贝，天宝！"

"这名字好，天宝，天宝！"酒楼老板也认可了，我从此有了人的名字。

我不想吃闲饭，我想工作，老板于是每到饭点时，就把我拴在石狮子的腿上，进进出出的客人见了我，我就用黑葡萄一样的眼睛与他们对望。我好像成了"天天渔港"的礼宾狗。

"小狗真可爱！"听到这样的夸奖，我心里高兴；有的小孩过来用手摸我脑袋，我也不反对。为了表示对他们的欢迎，我还会摇摇尾巴；有的人不小心踩到我，我"汪汪"地叫一声，对方吓一跳，邱一美听到我的叫声，会马上出来，对客人解释说："我们天宝不咬人，它可乖了！"

客人听了，马上就镇静下来。一次次经历这样的事，我就总结了一下，调整了站位，尽可能低调做狗，让自己待在安全的角落，笑脸示人，不随便喊叫，以免吓了客人。

功夫不负有心狗。过了一个月，我成为"天天渔港"的活广告，邱一美给我做了一件红 T 恤，上面印着八个字——"天天渔港，天天快乐"，我天天在石狮子跟前值班。有人打电话约朋友，大声喊："你就来那个门口有狗的渔港，我在这儿等你！"半年后，我在"天天渔港"当礼宾狗的工作结束了。原因是黄正宇和邱一美发展成为恋人了，他俩在皇岗世纪花园租房同居了。邱一美辞了在渔港的工作，专职当了黄正宇的女朋友。

黄正宇平时在香港，每周两个晚上与邱一美同住。平时，邱一美无事可做，寂寞无聊得要死，于是就与黄正宇商量，说想把天宝收养过来，平时有个伴。

"没有问题啦！"黄正宇可能心想，有个狗拴住邱一美的心，他不在深圳时，也放心一些。

酒楼老板一听邱一美来牵狗，说："那太好了，你不在，别人没有耐心照顾它。"

我这就被邱一美带走了，住到了皇岗世纪花园的公寓楼里。

从此，我的主人就换成邱一美了。虽然黄正宇每周过来与我们住两个晚上，但他更像是我与邱一美的客人。

我是公狗，我与邱一美的人狗二元世界充满了幸福与快乐。我陪着邱一美，我心里百分之百满足了，但她却不，她还要让黄正宇陪她。黄正宇每次到来，我都退居二线，进不了邱一美的卧室，更上不了床，我会被他们俩关到客厅。他们俩在卧室，听音乐、说笑打闹，还把床闹得"吱吱"响……男人女人激动时，发出尖叫声怪吓狗的！

我怕邱一美受欺负，见他们开了门，就猛扑进去，想攻击黄正宇，"汪汪……"，我想证明自己的价值。

"天宝，天宝，听妈妈话，你爸爸是好人，是爱妈妈的人！"

邱一美搂着我，她全裸着身体，我也就不咬所谓的黄爸爸了，我就舔了舔邱妈妈的脸颊。想舔她的胸，她却把我推开了。

在我们过着如此这般的幸福生活中，深圳的发展与变化，深刻地影响到我们的生活，尤其是深圳与香港的来往出行。

不知从哪一年开始，中央政府提出建设"大湾区"的规划，把粤、港、澳包括到大湾区中。如此，粤、港、澳三地的人，来来往往、进进出出就方便得没有丝毫的距离感。

尽管在法律意义上仍有境内境外之分，出入境时仍然要查验证件，但国家出入境管理工作不断优化办法，提高效率，现在有了电子仪器，往来人员早已实现了自助验证通关。如此，过关一次，就跟你在自动售货机扫码买饮料一般快捷便利。

但是，世间爱狗人士没有当权，在上述出入境管理办法当中，却没有人想到——人的出入境的确方便了，但我们狗狗方便吗？人可以自助，可以持有合法有效的证件。我们狗呢？我们既没有独立的身份证，也没有自助的能力。我们受主人饲养，也依附于主人生活，主人出入境时，依法却不能随便带着我们同行。

我代表狗抗议这种"歧视"狗狗的政策！当然，人们怎么会在乎一只狗狗的所思所想。

我和养母邱一美平时住在皇岗世纪花园，这里距离皇岗口岸很近，坐出租车不用跳表就到了。邱一美每次接送黄正宇出入关的时候，都带上我。我由此成为经常光顾皇岗口岸的狗。旅客出入口那一排店铺——外币兑换专门店、免税烟酒店、茶叶店、恒香饼店、旅行箱包店、鲜花店、行李寄存处等，都是我熟悉的店。店老板也都认识我，知道我的名字。

"天宝，天宝！"他们叫我，我看他们，我不能用语音与他们打招呼，但我会用摇尾巴的方式，表示"你好，你好！"。

邱一美每次送黄正宇过去香港的时候，往往是周一早上，因为黄正宇要赶回位于九龙塘的公司上班；而每次接黄正宇回深圳的时候，常常是傍晚，因为黄正宇只有在下班后才来深圳。

平时，邱一美没有什么事，天气好的时候会带我去皇岗公园、红树林海岸沙滩，要不就去万象城购物广场。有的地方不让狗进，她就选择有露天座椅的地方，如星巴克咖啡馆。我发现她每次外出，都精心地打扮一下，穿衣服也很讲究。她喜欢喝咖啡，一坐在露天的椅子上，要一杯咖啡，就能消磨她半天时间。她看手机，翻画报，约朋友聊天，尤其是约男朋友聊天，好像老高兴了。但我听不懂人话，他们兴高采烈地说着，我怡然自得地听着，就当是人声相伴狗休闲。

当然在家待着的时间更多。我喜欢享受养母专门照顾我的感觉。她给我吃狗粮，但她吃饭的时候，又老是诱惑我想与她共餐。她坐在餐椅上，我就双腿站立，给她作揖，心里说："求求你，给我尝一尝！求求你！"

我养母心软，只要我求她，她没有一回叫我失望的。于是，她吃鸡腿我吃鸡腿，她吃牛肉我吃牛肉，她喝牛奶我也喝牛奶……

她约姐妹们来家里做饭、聊天、打麻将。来客见了我也夸奖我，但都说邱一美"你也太惯着你家天宝了，一只狗狗，上你的床，卧你的沙发，还能坐你怀里……"。

我才不管她们怎么说呢，我想咋地就咋地，我还想说，我与养母还在浴缸裸浴呢！你们管得着吗？

…………

一年后，黄正宇过来高兴地对邱一美说："一美，我办好了离婚手续！咱俩可以结婚了！"

"是吗？"邱一美激动得哭了，她上前拥抱了黄正宇，就像平时抱我一样。我看着他俩，心里很不舒服。说实在话，我有些嫉妒呢！我"汪汪"两声，他俩就进去卧室了，又把我关在客厅。我在门口照例听到他俩与以往一样的声音。

一个小时后，他俩赤身裸体地出来，又依次到卫生间淋浴洗漱。然后换了衣服，用狗绳牵着我，一块到皇岗食街吃饭。

饭后返回住处时，他俩一边走一边聊天。

黄正宇说："咱俩终于可以把周末夫妻变成天天夫妻了！"

邱一美说："是啊，我在琢磨，我搬过去香港与你同住了，天宝怎么办？要不要带着天宝一同赴港？"

"我随便，你可想好了！只是我为咱俩租的房子比深圳的小多了。你是知道香港房价的！"

"我舍不得它！它跟我的儿子差不多。"

"可咱俩要生自己的孩子呢？将来怀孕，也不宜养狗哦！"

"那怎么办呀？"

"要不要考虑送给你的哪个姐妹？"

…………

我的命运即将改变，但我一无所知。当有一天邱一美收拾了几大箱行李，并且装上粤港两地车牌的面包车从皇岗口岸车辆出入境通道过关时，她把我交给了平时与她打麻将的牌友，名叫亦萍姐。

亦萍姐也住在皇岗世纪花园，算是我们的小区邻居。她男朋友是一位香港货柜车司机。她住的房子与我们家相隔几栋楼。

邱一美以前每次去香港，我就会在亦萍姐家暂住，但这一次，我的暂住变成了长住。

亦萍姐对我爱理不理，她把我关在他们家卫生间，一关就是一天，我没有办法去外面草坪上大小便，就只好在家里就地解决，亦萍姐回来，每次都对我一顿数落，她的男朋友有一次上卫生间，不小心踩了狗屎，还恶狠狠地踢了我一脚……

我想回家，一天天过去了，一月月过去了，总没有见邱一美来接我。有一天，有个送快递的来，我趁亦萍姐不注意，就跑回家了。

可我不知道咋回事，我家的门关得严严实实，我踢门，我"汪汪"地叫，都没有回音。没有办法，我按照过去和我养母去接黄正宇的路线，去皇岗口岸，在旅客出入口，开始蹲守等待。

我在这个位置，曾经和养母等到了黄正宇，也曾和亦萍姐等到过养母邱一美。我盯着络绎不绝的人流，好像每个男人都像黄正宇，又都不是黄正宇；好像每个女人都是邱一美，又都不是邱一美……

一天过去了，我不吃不喝。"这不是天宝么！"皇岗口岸免税店老板说了一句，扭头又走了。

"这狗是谁丢的？在这儿待一天了！"

"流浪狗，快点走开！"

"好可怜哦！谁这么缺德？"

"其实丢了狗的人跟丢了孩子一样！"

"天宝，来，吃点香肠！"鲜花店的依依姐给我两根香肠，还把矿泉水倒在路边石板的凹槽处，我吃到了天下最美味的食物。

"你怎么在这儿待一天了？你家主人呢？你是等他们吗？肯定是！快下雨了，你到我的花店门口雨棚下待着吧……"

我听不懂人话，但依依姐给我吃喝，用手抚摸我，我感觉她是个好人，她回花店时，向我招手，我就跟她去了。

花店是入境旅行必经之地，我守在这里，仍然盯着旅客出口。我站着累了，就蹲着，蹲着累了，就趴着……

我半夜睡着了，第二天依依姐上班时，见了我，惊讶地说："呀！天宝，你从哪里来，还是回哪里去吧！你在这儿等到什么时候呀！"

我想过回亦萍姐家。但那里是监狱，我死也不想去了。这天下午，我沿原路返回皇岗世纪花园，我家的门开着，我高兴地"汪汪"两声，没想到房子里有一个老头，他见了我，吼了一句："出去，哪来的野狗？"

我不走，这是我家！老头拿着扫把，扬着要打我，我一闪，他突然想起来什么似的："你是不是邱小姐的狗呀？她退租了！她嫁去香港当新娘子去啦！"

我家的家具都没有了，空荡荡的地板上，只有搬家工人丢下的空矿泉水瓶斜卧在墙角处，我见陌生的老头不待见我，就只好离开，漫无目的地在小区院子里游荡……

"天宝，你跑哪儿去了？"有人喊叫，我回头一看，是亦萍姐，她正向我跑来。我扭头就跑，她追，但她穿着高跟鞋，跑步不是我的对手，只三下两下，我就蹿出小区，把她甩得无影无踪了。

可我去哪儿啊？哪里有我吃的饭和住的房？我的家是哪儿呀？

想来想去，我只有一个地方可以去了，那就是返回皇岗口岸花店处，我还要继续等我养母邱一美。她去哪儿了呀？她会不会迷路了？她要是找我找不到，该多么着急呀！

半道上，电闪雷鸣，大雨如注，我只好在高架桥下面避雨。我没有想到，这里竟然有五六只大小不等、颜色各异的野狗，它们很瘦，很脏，毛很长，眼神十分冷漠。见了我，它们从四面围拢过来，不怀好意。如果我不采取措施，就有可能被侵犯，被咬……我扭头就跑，冒着大雨，蹚过地上一汪一汪的水潭。野狗可能平时饥饿的时候多，也许还有病，跑起来没有力量，东倒西歪地，所以追不上我。

快到皇岗口岸时，路边有辆大货车坏了，卸了一个轮胎，用千斤顶支撑着，我累得走不动了，就在车盘底下歇息、避雨。结果我睡着了，第二天天亮，司机过来安装轮胎时，我才醒来。

"小狗，你想跟我去蛇口吗？陪我给人送货吧！"司机没多久就修好车，把我抱上副驾驶室，就直奔蛇口而去。

约半个小时，车到蛇口一个电子元件厂，工人卸货时，司机不知跑哪去了，我在车跟前蹲着，可穿保安服的人过来，拿着警棍，吼道："工厂重地，不许野狗闯入！"

我见来者不善，赶紧跑出工厂大门。门口是条大路，东来的、西去的车辆拦住了我的去路。我在门口等司机，可他开车出来时，坐在司机室看不见我，我朝他"汪汪"他也听不见，我看着他汇入车流远去。我想哭，他这叫干什么呀！把我拉到这么远的地方，就是为了解他一时之烦闷吗？

何去何从呢？我要是在这个陌生的环境里待着，我只能成为流浪狗，成为不受人待见的野狗。可我不是野狗，我是有主人的，我的主人是爱我的，她肯定在找我，她会从皇岗口岸入境来找我！

我凭着记忆，由蛇口街头出发，自西向东。原来从皇岗口岸朝南看，隔着深圳湾海域，就能看见香港那边一片楼，我从蛇口朝南看，好像还是那一片熟悉的楼。这样看，我的大方向就没有错。

可是平时没有走这么长的路，我跟跑马拉松比赛一样，开始了孤独的慢跑运动。

我大约用了两天时间，沿着滨海大道，走走停停，经过了深圳大学、红树林、深圳湾大酒店、福田保税区，终于在一个午夜时分抵达了皇岗口岸。这时依依姐的花店早关门了，我饥饿难耐，疲乏不已，就在花店门口的金橘盆栽旁边沉睡过去……

"天呀！天宝，这么长的时间没见你，你去哪儿了？你没有回家吗？你还不死心吗？还要在这里等主人吗？你饿了吧，来，我给你拿肉肠来……"依依姐第二天上午上班时，惊讶地看到我。

她说完话，就开了店门，把肉肠和一碗水放我面前。

我一边吃，一边掉眼泪，一边摇尾巴。依依姐像我的亲姐姐！

"不着急，慢慢吃，吃完饭，我给你洗个澡好不好？"依依姐带我来到花店里的冲凉房，给我洗了一个热水澡。她一边用吹风机给我吹干毛发，一边说："你的毛也长了，改天等我有空了，我带你去宠物店，给你剪剪毛！"

有客人来买花，我就自觉避开了，我在花店里，会吓到客人。

我仍去三十米外的旅客出口处，蹲守着。入境的客人依次从我身边走过，偶尔有人议论着什么。

"这个狗还在这里！"

"它是个秋田犬，原产地好像是日本！"

"这种犬最忠心！它在等它的主人呢！"

"你看看，它像不像深圳版的'忠犬八公'？"

…………

冬去春来，寒来暑往。我在皇岗口岸等了足足三年，依依姐决定帮助我。她说："天宝呀！你这样傻等可不行，我帮你通过网络寻主吧！"

随后，她就拍了我的照片，配了文字——

好狗寻主启事

本人依依，手机号 1391……

现有一只秋田犬，名叫天宝；之前它的主人多次来我花店买花，我由此认识了天宝。但它的主人从皇岗口岸过关去香港后，天宝就守在口岸等主人接它回家。遗憾的是，几年过去了，天宝老了，也没有见主人回来接它。

谨此告示，寄期望于天宝主人看到并与我联系！

天宝想回家！

地址：深圳皇岗口岸出入境旅客通道／依依花店

我无法知道依依姐的这些做法，但网络没有界限，"香港爱狗协会"随后在电台、报纸上转播（登）了这个启事。

一个月后，依依姐高兴地说："天宝，喜讯呀喜讯，你养母邱一美打电话来了，她周末过深圳来接你去香港！"

"天宝真是个情意深重的狗！"花店的护工刘师傅在旁边附

和道。

依依姐连忙带我去宠物医院体检，打狂犬疫苗，末了转车到宠物店，又理头发又剪毛，还买了一个绿色小背心，让店员用白线绣上"天宝"两个大字，旁边还有一行小字"主人邱一美电话：1382……"

那个周日下午，依依花店门口停了一辆粤港两地车牌面包车，正是接走我养母的那辆车。我激动得要死，心里喊着："妈妈，是妈妈吗？你还好吗？你没有走丢吧？"

面包车的电动门开了，邱一美穿戴讲究地下了车，只见她怀里抱着两岁大的小男孩。我扑上前去，双腿站立，想抱抱养母，但她却闪身后退，她怀里的儿子"哇哇"大哭起来，司机座位下来的是黄正宇，他赶忙过来接过孩子，扭头对依依说："拴住狗，别让它伤了孩子伤了人！"

我伤过谁？多少年来我咬过谁？伤过谁？我要是邱一美，是不会和这种男人在一起的。

"天宝，天宝！"邱一美过来，蹲下身，用她的脸贴着我的脸，我流眼泪了，她继续说："你想我了吗？我把你托付给亦萍姐，她说你跑丢了，我为此与她吵架，后来与她绝交了……"

"妈妈，妈妈……"黄正宇的儿子喊叫，伸手要妈妈抱，邱一美站起身来，接过儿子。依依姐拿来狗绳，拴住了我并把缰绳交给黄正宇。

"依依小姐，谢谢你帮我找回天宝，这一万块钱是我的谢意金，请你收下！"邱一美说着，就把十张"大黄牛"（1000 元港元纸币）递给依依姐。

依依拒收，扬扬手："我不收你钱，我是看在天宝的面子上，它是条好狗，比人好的狗，我为它做的事，我愿意！"

"那就当是我替它还你狗粮钱吧！"

"不用的啦！它像我的店员，还是我的伙伴，我喜欢它，自愿照顾它的！"

"那我就不勉强你了，我们回去香港，将来过来时再带它看你！"

"好吧！"依依姐伏下身，抚摸我的头，她眼眶湿了："天宝，你要回家了，以后姐会想你……"

我看她难过的样子，就双腿站立，想抱她，她知道我的意思，一下子抱起我来，"呜"地哭出声来……

过了好大一会儿，依依姐松开手，黄正宇牵着绳，打开车辆后备箱。

邱一美："让它坐副驾驶位吧！"

黄正宇："它是狗哎！儿子怕它！"

邱一美："后备箱太闷了吧？"

黄正宇："没有关系的啦！"说完，他就牵着缰绳，准备把我塞进后备箱。我记得，以前我和养母看电视，绑匪常常用后备箱装人呢，黄正宇怎么像绑匪呢！

我突然决定不跟他们走了，养母既然别来无恙，还结婚生子，过着幸福的生活，我从此就放下心来。再说，那个家的主人是黄正宇，他们夫妇的儿子才是他们的宝宝，我的位置是多余的，养母邱一美这么多年不找我，恐怕她的情感重心也早就转移到老公和儿子身上了。当年她独居深圳时，为消除寂寞，我成为有缘与她相伴的狗。我与养母邱一美的情缘，也许在她退租皇岗世纪花园的房子时，就已经结束了。在人世间，人与人的缘分，都是阶段性的，有开始，就有结束。何况人与狗呢？我与第一任主人李晓明、樊兵兵的缘分终结于他俩的分手；我与第二任主人邱一美的缘分终结于她出嫁到香港。现在，我与依依姐结缘了，我该到了"去旧迎新"的时刻了吧！

世人都赞美狗对人的忠诚，但忠诚也应该是相互的。如果我无条件地忠诚，去了黄正宇家，我的忠诚就成了邱一美的包袱了。

想到此，我挣脱了缰绳，跑去了一边。邱一美把孩子交给黄正宇，一个人走近我，我知道她要抱我上车，但我不想跟她走了。她向前，我后退。

"依依，我看天宝是不想走了！"邱一美说。

"也许吧，要不你上车上，我送它上车！"依依姐过来，我上前抱着她，但她走向车时，我"汪汪"地叫个不停，邱一美一个劲地喊："天宝，上车，我们回家！"

我不愿意靠近车辆，依依姐停住脚步时，我就不叫了，但她要走近一步，我又叫了。

"看来，它是跟你有感情了！"邱一美对依依姐说。

"要不，就不勉强天宝了，我把它放花店门口，你打开车门，慢慢行驶，你在车上喊，它要是上车，那你就带它走，它要是不走，那你就交给我收养，这样好吗？"

　　"好，这样好！它要不走，我们也问心无愧了！"黄正宇说完，就让邱一美抱着孩子上车，他则开车调头，把面包车伸缩门打开，面向天宝，如蜗牛般行驶。

　　"天宝，上车，咱们回家！"邱一美喊我，我蹲在花店门口，看着慢慢行驶的车，如蜗牛般前行，最后驶离，又经皇岗口岸出入境车辆通道消失在我的视线范围。

　　我突然想哭，不是因为养母邱一美走了，而是因为我找到了真正的家——依依的花店。多少年来，我本就已经在自己命中注定的家里了，却期待着曾经的有情人带我离开，把过去的妄想当成追求，殊不知，善良所在之处才是安身之处。依依姐心善，她的花店门口虽难掩挡风雨，但有依依姐，那里却四季如春。

　　"走，天宝，我带你去滨海公园遛一遛去，那边说不定有小母狗呢！"

　　"去吧，我守着花店。"护工刘师傅说。

2023 年 2 月 16 日

于白云泉

出嫁

方一成时常心生疑问——自深圳经济特区建立以来，有多少内地女子嫁去香港？这个数据大概民政部门会有详细统计。

也许是机缘巧合，方一成竟然无意之间给一位香港老板送了一位太太。

深圳 W 集团公司财务部的吴经理，是方一成在 W 集团总部任职秘书时同在一个楼层办公的同事。在方一成担任 W 集团直属的海南 W 公司贸易部经理之后，一天，方一成遇见吴经理，吴笑嘻嘻地说要推荐一位湖南小姐给方一成，让方安排这姑娘进 W 公司贸易部工作。方一成那时作为 W 公司部门经理，并没有人事权，但方不愿驳了吴经理的面子，于是就对吴说："等我请示 W 公司一把手王之武总经理以后再说。"

王总经理对方一成的信任度一直存疑，方禀告王，说总部财务部吴经理推荐小姐的事，王不置可否，只是含糊地说了一句："不急，先放放再说吧。"

王总显然是在推诿，这使方一时不好答复吴经理。于是他也就没有及时给吴回话。方心想，等有机会见到吴时，再作解释也不迟。

不料，吴经理是个急性子，他在没有得到方的任何答复的情况下，就让那个小姐来海南找方一成了。

W公司那时在海口市郊岭上村租了一个五层住宅楼整整一个单元的套房，作为员工的宿舍。那天中午，方一成在宿舍正休息，住一楼的黄师傅叫他起床，喊道："有一位小姐找你！"

方一成穿衣下楼，见有一位高挑身材、肤白貌美的姑娘站在那儿，脸红红的，额头冒着汗，一副风尘仆仆的样子，脚下还有一个拉杆行李箱。

"您是方一成经理吧，我是小刘，深圳的吴经理介绍我来找您。"小刘说着，伸过手来，口齿显得蛮伶俐的，一双丹凤眼也水灵灵的，谁看了都会说她是个漂亮姑娘。

方一成时年三十岁出头，本来因午休被打扰而心生不快，可看刘小姐如此貌美，一下子又因"美女找上门"而大感快慰。

听到刘小姐从湖南远道而来，方一成马上热情万分地领着刘小姐到他的住处，先洗漱了一番，然后坐下闲聊。

下午上班时，方一成硬着头皮带着刘小姐拜见王之武总经理。方心想，行与不行由王总说了算。如果行，吴经理的面子我方某就算是给足了；如果不行，你吴经理也别怪罪我。

小刘是大学毕业生，但看上去还像个在校女生，十分年轻而单纯。

方一成对于她能否被王总录取没有多大信心，只是反复对小刘强调："W 公司的人事权在王总手中，我帮你引见一下可以，但不能保证你一定被录用，你要做好各种思想准备。"

小刘不说什么，只是甜甜地笑着。

王总有个特点，就是平时很严肃，但和女士、小姐说话时常常例外。见了面，小刘刚开始还有一点拘谨，得知来的姑娘是湖南人，王总马上开了句玩笑——"湘女多情呦！"现场气氛即时显得轻松起来。

方一成借故有别的事提前离开了，留下小刘独自和王总谈话。吃晚饭的时候，外出办事回来的方一成见小刘已坐在公司食堂就餐，且坐在王总身边。饭毕，小刘到方一成的住处，向方表示感谢，她说王总已决定录用她，宿舍也安排好了，就在王总对门的空置房间。在她说话的当儿，王总的司机小蔡也站在她的身后，显然是要帮她搬行李的。

王总随后跟方一成交代说，小刘既然是你介绍来的，那就先放到你们贸易部，你好好带带她。这样，方便多了一个同事，也多了一个下级。

刚开始的时候，小刘既听话，又勤快，尽管大学中文系毕业的她对贸易业务一窍不通，但大家乐意拿她当作小妹，事事耐心教她。方一成考虑到她是吴经理介绍来的，更是处处关照她。小刘也口口声声地说要感谢方，还说若不是方，她就来不了海南。她每天给大家送报纸，倒茶水，还无拘无束地开玩笑。也正是在这阵子，大家给她取了外号——湘妹子、刘湘妹。小刘也不反感，过了不长时间，她干脆弃用自己的本名刘山花，改名叫刘湘梅了。是啊，山花、山花，一听就是村子里的娃娃；湘梅、湘梅，一听感觉家境就不错！

小刘的名字和衣着一起变了，刚来时的湖南湘妹子装扮换成了时下的流行服装，加上做发型、化妆，她急速地向企业白领靠近。她的心态、脾气也跟着变化，且这个变化仿佛受到王总的肯定和支持。

方一成作为 W 公司的部门经理，实际上一直努力与王之武总经理搞好关系，但王总私下对别人说："这个方一成与集团公司领导太熟了，得防着他！"方感觉王总处处信不过他，在工作上也伺机刁难他。于是方一成忍不住常常私下发一些有关王总的牢骚。

可是令方意外的是，王总似乎知道方一成对他的不满，甚至还清楚地掌握了方说过他的什么话。显然，方的手下有人向王总打了小报告。

这个谜在小刘频繁进出王总办公室和住处的时候很快揭开了。不久，王总放出口风，要在适当的时候，把方一成从贸易部经理的位置上挪走，还说贸易部有人比方更有能力。

小刘慢慢成了王总的红人。王总的专车别人只有看的份儿，但刘湘梅却可以随便使用。当然，她总会找出些为公司办某某重要事情的理由。比如，她说要陪深圳总部来的客人去三亚考察，可司机小蔡却悄悄对人抱怨说："什么总部客人！是她湖南来的父母。"

王总还把刘湘梅当成骨干员工来使用。有一次，W 公司申请调整土地容积率，有关申请报告已递交政府规划部门，此事需要王总亲自出马去找主管行业的副市长。这项业务本是工程部门的事，不料，王总却对工程部负责人说："算啦，你们别管啦，让小刘陪我去办吧。"

不料，王总和刘湘梅无功而返。那个副市长以 W 公司应严格执行政府规划为由，没有批准 W 公司的报告。

王总与方一成摩擦的次数与小刘陪他外出的次数同时增加的时候，一天，在公司的大会上，王总郑重宣布，调刘湘梅（她这时已改了身份证上的名字）同志出任 W 公司总经理助理。

刘湘梅随后调换了新的办公室，还亲自去家具店选购了一套高档桌椅，其规格标准介于王总与方一成及其他部门负责人之间。

小刘的烫金字名片上印着"海南 W 房地产开发有限公司总经理助理"的头衔。当初那个风尘仆仆的湖南小妹一跃成为王总之下、众人之上的人物。她时常陪在王总左右，说起话来也多了些指令性的口气，尽管这口气与她年轻美艳的外表颇不相称。

有一次她报销什么发票，财务部的人怠慢了些，结果遭到王总的严厉批评，最后还是乖乖地给刘湘梅助理悉数报销了。

时过不久，王总却意外地对刘助理发起火来，虽然他们俩是在王总的住处争吵的，且严严地关着房门，但还是被小蔡听到了一个大概——好像是王总带刘助理与港商洽谈业务，而刘助理与港商眉来眼去，显得十分暧昧，等等。

一年后，王总因故被调回深圳 W 集团，复任之前的投资发

展部部长职务，小刘因此失去了往日威风。不久，她也辞去了 W 公司的工作。又过了一个时期，听说刘湘梅结婚了，新郎便是曾经来海南与王总谈过生意的港商。

王总后来出差到海口，顺便与 W 公司的老部下们聚餐闲聊，当说起小刘，他的这位前助理时，王总颇为得意地说："我还是他俩的红娘呢！"

可是王总在酒喝得明显多了之后，又忍不住说了一句："小刘也让我见识了什么是美女……"当身边的酒友兴致勃勃地想听他继续自我爆料时，他仿佛意识到自己的话说过头了，于是又往回收："不过小刘生了孩子以后，就胖了很多，看着就没有以前漂亮了！"显然，王总与刘湘梅好像还有联系，但在这些话语中，有多少是惋惜，多少是欣慰，外人就难以得知了。

方一成与 W 公司的老同事偶尔在闲聊时，还说起刘湘梅。传说她现在比香港人还像香港人，一副十足的港太模样，家安在香港半山，邻居还有在电影电视上见过的名人，宠爱她的老公也为她湖南老家的父母在深圳买了住房。

2023 年秋
于北京

绯闻主角

深圳 AB 集团是深圳排名前十的国有企业，海南建省后，AB 集团就投入巨资，在海口设立了实力雄厚的分公司，取名海南 AB 公司。在选派由谁出任海南 AB 公司一把手的问题上，AB 集团的头头们意见不统一，而同为集团中层干部的屠双龙、罗凯都有意竞逐这一职位。当时，屠任集团总经理助理，罗任企业管理部部长。最后，屠双龙胜出，当了海南 AB 公司的总经理。

按照当时海南省的政策，在海南投资办企业，可以享受免税购买进口轿车的优待。那一时期，许多涌向海南的企业，都盯上了这项政策。

屠双龙也不例外，他当时想把政策用足，甚至计划超额申请进口轿车，多余的车辆转卖牟利。申请报告送到省机电审查办以后，就等着该办袁仲宜主任"高抬贵手"。

袁主任知道 AB 公司实力不错，但与屠双龙总经理没有打过交道。面对 AB 公司的申请，他没有说行，也没有说不行。他在掂量过三天后，让 AB 公司的办事人员回来给屠双龙捎一句话，说:"我有一个朋友的女儿,大学毕业了,从重庆来海南,外表挺好的,问问你们屠总,看看能不能帮个忙,安排一下这个孩子的工作?"

屠双龙担心驳了袁主任面子之后,袁多半会在 AB 公司申请汽车问题上设置障碍,于是便不得不满口答应袁主任同意帮忙。

AB 公司这边刚回话,袁主任那边就送姑娘上门来了。

见过面后,屠双龙知道姑娘名叫王秋月。但王秋月实际情况与袁主任介绍的有明显差距——他把王秋月的学历明显拔高了。王实际上只上过两年电大,家也在离重庆市不远的万县(现更名万州区),但长得确实水灵,个头高,皮肤嫩白,也挺丰满。那天她穿着一袭白色的连衣裙。也许是上楼时走得有些着急,额头沁出些汗来,这更加显得她浑身洋溢着川妹子特有的勃勃朝气。

招聘员工时,有时候外表形象是现时增分项,学历能力是未来增分项。未来既然无法测评,那么形象就加重了录取的砝码。

屠双龙时年三十岁,结婚数年,尚没有到"七年之痒"这个坎,但屠双龙好像也不能免俗,当堪称美女的王秋月望着屠总笑着问"屠总,您还想了解我些什么"时,屠总已经不在乎她的学历了,反而在心里认为,这丫头是块干公关的料!

那一时期,电视剧《公关小姐》正在热播,春风得意的屠总早就想找一个公关秘书了。

王秋月像是送上门的公关秘书,于是她就十分顺利地到 AB 公司上班了。

刚开始几天,王秋月还有几分拘谨,但很快,她就与公司的员工们相熟了，尤其是年轻的员工，他们彼此之间就无所顾忌起来。

王秋月很美，也很爱美，虽然她身上穿的并非什么名牌时装，但那些款式都挺时髦，也很大胆，她无论穿什么，突出的只有一个特点——性感。

公司里的年轻人常拿她的衣着开玩笑，说浑话，她也不急不恼，照样有说有笑。对此，个别与丈夫同为 AB 公司员工的女士，私下里对王秋月颇不以为然，也说过一些难听话，但男士们对王秋月没有丝毫反感，反而觉得她给公司枯燥的生活增添了几分色彩。有时公司去歌厅庆祝什么节日，或者遇到高兴事，比如中国女排打胜仗了，那么王秋月就成了小伙子们争抢的舞伴。

王秋月的性格有几分男子气，大大咧咧的。AB 公司当时租住的员工宿舍楼门口的地基较低，一下大雨，短时间楼下就形成一片水洼，这时大家进进出出就只好脱鞋蹚水。王秋月由于时常打扮得隆重，脱鞋蹚水自然就不那么方便，于是她就站在楼门口，叫公司的男同胞背她过去。她的叫喊尽管让女士们嗤之以鼻，有些害羞的男士也往往躲避一边，但总会有小伙子乐意帮她的忙。其他人见她穿着黑短裙，叉开白生生的大腿爬上小伙子的肩头时，便发出"噢——噢——"的叫声，王秋月在叫声中也"咯咯咯"地笑着远去。

那一年中秋节，公司员工聚餐，几个酒过八成的男士向屠总敬酒，屠推辞再三也挡不住同事们的热情。这时，一直在一旁与人大声说笑的王秋月走了过来，对那几个男士说："行了，行了，你们别难为屠总。"她一边说着，一边倒了一大碗白酒："说吧，你们还能喝多少？"

男士们一看王秋月加入，更来了精神，纷纷照王秋月的样子，一人倒了一碗酒："咦，你个丫头片子，竟也来和大老爷们叫板！"王秋月本来也喝了不少酒，脸红红的，她豪情满怀地端起酒碗："说好了，咱们一人一碗，我先喝了，你们可别耍赖！"说完，咕噜咕噜地喝干了，末了补说一句："我这是替屠总的，你们别再为难屠总了。"

男士们被她将住军了，但又不想失威，周围看热闹的也起哄着叫起来了，有人想狡辩什么，大伙不依不饶，逼迫着几个男士都做英雄海量状，一饮而尽。

酒会到了尾声，个别"英雄"已硬撑不住，当下便吐了起来，有人帮着拍打脊背，王秋月可乐了，笑他们个个是狗熊却硬着头皮装英雄。

屠双龙回到宿舍不一会儿，王秋月便来聊天。屠觉得王秋月挺义气的，就给她泡了一杯浓茶。王秋月显然也到了似醉非醉的状态，她说她还能喝半斤。她红着脸，靠在沙发上，天南地北地聊了很多事后想不起来的话。夜深了，屠几次劝她回房，她才扶墙离开。

屠总平时的房子总会人来人往，汇报工作的、闲来聊天的或者找屠过棋瘾的。但这天晚上却只来了王秋月一个。有人来了，但见王秋月在，旋即表示："屠总没事，明天再说。"说完便转身离去。

屠双龙觉得纳闷，仿佛大伙儿有意给他和王秋月创造独处的机会呢，又或者有意回避什么似的。

在屠总看来，王秋月是他的员工，王依照平时习惯，来领导住处聊天、喝茶，也是平常事。但出乎意料的是，在遥远的深圳 AB 集团公司，很快流传出关于屠双龙的添盐加醋的绯闻故事。说屠上任伊始，就买了小轿车，配了漂亮的女秘书；还说屠双龙背着女秘书过河，醉酒后，女秘书伺候屠入睡，等等。

屠双龙为此紧张起来。他知道，由于 AB 集团公司的权力斗争很激烈，屠的位子尚不稳固。尽管流言是别有用心者的捏造，但其杀伤力是显而易见的。

屠双龙决定找机会回深圳，面见集团公司领导，尽快澄清绯闻。但当屠还没有动身的时候，却接到深圳 AB 集团公司企管部部长罗凯的电话："屠总呀！你不能因为当了绯闻的主角而擅离岗位呀！我受董事会委托，明天就飞到海南去，我会秉公调查处理你的这个事！"

屠双龙有几分诧异，怎么一个添盐加醋的传言，顷刻就变成自己接受"调查处理"的问题呢？让屠双龙更不舒服的还有，与他竞逐总经理失败了的罗凯摇身变为处理他的上级主管领导。真有些冤家路窄的意味呢！

在 AB 集团公司，屠双龙与罗凯虽然同属中层领导干部，但就职务分工而言，屠双龙是二级企业负责人，而罗凯是总部企业管理部的一把手，他受董事会授权，专门处理二级企业各类问题，从这一点来说，他的确是屠双龙的上级主管。

罗凯到海南后，逐一找 AB 公司员工谈话，算是"大做调查

研究"吧，尤其是与王秋月的单独谈话，更是出奇地长。令屠双龙意外的是，罗凯一番操作下来，却很快对屠双龙换了一张脸，不仅没有认定绯闻的什么事实，反而对屠双龙大加赞赏："屠总，有时候受点委屈也属正常，你正常抓你的工作就是了！"

王秋月在陷入绯闻之初，曾态度鲜明地表示："他们爱说啥说啥！"

而屠双龙开始时却想避免瓜田李下之嫌，决定辞退王秋月。正当他在为如何对王秋月开口而犯愁时，王秋月却在罗凯回深圳的次日主动找屠总谈话，开口便说："屠总，你别为难，我早想辞职了，咱们公司虽好，但不适合我。"

王秋月如此干脆利落地辞职，令屠双龙反倒有些不好意思，但他还是顺水推舟地表示："那好吧！我就遂你心愿吧！"

几个月后，屠双龙有一天晚上陪客人去望海楼听歌，意外地碰到王秋月。她现在是这家歌厅的公关部长，打扮得比过去更时髦了，浓浓的妆，扑鼻的香水味，还有耀眼的金银首饰，只是过去的青春气息已被风尘味所代替。

王秋月忙着照顾客人，而来客仿佛大多与她很熟，有的一见面就打情骂俏几句，有的颇绅士款地轻吻她的脸颊。王秋月笑着说屠总是她的娘家人，抽空就过来屠总一行人所在的包间小坐。她说这间歌舞厅原来快倒闭了，她来以后，招了一大帮姐妹，现在生意很旺，她除了底薪以外，还持有一部分管理股。说到干这一行挺复杂，她颇为轻描淡写地说："那不怕，我哪里都有朋友，没有我摆不平的事儿。"在她的口气中，多了些自信和成熟，也多了浓浓的江湖气。屠双龙要走的时候，车在停车场爆胎了，王秋月过来说："屠总，你车先放这儿吧，我送你走。"屠于是坐进王秋月的红色本田，王秋月娴熟的动作中，有一点炫耀的味道。

"王秋月，看来，你得谢谢我。"屠双龙说。

"为什么？"她笑笑。

"不是我，你还在 AB 公司耗着呢。"

"那不一定，我感谢您的是，我刚到海口时，您给了我一个跳板。"

过了几年，王秋月鬼使神差般嫁到深圳，婚后不久就生了一个大胖小子。一天在春满园茶楼，屠双龙碰到王秋月一家，更令屠双龙意外的是，王秋月身边跟着她的丈夫罗凯。

"屠总，咱俩冤家路窄，在这碰见你！"罗凯明显在掩饰自己的尴尬。

"哈哈，罗部长，你娶了我的老部下，也不请我喝杯喜酒？"屠双龙顺口开了一句玩笑。

"屠总见笑了，我是二婚，不好意思摆酒哦！"罗凯确实脸带着涩。

"谢谢屠总！谢谢你无意之中为我与罗凯牵线搭桥！"王秋月爽朗地笑着。

2023 年秋
于北京

两代人

方大姐原来是北方人，早年去了香港，到了上世纪90年代初，她已经是个充满了优越感的香港人。

王三虎在深圳 JJ 集团公司总办当秘书的时候，方大姐经常来找 JJ 集团公司的于总经理，王秘书就是在这个时候认识她的。

方大姐当时 40 多岁，个头挺高，显得十分苗条；她剪了个齐耳短发，乌黑发亮的头发贴着耳根向后梳理得整整齐齐；她还喜欢穿深颜色、款式庄重的衣服。但她前胸裸露的程度比当时深圳的一般女士要多一些，隐约显现出她那饱满的胸部。脖子上耀眼的金银首饰与手指上的戒指及腕表，透露出她的富贵。当然，她身上还习惯性地飘散着好闻的香水味儿。当她出现在 JJ 集团大楼时，哪个看见她的男士要说他不喜欢接近方大姐，那可能是他在说假话。

王三虎不知道方大姐是怎么认识于总的。丁总认识的人非常多，女士也不少，但来找于总的女士多数都比较年轻，像方大姐这样超过四十且家在香港的风韵徐娘，好像还没有第二个。

方大姐每次来 JJ 集团公司，对王三虎都挺客气，还时常送他些钥匙扣、打火机之类的小礼品。有年春节，方大姐还给过王秘书一个红包，尽管王事后拆开，发现红包里面仅有 100 元港币而心生失望，但他对方大姐的仰视却没有轻易改变。

JJ 集团公司那时正在兴建一个商业大厦，方大姐经常找于总的目的，就是想推销一些进口的先进设备，她经常把一套套精美的商品资料册让王秘书转交于总。

方大姐的苦心没有白费，后来于总真的和她签订了一份空调设备购销合作意向书，如果最终签约，合同金额接近千万。

于总有次在酒桌上与一个朋友吃饭时聊起方大姐，颇为得意地说："我帮了方老板一个大忙，空调合同能给她带来可观的利润！"

从于总的闲聊中，王三虎才知道，方大姐原来是广州一家建筑工程公司的工程师，与老公离婚以后，通过一个亲戚的关系移居香港了。深圳建立经济特区以后，她就经常来深圳，到处推销香港和国外的成套设备，从中赚取中介佣金。

方大姐与 JJ 集团公司签订合作意向以后，就发来邀请函，请于总带队去香港考察。于总去过好多次香港，于是这一次就安排李副总带着五个人去了，而王三虎也是随行人员之一。

方大姐安排李副总、王三虎一行住进酒店后，连日来马不停蹄地陪着他们旅游观光——维多利亚港、尖沙咀星光大道、海洋公园、兰桂坊酒吧街等。方大姐有一辆半新的面包车，司机是她20 多岁的儿子方威豪。

李副总几次提出去方大姐的公司看看，方都说："不急不急，等你们观光完了再说。"离港前一天，方大姐不好再推托了，便带李副总一行上了她位于旺角的一座挺旧的公寓楼，王三虎以为这里是方大姐家，没想到她的公司就是家，家也是公司，而公司的员工只有两个——方大姐和她的儿子。

这种境况和王三虎想象中的香港公司差距太大，其他人也有同感。李副总几天来和方大姐还有说有笑，但看了她的公司之后便默不作声了。

于总、李副总之间本来就有矛盾，李副总返回深圳后就把他考察方老板公司的实际情况和忧虑坦白地提了出来。他表示空调的质量、安装及维修责任重大，他认为方女士均无能力承担后续责任。

于总为此颇为不悦，但李副总主管工程，支持李副总意见的人也占多数，加之于总事后也怕方大姐真捅出娄子，他在反复权衡之后，便同意终止了与方大姐的合作。意向书毕竟不是合同，双方在签订正式合同之前，本来就有权单方面解除。

王三虎以为方大姐会因此和于总闹翻，心想谁能忍心让到了嘴边的肥羊跑掉呢？然而出乎王三虎的意料，方大姐面带笑容，心平气和地与于总签订了终止合作意向的协议。后来作为劳务补偿，JJ公司支付了方大姐一笔还算说得过去的咨询服务费。

有天王三虎和方大姐说起闲话，问她怎么有那么好的脾性，方说："那怎么办？你们已经决定另外订购其他设备了，我还能强迫你们吗？何况，这种事处理得好，朋友还是朋友。机会嘛，什么时候都有。"听她这么一说，王三虎挺佩服方大姐的胸怀和见识呢。

于总拿到了多次往返内地和香港的通行证以后，去香港的次数就更多了。有段时间，他提出了要在香港投资办公司的计划，而且在职工大会上强调要大家解放思想，要敢于走出去，在大风大浪中锻炼自己。这时的李副总已经因为经常与于总作对而被于总排挤走了，对于总的这个决定也没有人敢提出异议。

于是，"利丰国际有限公司"在香港注册成立了，和于总原来说的有所出入的是，利丰公司还有一个香港股东——方大姐。而方大姐不需要出资，她用她那套旺角公寓折价入股即可。但JJ集团公司却按约定实实在在地汇过去1000万港元。当时社会上有关招商引资的调子正响，于是有人私下说，于总逆潮流而动，反向操作，搞资金输出。也有人调侃道："是不是方女士把于总搞掂了！"

利丰公司经营什么、怎样运营，大家都不太清楚，只是有了这个公司，JJ集团公司的人再去香港，无一例外地要过去看看。看过的结果是，利丰公司和方大姐的家差别不大，因为于总作为董事长根本无暇在那里办公，坐在利丰公司大班台后的人是方大姐，而方的儿子仍然是一身多职的白领骨干。比起过去，员工多了一个做家务的老妈子。在JJ集团的宣传册上，有一张方大姐坐在办公台前的照片，这让没有到过她家的人，误以为她的企业很有规模。

就这样过了几年，财务部的人说，JJ集团投资到利丰的钱已经花得差不多了。于总开始说到利丰，还有些雄心勃勃，但后来再说起利丰，也只是说说利丰的窗口作用、信息作用，至于投资回报等核心问题则一概不提。

大家关注 1000 万港元的命运，以为有去无回的可能性极大。谁知方大姐却一次性全部退还此款，之后还与于总签订了终止合资联营的协议。当时大家觉得巨资没有流失实属万幸，没有人细想 1000 万港元在方大姐手中干了些什么，取得了多少利润，甚至连利息损失也没有计较。此后，利丰公司便成了方大姐的独资企业。

方大姐从此便不再来 JJ 集团公司了，但她和于总仍然保持着热线联系，有时还会在酒店、餐厅聚会。

不久以后，JJ 集团公司在深圳中心区投资兴建的商住大厦即将竣工时，公司领导研究决定，将此大厦整体卖给炒家，尽快回收资金，开发新项目。

来谈总承销的公司很多，方大姐也是其中一个。业务部门虽说要比较资信呀，了解实力呀，反复谈判呀，做了许多工作，但最后签合同的，竟是方大姐。其他客户事后说："我们只是陪衬人而已，事实上于总早就确定给姓方的女人了！"

商住大厦共两万平方米，方拿到手以后，半年不到就全部出手，平均每平方米获利 1000 多元，共计获利 2000 多万元。

方大姐由此打入深圳地产市场，成立了"方氏置业（国际）有限公司"，办公室选址在位于深南大道上海宾馆附近的写字楼里，其装修豪华的程度，远超业绩逐年下滑的 JJ 集团公司。方氏置业的楼盘，也在罗湖、福田、南山等几个区拔地而起。

由于年龄关系，于总后来从 JJ 集团退休了，但关于于总与方大姐的绯闻故事，却一直存在。比较隐秘的故事是，方威豪后来向于总的独生女儿于红红求婚成功了。当方、于低调而奢华的婚礼在南海酒店举行时，王三虎作为于总的前秘书，成为 JJ 集团出席婚礼的唯一嘉宾。令王三虎纳闷的是，一直对方大姐心存戒心的于总夫人没有出席女儿的婚礼，而方大姐早已离婚的前夫，却在婚礼上大出风头。

曾几何时，王三虎在于红红高考及就读香港中文大学期间，为大老板千金忙前忙后，而漂亮的于红红也一口一个"王叔叔"地叫。王三虎有时恍惚，这两家人在他眼里既是熟悉的，又是陌生的。

2023 年 10 月 6 日
于向阳院

于小姐

于小姐名叫于美凤。

丑小鸭会变成天鹅吗？会的，当天时、地利、人和都给了丑小鸭的时候，丑小鸭变天鹅就只是个时间问题。

曾几何时，在茂名海边渔村长大的叫阿于或者叫于妹仔的渔家姑娘，成为深圳 S 集团公司下属的免税商场营业员，且改用大名叫于美凤的时候，丑小鸭变天鹅的故事就在不为人所知的情况下徐徐展开了。

于美凤外表看上去有明显的渔家姑娘特征，她长得并不漂亮，中等个儿，皮肤稍黑，额头上长有几个青春痘。但当她穿上免税商场的白上衣、黑短裙、高跟鞋之后，却能给人青春饱满、婀娜多姿的感觉，加上她流利娴熟的粤语，在商场同龄小妹当中，也能算得上中等偏上的角色。

于美凤的优点是性格开朗，爱好交际，她的那帮姐妹除了上班下班以外，一般很少在 S 集团公司写字楼里出现。但于美凤不同，她总能找到理由，到这个部门那个部门做客，或找这个老乡那个老乡聊天，或者与某人交上朋友。时间不长，S 集团公司里的人大都知道，免税商场营业员中有一个热情奔放的于美凤。

S集团公司团委经常组织一些青年人的集体活动，比如爬山、歌咏比赛等。于美凤每次都是当然的参加者。但在这些活动当中，看不出于美凤有什么文艺特长，只觉得于美凤开朗的笑声，与人见面熟的性格十分突出。尽管如此，大家那时也只是觉得于小姐是一位个性鲜明的商场营业员而已，甚至对这个手上只有高中毕业文凭的营业员还有些"就那么回事"的看法。然而随着时间的推移，于美凤便慢慢展现出她的非同凡响，以至于令公司的同仁刮目相看，亦令她的同伴们开始嫉妒起来。

于美凤首先令人意外的是她换了工作，她从免税商场调到西翠阁酒楼当服务员了。从S集团人事编制的角度来说，同属一个企业系统的商场营业员和酒楼服务员并无级差，但对于于美凤来说，这个改变却非同小可。

S集团全资下属企业——西翠阁酒楼，既是一个独立的对外经营实体，又是S集团宴客交际的固定场所，当然也等同于集团公司领导的工作餐厅。于美凤置身于此，便把自己的长处发挥得淋漓尽致。

酒楼的程经理只有一半心思在经营上，另一半心思在广交朋友上。他仿佛总有宴不完的客，但他肥胖的身板消受不了太多的酒精，而于美凤的过人之处恰好又在酒量上。她常常是一斤白酒下肚，还照样可以与客人谈天说地、翩翩起舞。这样，程经理便自然而然地把于美凤当成了酒席上不可缺少的助手，而于小姐也由于陪酒有功，且与程经理在多方面都有默契的合作，不长时间，就由服务员、咨客、领班，晋升为经理助理——成为与程经理形影不离的角色。

程经理的行为准则是把S集团的头头们当作自己时刻都得伺候好的主子，而S集团公司的刘总也早已把这间酒楼当成自家的餐厅了。他位高权重，每每莅临酒楼，程经理都得倾尽全力以使老板舒服、满意，偶尔有哪个菜令刘总的口感不适，刘总便会立即差人把程经理和厨房的大厨叫来，批评道："给我上的菜都是这成色，那么平时给客人的菜能是啥样呢！"每当这时，程经理和大厨都会笑着点头哈腰一番，刘总这才放过他们。

程经理在伺候刘总时，于小姐没有落下一回。刘老板身边虽然靓女不少，但能和他在酒桌上昏天黑地，在酒后又玩东玩西的小姐并不多，而于美凤属于例外，她可以一切随刘总的意思，可以投入全部的时间和精力让刘总开心。

于美凤本来有一位在免税商场当会计的男朋友，但由于男朋友几次三番劝她少些交际应酬、少喝酒而令她极其反感，两人为此吵了几回后就正式分手了。

这个时候，外人也许只是觉得于美凤比一般女子热情、泼辣、做事果断而已，但于美凤私下里却没有忘记给自己打算。

S集团新竣工的商业城，由于地处罗湖商业中心区，一面市招商招租便形成争抢之势。在这种情况下，外人要想取得租约，除了有钱以外，还要比一个关系。于美凤在别人不知不觉之间，就成了商城的承租者之一。为了避嫌，她是用她哥哥的名义承租的，且商铺到手以后，她回身就转租给一个在深圳开店卖衣服的

香港人了，自己成了名副其实的二房东。

于美凤自此在工作之余，每个月都有可观的租金收入。面对这等好事，别人也只能在嫉妒之余发发牢骚而已。

于美凤明显钱多了起来，打扮也日益时髦。她口口声声地说，刘总、程经理是她命中的贵人，帮了自己大忙，她又以要好好回报贵人的名义进入了刘总和程经理的核心社交圈子，说为老板们"跑跑腿"十分高兴。

程经理在集团中层干部当中本是一个普通角色，但他自从被刘总委任当了西翠阁酒楼经理以后，便加重了自身的分量。虽然他那肥胖的身体看上去是个典型的中年油腻男，但在于美凤眼里却别有风采，天长日久，两个人的花边新闻就陆续出街了。

程经理是领导，于小姐是助理，本来在工作上就朝夕相处，加上又经常吃喝玩乐，后来还有人见他俩悄悄去香港、泰国游玩过。这样，S集团里的人便公认他俩有"那种"关系。对此，程、于两人也满不在乎，一如既往地出双入对。

程经理在西翠阁酒楼是说一不二的人物，于也假程之威，成了一人之下、众人之上的角色。在程经理面前，于的话也有着非同一般的影响力。酒楼原有两个采购员，却先后被于说服程，把他们换掉了。而新来的两名采购员也是茂名人，据说是于美凤的什么亲戚。有人反映说，深圳的酒楼采购，大多数都拿供货方的回扣，于是以此类推，认为于小姐也在酒楼的进货环节上大捞好处。但这种不利的传闻到程经理，甚至是到刘总的耳中却不起作用，于毫发不损。不仅如此，在随后酒楼的改造装修工程中，于美凤又大展宏图。装修工程款接近 1000 万元，承包装修工程的公司有于美凤哥哥的股份。有人分析，仅此一项，于小姐可能会有百万进账。

刘总调离 S 集团以后，新来的领导不久就免去了程经理的职务。而程下台以后，于美凤也就悄悄离职了。

S 集团在对程经理进行离任审计时，并未发现程有什么经济问题，却发现于美凤的不少亲友与酒楼签订过这样那样的合同、协议。

于美凤离开酒楼以后，便没有人知道她的去向，只听说她参股某一海鲜酒楼，当起了饮食企业股东。有人也在街上遇到过她，说她开着一辆漂亮的女式宝马轿车，样子十分潇洒。

至于于美凤的感情生活，她从前在免税商场的闺蜜说，不久前有一个公安民警与于美凤谈过恋爱，但那位警察听闻了她和程经理的故事以后，就断然与她分手了。

"我嫁不出去就不嫁人，我能养活自己！"于美凤给闺蜜说过，但心里还是有些失落。

2023 年 10 月 7 日
于向阳院

祸

福

深圳 XL 集团公司成立海南分公司——即海南 XL 公司之后，年近三十岁的赵五武借助在总办当秘书的便利条件，向集团公司领导申请外派到海南任职总经理。他对领导说是想独当一面，锻炼自己的商务能力，其实还有一个不便向外人言的理由，那就是他当时的婚姻已经走到崩溃的边缘。

赵五武在工作上很快交出高分答卷，成功开发了海口当时最好的住宅小区——白露花园。

他没有想到，在房屋开售时，来了一位美人——朱俏红。

朱俏红是位闯海的青岛姑娘，她长得苗条挺拔肤白貌美，看上去甚是俏丽。

朱俏红来买房的时候，有一位中年男子相陪，这男子有些发福，看上去像是海南当地人。朱俏红看过样板房后，很仔细地问这问那，那男子却一言不发，只是默默地看着她，末了，朱俏红说她得考虑几天，然后再做决定。她对赵五武道了声"再见"就走了，她身边的男子朝赵也点点头之后，夹着皮包尾随而去。

白露花园竣工销售时，XL 公司退租了省民政厅招待所的临时办公室，搬迁到自己开发的白露花园临街位置的新房子中。而售楼处和样板间与XL办公室同属一个单元，虽然规模不大，但蛮是新颖精致。

赵五武在请示深圳XL集团公司领导后，在同一小区另外一栋楼里，还拿出部分房子分给职工，当成了职工永久住宅。赵总经理的老板威信一时无两。

朱俏红几天后来签购房合同，上次随行的男子又跟了过来，神态依旧。朱俏红不知有意还是无意，始终不介绍她的同伴，XL公司售楼处员工也不好主动去问，直至朱俏红搬来住进白露花园，那男子时常进进出出的时候，XL公司的人仍然是一头雾水。

在与开发商真正成了抬头低头都会见的邻居后，朱俏红才令XL公司的员工有更多机会认识她。她喜好纯色裙装，或红或黑或白，反衬着她青春润泽的肌肤，很是动人。

朱俏红常因缴纳物业管理费、水电费等琐事与XL公司不同的人打交道，时间长了，和XL公司上上下下也就相熟了。也许是漂亮女人容易引起他人的关注吧，尽管朱俏红从未和别人说起她的个人生活，但XL公司还是有人慢慢知道了，经常出入于朱俏红闺房的那位中年男子是海口市的一个私营老板，姓符，他早就有妻儿了，朱俏红只是给他当情人。

赵五武与分居妻子的矛盾，原因在于他年轻的妻子受出国热吸引，玩命想去美国留学，而赵五武因成功开发了白露花园，在XL集团系统内，享有"地产少帅"之誉，加上他不懂英语，对出国不动一点心。因此，两个人各奔东西只是时间问题。

朱俏红拿自己身边的男人与赵五武相比，对赵是称赞有加的。签订买房合同时，她当面向赵提出希望最后再优惠一个百分点时，赵五武显然在美人面前心软了，当即表示："好吧！谁让朱小姐这么漂亮呢！"

"呀！谢谢赵总了！改天我请你吃海鲜！"

事后，朱俏红有没有请赵总吃饭，外人不得而知。但朱俏红一天深夜却突然打电话给赵五武，让赵意外地当了美人情感故事的倾听者。

那是个中秋节前的夜晚，强台风袭击海南，一时间电闪雷鸣、强风怒吼、大雨如注。朱俏红在电话中悲伤地告诉赵五武，她一个人在家，害怕极了，说着说着便抽泣起来，而且问赵能不能过去看看她。

赵五武感到有些意外，没想到平日里丰衣足食、花枝招展的美女，这会儿竟如此悲悲戚戚。同时也纳闷，那个平时呵护着她的符先生此时此刻跑哪儿去了呢？

也许是动了怜香惜玉之心，赵没有拒绝朱俏红的请求，他冒着大雨，摸着夜路悄然前往，好在他们的住处也只隔了一栋楼而已。

朱俏红明显是哭过，眼圈有些泛红。坐下来后，她倒了两杯红酒，一杯给赵。

赵问她有什么忙需要他帮，表示他会尽力的。不知是赵像大哥一样的姿态令她感动，还是她太需要倾诉，总之，她敞开心扉，把自己的故事都说给赵听。

她说她是在青岛与男友分手后来海南的，开始应聘到符老板的公司打工，不久，符老板就看中她了，对她花了不少心思。她起初想拒绝，但又摆脱不了符给她的物质条件，后来就与符相好同居了。她明知符是有妻儿的人，符也从来没有过离婚另娶的打算，与她的关系不可能有结果。所以她现在想离开符，可是感情上又陷得太深，于是倍感矛盾和痛苦。

听了朱俏红的诉说，再看她楚楚可怜的样子，赵五武以过来人的身份，帮她分析和判断，并婉言劝导她。当时说了许多话，现在大多记不起来了，但大概意思是，想离开一个有家室的中年男人是正确的。但既然一时难下决心，感情上接受不了，那就不妨等一等再说，让时间告诉自己何去何从。

赵之所以这样劝她，那是赵认为朱俏红对符先生尚未彻底失望，时间长了，符不负责任的行为定会打消朱俏红的幻想，而那个时候，朱俏红走出泥潭的勇气可能会更足一些。

之后朱俏红的表现好像确实接受了赵的建议，符先生的身影仍未从朱俏红的住处消失，但与以往不同的是，在朱俏红的生活中，多了一个新内容——做生意。

一天，在赵的办公室，朱俏红说她把所有问题都想通了，她不想在感情生活中兜圈子，现在她把打好经济基础放在第一位。最后她表示，如果她找到好的投资项目的话，符先生会在资金上支持她的。

功夫不负有心人。朱俏红利用她良好的公关形象，不知道通过什么渠道，不久便拿到一份政府同意她设立出租汽车公司的批文。这个批文在出租汽车行业生意火爆的时候，其含金量是不言而喻的。

符老板当然不会放过眼皮底下的商机。他拿出巨款，一次就购买了50部红色夏利，于是，"南北友合"出租车公司在朱俏红住处阳台的防盗网上挂牌开业了，一时间50辆红色夏利把"南北友合"的名字带遍大街小巷。每到月初交款的日子，红色夏利便摆满白露花园小区四周，一派红红火火的兴旺景象。

这以后赵再见到朱俏红，便发现她少了昔日的悠闲，多了些风风火火的忙碌，当然脸上已全然被成功的喜悦所笼罩，那一夜悲伤的经历与她恍若隔世。

朱俏红的住处再无宁静，整天被出租车司机的对讲机搅得像个大市场，不过，很快她就乔迁新居，来来去去开着一部漂亮的灰色雷克萨斯进口轿车。

一切仿佛都风调雨顺起来，可是生活却充满戏剧性——在海口至三亚的高速公路上，发生了一起小轿车与大货车相撞的重大事故，小轿车上的三人当场死亡，其中一人是符老板。

符家顷刻之间被悲伤所包围，但他们在料理完符的后事之后，很快便把注意力放到符的财产上。

朱俏红与符夫人及其子女的立场迥然不同，在出租车公司的所有权问题上双方发生了尖锐冲突。符家认为，朱无投资，仅是符老板聘任的总经理，公司产权应归符家。但朱认为，公司是她一手创办，所用资金仅为符老板给她的借款，产权应该为她所有。

双方最后只好上了法庭。

也许符老板做梦也没有想到自己会这么突然地成为轮下鬼，也从未想过为妻儿与情人在划分资产方面留个什么字据。没有办法，一切以事实为依据，而事实是符老板是以朱俏红的名义投资的，朱俏红是工商登记资料中的投资人、股东，也是公司的法定代表人。法庭最后判朱俏红胜诉，但要求她限期归还符家所有借款。而令朱俏红欣慰的是，有据可查的借款，只占朱俏红实际用款的一部分。

过了不久，朱俏红便完全了断了与符家的经济关系，实实在在地当了女老板。

有次赵五武在路上碰见朱俏红，笑着问她："俏红，哦，朱总，你如今个人问题是如何考虑的？"

赵五武其实想了很久这个问题，他这时与妻子的离婚手续已经办妥了，而前妻也即将赴美，他在心里其实有与朱俏红牵手的想象的。

不料，已经成为朱老板的朱俏红再也没有了一丁点雨夜脆弱的神情了，她满不在乎地说："我一个人过得挺好，急什么呢？"

"哈哈！"赵五武轻轻笑了一声，但他却不得不打消了对于朱俏红"豆芽般"的想法，不由得心生一丝失望之情。

2023 年 10 月 7 日
于向阳院

婚姻

婚姻的泥土埋不住情感的种子！

——题记

一年前，湛江籍深圳女子尹小洁的婚姻因一场意外而结束了，她与陕西籍的上海人孙书成的婚外情故事，也因此画上了句号。

"咳！就当是曾经有过的逢场作戏罢了！"尹小洁有一天约闺蜜王雅在深圳书城喝咖啡时，轻描淡写地就把她与孙书成来来去去十余年的感情画上了句号。

一

大约在 2007 年某天夜晚，尹小洁和王雅结伴去香蜜湖歌城听歌时，偶遇了孙书成和罗亦铁。孙书成当年三十四五岁，身高约有一米八，不胖不瘦，穿着休闲西服，看上去就是一副成功商人的模样。

罗亦铁与孙书成的年龄相当，只是他的个头比孙书成低了半个头，身材也稍胖一些，还有少许啤酒肚。他也着西装，只是显得不那么合身。

"小姐，我叫孙书成，我俩想请你俩一块儿喝酒、唱歌……"孙书成手里拿着小瓶装蓝妹啤酒，笑对着尹小洁、王雅说。

歌城的三流歌手正在模仿梅艳芳唱歌："女人花，随风摇曳中……"

尹小洁笑着看孙书成，王雅的回答很干脆："好呀！我俩正好没有绅士陪伴呢！"

四个人原本分散围坐在大厅酒吧台上，这时就换位至二楼的KTV包间去了。孙书成忙着叫来服务员送水果、小吃和整箱的蓝妹啤酒，又调试好点歌器和无线话筒。

"介绍一下，这位是我们深圳公司的经理，罗亦铁。"

"幸会两位美女。"罗经理躬身，双手分送名片给王雅和尹小洁，然后介绍孙书成道："这位是我们上海总部的孙经理，我的上司！"

"你俩是要大醉一场吧！看样子是发财了！"王雅笑着说。

"当然！发财谈不上，请美女喝酒唱歌足够喝三百年的！"罗经理一副豪气盖天的样子。

"哎，哎，三年，三年，够三年！别吹过头！"孙书成接过话头。

罗经理又说:"我们孙总喝酒有个讲究,逢美才饮,醉美醉饮……"

孙书成这时给四个玻璃杯斟满了酒,"来,咱们先来一个见面满杯酒!"

"来!"罗也举杯附和。

王雅与尹小洁对视一笑,也端杯起身。四个人围着茶几碰了杯,两个男人英雄般一饮而尽,但王雅和尹小洁只喝了半口,说:"我们没有那么大酒量。"

"不勉强,不勉强,先吃点东西,先吃点东西。"孙书成像个谦谦君子。

尹小洁平时很少来歌城酒吧,但今天老公又一次失约于她,改变了回家吃饭的安排,让她心里一时生怨,王雅邀请她晚上出来散心,她就答应了。

尹小洁当时三十五六岁,老公于刚是包工头,常年奔波于广东的东西南北之间,把老婆孩子放在深圳,他一会儿东一会儿西,享受着包工头的忙碌和快活。而尹小洁结婚后就辞掉了工作,当了全职太太。有了孩子后,就一心扑在家务上。这天晚上,她本来做了一桌子菜,可是于刚却临时打电话给她:"老婆,不好意思哦,我公司的会计小刘老公请我吃饭,我不好推辞,就不回家了……"

尹小洁没有听老公说完话,忍不住抱怨道:"菜都做好了……"可话说了一半,又觉得勉强要他回家没意思,于是改了口气:"知道了!"说完就挂了电话。她一时觉得悲哀。本来,她总想像母亲那样，当个贤妻良母，于刚逢人也夸她这好那好，可她生了孩子之后，夫妻之间好像越来越陌生了。于刚平时总是太忙，回到家不是窝在沙发看电视，就是摆弄他收藏的那一堆紫砂壶，说要用手打磨，打出包浆才值钱。他对于宝贝儿子于小刚倒是宠爱有加，每次出差回来，都会带吃的、玩具。

两人原来的夫妻生活恨不得天天有，慢慢变成一周一次，七年之痒之后，就变成了一个月、几个月一次了。尹小洁有时追看韩剧，那些爱情故事看着看着就让她有了想法，而洗了澡，刚刚躺在丈夫身边，于刚却有意回避似的叹一口气："太累，睡吧！"

尹小洁一次次像浇了冷水似的，一肚子话却在那时一句也不想说，关灯睡觉后，久久睡不着，好不容易入睡了，又被于刚的呼噜声吵醒。后来两个人就开始分房睡了。

那天，尹小洁把儿子交给母亲，说："妈，我可能要晚一点才能回来，我用钥匙开门就是了，你跟小刚先睡。"尹母原本与老伴常年住在湛江乡间，女儿坐月子前两个月她就来深圳了，照顾尹小洁生下儿子，后来又打算带外孙到他大点儿时，再回乡下去。她时常牵挂一个人守着乡下老宅的老头子呢。

这天晚上在歌城，四个人喝了不少酒，也都唱了不少歌。刚开始，王雅主要与孙书成对饮，但孙喝多了之后，便忍不住靠近尹小洁身边，借着酒劲，猛夸尹小洁长得"太漂亮了"，说着就端起酒杯，"尹姐，来，弟弟为你的天使美貌干杯！"话音一落，他先扬脖子，一杯又见底了。

"没见过上海有这样豪爽的男人！"尹小洁夸了一句，也饮掉半杯。

尹小洁结婚前是喜欢唱歌的，只是这些年为了家庭孩子，她把唱歌的爱好放一边了。这天，她借着酒劲，唱《哭砂》《我只在乎你》，还与孙书成合唱了《萍聚》《选择》。

王雅也与罗亦铁合唱了几首，孙书成似乎对自己的唱功很自信。说一句实话，四人中他唱歌的确是最好的，尤其是唱姜育恒的歌，比如《再回首》《驿动的心》等。大家为他鼓掌时，孙书成还自豪地说："我们公司的人还老说我的长相和嗓子与姜育恒有几分像呢！"

听尹小洁夸他上海人，孙书成急了："谁是上海人？我可是陕西人，西北狼是我！"孙书成又斟满一杯，面对尹小洁："弟弟两杯换姐姐一杯！"又杯底朝天地干了，尹小洁于是跟着也喝完剩下的半杯。

午夜过后，孙书成与罗亦铁分别拦了的士，像护花使者般把微醉的尹小洁和王雅送回家。

尹小洁在小区门口下车时，孙书成借机吻了她的脸颊。尹小洁没有迎合，也没有推辞，但她的心里还是有一丝得意——当老公经常找理由不回家、对她日益淡漠的时候，竟然还有这么个俊朗男人如此倾慕于她，尽管这种倾慕更像是由酒精催生出来的一时激情，但还是令她心生快意。

可是在她拾阶上楼时，心里又有一些愧疚感。尽管王雅劝她要她注意老公与别的女人的关系，她也早就怀疑于刚和他公司的会计刘艳关系非同寻常，但她终究没有证据。在这种情况下，她与一个在酒吧偶遇的男人喝酒，任对方护送、任对方偷吻，这不能不使她心虚心慌。

尹小洁轻轻开门，轻轻走进卧室，结果于刚还没有回来，墙上的挂钟已是零时47分了。

顷刻，尹小洁的心不虚了，她甚至后悔没有多玩一会儿，多与孙书成唱几首歌、跳上几段舞。

孙书成虽然说他是陕西人，但着装、发型都十分海派，尤其是身上还有淡淡的诱人的香水味。

于刚是在尹小洁刚刚入睡后回来了，他匆匆洗了热水澡，一上床，就把被他吵醒的尹小洁抱在怀里。

于刚当过兵，本来身体强壮，身高足有一米七六，尹小洁起初为此欣慰。可是于刚嗜烟嗜酒，身上总有一股烟酒味，这让两人少了夫妻间原有的亲密感。不知何故，于刚这天晚上对尹小洁却一扫往日的冷淡，他左手伸到尹小洁脖子下，侧着身，右手熟练地摸着尹小洁的裸体……

尹小洁醒了，浑身慢慢发热，她放松地仰卧着，任由老公把玩自己。她忘记了上一次是上个月还是上上个月。她在歌城时，孙书成抱着她跳舞，身体贴得很紧。她其实已经感觉到孙书成身体的反应，此时于刚的抚摸，恢复了她在歌城时产生的欲望。

于刚翻身上来，一下就进入了，尹小洁感觉刺激、兴奋。朦胧之间，她把于刚幻想成孙书成了。这让她有意闭上了双眼，双手抱着对方的后腰，是于刚也是孙书成，她兴奋不已。

夫妻俩的性格差异显而易见，于刚爱说充满刺激的话，尹小洁却总是用无言的微笑伴之以有克制的呻吟，她以往喜欢看着男人变形的脸，由此来判断她的魅力是强是弱。可这天晚上，尹小洁却一直闭着眼睛，尽管最后冲刺时，于刚喊着："你看着我！你看着我！"

尹小洁没有听他的，她心里把于刚真当成孙书成了。她感觉到了新鲜感，也获得了前所未有的满足感。

第二天，两个人都睡过头了，儿子被外婆送去了学校，餐桌上有老人家做好的早餐。于刚先起床穿衣服，他在衣柜里面翻找到了干净的内裤和衬衫。

"我吃口饭就要走了，中午到东莞约甲方吃饭。"

"嗯，走吧！"尹小洁淡淡地回应道。等于刚"嘭"的一声拉上门离开后，尹小洁才快快起身。

他们的主卧室连着卫生间，卫生间挺宽敞，墙角还有洗衣机、拖布池。

尹小洁每天起来，第一件事是冲淋浴，她喜欢裸体被热水冲刷的感觉。她的干净有时候被于刚说成洁癖。但在她看来，干净是一个前提，是追求，是享受。相比之下，于刚却时常扬言"不干不净，吃了没病"。为此，两个人有过太多的争吵。虽然于刚现在也改变了一些，但是与尹小洁的要求相比，还差了许多。

尽管夫妻俩昨夜翻云覆雨，但于刚次日起床照旧与妻子没有亲昵之举。他们早有约定，因为尹小洁接受不了于刚的口腔异味，两个人爱爱时没有口舌互动，平时也保持一定的身体距离。

这在尹小洁而言，不能不说是一个遗憾。因为换成孙书成偷吻她时，她其实是有回吻的冲动的。她喜欢孙书成身上的暗香和口腔中的薄荷味儿。

尹小洁洗了澡，用浴巾裹着身体，过去打开洗衣机盖，把于刚换下的内裤和衬衫一件件丢进洗衣机。突然，她好像发现了什么似的，从洗衣机中，又迅速抽出于刚换下来的衬衫。在衬衫衣领旁边，果然有一个明显的口红印。

尹小洁起床时原有的愉快感觉顷刻间消失得一干二净了，她的眼泪也默默地滚了下来，停顿了几分钟后，她缓缓地把印有口红的衬衫用衣架挂进衣柜。她想等于刚回家时，向他讨一个说法。

二

一个半月后，王雅打电话给尹小洁："尹姐，晚上圣廷苑西餐厅坐坐呗？"

"好呀？咋不去香蜜湖歌城了？"尹小洁反问。

"我把那天歌城认识的罗先生拿下了，他请咱俩吃西餐！圣廷苑离咱俩都近。"

"这话怎么讲？"

"罗亦铁是个王老五，没想到吧！他对我有点意思，我对他也有点感觉呗！"

"哈哈！你也够神速的！"

"少废话，晚上一块儿吃，你再帮我把把关，啊！"

"好嘞！"

圣廷苑当时算是深圳西餐名店，不仅有老外厨师，装修风格也洋气十足。

时值深秋，深圳依然热气腾腾。王雅刻意打扮了一番，她穿着嫩绿色连衣裙，白色高跟凉鞋。而罗亦铁也衣着整齐，像要开公司年会一样。

环境变了，身份也变了，语境也随之改变。那天的晚餐吃得分外规矩，罗亦铁绅士般照顾两个女士，但眼神里明显对王雅充满爱意。尹小洁在闲聊时才知道，这一对恋人自歌城认识后，就没有停止过联系和见面，真有"一拍即合"的味道。

尹小洁饭吃了一半，就以孩子有些不舒服为由先行告辞，她不愿意当一对恋人的电灯泡了。

回家的路上，她真心地为闺蜜高兴。她知道，王雅与丈夫胡粤婚后不久就开始冷战，早就有夫妻之名而无夫妻之实了。现在有缘结识罗亦铁，重启感情生活第二春，未尝不是好事。

一到家，尹小洁见母亲已经陪儿子睡了，就轻手轻脚地进了自己的卧室，于刚照例不在。她脱衣上床，久久不能入睡。今天王雅与罗亦铁的恩爱样子，刺激着她也琢磨起孙书成来。

罗亦铁在饭桌上一次次提及孙书成，一口一个"孙总长孙总短"，很是把自己的上司当回事儿。王雅戴着罗亦铁给她买的项链，有些炫耀意味地对她展示。尹小洁从罗亦铁的状态猜测判断孙书成，心想他是罗亦铁的领导，他应该比下级的事业更大，格局也更大。

"尹姐，孙总联系过你吧！他可是迷上你的呀！"

尹小洁当时没有回答罗亦铁的问话。但此刻躺在床上的尹小洁，却一遍遍翻看孙书成回上海后与她的短信往来——

"尹姐，安全回家了吗？上床休息了吗？"这是那天从歌城回家上楼时孙书成发给她的。她当即只回了两个字："晚安。"

"公司有事，我要赶回上海，现在已经到宝安机场了。"这是次日上午，孙书成发给她的。她回了四个字："主佑平安！"

下午，孙书成发信息："确如尹姐所愿，我平安抵沪。但我把心遗失在深圳了！"

尹小洁知道这是过头话，但还是乐意听到。她于是开玩笑："来深圳取。"

"尹姐，我听到深圳的那颗心跳了，是高兴的心跳，你可等着弟弟！"

过了两个多星期，孙书成真的悄悄地返回深圳了。他要求尹小洁替他保密，他说他这次来深圳连罗亦铁也没有告诉，他想密会尹小洁。

当晚，他俩是在圣廷苑大酒店吃的西餐，喝了一支红酒。一个半小时后，窗外的华灯初上，细雨沥沥。

"请尹姐上我房间好吗？我带有毛尖新茶……"孙书成眼神丰富地盯着尹小洁。尹小洁听出了孙书成的意思，心想，如果去他房间，必然会发生干柴烈火的故事。孙书成在吃饭聊天时，已经真诚万分地诉说了他对自己婚姻的失望。他说他与老婆已经在一个家庭里分居了，如果不是顾及女儿的感受，他早就离婚了。

他说他看到尹小洁的第一眼，就被她吸引了，说："你的眼睛太漂亮了，还有你的高鼻梁、瓜子脸……你皮肤细腻，还很白……既丰满又性感，走路姿势有诱惑性……我以后在上海旗袍店帮你定制两套……"

尹小洁听过类似的赞美，即使孙书成是重复说的，那也十分悦耳。

"我的孩子有些不舒服，我得赶回家去！"尹小洁有一半的意愿上楼，一半的意愿回家。她在心里僵持时，想到了老公于刚关于衬衫口红的解释——"呀！我忘了，那天一帮人喝多了，本来说就近在酒店开房休息的，我说老婆等我的，我不在外过夜，那谁，我公司的刘艳，开玩笑地给我衬衫留了个口红印，说你赶回去见老婆，我就让你老婆好好收拾你一回……我到家本想对你事先说明的，见你睡了，就……后来咱们俩不是……我要是真怎么的，那回家干什么？"

尹小洁在心里相信了于刚的解释，此时此刻，她觉得不能上孙书成的房间。见尹小洁态度坚决，孙书成就说："那我叫辆的士送你！"

在的士上，孙书成与尹小洁同坐后座上。雨天堵车，平时十分钟车程，结果走了半个小时。车子摇晃着，两个人身体越靠越近，后来孙书成右手就搂着尹小洁的肩膀，下车前他忍不住吻了她的脸颊……

尹小洁下意识地闪开了，这时快到小区门口了，"等下次方便了……一定……"孙书成不无遗憾地说。

尹小洁也心生一丝遗憾，孙书成口腔的、身上的气味，她其实是抵挡不了多久的。当她回到家，仍然不见于刚身影时，她为自己匆匆回家之举感到不值。

尹小洁过了一个纠结的夜晚，她不知道第二天孙书成再打电话约她见面时，她怎么办？见或是不见？大概率是见，她想放纵一回。

可是次日白天却一直没有孙书成音信。这让尹小洁有些失望，也心生疑惑——是不是我的婉拒伤了他的自尊心呢？她想主动发信息给孙书成，终因不好意思而作罢。

"尹姐，我昨天送完你回到酒店，又去酒吧坐了一会儿，吃了鸭脖子，可能坏了，弄得我患了急性肠炎，被急救车送去医院打吊瓶，缓过来后我就赶回上海……等我好了再去看你。"这是第二天深夜孙书成的短信。

尹小洁有些将信将疑，但她还是回信道："好好休息，保重身体！"

三

于刚因心脏病住进深圳人民医院了，医生建议他做心脏搭桥手术，但他心里十分抵触，总是说："我有军人的体魄，不至于怎么样，吃药就是了！"

尹小洁为此与他争吵，说："都 21 世纪了，还不相信医学，固执成那样有什么好噢！"

医生用之前一个年轻运动员因心脏病猝死的案例说服了于刚，他这才做了个心脏搭桥手术。可是就在他即将出院时，却发生了尹小洁再也不相信于刚的事。

一天，尹小洁因为小区业主委员会选举的事，临时去医院找于刚签字。尹小洁到达住院部正是午休时间，她推门时尽可能小声些，可当她迈进病房的一刹那，却撞见刘艳抓着于刚的手，含情脉脉地望着于刚。于刚和刘艳想不到这个时间尹小洁会来。当刘艳发现尹小洁突袭而至时，便猛然抽回手去。于刚经验老到，稍事紧张一下之后，就打圆场："你号你的脉，你这一抽手，让你嫂子不误会都难！"

刘艳马上领会了于刚的意思，便伸手用两指压在于刚左手脉搏处。

尹小洁心想，你们可真拿我当傻子了，真会演戏呀！你于老板住在人民医院单人病房，却让你公司的会计给你号脉？号脉与两人手拉手的动作与姿势能一样吗？

"真看不出来，刘会计还有这手艺？"尹小洁嘲讽了一句。

"不是，护士刚刚来说，这是个自己检查心跳的土办法，刘会计一听，就想学一学……"

尹小洁不想在医院发作，于是就懒得与他们掰扯下去，她让孙书成签字后，就匆匆离开了医院。

坏事有时候也会结伴。在尹小洁开车回家的路上，王雅打电话给她，急匆匆地说："胡粤出事了，他与人合作做生意，结果涉嫌非法集资，这可是刑事案件，你能让于刚找找他哥帮帮忙吗？"

于刚的哥哥于强在罗湖区某街道办当主任，算是个小官。尹小洁说："雅子，别急，我让于刚问问他哥，你等回话儿。"

尹小洁立即打电话给于刚，她想，你别跟刘艳卿卿我我了，帮我闺蜜办个正事不好吗？于刚也许心虚，立即表示："遵命！照办！我这儿有结果了，立即汇报老婆！"

一个小时后，于强传话给于刚——"今后涉及刑事犯罪的事，不许托我的关系！否则，你哥哥我的乌纱帽迟早会丢！"

王雅接到尹小洁电话，忧心忡忡地说："我也知道这忙谁也帮不了，我只是尽尽心就是了！"

其实对王雅而言，冷战中的丈夫胡粤被收审，她只要完成家属的配合义务就是了，对个人生活，尤其是情感生活，其影响是有限的，甚至还恰好帮助她与罗亦铁发展感情呢！

尹小洁与孙书成的短信往来从每周一次到两次三次，到一天一次的频率进行着，语言的内容就是彼此的想念、赞美，赞美、想念。到两个半月时，孙书成说罗亦铁负责的一个位于南山区的项目竣工验收，他要过来参加。

有关两个男人工程上的事儿，王雅和尹小洁是懒得理睬的，她俩在蛇口希尔顿酒店的酒吧，等候着两个男人。

等人是无聊的，但也是悠闲的。尹小洁点唱了好几首美国乡村民谣歌曲，还有林忆莲当红歌曲《爱上一个不回家的人》。她俩用薯条和坚果配着鸡尾酒，有一句没一句地聊着即将见面的男人。

"我不会退缩了！我在丈夫那里得不到，我当然有权利另起炉灶！"王雅说。

"我原来总觉得于刚比胡粤的情况好一点！他还不至于夜不归宿！"

"尹姐，快拉倒吧！我不瞒你了，我可是无意间碰到过于刚与那个刘艳在滨海公园揽腰散步呢！只是我有意装作没有看见，才从人群里躲避过去了，不然你说该有多尴尬呀！"

"你瞒我瞒多久了，不够意思！"

"不是想瞒你，是怕因为我的闲话破坏了你们夫妻关系呀！"

"那今天就不怕吗？"

"今天不是有孙先生嘛？我怕你又因为老公的原因，再放孙先生一次鸽子。哈哈哈！"

…………

九点多钟，孙书成与罗亦铁回到酒店，两人先领了房卡，分别邀请尹小洁、王雅去了各自的房间。孙书成说请大家喝茶，罗亦铁说他累了，想早点休息。王雅说她晚上喝茶睡不着，她就不喝了。尹小洁什么话也没有说，就跟孙书成一同进了房间。孙书成警惕地查看了酒店过道，见身后没有其他人，就把房门轻轻关上，又拧上门锁。

……两个小时后，孙书成得偿所愿地睡去了，而尹小洁也愉快地穿好衣服回家。她还拎着孙书成给她买的礼物——LV 女用包包，款式是两个人在短信互动时确认的。

"我是物质女人吗？"尹小洁自问。

"我是出卖吗？"尹小洁又问。

"我在自我作践吗？"尹小洁三问。

我不物质！这是一个喜欢我的男人所送的礼物。我若连一个男人的礼物也不收，那么他的诚意就是空话，而在空话的基础上，能建立感情吗？我也不是出卖，孙书成如果买春，上海有的是，他何必舍近求远呢？我感觉到他是喜欢我的身体的，而我似乎也从他的身上得到了丈夫所无法给予我的感觉。这是情缘，不是买卖；我追求一个女人应有的权利，即使是性福的权利，那也是权利，这也许是幸福生活的核心权利，这当然不是自我作践。

尹小洁想到此，心里一阵轻松。多少年来，她一直遵从夫妻之间相互忠诚的义务，但当相互忠诚被丈夫破坏之后，她就陷入被伤害的状态之中。今天，她用报复的心理、补偿的心理，与孙书成上床后，她突然获得了心理平衡，顿时觉得于刚与刘艳的事儿不再是什么事了。她用实际行动，在另一个层面上，找到了夫妻之间新的平衡。

孙书成让她明早到酒店一块用自助餐，她想送孩子到学校后再去赴约。她心里不停地在说，男人的口舌竟然有"那么"奇特的功能，真的令人飘飘欲仙呢！

从此，尹小洁与孙书成长达十余年的婚外情生活开始了。

四

时间改变一切，尤其是人与人的情感。

当21世纪前20年即将结束时，尹小洁在一个黄昏时分，突然收到于刚去世的噩耗——他在刘艳位于宝安路的家的小区棋牌室，因赢钱而大喜，因大喜而突发心梗去世。这时于刚57岁，尹小洁47岁。

牌桌上的人打电话给120，市人民医院的救护车还没有到，于刚就停止了呼吸。

尹小洁当天中午时还接到过于刚的电话，他说公司中午开股东会，有聚餐，散场后他就回家，尹小洁没想到这个电话成为夫妻最后的道别，更没有想到于刚在刘艳家楼下告别人世！

其实，于刚表面上与刘艳是同事，实际关系地球人都知道。不过由于尹小洁有了孙书成，虽然孙书成远在上海，她早就懒得干预于刚和刘艳的破事了。

不过近两年来，于刚的行为有所收敛，有些举动还令尹小洁暖心起来。于刚在自己心脏病日渐严重后，身体就明显地在走下坡路了。也许因为力不从心，他由过去的真野男慢慢地变成了现在的准宅男。他开始分担尹小洁的家务，家里偶尔来了朋友，他还会进厨房做一道拿手的姜葱炒肉蟹，只是烟酒戒一回，复一回，再戒一回，再复一回……

而只要于刚的烟酒照旧，他就不可能与尹小洁那方面的生活得到优化。再加上于刚身体有病，夫妻那方面的生活也就基本中断了。好在两个人在外都有了补充——尹小洁听人说，刘艳虽然年轻漂亮，但烟龄可不小，酒量更有"深圳无敌"的名号。想必于刚与刘艳"那个"时，两人没有障碍；而尹小洁每年与孙书成基本上也保持了一季度一约会的频率。"我们是季会夫妻！"这是孙书成激情当中的甜言蜜语。

于刚知道不知道尹小洁的秘密呢？尹小洁不知道，只是在她不再干涉于刚与刘艳的"工作"关系后，甚至对于好心传言者说于刚与刘艳怎么怎么时，她还替他们俩打圆场呢！于刚似乎也感受到了尹小洁的大度，转而对妻子也给予了对等的自由与尊重，甚至主动对尹小洁说："孩子如今上寄宿中学了，你就多培养些个人爱好吧！多些交际，人生苦短呀！"

于刚这些话还真不是虚情假意。有一次孙书成坐的士送尹小洁回家，她一下车，却意外碰见于刚在小区门口与一保安聊天，而孙书成也懵懂地站在的士车门一旁。

"啊，这是我老公！"尹小洁急中生智，直接给孙书成介绍说。

"这位是王雅老公单位同事，与我拼车回家！"于刚大方地与孙书成握手寒暄一句后，孙就转身上了的士走了。

于刚岁月静好一般，接过尹小洁手里的塑料袋。那是她在一家烘焙店买的杂粮无糖面包。

"你以后只能吃粗粮了，有助于控制血糖！"尹小洁边走边说。

"还是老婆关心我。"于刚温情脉脉地答道。

…………

当于刚公司的人安排好于刚的葬礼，尹小洁才从崩溃的边缘回过神来。她突然觉得，于刚原来是她生活的支柱，也是这个家的支柱。他这一走，把原来那种男人挣钱养家、女人勤俭持家的生活模式给打破了。一个家没有了养它的经济来源，妻子没有了丈夫，儿子没有了爹，顷刻之间，她与儿子就成为别人口中的孤儿寡母。

于刚生前的人缘好，他所在的公司三个股东集资为他在盐田华侨公墓买了墓地，举行了隆重而肃穆的安葬仪式。

公司股东会还与尹小洁签订了退股协议。按此协议，尹小洁可以在三年内，收到 2000 余万元现金。在清理于刚工资卡账户时，银行清单显示，于刚近三年转账到刘艳名下的钱款有 100 多万元。

"可以委托律师讨回来的！"王雅给尹小洁支招，但尹小洁却摇头拒绝了。

尹小洁在清理于刚的房间时，发现那只据说现在市值高达 10 万元的紫砂壶下面，压着一封信——

小洁：我的好老婆!

我知道我的病相当严重，我可能随时出意外。如果老天爷让我短寿，我也只能笑对天意了。这些年，你把儿子培养成大学生，为我们老于家立下了汗马功劳。我心里是感激你的。

我在公司的股份，值 2000 万，我已给股东会留有遗嘱，届时全归你继承。

我承认我对婚姻不忠，但我没有办法，我改不了烟瘾酒瘾，也改不了婚外情的瘾！我知道是我不对，但我请求你原谅，替我保密，为我在儿子心目中的形象打些掩护。儿子爱干净、讨厌烟酒，还有许多方面都随你，我其实高兴。俗话说儿子像娘，命好寿长。我祝福你们娘俩！

我其实早就知道你与上海孙先生的关系，但我没有理由不接受。我不想简单地用道德解释所有的情感问题。如果出轨是错，那先错在我，我又怎能自己站在错误的"河边"，而把后来过河、与我站在同一个岸边的你推开呢？这样也好，我们互不相欠，我由此减轻了精神上的负疚感。

如果我走了，我倒希望你们修成正果。人生苦短，有人陪你到老，无论什么形式，我也是欣慰的……

尹小洁读着读着，眼泪就流了下来，她仿佛此时此刻，才认识了一个全新的于刚。此时此刻，她心里的爱与恨是说不清道不明的，甚至是不断反转变幻的。

五

胡粤因非法集资罪坐了三年牢，出狱后，他就与王雅协议离婚了。离婚时还摆了一桌酒，算是道别宴。此时的胡粤换了一个人似的，他感谢王雅在他服刑期间对他的照顾，更感激王雅对他父母的照顾。他觉得自己配不上王雅，且认为感激之情不是爱，同情怜悯也不是爱，所以他决定与王雅一别两宽。

王雅听了胡粤的话，也感动得哭了，她说胡粤适合当大哥，不适合当丈夫，她表示今后双方会保持兄妹之情。

罗亦铁等到了王雅恢复自由身之后，就迎娶了王雅。罗亦铁之前谈过恋爱，但女方家认为他没有事业而不同意，迫使罗亦铁后退了，正因如此，罗亦铁就决心先立业后成家。他笑说老天爷让他等来了王雅。

婚后王雅很快当了全职妈妈，她什么事儿都来请教尹小洁，常说："你教我把女儿培养成你家小刚那种学生就行了！"

尹小洁有时与王雅聊天，说不知咋的了，两人的初婚都是通过熟人介绍的知根知底的对象，也正儿八经地经过了几年恋爱，谁知一结婚，日子一久，感情就慢慢变味儿了；而如今两人在KTV歌城的偶然相遇，却让王雅成功地改嫁了，生育了；也让尹小洁陷入马拉松式的婚外情当中。

"你说过，孙书成请你去上海住，你咋想的？现在你没有了家的拖累！"王雅问。

"他也说我儿子上大学了，我又单身，来去自由了，愿意去上海也行！但我听那口气，却显得有些敷衍，我不想当真。"

"去不去，还是要看你们现在的感情性质，以前他都是一年见你几次，你觉得他这算是……"

"爱情？还是性情？"

"莫言在书上说，没有性关系，谈男女之爱，实际上是虚伪的。"

"是呀！两个人没有肌肤之亲，说我爱你，你爱我，更像是自欺欺人的把戏。"

"尹姐，现在可是商业社会，孙先生对你的感情，其实用钱来衡量，便知他是真情还是假意。"

尹小洁当然知道这个道理，她之所以当初默认了于刚给刘艳的钱，就是因为孙书成也以过生日、过春节、过圣诞节的方式，给她花钱。

尹小洁反复想过搬去上海，与孙书成同居一城。之前，她应孙书成之邀，到上海与孙书成约会过多次。他们选择衡山路马勒别墅花园饭店为固定的欢聚之所。上海的市民生活也对尹小洁充满了诱惑。但孙书成的真情有几分，尹小洁心里是没有底的。尽管孙书成说过多次，他与妻子是形式婚姻，是没有夫妻生活的夫妻，但这个说法令尹小洁越来越心生疑惑——这么些年，正值壮年的孙书成一年见我几次？你的上海夫人有文化、有品位，一手把女儿培养成人，且高分考进了上海戏剧学院，你孙书成难道不尽丈夫之责？如果真如你说的，那么你可能还有着别的女人……社会上流传着一种关于渣男的说法——"家里红旗不倒，外面彩旗飘飘"，你孙书成是不是这种人呢？

2022年7月8日，日本前首相安倍晋三在奈良街头发表演说时遭枪击身亡。这个重大新闻事件，把全世界的目光都吸引过去了。尹小洁在安倍遇刺前一天夜里做了一个梦，梦里的于刚系着围裙，在厨房做他拿手的姜葱炒肉蟹……好像是因为儿子拿到了大学的录取通知书，于刚说他要亲手做菜慰劳有功的娘儿俩……尹小洁醒来了，屋子里空无一人。这些年，她母亲早在儿子上了寄宿学校后就回湛江乡下了，她爸爸离不开老伴。

现在的尹小洁，就真成了小区里的一个孤寡妇人了。儿子住在学校，还说他不想回家，一回家，见没了父亲人影，心里就难过。

尹小洁能够理解这种感受。她已经用于刚留下来的部分退股股金付了首期款，在南山区填海区买了一套海景房，那是她与儿子未来的安身之所。可惜是期房，交付使用之日尚在一年半以后。

尹小洁起床后，到小区门口的豆浆店吃了早餐，然后步行到澳海公园。走出一身汗以后，她到名为"映月"的咖啡馆，要了一杯拿铁，从书架上抽出星云大师一本谈论生死的书，坐在湖边的休闲椅子上。

时间可以疗伤。尹小洁的心情也在慢慢地好转当中，想想这堂堂的日本前首相，咋就喋血街头呢？想想眼前的这个俄乌战争，又有多少人战死沙场？……人生无常矣！平民如于刚者，来了去了，与深圳河水一样来也去也。

尹小洁去过几次于刚的墓地，与他为邻的逝者有的高寿百岁，有的却仅有二八年华。黄泉路上可真是无老幼呀！一切都是天命使然。想到这些，尹小洁就释然了，年轻时心里常常有的"为什么""凭什么"的气就消了，一切都是天意。好好活着，已然成了年近半百的尹小洁的精神支柱了。

"妈妈！你不要操心，没了爸爸，今后有我呢！"丁小刚长大了。尹小洁欣然接受儿子的劝慰，但她心里却想，我应该当一个儿子眼里的坚强母亲才是。

如果说于刚在世时，尹小洁多少心里还有些鸡零狗碎的不平事，觉得老于家对我尹小洁，"唉"！常有一言难尽之叹。

可是现在老于家在于刚这一支来说，就数这个还在校园里的于小刚了。尹小洁觉得，她有责任辅助儿子完成学业，将来再成家立业。她现在就是于刚的当家人，于刚的人生使命仿佛要通过他遗留的 2000 万资产，由她过渡到儿子于小刚身上。

尹小洁于是更加用心地照顾起于刚妈妈，尽管于妈妈另一个儿子于强这时已由街道办主任升任某区副区长了。但尹小洁觉得，她得把于刚这份孝心独立兑现。当然，她回湛江探望父母的次数也更多了。她早就给父母每人添置了一部智能手机，且与他们设了"老尹家"微信群；她还出资修建了老宅，开垦了一小块荒地以方便老人家种菜养鸡。她每次开车出深圳，大半天时间就回到儿时玩耍的山水之间。也许父母亲都迈步走向八十了，每见她回家，四只眼睛都冒出幸福的光芒，饭菜也像是怀旧的致敬岁月之作……尹小洁从中体会到自己的价值，她意识到父母亲越来越需要她了，尽管她有哥哥，但哥哥像是家里粮囤般的存在，她则像父母贪吃的糖心包子……

孙书成以工作繁忙为由，三年没有踏足深圳了。但最近却来了，他说他是本着小别胜新婚的心情来的，但尹小洁却以身在外地为由谢绝见面。

"哦，外出旅游了，也好，你也该放松一下自己！"孙书成发微信道。

尹小洁觉得该为自己的避而不见做些弥补，于是转了一万块钱给孙书成，附言道："当我请你吃饭，补我缺席之过！"

"也好，我正巧手头紧。"

钱是会说话的。孙书成真就以为尹小洁外出了，他当即约了罗亦铁，晚上去繁星 KTV 唱歌去了。

罗亦铁有些纳闷，便私信尹小洁："我与孙总唱歌，咋不见你身影？"尹回信："我外出了，不便见，你们好好玩！"

尹小洁不见孙书成，主要原因是日益增长的陌生感让她对这个男人过去表达的真情日益怀疑起来。当然，还有一个男女有别的原因，就是年近五十的尹小洁自从停经之后，对男女之事的心理感受发生了 180 度的改变。孙书成常发的微信内容，显示他的荷尔蒙旺盛如日，但尹小洁却开始意兴阑珊起来。

孙书成第二天离开深圳去了香港。王雅请尹小洁晚上去她家吃饭，"你一个人做啥饭呀！"

尹小洁这就过去了，一见罗亦铁，想不到他一反常态，对孙书成大加抱怨："这么多年，我对他可真就当成大哥、当成老板了，啥忙都帮了，他倒好，上海总公司计划上市了，竟然没有我们这些外地分公司的原始股配额……可他以前对我有过承诺的！"

王雅一边帮腔："上海人做事，小气死了！"

"他哪是上海人，他是陕西人，用他们陕西话说，孙书成就是个瞎尿！太不讲信用了！"

"我奇怪，你这次咋就不见孙书成了呢？"王雅看着尹小洁的眼睛。

尹小洁用一种阅人无数的悠然神态说："不是日久见人心吗？我突然想试探一下，他见不到我时，会有啥反应？"

"啥反应？找小姐呗！"罗亦铁没好气地说，"我们在KTV包房，陪唱姑娘中，有一个湛江小妹，孙老板煞是喜欢，他还说这姑娘像你呢！对不起小洁，这些年我为姓孙的打了太多掩护，这对你不公平！"

"是吗？孙书成可是说过，他来深圳，除了我，别的女人看都不想看一眼！"

"尹姐，这话你也信！"罗亦铁笑了，他起身，到书房翻了一阵子，拿了一张A4纸给尹小洁。

"你俩好的时候，我不会让你看的！"

尹小洁接过来细看，才知道这是公安局的行政处罚决定书，事由是孙书成因嫖娼而被处以罚款5000元，时间是2007年某月某日。

"这是咱们在歌城认识后，孙老板第二次来深圳找你时发生的事。他来深圳时不告诉我，出事了才通知我给他垫付罚款，还让我替他保密。"

尹小洁由此知道了，当年孙书成送她回家后，为什么第二天杳无音信。原来，孙先生深情地送她回家后，转身就找了个"流莺"。不巧的是，公安机关搅了他的"好事"。想到这里，尹小洁突然觉得有些恶心，也有些悲哀。10多年来，自己有可能只是孙书成远在深圳的一个"翻牌"女人！这与她自己理解的婚外情，有半毛钱的关系吗？据罗亦铁后来说，孙书成持股的公司真的如期上市了，但孙书成仿佛忘了他来深圳在"手头紧"的时候收过尹小洁的一万块钱微信转账。

尹小洁却忘不了这笔钱，她也不把它看作钱了，她觉得这个钱更像一把刀子，把一个游戏人生的人过去穿着在身上的外衣一件件剥掉了。此时此刻，原来俊朗的仪表和暖人的微笑令尹小洁厌恶到了极点，她犹豫两日后，把孙书成拉黑了。

六

2023 年 5 月 20 日，尹小洁意外收到了同一小区单元邻居唐年康用微信转给她的 520 块钱。用意很简单——"我爱你"。

于刚在世时，这个唐年康常来她家，跟于刚或聊天或下棋，见了尹小洁就"尹姐、尹姐"地叫。于刚的后事，他也跑前跑后。他结过婚，但没有孩子，早些年离婚了，一直独居着。据小区棋牌室的人闲聊时说，他是龙华区某电子工厂的老会计，人本分老实，他对尹小洁的心思，不像有假。

唐年康去年就给尹小洁转过 520 块钱，尹小洁当时也没有收。这一回她也不会收，她会让这个承载着独居男人特殊寓意的钱在 24 小时后原路返回。

唐年康有天在小区花园意外碰见尹小洁，对她说："尹姐，我知道你没有想好，但我不急，只要你没有嫁人，我就会等你！"

"唐兄弟，大姐知道你的好意，但我没有了结婚的心思了，我只想照顾儿子成家立业，女人过了五十，还谈什么恋爱、结什么婚？"

"尹姐，咱就搭伴过日子，让我来照顾你，咱俩一块儿照顾小刚。"

"那你图个啥？"

"我就想过个热热闹闹的日子，一个人太孤独、太无聊了！"

"那你不正儿八经找人结婚？"

"结婚有风险，万一又碰上我前妻那种人怎么办？还是尹姐好，咱们相互了解。"

"我想想，你也不要抱太大希望。"尹小洁平淡的结束语，却令唐年康心花怒放。

尹小洁能想好吗？她在矛盾之中。

但凡再婚，便是更复杂的一类谈情说爱。可对于越来越多地考虑晚年生活的尹小洁而言，她已经没有什么欲望谈情说爱了。她反而对买菜做饭，照顾老人孩子，享受个人运动与阅读，有了更多的喜悦。用星云大师的话来说，这是一种在世俗生活中的修行。

显然，如果唐年康试图与尹小洁再婚而获得情与爱，恐怕到时候会事与愿违；但如果唐年康的想法就是找老来伴，想通过两个年过半百的男女，过上晚年有烟火气的生活，则两人走在一起的几率可能会更高一些。

也许你会说，这不就是搭伴过日子吗？是的，也可以这么说。但既然是搭伴过日子，那么需要那一张结婚证吗？尹小洁尚且没有想透这个问题。

尽管人类社会的生活大多数是以婚姻生活为形式，但生活的终极目的却不是婚姻，而是快乐与幸福！

为此，婚姻以内的人和婚姻以外的人，都在自己的人生坐标上寻找快乐与幸福。于是，有人在婚姻之中找到了，有人在婚姻之外找到了。既然如此，那就八仙过海，各显神通吧！

尹小洁反复想，既然我前半生过着婚姻生活，那么我的后半生，能不能过一种不婚的生活？我不用婚姻来约束感情，我可以在彼此有感情的前提下，尝试过一种简单而快乐的生活。

如果把尹小洁曾经有过的两个男人比较一下，则于刚代表着在婚姻之中的情感类型，而孙书成代表着婚外的情感类型。这两种类型在尹小洁眼里，即便有过爱，那也都是过去式的了，是可以忘记的。

人的眼睛长在脑门前，走路向前也更顺畅，情感亦应面向未来。尹小洁想，有没有第三种类型的情感，即没有婚姻的陪伴，而纯粹是精神的陪伴，日常的陪伴，身体的陪伴？唐年康是不是呢？

与这种人结伴过日子，笑看花开花落，安享白头共度，尽管嘴上不说情与爱，但心里的坦然与快乐，会是人生美丽的晚霞吗？

2023 年 5 月 26 日
于北京宋庄

「中篇小说」

劫后余情

现实像一座大山，爱情似一缕晨雾……

——题记

那美丽，现用名那美，吉林辽源东丰县人，现居深圳，有 16 年深漂史，如今 36 岁了。

那美的深漂生活已经稳定了，但她却忘不了自己的初恋，忘不了初到长春的打工经历。

回溯到 2004 年，那时那美只有 18 岁，在老家辽源市郊区，给她那个被誉为种菜能手的父亲那世才当助手。

有一天，那美因为吃了冰箱里的冰激凌，与同父异母的弟弟吵闹起来。这个只九岁的名叫家宝的弟弟从小娇惯成性，情急之下就用手去拽那美的头发，那美躲避时推挡了他一下，结果小家伙摔倒了，恰巧被刚好进门的后妈王丽园看见了，后妈立时火冒三丈，"好你个二丫头，你不让着弟弟也就算了，今儿个竟还动起手来了！"

那美平时受够了后娘的气，这时也就没有好气地辩解说："是家宝他自己摔倒的！"

王家宝一副顽皮的模样："你吃了我的冰激凌！我要打你！"

那美生气地对后妈说："你们就惯吧，就把他往死里惯吧！"

王丽园一听那美给她儿子用了"死"字，便冲上前，一把抓住那美衣领，凶神恶煞般："你说什么？你在咒谁呢？！"

"啪！"王丽园不由分说，冲那美抡过去就是一个耳光，那美顿时眼冒金星，左脸发热。她委屈地看着在一旁收拾菜籽的父亲。不料，父亲回头看了女儿一眼，反而帮老婆说话："该打，你咋能这样说你弟弟呢！"

王家宝看着爹娘帮他说话，一脸得意地拿着游戏机玩了起来。

那世才原来是疼爱两个闺女的，但自从有了这个宝贝儿子，偏心眼就越来越不加掩饰了。而王丽园呢，作为那世才的二婚老婆，她在心底里从未把两个继女当成女儿，反而认为早点赶走她们才清静。

那美心里委屈极了，她仅仅吃了一盒冰激凌，就遭到蛮横弟弟的攻击，后妈的打骂，父亲不仅不管，还为他的老婆帮腔。想到此，那美的眼泪就流个不停。

那世才仍在一边拣选他的菜籽，一边数落女儿，"你是大人了，你弟才多大，你妈不打你打谁？"

"她才不是我妈！"那美听不下去了，丢下这么一句话，转身就回自己屋里去了。

"后妈也是妈！"那世才对着女儿的房门喊道。

王丽园看到这里，愤然说道："你这俩姑娘，我可不当她们的后妈了！姓那的，你可都看见了！"说完转身出门去了。

那美回屋后，擦干了眼泪，用事先准备好的拉杆箱，装了自己的衣服鞋帽，还有一本台湾作家三毛的书，然后拎着拉杆箱，来到堂屋。这时只见父亲一个人在，那美于是淡淡地说："这个家我待不下去了，我外出打工去了！"

那美本来想着父亲可能会挽留她，可令她意外的是，父亲同样冷淡地回道："也好，你也过了18岁了，也该为自己找个出路了！免得在家惹是生非……"

听了父亲这句话，那美已别无选择，她没有任何留恋地走出家门。

当她来到村口，向国道边上的公交车站一步一步行走的时候，父亲那世才这时却骑着电动小货车赶了上来，"美丽，爸送你去车站！"

那美鼻子发酸，但她忍住泪水。

"这里有800块钱，你带好了！"那世才把一个牛皮信封递了过来。

那美接过信封，眼泪还是掉了下来，她想到了父亲再婚之前的样子。那时，作为上门女婿，那世才对她与姐姐还是十分疼爱的，只是后来再婚，后妈生了宝贝弟弟之后，她与姐姐就好像成了多余的人。

"爸，你以后也不要太累了！地里的活你干，家务活本该女人操持！不然累坏你了别人才不管呢！"那美不愿意再称打她耳光的人为妈，于是就用女人、别人代替。

那世才一时也有些伤感，"爸爸是人家老王家的上门女婿，一辈子只会种菜卖菜，你这后娘，像个母老虎似的，可她生了儿子呀！"

"我知道，你就在他们老王家过好日子、当好长工吧，我和我姐都是姑娘，都是那家人，都是要泼出去的水！"

"这是命啊，美丽，你在外头待不下去了就回来，爸教会你种菜，也是个营生……"

"放心吧，我一定能待下去！"

两个人说着话，就到车站了，从辽源开往长春的客车也到了，那美匆匆上车。

"到长春后给我打电话！"那世才在车窗外朝女儿喊道。

那美放好行李箱，扭头看着窗外，朝父亲招了招手，车子启动了，父亲在她眼里越来越小，直至看不见了。

坐在客车上，那美暗自决定——我把自己的名字那美丽改成那美了，我要让那美活出一个人样来，我再也不当从前那个窝囊的那美丽了！

"就你那个模样，你还敢叫美丽！"这是继母王丽园有一回在与她发生口角时说过的一句话。

"那你呢，你好，你咋当人家后老婆呢！"那美的反击也从不示弱。

东三省有三个省会大城市，沈阳、长春、哈尔滨。在长春东南方向 100 多公里外，就有一个地级市——辽源市。辽源位于吉林中南部，地处东辽河、辉发河上游，因东辽河发源于此而得名。

辽源的历史悠久，文化底蕴丰厚，青铜器时代就有人类活动，是满族重要发祥地之一，清代康熙年间被辟为皇家盛京围场。1902 年设立县制，1983 年升格为地级市。

那世才原本生长在隶属四平市的伊通满族自治县，相比辽源市郊的东丰县，那里更偏僻一些，也更贫穷一些。他兄弟多，后来经人介绍，就来到东丰县王家屯子当了老王家的上门女婿。

也许是因为靠近辽源市，东丰县慢慢演变成辽源市民的"菜篮子"。那世才的岳父母在王家屯子以种菜为生。那世才上门后，就跟着岳父母学种菜，几年下来，也成了种菜的一把好手。

那美的亲生母亲叫王丽芬，是王姓人家的独生女儿。老王家的菜农不算富，但也能过得去。他们给女儿招女婿的目的，是希望生养男丁，弥补只有一个女儿的缺憾。王父当初通过媒人，事先与那世才达成了一个约定——如果两人生不了孩子，则尽早离婚；如果生了男孩，则男孩就随母姓，将来在王家屯为王家顶门立户；如果是女孩，则女孩随父姓，将来嫁人，不作为王家继承人；如果超生罚款，则由王家全部承担。

那世才接受了这个条件，他想过多次，当上门女婿总比在伊通县老家可能娶不上媳妇好得多。当然更重要的是，他的媳妇王丽芬比他长得高，长得白，别人私下里议论"王丽芬好花插到牛粪上了"。那世才知道这话的意思是贬损他，但他心里却有一些得意——这不是说明我娶了个漂亮老婆吗？

可是老天爷好像有意捉弄老王家，那世才与王丽芬盼什么不来什么，第一个孩子是女孩，也就是那美的姐姐那美红。一年半后，那美也出生了。这在"只生一个好"的计划生育时代，那美成了王家第一个超生的孩子。尽管如此，王家不达目的不罢休，决定继续超生。

王丽芬偷偷地怀孕、偷偷地养胎、偷偷地检测胎儿性别……当得知第三胎还是一个女婴时，王家人决定"打"掉。尽管那世才是父亲，但在孩子的去留问题上他说不上话。

可是万万想不到，王丽芬为了使违规怀孕不让计生人员发现，就不敢去正规医院做引产手术，而是选择私人诊所。不料这个诊所设施简陋，医术也是二把刀，王丽芬人流手术过后，伤口感染，最后导致败血症，不长时间就病逝了。

"你妈就是因为想生一个男孩而死的！"这是那美与姐姐从别人口中听到的。她俩当时并不十分理解妈妈为什么非要生一个男孩，但她俩发现，母亲去世后，爷爷奶奶与爸爸的关系就变了，经常围绕着"母亲到底是谁害死的"这个问题发生争吵。有时还拿她们姐妹俩撒气，说她们什么将来都是"嫁人的货"！

这个时候，那美已经觉得，自己生成女孩是个错误的事，如果她是男孩，母亲就不会死了，父亲也不会受气了，爷爷奶奶对她和姐姐的态度可能会好一些。

那美的爷爷奶奶在王丽芬去世一年半后，就为那世才娶了同村的老姑娘王丽园。

王丽园是王丽芬的堂妹，因为长得很像一个大老爷们儿，谈过许多对象都不成功，最后成了王家屯子中别人不敢惹的老姑娘。但王丽园原本把王丽芬父母叫大伯大娘的，算是一个老王家，两个人是同一个爷爷。

那美与姐姐以前把王丽园叫"园姨"，但在"园姨"与父亲摆过结婚酒席之后，她们俩就按照爷爷奶奶的要求，把"园姨"改叫"园妈"了。

"你们既然叫我妈，我可就拿你俩当女儿了，该骂就骂，该打就打！啊，哈哈……"

听了继母这样说，姐妹俩心里不免有几分胆寒，扭头瞄瞄埋头干活儿的父亲，父亲没有什么反应，也就乖乖地点头称是。

王丽芬去世时，那美刚刚十岁。后母王丽园过门以后，凭着老王家的血缘关系，自然就成了王家的当家人。

她经常对那世才骄傲地说："我大伯大娘看着我长大，我原来是他们的侄女，现在堂姐不在了，我就成大伯大娘的亲闺女了！"

"是呀，一笔写不出两个王字呀！"那美的爷爷也经常这样帮腔说话。

"但你那世才和你俩丫头，给老王家顶不了门，立不了户，你知道吗？"王丽园挤兑那世才时也这样说，那美没有见过父亲反驳，反而听了后娘这种话，常常转头去干活了。

两年后，王丽园如愿生了一个儿子，也就是王家宝。从此，王丽园更像是老王家的功臣一样。那美的爷爷奶奶整天"家宝、家宝"地喊着，还一个劲儿地说："这孩子五官还真像我那可怜的丽芬呢！"

王丽园说："可怜啥呢，我堂姐不就是想生儿子么，我现在替我堂姐生了，我堂姐在地下还感谢我呢！"

那美的爷爷奶奶渐渐地好像有点儿怕王丽园，而那世才却没有一星半点当了儿子他爸的骄傲感，仍旧是上门女婿的窝囊样子。王丽园给他穿啥他穿啥，给他吃啥他吃啥。王家屯子里哪家人办红白喜事，王丽园照例是王家的当然代表，那世才即便去了，也只是在人家厨房当个帮忙备菜的角色……

王家宝小时候多由爷爷奶奶照顾，三岁起便当了俩姐姐的跟屁虫，在外面与王家屯子里的孩子玩耍时，他是那种动不动就哭的软柿子，但回到家里，他又是典型的"窝里横"，俩姐姐就是他当然的出气筒。

那美此次长春之行，其实不是一时心血来潮。她之前已经联系好辽源技工学校时期的同学李成刚。

李成刚比她大一岁，也是东丰县人。在技校时，李成刚学的是烹饪专业，她学的是美容专业。李成刚毕业后就去长春他二姨夫开的饺子馆当厨师了。他多次给他姨夫推荐那美来饺子馆当服务员。

李成刚的姨夫叫范同，但在他二姨刘小丽嘴上却把老公名字改叫成了"饭桶"。

这两口子都是想说啥说啥，想干啥干啥的主儿。

他们的饺子馆开在吉林艺术学院东大门对面的一栋临街居民

楼的底商位置，招牌是"小丽大馅饺子馆"。

前天李成刚又一次给范同说："我给姨夫说过的那个同学回话了，说她马上可以来长春上班。"

"来就来呗，试用一下再说。"范同给李成刚回答得很干脆。

那美本来没有出过远门，在她犹豫着要不要与父亲好好商量一下这个事时，却因与继母的意外冲突而突然下定了决心。

那美于是就毅然决然地告别家乡，告别父亲。

其实，那美几天前去找过姐姐那美红，姐姐告诉她："能走就走吧！园姨不是善茬，咱姐俩惹不起还躲不起吗？"

那美红当时刚 20 岁，且已经与男朋友在外面租房同居了。

那美坐的公交车快到长春终点站时，李成刚早早地在车辆入口处的路边站等了。这个长相和外形与小品演员小沈阳有九成相似度的小伙子，为了接他的女同学，特意穿了一条新买的牛仔裤，白衬衫，还有竖格条纹西装，黑色高腰皮鞋也光亮照人，头发三七分，显然打了定型发胶。

"嘿，李成刚，几天不见，你咋变成歌星了！"那美一见面，就上下打量着李成刚，笑着调侃道。

"哪里哪里！"李成刚被女同学夸奖，心里美滋滋的，但那美却有些脸颊泛红，仿佛不好意思似的。李成刚赶忙接过那美的拉杆箱，"走，出租车站在那边。"

"美丽，你多久没来长春了？"

"好久了！成刚，我改名了！"

"改名，改成什么了？"

"我不要丽字了，你以后改叫我那美好吗？"

"那，美，那美，那美，好，两个字，干巴脆，很好！"李成刚一边说一边觉得纳闷，"不过，你本来长得美丽，叫美丽这个名也名副其实呀！"

"我不想让我那个后妈嘲笑，再说，我也觉得叫美丽太土气！"

"好吧，那美，你想吃啥？我得为你接风洗尘哟！"

"你请客，好，我想吃必胜客。"

"好吧，我们先回饺子馆，安顿好住处后咱们就去万达广场，那里就有。"

出租车只用了二十多分钟，就到了吉林艺术学院东门，李成刚一手拉着行李箱，一手牵着那美的胳膊，在斑马线等红灯时，他对那美说："嗯，那美你看！"

那美隔着马路，透过林荫路上树枝的间隙，只见一幢六七层的老式住宅楼的底商门头，有亚克力材质的红底白字广告，上有隶书招牌字——"小丽大馅饺子馆"。

"我姨夫家就在饺子馆楼上七层。"

"你让我住你姨夫家吗？"

"那当然不是，你和我都住饺子馆楼上二楼。"

说话间，两人就进了饺子馆，这个时辰不在饭点，店里只有老板范同一个人坐着看报呢。

"姨夫，这就是我同学那美丽，哦，她现在叫那美了，你以后就叫她小那或小美吧！"

"那美，小美，"店老板不到40岁，体型是典型的厨师模样——脑袋大，脖子粗，他上下打量着这个新来的员工，笑着说："来得正好，咱们这个店正好需要会招呼客人的服务员呢！"

那美给范老板鞠了一个躬，客气地说："姨夫好！"

"别，别叫姨夫，咱们入乡随俗，你和成刚呀，以后都叫我范经理，或者范老板吧！"

"好的，范经理！"

从范同的表情能够看得出，他是喜欢这个新员工的，他扭头对李成刚说："你带那美到二楼，先安排好住处吧。"说到这里，范同又面向那美，"咱们店小，住处也简陋，你将就着，啊！"

"没事儿经理，我要求不高，有张床就行。"

上了楼，中间是过道，两边是一间一间的包房。

李成刚介绍说："这层全是餐厅包间，但平时上不了那么多客人。我来了之后，就把一个包间改成宿舍了。你今天来，范老板事先又让我为你改了一间。"

进了房，那美看到原来的圆桌桌面与桌脚已经拆卸了，现在侧立着靠墙放着。新买的铁架子床在房间一角，床上已铺好了白色的褥子、被子和枕头等，床头还有一个小木桌，另外还有衣架、脸盆、牙缸、牙具等。

"咱们这儿就一点不方便，洗手间、淋浴房是公用的，楼梯对面那间屋就是。"

那美心里有些激动。对她来说，这是离家外出、进入长春的人生转折点，她会与同学李成刚一样，有工作，有工资，有自己住的宿舍，她再也不用跟着父亲到菜地里去了，她讨厌无休止地去为菜秧子捉虫。尽管这是父亲为了不用农药，保证供应纯绿色蔬菜，但对她来说，她腻歪了干那种活儿。当然，更重要的是，她的眼睛里再也没有了后妈的身影，也不会受那个宝贝弟弟的气了。

李成刚也是满心欢喜，他来长春给姨夫打工，饺子馆的大小事情都是他的分内工作，平时没有其他娱乐活动，尽管饺子馆对面就是艺术学院，那里的帅哥美女一堆一堆的，但他知道，那些人没有谁会把饺子馆厨师放在眼里，平时来店里吃饭，吆喝着要这要那时，连正眼看他都稀罕。现在好了，他辽源的同学来了，而这个同学早就是他的女神，是他心仪已久又一直不敢开口表白的对象。从今往后，他就要与这个同学当同事、当邻居，他俩的关系发展会怎么样呢？

李成刚想到这里，心里像灌满了蜂蜜似的。

那美简单地收拾了一下，就到了傍晚，李成刚带着她来到万达广场，进了必胜客。李成刚让那美点自己爱吃的东西，那美就看着菜谱上的图片，选择了海鲜比萨、奶油蘑菇汤、水果沙拉，最后那美看着法式焗田螺犹豫了，李成刚这时却对一旁的服务员说："这个好吃，来两份！"

"这样吃，会把你吃穷的。"等菜期间，那美笑着对李成刚说。

"不至于吧，以后有空了，我带你好好参观长春的旅游点，吃好吃的。"

"这可是你说的，那我真要把你霍霍成穷光蛋了！"

菜上来了，李成刚像个护花使者一般，他教那美怎么用刀叉，怎么用汤勺，俨然像个老牌的城市青年。那美十分欣慰，她脑子里闪现着李成刚在学校时的样子。

辽源技工学校是专门面向无心高考的中学生招生的，上这个学校的学生，大多是在初中的学习成绩就不怎么好，或者家里经济困难，急于走向社会打工挣钱的学生。那美和李成刚属于后者。按那美家的经济状况来说，供她上大学没有问题。但后妈不愿意，她爸也不敢坚持让她上大学，所以那美一心想着早毕业、早工作、早独立、早离家。

尽管他俩当初不在一个班，但李成刚喜欢打篮球，有一次站在球场外看球的那美帮李成刚捡过一次篮球。那是他俩认识的契机。

那美看着球场上的李成刚，觉得他蛮帅，他们男生要是组织比赛，那美也不由自主地偏向李成刚所在的球队。

"那美丽，我可发现了你的秘密了，你是不是喜欢上李成刚了？"这是当年在学校时的闺蜜王娟说过的话。

那美当时嘴上不承认，但心里还是认可此说的。当李成刚叫她来长春打工时，她好像觉得这是天经地义的事，是本该就有的联合行动。

李成刚一边吃着东西，一边看着那美。他觉得，那美是他们学校的校花，她长得苗条，皮肤虽然晒得不算白，但很细腻，她的三围突出，尤其是她的微笑，有一种叫人"一见倾心"的力量。如今这个美人，就在自己眼前，他想对她表白，告诉她"我早就喜欢你了"，但又觉得人家今天刚到长春，正需要自己帮忙的节骨眼，这时候表白，多少有些"乘人之危"的意味，于是他换了一句话，"那美就是美！"

"是吗？"那美知道李成刚的眼神所表达的意思，她很享受被人欣赏与赞美的感觉，"你也蛮帅的呀！"

"哈哈哈，那咱们算是互不相欠，啊？哈哈！"

吃完饭后，两个人商量好步行回饺子馆。这时的长春城，华灯璀璨，春风夹带着不知名的花香。他们走街串巷，快到饺子馆时，街头一间不大的发廊，把那美的目光吸引住了。

李成刚看透了那美的心思，"走，给你换个发型！"

"不不不，等我挣了工资再说。"

"那又何必，你名字都换了，发型也该换了！"

"好吧，但说好了，这个钱我花！"

"好好，你花你花，你让我东北老爷们儿的脸搁哪儿呀！"

发廊里留披肩发的男技师，拿来发型图册，与那美商量，那美又让李成刚出主意，后来就选择了一款与日本歌星酒井法子一样的发式——剪短，两边对称，发长至耳根下，少许染浅棕色……

"呀！"一个多小时后，那美看镜子中的自己，感觉像换了一个人似的。

完事后，李成刚硬是抢着付了480块钱，然后说："今天我请你理发，改天你请我理就是了！"

那美笑着说："男人理一次发30块钱，那我可占大便宜了！"

走在街上，那美心里美滋滋的，她忍不住又说："这个发型我好喜欢哦！"

"当然了，这是省城长春！"

"嗯，我真的蛮喜欢呢！"那美心里在想——我就是要当一个大城市的姑娘，我不想让人觉得我土气。

"那美，你看看，你换个发型就这么洋气，要是改天再买几件流行时装，那还不成了长春一枝花了！"

"成刚，你也太夸张了！"

"不夸张，你真的是由那美变成那美美了！"

"哈哈哈……我爱听这种话！"

"嗯，你的美翻了一番，我以后就叫你美美吧！"

"随便你！"

…………

好像是水到渠成似的，那美与李成刚恋爱了。他们俩后来彼此互相认定对方为自己的初恋，其起始之日，就是那美抵达长春的这一天。

作为小丽大馅饺子馆的工作人员，他俩一个在后厨备餐，一个在店面待客，算得上配合默契，饺子馆的生意因他俩而趋于稳定。

那美基本上把每个月的工资都用在了置办时装鞋帽和化妆品上了，她用时下最流行的服装，令自己的外表发生了脱胎换骨式的变化，也在证明"东北女孩就是敢穿"的说法。

有老客人与那美相熟了，就笑着给她取外号，什么"漂亮姐""时髦女郎""香港小姐"等。范老板也夸奖那美："你成了我们饺子馆的阿庆嫂了！"

李成刚用把每个月工资都交给那美花的方法，终于赢得了美人心。当夜深人静之时，他会在那美的宿舍，享受一对恋人最激动、最甜蜜、最迷醉的时刻……

一年后，李成刚的父亲意外地得了尿毒症，李成刚一下子被这个突如其来的变故打蒙了。

本来，一对年轻的恋人，每月底的工资合起来也有六七千元，吃住免费，两个人约好了花一半留一半，由那美当家。可李成刚母亲问儿子："你手上有钱么，有多少就拿多少吧！你爸救命要紧！"

那美这时不得不把一年来一点一点存起来的三万块钱全给了李成刚，从此两个人几乎没有了花钱的活动，闲了待在宿舍时，就看看电视和报刊，外出时就逛逛马路，溜达一下公园，偶尔吃个肯德基或麦当劳。

尿毒症是不可逆的，发展到最后，就是血液透析，那是个用钱维持生命的状态。李成刚母亲在电话中给儿子说："你尽尽心就是了，我儿也要考虑自己将来恋爱结婚用钱呀！你爸实在救不了，就让你爸去吧！"

李成刚却想，爸呀，儿子只是个饺子馆厨师，我不花钱了，我恋不恋爱、结不结婚，都无所谓了。既然你给了我生命，那我就倾尽全力！

李成刚给范同说："姨夫，你能预支我一年工钱吗？我爸急着用钱！"

范老板说："成刚，你爸得了尿毒症我知道，你要预支工资的事，我得跟你二姨商量一下！"

范老板实际上是徒有其名的，他夫人刘小丽虽然是个麻将迷，但饺子馆由她当家呢！平时赚的钱，一大半让她输到麻将场了。原来饺子馆生意好的时候，她主要负责凉菜档，生意不好之后，她就当了甩手掌柜，同时也发挥她的特长，把饺子馆二楼闲置的包间改成了棋牌室，平均每天有三四桌牌局。而打牌的人输赢都难以停手，于是他们不打则已，一打就是通宵。这样，饺子既是晚餐，又是宵夜，还是早餐。有的牌友说一夜三盘饺子腻歪，有时候就用烤红薯、煮玉米、花生、瓜子、水果代替。如此一来，饺子馆就多了按时间计费"抽水"的收入。

由于打牌多是通宵夜战，范老板与老板娘刘小丽就约好了"男白天女夜晚"的值班模式。李成刚与那美常常白天忙得半死，晚上还得临时起来帮刘小丽应付打牌的客人吃喝的事。

"你外甥要预支一年工钱，你说咋办？"范老板回到家，对躺在床上看手机的老婆说。

刘小丽头也不抬，先"嗯"了一声，然后把手机丢床头柜上，眯着眼说："支吧，一年工钱也就几万块钱，我姐夫可是尿毒症呀！你不支，他要是借钱呢？你借不借？"

"是呀，再说了，成刚这孩子咱店里还真离不了！"

李成刚拿到预支的工钱，急匆匆地赶回东丰县老家去了，三天后回到长春，人的性情就已大变。他对那美说："我妈和我姐照顾我爸，用钱就只能靠我了，可我的工资就这么点呀！"

那美忧心忡忡，"那你也只能这样了，老人得了病，你当儿子的也只能有多大力就出多大力……"

"我想打劫！"李成刚有些带着哭腔说。

"胡说什么呀！"那美瞪了他一眼。

那美嘴上这样说，但心里却不得不一次又一次思考她与李成刚的未来。

来店里打牌的一个包工头，私下里给那美说过，让她去他公司工作，说给他当助理，还说："我给你开的工资比饺子馆高出一半！"

那美拒绝了包工头，她从包工头色眯眯的眼神当中，觉得那份工资不会干净。再说了，范老板和老板娘对自己不错，饺子馆是自己来长春的第一站，她要是因为钱的事走了，就觉得心里过意不去。还有，那美离不开李成刚，他俩私下里已经确立了恋爱关系，她不能不信守承诺。如果去包工头那里工作，李成刚也不会放心的。

可是那美万万想不到，她躲开了包工头的惦记，却没有躲开另一个人的魔爪。

由于刘小丽经常陪着客人打牌，且往往要等到后半夜或凌晨才散场，这时人已累得半死，于是就懒得再爬上七楼回家了。再说，她也怕影响范同休息，为了方便起见，刘小丽就把那美隔壁包间也改成临时宿舍了。

中秋节前，李成刚与刘小丽一块回辽源去了。刘小丽说回家看看父母，顺便也看看姐夫，说姐夫得了那么重的病，不看看礼节上过不去。

这样，饺子馆在中秋节期间除了两三个临时雇佣的下岗女工之外，只剩下范老板和那美了。

这天夜里，客人走光了，女工下班了，范老板关了门，笑着说："美美，过来坐下，咱俩也庆祝一下中秋节！"范同早就随李成刚改叫那美美美了。

那美高兴地在餐桌旁坐下，范同端过来两个凉菜，一个是拍黄瓜，一个是卤水花生。又打开一瓶德惠大曲，给两人一人倒一杯酒，嘴里还念叨着："茶要半杯，酒要满杯！"

"范经理，我喝不了太多，就陪你做个样子吧！"

"哪里的话，咱们东北姑娘，哪个不是敢想敢做，英雄海量呀！"

"英雄海量，说的是你们男人！"

"男人怎么啦？没有女人，男人他就活不成！"那美很少看到范老板兴致这么好。

"来，走一个！"范老板举起酒杯，那美只好与他碰杯。

范同一仰脖子，酒杯就干了，那美只喝半口，范同急了，"不行，我先干为敬，你至少三杯之后再随意。"

那美是喝过白酒的，那是姐姐教会她的。以前后妈欺负她们姐俩，她就与姐姐偷偷喝过父亲的白酒，而且不止一次。每次喝了酒，头有点晕，但心里舒服多了。这会儿范同一劝，那美也就依样学样，仰起头干杯。

黄瓜吃完了，花生剩下一半时，一瓶德惠大曲也就见底了。

范同用他喝两杯换那美喝一杯的方式，自己喝了六两，那美喝了三两。范同有些微醉的样子，满脸通红，那美也达到醉酒的边缘。她过去从未喝过这么多酒。

范同抓住酒瓶，把剩余的一点残酒全灌到嘴里后说："你扶我上楼，我今晚当你邻居！"

那美过来扶他，"好，你喝多了，早点休息！"

两人上楼，进了刘小丽平时休息的房间。平时楼道里总是麻将叮当响，人声一阵阵的情景。但今晚却因中秋节而悄无声息。

范同和衣躺下，那美说："我下楼去倒一杯热茶，你解解酒。"

当那美端茶回到范同床前时，范同却靠着被子半躺在床上，他接过那美递过来的热茶，呷了一口，然后把杯子放茶几上。旁边有一张椅子，他示意那美坐，那美却说："不早了，我也回房休息吧！"

"不急不急，我有话说。"范同说着话，俯身拉开床头柜抽屉，取出一个鼓鼓的信封，递给那美，"这是我给你的奖金！"

那美大为意外，以往的工资都是老板娘刘小丽给她开支，即使有三百五百奖金，那也是老板娘每月底直接打进她的工资卡里，范老板今晚却破天荒地以现金形式发奖金给她，真有些太阳从西边出来的感觉。

那美接过信封说："谢谢范经理，谢谢你，谢谢！"

"坐，坐下，咱俩聊聊天！"范同不由分说。

那美只好端坐在椅子上。

"美美，我实话实说哟，"范同脸上忽然飘过一丝愧疚之情，声音也弱了几度，"我一直喜欢你呢！"

"啊，什么？范经理，你可别开这种玩笑……"

"我不是开玩笑，我是真的！"

"那不行，成刚叫你姨夫呢！"那美声音提高了。

"姨夫，没有，没有血缘关系……"

"你这样，我以后与成刚咋处呀？"

"你们俩，只是朋友，又不是夫妻！"

"可我俩打算以后结婚的！"

"结婚，别傻了美美，成刚摊上尿毒症的爹，还拿啥与你结婚呀！"

"就是处朋友，我也只能是成刚一个人呀！"

"都啥年代了，咱们保密……"

"别说了，你有老板娘，老板娘对你那么好！"

"好啥呢，那娘们除了麻将，对啥都没有兴趣！我俩早就名存实亡了！"范同说着就下了床，除去了外套。那美见状，也站起身来，想出去回她房间，不料范同一下子从背后抱住了她，接着就吻她的脖颈。那美把装钱的信封扔在地上，用手推开范同，范同顺势面对着她，又正面抱住她，亲她的嘴，那美扭过头去，范同就吻她的脸颊、脖子、胸口……

正值壮年的范同，力量出奇地大，他一只手搂住那美的腰，一只手解那美的衣扣，先上衣，再裤子，那美一边喊"不要不要"，一边拼命抓着衣服。拉扯了好一阵子，那美终于没有力气了，于是她只好放弃抵抗，任由范同在她身上放肆地发泄……

终于，范同在不断地重复着"美美我爱你、美美我爱你……"的叫声中达到高潮，当他一泻千里之后，便躺着不动了，不一会儿还发出轻轻的呼噜声。

那美流泪了，她知道自己被老板欺负了，她决心要报复，要为自己讨回公道！这时，她想起了美国女人莱温斯基，那女人用带精斑的裙子，击碎了美国总统克林顿的谎言。她那美也要留下姓范的"东西"。想到这里，那美用内裤认真地擦了下身，然后穿上衣服，轻轻地回到隔壁自己宿舍。接着，她匆匆地收拾了自己的衣服杂物，然后轻轻地提着拉杆箱下楼。出了饺子馆，她的步子加快了。她知道，在吉林艺术学院后门拐角处有一个红旗旅社。

在路灯下，那美步行了约一刻钟，就到了红旗旅社。还好，旅社值班人说正好还有一个房间。那美办好入住手续，一进房间，就和衣躺在床上。她想了很久，然后坐起身来，拨通老板娘刘小丽的手机，把范同干的丑事和盘托出。

"什么？什么？你说清楚，饭桶强奸你了？！"

那美："是的，我明早去派出所！"

"别、别、别，那美，你听姨一句，千万不要报警，你等我，我马上起身赶回长春，你等我！咱们见面后再商量对策，好吗？"

"好吧！"那美本想打电话给李成刚的，但她怕李成刚年轻冲动，再说他爸又重病，所以才打给老板娘。

刘小丽放下电话，给父母说饺子馆跑水了，保险箱钥匙只有自己有，她得马上赶回长春，父母也不好拦她，只是叮嘱路上开车小心。

在路上，刘小丽打电话给范同，电话铃响了半天，范同才从沉睡中惊醒，"喂……"

"你个臭不要脸的玩意儿，你干什么了？"

"我在睡觉，怎么啦？"

"你个臭不要脸的玩意儿，你跟谁睡觉呢？"

"我一个人呀，我没上楼回家，在你的休息室呢！"

"我是问你身边是哪个女人？"

"我喝醉了，那美送我回房的，她，她，她后来回自己房间了。"

"编，编，臭不要脸的玩意儿，你那鸡巴流出的东西，人家孩子用内裤收拾好了，人家一上派出所，你就得戴着银镯子进局子，强奸犯！听见没？强奸犯！你还不赶紧躲起来……臭不要脸的玩意儿！"

范同这时被老婆骂醒了，他看见地上那个装着一万元的信封还在，就赶紧穿上衣服，过去敲那美的房门，结果门没关，他推门一看，果然不见那美人影，他又敲了敲李成刚的房门，"美美，那美，那美……"也没有任何回应。

范同意识到自己玩过头了，他清楚地知道昨晚他刚刚完成了自己的计划，而且他的感觉十分满足。在那一时刻，他心想，这女人从今往后就是我范同的了，他要以李成刚照顾尿毒症父亲的名义，巧妙地把李成刚打发走，那笔已经预支给李成刚的工资，就当作给他的补偿金吧。

但范同没有想到那美要告他，平时那么喜欢钱的姑娘，这回竟然把一万块钱扔地上就走了。范同有些害怕，他赶紧关上门窗，把暂停营业的牌子挂在饺子馆玻璃门内，左右瞧瞧没有什么人，就三步并作两步地走出店外。离店 300 米时，他拦到一辆夜行的出租车，"走，送我到北郊夏威夷浴场。"

范同之前来过这个浴场，休息大厅有免费过夜的沙发，前台也不用登记身份证。他想，这里理应是个临时藏身的好地方。

"老婆，这回还得靠你帮忙，昨天我，酒喝多了，可能一时控制不住……"范同换上了浴室睡衣，躺在休息大厅，见身旁无人，就打电话给刘小丽。

"还编故事，你这是头一回吗？饺子馆里哪个年轻姑娘不是让你的烂鸡巴给欺生走的，你是狗忘不了吃屎知道吗？臭不要脸的玩意儿！"

"你骂！你骂！我错了，我虚心接受！老婆你劝劝那美，花点钱，帮我平了这事，以后我甘愿受老婆大人领导，好好干活赎罪！"

"别废话了，你先关了手机，每小时整点开机两分钟，有事我打电话给你，其他任何人电话你不要接！臭不要脸的玩意儿！"

"好的，好，关键时候还是老婆给力，我以后戒色！相信我！我的好老婆！"

"快闭嘴！我宁愿相信世上有鬼，也不信你们男人的那张臭嘴！"

"好好好，你路上开车慢点，我关机了，啊，你慢点开。"

"关，快点关了！"

那美给刘小丽打完电话，酒的后劲也上来了，她于是就沉睡过去了。

刘小丽平时的车技就不好，进入长春市郊不小心又与凌晨作业的环卫车发生了剐蹭，后半夜的交警迟迟不来，来了又给双方调解，好不容易处理完事故，等刘小丽到了红旗旅社，天色已经大亮。

刘小丽按照那美电话上说的房号，气喘吁吁地爬上三楼，敲了几下房门。

那美被敲门声惊醒，知道老板娘赶回来了。"等一下！"她一边穿衣服，一边应了一声。

几分钟后，那美把门锁拧开。她没有正眼看刘小丽，就又立马转过身去，走了几步，坐在了客房里的床沿，浑身无精打采地低着头。

刘小丽把平时背的冒牌LV皮包放在另一张床上，在两个床铺之间的过道，"咚"的一声双膝跪下，低着头说："那美，对不起，姨给你跪下了！"

那美一下子慌了，平时高高在上的老板娘、平时居高临下地指挥她端茶送水的老板娘，此时此刻，却乖乖地跪在自己面前，这是她有生以来头一回见到的情景，她马上起身，扶起刘小丽，"有事说事，你别这样，我可受不起！"

刘小丽于是起身，与那美面对面地分坐在两张床的床沿上。

"美美，我与饭桶吵了一路，我已经决定与他离婚了，这种流氓、垃圾、渣男，我早受够了！"

那美有点儿犯疑惑，咋一上来就是这么一通，啥意思呢？那美淡淡地应一句:"那更好了,我告他强奸,你离婚更容易了!"

"可不敢告呀,美美,你听姨一句,你告了,姨还有脸吗?我外甥成刚还咋跟你处对象嘛!我姐夫得的是尿毒症,成刚还指望饺子馆挣钱给他爸看病呢!如果饭桶判刑入狱了,饺子馆就开不了了,我就是与他离婚,那我也得看在孩子的分儿上给那不要脸的玩意儿送牢饭……呜呜呜,我咋就摊上这么个人渣呢!这个臭不要脸的玩意儿呀!"

刘小丽说着说着就哭出声来,还眼泪哗哗地,那美报警的决心一下子就减去了一半。尤其是刘小丽说李成刚靠饺子馆挣钱给父亲治病的话,确实打动了她。

在那美看来,倘若告了范老板,让李成刚打道回府,再去辽源乡下生活,那她怎么办?她可是下定决心永远不回辽源的。

想到这里,那美充满矛盾地说:"那怎么办?我让人白白欺负了,你说几句好听话就完事了,能这样便宜了他吗?!"

刘小丽知道那美态度软化了,于是转身,把 LV 包里的六万块钱现金一沓一沓地拿出来,放在那美身边的床上,然后说:"美美,这是姨给你的,本来是成刚他妈、我大姐向我借的钱,我原来打算今天中午去她家带给她的,我现在一分不剩,全拿给你了,我将来离婚了,再向那个臭不要脸的玩意儿要回来……"

那美什么表示都没有,但她心里好像接受了这个私了的方案。两年多的长春生活,她已把初夜给了李成刚,她由此也懂得了男女之间就那么回事。范老板凭借着酒劲和一身力气,在她身上发泄兽欲,她虽然一百个不愿意,但要说有什么天大的伤害,她也不觉得，她原来觉得无法对李成刚交代，但看着这六沓现金，她霎时就知道该怎么应对李成刚了。

刘小丽见那美不吭声，就又补充一句："你拿着钱去别处另外找份工作，避开那个臭不要脸的玩意儿。对了，那个常来咱们店打牌的包工头，多次给我说，他想要你去给他当助理呢！"

"我当然辞工不干了！"

"那，那咱们……美美，虽然按李成刚那边理论，你把我叫姨，但在我心里，我更愿意把你当成姐妹，这些钱你要觉得少，将来姨要是挣了钱，你再给姨言声，好吗？"

那美这时已经心软起来，觉得老板娘也挺不容易，于是小声说："行吧。"

"这就对了！"刘小丽终于笑了，"美美真是大人大量，你将来能成大事。"说完话，刘小丽就动手，把钱拢起来，当着那美的面，给她装进拉杆箱里，还用箱子里的衣服把钱遮盖住。

那美没有动手，她看着刘小丽这一系列动作，心想我得回辽源，尽快见到李成刚。

刘小丽这时得寸进尺起来，她笑着说："美美，你再帮姨一个忙，我下一步要跟那个臭不要脸的玩意儿离婚，要他还我钱，但我没有好的证据。你能把电话中给我说的那个内裤，哦，就是有脏东西的内裤给我吗？我私下收拾那个臭不要脸的东西有用……"

那美知道，刘小丽只有要回脏内裤，才能放心，否则，她怕我那美变卦。

那美二话没说，就从她的挎包里掏出一个塑料袋，递给刘小丽。那里面装的就是那条有精斑的内裤。

刘小丽接过来，用手翻开塑料袋，见脏内裤确在其中且异味浓烈，就马上原样包好，放进自己的 LV 包里，如释重负地叹了一口气，"美美，姨给你说一句话，天下男人，没有一个值得咱们女人信赖的！我算是看透了！走，姨带你吃早餐去。"

"不了老板娘，我困，想再睡会儿。"

"也好，美美，那姨就告辞了。你最好把钱就近存银行去，这小旅馆不安全。"

"知道了。"那美说完，就送已经拎着包的刘小丽走到房间门口。

"你别出来了，快点补觉。"刘小丽说完，咚咚咚跑下楼去。

那美关门后又和衣躺在床上，但这时她睡意全无。她打电话给姐姐那美红，说她想回家看看。那美红说好呀，父亲念叨了好多次了，还老是为母老虎打她耳光的事过意不去呢。

刘小丽在开车回饺子馆的路上，一看表，到了她与范同约定的手机开机时间，于是就打电话过去，范同一接电话，刘小丽就说："警报解除，你立马回店里给我跪着！"

"行行，我回去就跪！我想知道，那个内裤拿到了吗？"

"拿到了，我会塞你他妈嘴里的！臭不要脸的玩意儿！"

"好，好，她要了多少钱？"

"六万，你他妈的你算算，这要老娘卖多少饺子，才能填平这个坑？！真不是东西，为了你那个臭鸡巴，你一回又一回，你还要霍霍老娘我多少钱！臭不要脸的玩意儿！"

"行了，见面了再骂，慢点开车。太，能，耐，的，老，婆，大，人呐！"范同最后一句是用京剧唱腔唱出来的。

大约过了半个小时，那美打电话给在深圳的同学王娟，说："你上次说你们会所常年招聘技师，现在还招吗？"

王娟说："招呀，你想通了吗？我早给你说了，来深圳挣的钱一定比长春多！"

"那好，我今天回辽源，几天后我就去深圳找你好吗？"那美说。

"太好了！你来了，咱们俩就有伴了。"

那美随即退了房，到旅社门口拦出租车，一连三辆车，一听说出长春去辽源，就不去了，说回程空跑划不来。没想到第四辆车竟然是辽源的出租车，正在兜街揽回程客，那美就与师傅讲价钱，说返程车能便宜点吗，司机说："可以，给美女打八折！"

那美就踏上了归程。坐在后座上，她无心与热情的司机多聊，就说昨晚打通宵麻将了，太困了。司机听了就说："那你睡会儿，我车开稳当些。"

那美想着从辽源到长春的经历，感觉太富有戏剧性了。后妈一个耳光，把她打去了长春，而范老板的酒后乱性，却好像给她头了一张前去深圳的单程票。深圳是不是她的终极目的地？她离开辽源仅仅两年，却有两个男人进入过她的身体，第一个是她恋爱中的男人，第二个却是她的老板、是她抗拒失败令对方霸王硬上弓的男人。当然，她还遇到过类似于包工头那样的男人，他们好像都对她的身体存在某种幻想。

那美闲时爱看小说,她印象深刻的是李成刚推荐给她的、张贤亮写的《男人的一半是女人》,书中关于男女之事的描写,令他俩在床上还讨论过多次。

车快到辽源时,那美却改了主意。她没有先去找姐姐,也没有先回家,而是直接去了辽源市人民医院。李成刚父亲住在这里。

李成刚十分突然地接到那美电话,高兴地跑来医院停车场,见到那美时,一把就把那美搂进怀里,"美美,你怎么回来了?啊,我太高兴了!"

那美鼻子发酸,她在自己男友的怀里就流泪了,李成刚觉得奇怪,"怎么啦,你为啥哭了?"

"因为我们要分别了,我要去深圳打工去了!"那美找了一个掩饰情绪的理由,接着说:"我以前给你说过,王娟在深圳养生会所打工,她不是老动员我过去吗?"

"王娟想让你给她做伴,我知道,你不是拒绝她了吗?"

"我改变主意了,她也替我预支了六万块钱,我想着你急用,就答应她了!"那美说完就打开拉杆箱,用事先准备的报纸,包了五万块,另外一万块随手装进自己挎包里。

"给你五万,我留一万!"

李成刚有些激动,"不不不,我已经用了你三万块钱了,现在又欠我姨夫饺子馆预支的工钱,我用了你的钱,也无力还呀!"

"不用还了!叔叔治病要紧!"

"这……"李成刚声音颤抖了,他不再拒绝了。他想到他二姨刘小丽原来答应借钱给他妈的，结果临时却说有急事不来家里了，借钱的事也改了说辞，说要等她再想别的办法筹措。眼下如果不续缴住院费，他父亲就可能被赶出医院。

"那我先拿着，以后哪怕十年八年，再长的时间我也要连本带息地还你！"李成刚眼泪流了下来。

"别这么想，咱俩再联系，我先回家了。"那美说着话，又拥抱了李成刚一下。

"好，抽空我去找你，你总是要在家待几天的吧！"李成刚调整了一下情绪。

"嗯，电话联系吧。"那美回了一句，就钻进出租车。李成刚紧紧地抱着五万块钱，目送着那美远去。

那美先去了姐姐那美红租住的居民楼，放下行李箱之后，就和姐姐一同乘坐仍在等候的出租车回东丰县老家。

在车上，那美红就对妹妹说："母老虎鼓动着咱爸给咱俩标了出让价，也就是谁要是娶咱俩，一人的彩礼上不封顶，但底价是 26 万！"

"穷疯了！我才不理她呢！姐，我问你，你是不是打算这么早结婚呢？"

"本来想结的，但被彩礼吓住了，再拖几年，看看再说吧。"

约过了半个多小时，出租车就停在了东丰县王家屯子老王家的家门口。下车前，那美对司机说："师傅你再等一会儿，我还是坐你的车返回我姐住处，咱按等候时间增加车费就是了。"

"好嘞！"司机很干脆。

巧了，那美父亲一个人在家，后妈这会儿带儿子参加村上一户人家的婚礼去了。

"爸！"那美看着常年在菜地里劳作的父亲，感觉比她走时显得更老更瘦更黑了，顷刻之间，对父亲原来有的一点怨气也消散了，反而忍不住鼻子发酸，但她忍住没有掉泪。父亲对久未回家的女儿好像没有多少话题，开口闭口就是他的菜如何如何。

那美从包里掏出 5000 块钱递给父亲，父亲没有丝毫犹豫地就接了过去，然后生怕别人看见似的，立即叠起来装进外套衣服里边的口袋里。

"这钱可不是给你儿子的，是给你自己花的！"那美说。

"那是，那是，我自己花！"那世才小声回答。

"要想让爹能留好钱，咱俩就快点走，不然一会儿母老虎回来，看见你回家了，那父亲就一分钱也别想留下！说不定还会另生是非。"

"不至于。"那世才不好意思地为自己打圆场。

"爸，我明天要到深圳打工去了，以后看你就更难了，你就多保重自己吧！"那美说完，就主动拥抱父亲，可是父亲却十分地不习惯。

那美红一边冷冷地看着，一边在催："快走吧！真别让那人碰见了！"

匆匆十几分钟，那美连家里一口水都没喝，就完成了出门远行的告别。她眼里的父亲，仿佛与她的心更远了，父亲好像成了一个仅仅满足于自己是个有儿子的人。

那美原本打算多待几天的，但匆匆见过李成刚和父亲之后，她临时决定第二天就走。

当夜，姐妹俩躺在床上，聊天到深夜。次日一大早，那美红的同居男友就开着他的出租车，先送姐妹俩到她们的母亲王丽芬的墓地，路过花圈店时还买了火纸和冥币。

"妈，女儿要去深圳了，我不知道啥时候才能再来看你……"那美与姐姐跪着，一边烧纸，一边说着伤心话，眼泪又纷纷落下。

长春到深圳的飞机还有三个多小时航程。那美靠在座椅上，心里原来有的那种不舒服的感觉，因为辽源之行消解了一半，现在又因为踏上前往深圳的飞机又消解了一半。

她与姐姐在母亲去世之后的最大愿望，就是离开家，各自外出打拼。她俩曾经在卡拉OK里学唱过闽南歌《爱拼才会赢》。只是她姐姐因早早的辽源恋情而困在了辽源，离家而没有离乡，她却有幸第一站去了长春，第二站又去深圳。人生的舞台一站比一站大。

那美躺在床上时，想得最多的还是李成刚，自从李成刚父亲生病，她把两个人积攒的三万块钱拿给李成刚那一瞬间，她就意识到他俩未来的路不好走了。而李成刚原本在她面前是有着优越感的，因为是李成刚带她来到长春，且在他姨夫的饺子馆打工的，他的年轻帅气以及在厨房里的娴熟技术，都使他的自我感觉十分良好。可是父亲的病令他心里压了块石头，他少言寡语了，干活也时常出错，与她做"那种事"的时候也心事重重、草草收场。

　　虽然两个人之前确立过恋爱关系，但彼此又都明白，恋爱与婚姻之间缺的不是结婚证，而是要安放两个人身体的房子。饺子馆的宿舍怎么能当婚房呢？他们原计划在饺子馆楼上租一个小居室公寓，结果也被李成刚父亲的病给打乱了。

　　而李成刚从此常常在那美跟前流露出自卑的神态，他不再敢提租房、结婚的事儿了。

　　那美心里承认，她其实隐隐约约地产生了离开李成刚的念头，只是每次想到此，就自我觉得不该当那种势利小人，人家帮过她，现在遇到事儿了，她就抛弃人家，这样做人也太不仗义了吧！

　　可当她送给李成刚五万块钱之后，她觉得她去深圳，与李成刚可能就难以长久了，她心里就不再有不安的感觉，也没有愧疚之心。她还想，你李成刚可别埋怨我，要埋怨也应该埋怨你的那个渣男姨夫！

　　那美心想，她与李成刚的感情不得不成为过去式了，她不可能再回长春了！她也永远忘不了李成刚姨夫范同对她所做的一切，那些不堪回首的细节，这几天总在她的脑子里放电影。而她也没有办法完全把李成刚与他的色狼姨夫看成没有丝毫关系的两个人。当她与侵犯她的色狼不共戴天时，她的男友李成刚却必须视对方为姨夫、为老板。如果她将来与李成刚结婚，论礼，那么她就必须把色狼姨夫也当成亲戚、当成长辈，结婚时她就要面带微笑地给色狼敬酒、敬茶，逢年过节时他们还要给对方送礼，去拜望对方……

　　那美一直在矛盾中，她要不要把范同干的坏事告诉李成刚？

不告诉吧，她又无法在李成刚面前装作一切正常，把这样一个不忍细述的遭遇永远埋藏在心里，那将是多么折磨人呀！而要是告诉李成刚，那李成刚就必须也像她一样离开饺子馆，并且与他的色狼姨夫反目成仇。倘若李成刚真有一个男人的血性，那他还应该为自己的女友讨回公道，也为自己赢得尊严。如此一来，酿出一个血案也许都有可能。反之，如果李成刚知道事情原委，却对色狼姨夫没有行动，那他又如何自处？如何给女朋友交代？面对这样的李成刚，那美该爱还是该恨呢？

对李成刚而言，他预支了姨夫一年的工钱，还期待姨夫继续借钱给他，让他为父亲续命。如果那美对他"坦白"，就必然令李成刚左也不是，右也不是。

那美进一步想，她不可能对与她结婚的男人隐瞒这个事，否则良心会不安的。她也相信李成刚听闻此事之后，一定会有所行动。但任何行动反过来对我那美的声誉、爱情与未来，有什么好处呢？没有！

不仅没有，那个处处看她不顺眼，平时也说她穿衣服暴露，年纪轻轻就跟男人眉来眼去的后妈，定会为此大做文章。而这个后果，是她无论如何都不愿意接受的。她千万次地告诉过自己，我一定要活出个人样子，要让自己早逝的母亲自豪，要让可恶的后妈羡慕嫉妒恨！

那美到此发现，摆在自己面前唯一的出路，就是与李成刚一别两宽！

王娟在辽源技工学校时，与那美同在一个班，她矮了那美半个头，微胖，圆脸短发，脸上总有几个粉刺。在学校讨好那美的男生多，而那美偏偏喜欢跟王娟好，男生私下里笑着说，王娟是那美的陪衬人。

当日傍晚，当那美走出深圳宝安机场时，王娟已经在旅客出口处笑着向她招手了，一见面，两个人就拥抱在一起了。"可把你盼来了！美丽，美丽，我的大美丽！"

"我改名字了，把丽字送别人了，我现在叫那美，以后你得改口……"

"好，那你叫美，我叫娟，咱们站一块，还不是美娟么，哈哈！"

两个人打上出租车，出了机场，半小时就到深南大道了。"美丽，噢，那美，这是大深圳，以后有空了，我带你好好逛逛！"王娟自豪地给那美介绍说。

深圳的高楼大厦，车水马龙，让那美完全分不清东南西北，当车速慢下来进入彩虹造型的福田保税区大门，王娟说："到了，这就是我们要安营扎寨的地方。"

那美抬头一看，眼前一片欧式住宅楼高有 10 多层，豆青色外墙上安装有楼盘名称——福源国际，商业裙楼南北拉通装修了设计感极强的镂空铁格子立面板，纯黑色，上面有中英文搭配的广告字——"千指莲花会所"。会所在裙楼的二层，一层分别是民生银行、中原地产、时尚码头发型中心、大众药房和百果园水果店。会所出入口在药房与水果店之间，铜质大门高档豪华，有感应自动开启装置，人一到门口，推拉门就自动打开，迈腿进入店内，就是宽敞的米色大理石楼梯，配有铜质扶手栏杆，头上有金灿灿的吊灯……

上了二层，就有宽大的接待大厅，有类似于酒店前台的值班服务台，侧面有真皮大沙发，靠墙位置有酒吧柜，柜子上有电动咖啡机。

王娟介绍沙发上端坐的年轻男子，"这是咱们店周总。"周总西装革履，这时站了起来，一副帅气逼人的架势。那美热情地与周总握手，连连道谢："谢谢您同意招聘我来深圳！"

周总只是笑着，示意那美和王娟一起沙发上就座，他仔细地打量着这个年轻漂亮的东北姑娘。相比刚到长春时的模样，此时的那美皮肤白了，三围也更突出了，加上她有意穿着紧身黑皮裙，韩式墨绿小西装，半高跟黑皮靴，俨然是一个时尚大美女。周总用欣赏的眼神看她，但是他怎么也想不到，这个美女几年前还在辽源郊区的菜地里捉虫呢。

"那小姐喝咖啡还是茶？"周总问。

"茶，茶，我不习惯喝咖啡。"那美这时还不大了解咖啡，她只是觉得不麻烦对方就好。

"王娟介绍了我们店的工作待遇和吃住条件了吧？"

"介绍了，介绍了。"

"来深圳打工，都想多挣钱，咱们这儿是底薪制，只要勤劳肯干，收入会高出同行不少呢。"

"周总您放心，我工作不会偷懒的！"

"我临时改了主意，原来想安排你到推拿部，但我觉得你去

采耳部更合适！"

那美不知道这中间的分别，但王娟却连忙对那美说："还不快谢谢周总！采耳部出力少挣钱多哦！"

那美站起来，面对坐着的周总郑重地鞠了一躬，"谢谢周总！我一来深圳就遇到这么好的领导，谢谢您！"

周总受到鼓励，更是表现出暖男的样子，"王娟，你通知厨房部，给那美下一碗汤面。"

"谢谢周总！"那美的笑容非一般人所有。

周总开玩笑说："你们东北人不是有个讲究么，上车的饺子下车的面！"

"是呀是呀，周总把员工当家人，以后我不好好工作都不好意思！"

"哈哈，这东北人个个都像说相声的，都会捅词儿！"

周总让那美把身份证交给他做劳动合同，然后让王娟带那美到员工宿舍，接着去员工食堂吃面。

那美没有想到千指莲花会所这么大。她随王娟上到三楼，这是三套住宅连通后改造的员工生活区，有宿舍、餐厅。

王娟一边看着那美吃面，一边说："没想到周总一看到你就把那么好的位子给你！"

"你是说采耳……"

"当然了，推拿部多累人呀，而且上钟率还不如采耳呢！"

"可我不会呀！"

"那没事，你跟冯师傅学几天，就很快会掌握的。我开始嫉妒你了！"王娟不像纯粹是开玩笑。

"采耳那么好，那你咋不做？"

"我想是很想，周总看不上我，你一来，就成千指莲花的形象大使了，你看周总看你的眼神！"

采耳部目前由冯师傅负责，另有两个学徒，在有 35 个包间的千指莲花，明显是缺人状态。

冯师傅有 50 多岁，四川成都人，胖叔叔模样，脸圆，眼睛更圆，他的采耳技术是祖传的，就是今天，在成都杜甫草堂后门小巷子口，还有他家的采耳老店，现在由他哥哥打理。他是周总参观杜甫草堂时，去他家老店采耳时认识的，后来就高薪聘请他来千指莲花采耳部了。但他主要是培养技师，一般客人他不上手。

"冯师傅，您得好好教我呀！"那美见了冯师傅，用词谦虚甜美。

"没问题，你长得这么漂亮，我愿意教你！"冯师傅也开那美一个玩笑。

那美像做梦一样，竟然在几十个小时之内，完成了从长春饺子馆服务员到深圳养生会所采耳师的身份转变。王娟是她来深圳的向导，她通过王娟每个月净收入竟然超过六千块的事，觉得自己早就应该来深圳的。

"你给别人就说，你在深圳做导购，可别说在养生会所，也别说做采耳师，在东北，咱们那儿的人毛病多，老爱说人闲话。不挣钱了说你没本事，挣钱了又说你的钱不干净……"

那美之前没有答应王娟过来，就是有这种担心，好像在饺子馆打工面子上好看似的。听了王娟这样说，那美点了点头，"我知道，咱们来深圳，就是要挣到钱，不然谁看得起咱们呀！"

那美在冯师傅的指导下，先给冯师傅采耳，再给周总采耳，然后依次给王娟及几十个千指莲花的同事采耳，冯师傅在一旁指导，把有耳屎没耳屎，耳朵疼耳朵痒，多深多浅，正面旋转反面旋转，这样那样的问题，在那美实际操作的情况下一一解答。

看着年轻的徒弟虚心请教，耐心尝试，冯师傅一个劲地夸："没想到这姑娘这么心静从容，这么有悟性！"

一周后，周总在员工体操例会上笑着宣布："那美小姐采耳培训结业，即日起光荣上岗！"话音一落，大家报以热烈的掌声。

当那美第一次穿上白大褂，拎着采耳工具箱，正式上岗的那一天，正好是她的21岁生日。

李成刚从辽源人民医院打电话给那美，祝贺她生日快乐之后，就开始埋怨她："你走的时候也不言说一声，我还等着与你见面呢！知道我多么想你吗？"

"你爸重病，我不想打扰你了！"那美对李成刚已没有了先前的心情了，她甚至不愿意他打这个电话。

"我妈给你准备了一个金戒指，我怎么给你呀？"

"我不要了，你们家需要用钱，戒指我不要！"

"你怎么了？"李成刚感到异样了。

那美红随后也打电话给妹妹，她俩是亲人，忘不了彼此的生日。

　　"姐姐，我来深圳来对了，等我在这边站稳脚跟，你也来看看……"那美说。

2022 年 12 月 30 日
于北京

高成就爱情史

世上爱情，皆有始终。

————题记

经过多年恋爱，画家高成就现在不想结婚了！除了高成就之外，他所在的大芬村四杰画廊的另外三杰——李明轩、王一鹏、方卉，经过情海沉浮之后，对婚姻的态度也发生了大的变化。

李明轩离婚后决定不再婚；王一鹏与妻子分居两国已有数年，成为有名无实的已婚者；四杰中唯一的女杰方卉，却与她相爱的女人过着彼此满意的同居生活。在中国同性婚姻尚不合法的今天，她俩的关系似乎也不在大众认可的范围之中。于是方卉笑言："我的婚姻有实无名！"

一

高成就是本篇小说的主人公。

上个世纪 70 年代，全国范围内的知识青年"上山下乡"运动尚且没有结束，西安市知青高振山到西安市郊区小县——高陵县插队。那时的高陵县之于西安市，相当于今日的大亚湾之于深圳市。

高振山被分配到张卜公社张卜大队张卜村。他本来是本着父母亲"快去快回"的计划插队的，谁料想他在乡下却意外地遇到了自己的心上人，收获了一段"乡村爱情"，情形与知青题材的流行歌曲《小芳》极其相似。

高振山认为漂亮的乡村姑娘张卜花就是他眼中的"小芳"，他们恋爱、结婚，之后高振山独自回城，把张卜花留在了乡下，从此过起了分居城乡的周末夫妻生活。80 年代中期，儿子高成就出生之后，两人在"七年之痒"的坎儿上迈不过去，于是感情转淡；过后许多年里，两个人过着虽然尽责养育儿子，却少了夫妻恩爱的日子，分居好像变成了实际上的分家，"冷战"的大幕有时拉开、有时关合……默默然演绎出五味杂陈的人生故事。儿子高成就就在这样的家庭环境中长大成人。

转眼就过去几十年光阴，如今的高振山与张卜花成了一对老人，儿子高成就都已经 37 岁了。

高成就这个名字是父亲高振山希望儿子能有大出息而给儿子取的，他当时是西安南门中学的美术老师，寄希望于儿子长大后成为一名画家。

高振山是正牌西安人，他爸爸是老牌西安人，他爷爷早年还在西北军给杨虎城当过警卫员。

高成就作为西安人的儿子、孙子，却由于母亲生长于西安郊县的原因，小时候觉得西安市遥远、生疏，甚至有些讨厌。也许是因为没有长期在城里居住、生活，高成就上中学时在填写自己籍贯、写出"西安"两个字的时候，心里就有一些发虚；在填写家庭地址的时候，他也不愿意写父亲高振山的家庭地址，而愿意把籍贯写成"陕西"，把家庭地址写成母亲这一方的，即外公外婆家的地址——陕西省高陵县张卜乡张卜村（张卜公社张卜大队的名称此时已经弃用）。

时间来到 2014 年，西安市行政区划调整，高陵县撤县设区。从此，长达 2000 多年的高陵县制历史终结了。

土地的命运与人是一样的，成为高陵区的那 294 平方公里摇身一变成为西安市城市区域，40 多万陕西农村户口的农业人口，也随之变成城市户口的西安市民。

高成就这时早已因为大学毕业而将户口迁到了西安市里，且与父亲高振山登记在同一个户口本上。

人生如戏，高成就来深圳当"深漂"画家过去几年后，就年满 30 岁了。有一天，高成就接到母亲张卜花的电话，母亲说："咱们这儿真的要拆迁了，政府要给村民建楼房，咱家能分一套房子，还能按人头，每人分 60 万补偿金，我与你外公外婆三人，一共能分 180 万呢……咱家这回有钱了！"

母亲说这些话的时候，声音颤抖，感情复杂，好像既欣慰又伤感。

高成就当然为此高兴，他没有想到当了一辈子村民的母亲，却因为西安城市的发展，不仅成为市民，还成为"百万富翁"。高成就从此给母亲寄快递，收件地址也会变成城市模式——西安市高陵区张卜街道张卜花园小区XX栋XX单元XXX室。

这些改变对于高成就的意义是特别的，因为在他那个正牌市民父亲高振山与地道村民母亲张卜花之间，城乡差别几乎影响了他们一辈子。

当年，高振山从家住西安市南门外的城里娃，到高陵县张卜公社张卜村插队。而张卜村旁边就是张卜中学。张卜中学没有美术老师，公社书记就决定，在本公社西安知青当中找一个会画画的。高振山从小喜欢画画，又拜过画家为师，很自然就被公社书记选派到张卜中学当了"临时代课老师"。当别的知青夏战三伏、冬战三九时，谁不羡慕高振山高老师呢？

张卜花的父亲是张卜中学的厨师，他利用空闲时间，在自家院子里养了不少鸡鸭，平时总给学校领导开小灶，由此也认识了常来学校指导工作的公社书记。他家的鸡蛋、鸭蛋、小公鸡就成了他逢年过节时送给校长和书记的礼物。

女儿张卜花从小喜欢唱歌，嗓子好，张卜村的乡亲们都说她是"小李谷一"。她在县剧团娃娃班学完戏之后，虽然没有被剧团录用，但她学会了好多秦腔唱段和红色歌曲。张父不舍得让独生女儿下地干庄稼活，就请求校长和书记帮忙安排张卜花进张卜中学当了民办老师，教音乐。

这样，年轻的高振山老师与同样更年轻的张卜花老师，在那个贫瘠的年代、贫瘠的中学开启了美术老师与音乐老师的恋爱故事。

不久之后，"上山下乡"运动结束了，插队知青按政策规定可以陆续返城。高振山本可以借回城潮返回西安，接父亲的班。但高振山那时正在蜜月期，舍不得离开张卜花，拖拖拉拉几年之后，才在母亲的逼迫之下怏怏回城。后来高振山又上了电视大学，拿到一个电大文凭，再经过教育部门的招聘考试，被分配到西安南门中学当了美术老师。张卜花因是农村户口，也没有文凭，无法与高振山一道回城。加之高振山的母亲一直不接受这个乡下儿媳妇，于是张卜花只好留在张卜，继续当着她的民办老师。虽然多年后转成公办老师，但她在音乐老师的岗位上一直干到退休。张卜中学有过一句玩笑话，说："铁打的音乐老师流水的中学校长。"

高成就是在父母分居城乡两地期间出生的。在他小时候的印象中，父母两人从来都分住两处，他对于家的概念自然与别人不一样。别人是父母家就是自己家，他则是既有父亲家，又有母亲家。父亲与爷爷奶奶一个家，母亲与外公外婆一个家。他一直与母亲一起生活，于是他认定自己的家在张卜村，只是父亲是西安城里人而已。

少年时代，高成就曾在母亲的书柜里，看到过母亲珍藏的父亲写给她的情书，里边有父亲在钟楼照相馆照的类似电影明星王心刚一样的黑白照片，有父亲语言火辣炽热的信，有父亲写的诗和抄写的名人的诗，还有红叶、红豆之类的纪念品。让高成就印象深刻的是，父亲画了很多他与母亲两人年轻时期的速写画，有两人划船的，有两人相视微笑和相依相偎的……

高成就曾经想不通，父母原来如此相爱，怎么就因为父亲回城，与母亲分居两地之后就渐行渐远，最后竟变成熟悉的陌生人？其实，高振山刚开始是很想调妻子张卜花进城里团圆的，可是在那个特殊的年代，农村户口进城就像上天一样难。他们被迫过着牛郎织女的生活，有时高振山周末回一次张卜村，住一两天就又走了；有时张卜花上西安城与丈夫相聚，也是一两天又返回张卜村。高成就常住张卜村，他喜欢外公修整的大院子，喜欢院子里的鸡、鸭、狗，喜欢村里的小伙伴，喜欢去塬上摘酸枣、下河滩捉泥鳅的日子。他有时跟母亲到城里见父亲，可是父亲没有独立的家。父亲在上班的学校教师宿舍只有一间房，一张单人床，一张办公桌。高成就跟母亲去了，就要一块儿去爷爷奶奶家住，可是爷爷家那个上到四层的单元房除了一个小客厅，还剩下两间房。高成就每次去了，只能在客厅打地铺……他见奶奶对他妈妈老拉着脸，像是不欢迎他们似的。据说，当年奶奶死活不同意儿子的这门婚事。为此，奶奶一直排斥着生活在农村的母亲，对他这个孙子也少有热情。

有一次，奶奶因为母亲和他把乡下的虱子和跳蚤带到城里的事，与母亲发生了激烈的口角。从此之后，母亲再不上爷爷奶奶家去了，说高家看不起张卜村人。张卜花对高振山说："你要还认张卜有这个家，你就回张卜村来，张卜的虱子、跳蚤不吃人！"

再后来，母亲就很少带高成就进城了，偶尔去了，他也是和母亲住在父亲的宿舍，而父亲一个人又回爷爷奶奶家住。

高振山夹在自己母亲与媳妇张卜花之间，艰难地搞平衡，但他回张卜村的次数越来越少了，少到别人传说他俩可能已经离婚了的程度。

张卜花开始抱怨高振山不顾家，后来啥也不说了，再后来张卜花相信了别人的传言——"高振山人帅才高，在西安城里当老师，咋能没有女人呢？"

"有就有吧，咱娘俩好好过！成就，你可要把书念成，给娘争口气，将来去更大的城市，让他们高家人看看！"这是张卜花给少年高成就说过的话。

高成就就是在外公、外婆和母亲"要争一口气"的期待中，在张卜中学读完初中，又到高陵一中（陕西省重点中学）上完高中的。

尽管母亲一直争气，总是不想占"他们高家人"的便宜，但面对高成就的高考，母亲还是妥协了。她同意高成就住到城里爷爷家。这时高成就的奶奶已经病逝了，家里有一张挂在墙上的奶奶遗像。爷爷行走也离不开轮椅了。张卜花让高振山找人，辅导高成就应对西安美院考试的专业课。

高振山本来在中学任职，但好在有同事与美院的教授相熟。这样，高成就就在美院教授跟前强化学习了几个月，高考时顺利闯关，如愿以偿地上了西安美术学院。

　　高成就上了大学之后，意外地促使父母两人和解了。高振山给高成就说："你爸我的难处是你有一个强势和不讲理的奶奶，你妈和你住在张卜村，避开见你奶奶是可以的，可我是你爷爷奶奶唯一的儿子呀，我不敢不守在他们的身边尽孝！"还说："我与你妈结婚这件事，在你奶奶眼里，那已经是忤逆不孝了，我要是老跑去张卜村住，你奶奶又要叫喊我什么娶了媳妇忘了娘！唉！"

　　高振山对高成就叹气道："人上年纪了，精力就跟不上了。你奶奶走了以后，我自由了，可你爷爷身边又离不开人了。久而久之我也懒了。加上当中学老师的那点积蓄，给你奶奶花了不少，你爷爷还要用，我再给你将来结婚准备一点，跑来跑去，哪里还破费得起！"

　　高振山也当着儿子的面劝过老伴张卜花来西安，说："讨厌你的人不在了！"

　　可这时的张卜花虽然已经与高振山冰释前嫌，但她却早已习惯了住在城市郊区的生活，况且高成就外公外婆也都年事已高，身边也要有人照顾，于是尴尬地笑着说："以后再说吧！"

　　西安美院与高家也只有五六站公交车的距离。因为方便，高成就与父亲见面的次数比以前增多了，但父子从小不在一起生活所造成的情感隔阂，却没有因此而消除。

　　自从高成就成为西安美院的大学生之后，母亲确实有一种扬眉吐气的自豪感。

二

从美院毕业后高成就到西安民办高校当了美术老师,这算是完成了他第一个人生目标。他结束了从家里拿钱生活的历史,终于有了一个领工资的单位,算是在西安城里有了职业,可以养家糊口了。他当时心想,既然父亲一辈子不能把住在几十公里以外,即西安郊县张卜村的母亲和他接到西安中心城里生活,那么他高成就,如今拿着西安市公安局颁发的身份证,拿着西安美术学院的毕业证书,就来完成这个使命吧!他要让外公外婆与母亲和他一样生活在西安中心城里!

可惜高成就的美好理想,却被后来失败的初恋粉碎了。

高成就的初恋女友叫吴春早,在大学校园里,两个人进行着琼瑶式恋爱,除享受偷吃禁果的甜蜜快乐之外,还能讨论电影与话剧、小说和散文。但是大学毕业后,吴春早好像一下子掉进钱眼里去了,整天琢磨着哪个工作收入高,去什么样的培训中心兼职待遇好,好像赚钱成为她唯一且紧迫的人生目标似的。

高成就刚开始也不认为这有什么问题,他与吴春早同轨共步,拉开了共同创造美好未来的架势,但现实却开了他们一个大大的玩笑。

他们俩都来自普通家庭,吴春早的父母还是陕北偏远地区的农民,当陕北因为"煤老板""气老板"制造出许多暴富神话时,吴春早的父母却与"煤、气"毫不沾边。她的父母,不仅在基本生活线上挣扎着,还指望着女儿大学毕业后,赚了钱能补贴家用。至于女儿吴春早将来如何结婚安家，需要多少钱，则要全靠想娶吴春早的男方家去考虑了。

吴春早的父亲曾当面对高成就说："我知道你们家的情况，所以你俩将来结婚就不要准备彩礼了，你只要不让我闺女嫁到出租屋就行！"

老人家好像通情达理，但对于高成就而言，从父亲高振山这边说，尽管祖宗三代都是西安市人，但要靠高成就自己的收入买房，恐怕要等到20年以后。即使父亲有能力提供帮助，高成就也不愿意接受。

吴春早私下给高成就说："我爸我妈老人家观念陈旧，咱们俩挣够了首付，买了房再结婚。"高成就听了，找不出他们父女俩说的这些话有什么毛病。父亲免要彩礼，既大方又高尚。女儿说愿意与男朋友共同劳动创造未来，既阳光又积极。

于是，高成就和吴春早在西安市南郊的城中村租了廉租房，开启了朝九晚五、兼作私教的工作。这样忙碌了三四年，两个人一次次端着泡面，计算着每个月的节余与一套两居室公寓房首付款的差距，算着算着，脑袋就大了。

有一天，吴春早笑着问高成就："哎，成就，上次你爸说你爷爷家老房子可能拆迁，有准信儿吗？你们高家可就你这么一棵宝贝独苗呦……"

高成就与吴春早恋爱期间，高成就外公家张卜村的拆迁事宜尚且是个闻所未闻的事，但爷爷家在西安城里的老房子却早有拆迁的传闻。

"即便马上拆迁马上给钱，我也不会用他们一分一文！"高成就早已接受了母亲关于"不占高家人便宜"的思想。

"他们，什么他们，是你们高家好不好！"吴春早不理解，她做着嫁入有房人家的美梦呢。

后来高成就与吴春早深入地讨论过关于依靠自己能力挣钱买房的事，吴春早对于高成就的决心不好反对，但却表现出了明显的失望之情。

人就是这样，生活要有理想，爱情也要有理想，当两个理想重叠且可以在适当的时间实现时，生活与爱情的车轮才能正常向前。否则，就会令人在虚无缥缈的理想面前困惑、矛盾、纠结，最后可能就会在理想破灭的情况下选择逃避，或者另辟蹊径。

吴春早看到了与高成就走下去的艰难与不易，她意识到她的愿望与高成就的独立自主是一对矛盾，她由此对两人的爱情产生了怀疑与动摇。

当吴春早给一个地产商的外孙辅导绘画课而被地产商的儿子看上时，她便走到了人生的岔路口。往左，是继续与高成就拼首付；往右，婚房就是西安高档社区——大唐芙蓉园水岸小区的复式公寓，而且那个楼盘就是这个富二代的爸爸开发的项目之一。还有一点，在富二代追求她的言语当中，媳妇在任何时候都是第一位的。

"我才不让我爸我妈干预我的生活呢！"富二代财大气粗，明确宣示，做他的女友将来绝无"婆媳关系"之忧。在财富与甜言蜜语的两面夹击之下，吴春早情感的天平很快倾斜了。

她暗自思忖：我是选择高成就，忠于两个人之间已有的爱情呢，还是选择"富二代"，更换爱情的轨道？

吴春早经过一番思想斗争之后，选择了后者。她满怀愧疚地给高成就留下一封分手信后，独自搬离了两人在城中村的出租屋。临走时，她把屋子收拾得干干净净、整整齐齐，还给高成就把内裤、袜子洗了，挂在阳台晾衣架上……

高成就下班回来看了信，胸口像被棉花堵住了一样，他颓然地倒在床上，眼泪止不住地往下流。不知过了多久，他睡着了，半夜饿醒后，枕巾靠脸的部分全湿了，他眼睛有些干涩，懒洋洋地起床，用电热水壶烧水、冲泡面。

平时，他半夜醒来起夜，看着侧卧的吴春早，觉得她出奇地美。作为陕北女子，吴春早在学校时，被同学们夸作"米脂的婆姨"，而沉睡中的吴春早身体常常是松弛的，那白嫩柔软的曲线充满诱惑。他常常忍不住弄醒她，两个人于是就一次次在夜深人静中进行计划外的"互动"。每到痴狂时，"爱你一辈子""此生只有你"的誓言两人相互重复了无数遍。

但此时此刻，那半个床却是空的。高成就落寞地搅动泡面，回头又看着空荡荡的床，泪水又流下来了……

高成就第二天就搬回父亲家去住了，因为有吴春早生活痕迹的出租屋会令他伤感至极。

此后，高成就用了两三年的时间，从被抛弃的郁闷情绪中摆脱出来，他开始时还幻想着吴春早能够回头，直至有同学参加了吴春早奢华的婚礼之后，他才彻底死心。

初恋给人的记忆是特殊的，高成就与吴春早彼此给过了对方的第一次。他们俩是新时代的大学生，男女之事的启蒙老师却是同学之间相互转发的电子邮件，由此他们相互认识了男女，也认识了自我。

也许初恋的美好能够覆盖掉因失恋而产生的负面情绪，高成就由开始对吴春早的失望、妒恨、指责、期待转化为最后的祝福。

吴春早在孩子满月时，通过一个要好的女同学传话给高成就，说如果高成就愿意，她可以通过这个同学，给高成就出资创业，只要对她丈夫保密就行了。也就是说，明面上吴春早出资给这个女同学，实际上钱由高成就使用。

高成就当即让这个女同学转告吴春早，说他不用这个钱，但他谢谢她的好意。

西安成了高成就的伤心地。他躺在床上想过无数回：难道我的命相与西安城相克吗？就因为我妈是农村人，没有钱，没有地位，她就成为我西安奶奶至死在心里都不接受的儿媳妇！我就成为那个"有罪"的儿媳妇生下的、身上带着虱子和跳蚤的孩子！长大后，我就成了在西安城里买不起房、女朋友被富二代抢走了的窝囊废！西安不容我高成就，我高成就为什么不另谋出路呢？

高成就被央视上一则广告所打动——"心有多大，舞台就有多大"。他想，既然想逃离西安，那为什么不去更大更广的地方？面对父亲的好意劝阻和母亲充满期待的眼神，高成就再也不想过这种按点上班、挣着死工资的生活。他仿佛觉得西安的平常生活成了捆绑他手脚的绳索，而画坛里的那个女神缪斯却在西安以外的天地吸引着他。他想，也许只有那个女神缪斯才不会嫌贫爱富，也没有贵贱之分，她会善待追求她、为她付出心力的人。

高成就于是反问自己：我为什么不把父母及亲友所期待的人生路线图改一改？别人先成家后立业，我为什么不能先立业后成家呢？如果两者无法兼顾时，我高成就是要家，还是要业？

想到这里，高成就就给母亲说，他的同学李明轩介绍他到深圳去创业，他想去。

张卜花知道儿子若没有事业，婚姻是无从谈起的，她一直支持儿子为自己的理想而奋斗。尽管她为儿子与吴春早的分手感到惋惜，但她隐隐约约觉得，儿子去深圳是一件会让他高兴的事。于是就对儿子说："去，妈支持你去，好男儿志在四方！"

三

高成就早就知道美术界有"北京有宋庄，深圳有大芬村"之说。于是，当同学李明轩以"大芬村画家"的身份邀请他南下创业时，他就自然而然地动了在深圳寻找发展机会的念头。

大芬村华晨美术培训中心是知名的民营教培机构，有意报考美院的学生，有太多选择华晨培训中心的人。当高成就的简历经李明轩转到华晨培训中心负责人手中时，华晨的老板当即就决定聘用高成就。

华晨中心位于大芬村中心位置，是村民宅基地自建房。外人听了"村民自建"四个字，可能以为房屋不上档次。但中国的村民分是哪个地方的村民，如果在穷乡僻壤，民房不上档次可能就是个常态。但大芬村村民可不一样！他们与北京城内有名的南锣鼓巷类似。区别在于，南锣鼓巷是一个商业化胡同的样板，大芬村则是商业化村落的样板；还有，南锣鼓巷的房产多是北京市国资委的，而大芬村的房产却都是村民自己的；再有，南锣鼓巷依托老北京而商业兴旺，大芬村则依托深圳经济特区寸土寸金。由此可以说，大芬村的村民是当下被金元宝砸中脑袋的一群人。

华晨中心整租了大芬村东街崔氏四兄弟自建房4000多平方米，另外还配套有一个长方形的大院子。房屋设计装修现代、简约，各种功能如教室、食堂、宿舍、会议室应有尽有。它的对面路东，是大芬艺术广场；往北500米，是大芬村标志性雕塑——裸体女神缪斯；广场东北角是所谓"青砖一堆"造型的长城美术馆；如果往南，出大芬村牌楼就是深穗公路。

高成就来到深圳、来到大芬村，很快就适应了华晨中心的生活，他吃在华晨，住在华晨，教学也在华晨。他的形象、气质、才能被华晨中心的行政主任王冰冰欣赏在眼里，喜欢在心头。

王小姐是深圳市某局前局长的宝贝闺女。她的长相普通，但衣着时尚前卫，相比吴春早，她是深圳城里长大的，说话带着一股子优越感。在高成就之前，她已有几段情史，但不知为什么，只开花不结果。她喜欢高成就的稳重与纯朴，便用她娴熟的倒追手法，令高成就在犹豫了一段时间后便陷落了。

一场风花雪月的爱情故事，就在女追男的状态下展开了。

高成就一开始，对这位名字与性格反差极大的新任女友倍加珍惜，他希望这一次恋爱能够一雪前耻。

当然，此时的高成就，已过而立之年，算是大龄青年了，他也必须考虑现实生活问题。令他意外的是，他在深圳却遇到了与在西安相同的问题——房子，而且因为深圳的房子更贵，他心里的压力也更大。

中国的房价以"北上广深"（北京上海广州深圳）为最高，高成就计算了一下，如果以他的工资收入计算，想要在深圳买房，需要在西安的买房计划年限上乘以4，即20变80年。他吓了一身冷汗！

好在女朋友王冰冰百般安慰他："谁要你买房，我爸会听我的，我让他给咱们买房、买车……反正他就我一闺女！"

高成就听了这样的话，先是一阵轻松，可转念一想，也有些忧心忡忡。他其实是在犹豫之间与王冰冰确立了恋爱关系的，随后还见过几次未来的岳父母。虽然未来岳父是前局长，但言语举止依然透露出不凡的气度；未来的岳母更是什么时候都笑着看高成就。她是高情商的东北人，说："我家冰冰找的男朋友叫人稀罕！"

王冰冰和父母对高成就的确"好"，只是时间一长，高成就却高兴不起来。他分明意识到，由王家出钱解决他高成就和王冰冰所有关于钱的问题，虽然能消除钱的压力，但却意外地增加了做人尊严方面的困扰。高成就觉得，他家与王冰冰家门户悬殊，如果与王冰冰结婚，他在物质条件上明显低于女方。

"谁在乎你的钱?"王冰冰说。但高成就怀疑地自问,你今天不在乎,那明天呢?后天呢?

"小高呀,我家冰冰,虽然是女孩子,我可一直把她当儿子呢,你们将来有孩子了,可得姓王哦!这个没问题吧?"未来岳父在某个中秋节前的餐叙中说,连商量的语气都不带,他那听着软软的口气,却像给高成就下了一道强硬的命令!

还有一次,广州某著名的老字号餐饮集团领导刘总请王家人吃饭,王冰冰打电话给高成就,让他一起参加。高成就说:"我就算了吧,我不习惯与陌生人应酬吃饭。"

"我爸说了,你必须到!"王冰冰转述了她爸爸的口头命令。

对于这样的命令,高成就也不觉得突然,因为王冰冰平时就这样,她是被当官的父母宠着养大的。据说,她上小学时就经常迟到,老师联系家长,本想着让家长督促孩子早起,按时到校上课的,谁知冰冰妈给人家老师说,我家孩子睡好觉比上课重要。王冰冰勉强上了中学之后,却无心读书,她不是早恋,就是与同学闹矛盾,还时不时地霸凌其他同学。学习成绩也长期拖班级后腿,高考时当然落榜。没有办法,王冰冰后来通过父亲,勉强混了一个民办高校的专科文凭。要不然的话,以王局长的关系,但凡女儿有个像样的文凭,也不至于到大芬村一个民营美术培训机构上班。

但王冰冰对高成就真的好,她高兴起来时候就说:"我养你一辈子也养得起,你没有深圳户口,那又怎样!将来孩子跟我落户就行……"

　　总之一句话，面对王冰冰的婚姻规划，他高成就只要出一个人即可。这种阵势，令高成就没有半点娶媳妇的感觉，更像是人家王家在招上门女婿呢！这与《骆驼祥子》中虎妞看上祥子时的情形差不多。

　　那天高成就勉强赴约了。吃过饭，冰冰爸说："小高呀，我想给你弄个事，大芬村新建的艺术街区正在招商，那里有个负责人是我以前的秘书，可以提供优惠的商铺，你可以考虑先租下来。然后呢，由刘总把他们的'老字号'招牌授权给你使用，象征性地收点加盟费就行。这样，你就可以当老板了。你说这是不是个好事？我看你就别画什么画了，那玩意儿养活不了自己……"坐在一旁的刘总连忙殷勤地说："老领导发话了，我们一定照办。来，祝贺未来的高总，干杯！"

　　回来的路上，高成就想：我还没有结婚，准岳父就安排了我的"事业"——餐馆老板，那么我今后的哪一步路会是自己的选择呢？我从小就有的画家梦怎么才能实现？全国的餐馆老板何止成千上万，为什么要我加入？如果画家梦破，我的使命，难道仅仅是满足妻子及她的娘家父母的愿望？这样的家，不是我想要的家，即使这个家富有，但对我有意义吗？人生可只有一次啊！

　　还有一天，冰冰妈在高成就和王冰冰面前开玩笑说："计划生育政策要变了，你们将来要生两个、三个孩子，咱们王家请得起保姆。"

　　高成就当时就苦笑了，心情沉重了几天不想说话，接下来还失眠多日，他与母亲通电话时，母亲觉察出他的异样。后来在母亲再三追问之下，高成就才把冰冰父母说的话给母亲学说了一遍，母亲仔仔细细听了之后，不无忧虑地叹息道："成就呀！你怕是遇到了和妈一样的命噢！"

高成就理解母亲的担忧。他从父母的婚姻悲剧中，看到了爱情在现实面前的脆弱，看到了失衡的双方可能产生的压力与困扰。于是，他下决心要终止这份情感。随后，他就悄悄联系李明轩，几次面谈之后，他就下决心从华晨机构辞职，然后实施与李明轩等人合作开设画廊的计划。搬家那一天，他趁王冰冰外出不在时，给王冰冰留了一封信——

冰冰：你好！

我们分手吧！不是你的问题，是你我两家的物质条件差距太大，我坚信这个因素会导致未来生活的一系列问题。所以，请允许我自此告退。我相信，你会有，也应该有更合适的爱情与婚姻！

我将一生怀念过去与你共同度过的时光并祝福你及全家人！

高成就

2021.12.26

高成就就这样主动地结束了他的第二段恋情。与失败的初恋相比，他并不为第二次恋爱的失败而难过，因为分手是他主动提出来的。高成就没有想到，深圳确实比西安大了许多，大芬村也确实是一个适合画家寻梦的舞台。但美丽的深圳，却给了他又一段难以继续的爱情。

与王冰冰分手，同时意味着高成就又要自谋职业了。因为他不能与王冰冰继续在华晨共事。好在李明轩为他铺设了后路。

李明轩三年前在与大芬村相邻的小芬村租了房做了工作室兼居所。大、小芬村都是画家村，只是在小芬村租房的画家少一点，房租便宜一点。之前高成就在李明轩的工作室已经认识了他的两个邻居，即东邻居王一鹏、西邻居方卉。他们仨先后把原来小芬村三户村民的宅子长租下来，改成了各具风格的画家工作室。当高成就同意"入伙"小芬村时，李明轩提前为他联系好附近另一处现成的画家工作室。原来的承租人也是画家，因为两口子要出国去澳大利亚，所以转让，高成就于是当了新租客，签完合同，即时拎包入住。

李明轩一直期待着高成就的到来，高成就也早就向往这种以画谋生的生活。在李明轩炖了一锅羊肉的宴会上，高成就干脆利索地与李明轩、王一鹏、方卉签约，成立了名叫"大芬四杰画廊"的合伙联营机构。他们决定尝试一下抖音直播售画的经营模式。

高成就之所以有此选择，一是不想造成在深圳待不下去了而回西安、回张卜的印象，从而在父亲跟前丢面子，也让母亲失望、担心；二是他来大芬村以后，对素描和水彩画的创作产生了浓厚兴趣，而大芬村的学习与创作氛围对他很有帮助。

　　高成就想成为知名画家，想成为通过绘画致富的人，他认为这样的人生才是自己想要的，也才能找到一个男人、一个画家应该有的尊严。否则，王冰冰的爱情会使他感到是施舍，他们家的一切，都将是用来兑换他尊严与快乐的商品。恰好在新冠疫情催生之下，抖音直播带货的商业模式，给了他生存与致富的希望。

　　大芬四杰画廊开业不久，虎年春节就到了。高成就借机从深圳回到高陵张卜，先陪母亲、外公外婆过完春节，再进西安城，到南门外的父亲家，陪父亲和爷爷过了正月十五元宵节。

　　过完年后，高成就按说应该返回深圳，因为画廊开业不久，有许多事要做。但他想来想去，还是没有急于返深。虎年初春，疫情又紧张了，待在深圳的麻烦不少。更重要的是，他与王冰冰分手之后，王冰冰短时间内接受不了，如果回深圳见面或无意间碰见的话，都难免尴尬。高成就于是就与画廊老大李明轩商量，说他想暂时离开深圳，让王冰冰冷静一下。李明轩是过来人，表示支持高成就的计划。

　　高成就想去苏州。原因是他的"古城印象"主题创作，之前已就近完成西安部分，这次去苏州，他想尝试江南古城题材。

　　促使高成就做出这个决定的，是百度上的一段文字——

　　"苏州是一座建在运河上的城市，绕城一周的护城河是这座城市的城防设施，也是大运河的航道。城内以'三横四直'为代表的骨干水系是大运河通向千家万户的水上通道，与这些水道并行的是陆上道路系统，从而形成河街相邻、水陆并行的双棋盘格局。"

选定城市之后，他又在网上寻找合适的民宿。这时，苏州平江路历史文化街区就进入了他的视线。网络介绍中，一字一句都洋溢着古意古趣——

"平江河以及平江历史文化街区，已纳入中国大运河世界文化遗产目录；平江河纵贯古城南北，传说中，此河为春秋时期伍子胥主持规划的姑苏城的中心河。"

高成就于是就预订了平江河右岸不远处的民宿——"小倩的瓦舍"，且一住就是两个多月。显然，他爱上了这家客栈，也爱上了这座古城。平时，高成就按照上班族的作息时间，一日三餐，一天两晌。只是他把上班的时间用来采风、作画、看书、发呆、冥想。有时候还兴致所至，在画纸上留下一篇篇文字。某一日，春光明媚，他坐在水边咖啡店椅子上，写道——

走在这平江路，放眼望去，可见这条用石板铺就的古老街道逶迤而去，一眼难见尽头。道边的河沿石、栏杆石，以及旁边的白墙青瓦，让人有恍若回到从前的感觉。

依偎着平江路的河名叫平江河，历经数千年风霜雨雪。站在河边，望着悠悠江水，如风的历史就会扑面而至。

可当你把视线转回到河边民宅时，看到那窗口外挂着的格力空调机，看到阳台上晾晒着的花色衬衫，看到门店收银处有支付宝和微信二维码时，你定会猛然意识到，你踏足之处的日月，实际上已经是2022年的春天了。

河边的民宅其实都不高，但白墙根有不少岁月浸泡下的青苔，屋面的青瓦有的已经被风吹雨打掀开了边角，树木向阳而生，尽管它们习惯了随心所欲，但却恰到好处地给白墙青瓦的世界添加了一抹绿色、几株花红花黄。

眼前的这一切，看似各自为政的存在，却有机地构成了独具特色的古城景观，所谓的小桥流水、炊烟人家是不是就该是这个样子？

我突然想起了张继的古诗《枫桥夜泊》——

月落乌啼霜满天，

江枫渔火对愁眠。

姑苏城外寒山寺，

夜半钟声到客船。

我在想，每个人可能都有想象中的姑苏城。但今天往返苏州的人，没有人能看见古时的苏州，那唱评弹的男女，借用古老的吴侬软语，讲述他们口中的唐伯虎和秋香、吴王夫差越王剑或者曾国藩与李秀成，时而也有现代一点的唱段：我失骄杨啊，君失柳！杨柳轻扬直上重霄九……

偶尔有喜欢文史的朋友，拿着手机导航，寻找唐纳故居的地址，但找到的人一定会失望，因为所谓的故居只剩下比 A4 纸大一点的铝板导示牌，上面蓝底白字写有"唐纳故居"的字样，还注明他是上世纪 30 年代著名报人、演员、电影评论家。其实了解唐纳历史的人明白，他还是蓝苹的前夫。

唐纳故居现在是由他人居住的。也就是说，这处宅第原来是唐纳家族的，但现在产权已经转移给他人了。

从这个故居门口前行 10 米右拐，有一个小巷，再前行，至丁字路左拐，半分钟不到，即见一片醒目的竹林依墙而立，那竹林挨着的白墙青瓦民宅，便是隐藏于老城街巷中的民宿，招牌上的名字是"小倩的瓦舍"，这就是我在苏州的住处，也是我客居古城临时的家……

高成就对比西安与深圳、深圳与苏州的差别，他看到了不同的城市里不同的人文传统，庆幸自己选择把"古城印象"作为自己绘画创作的主题。

新冠疫情阻挡了别的游客，却把"小倩的瓦舍"变成高成就的专属客栈，或者说变成了他和另一位来自长沙的女士莫依虹两个人共享的客栈。他俩意外地相遇在古城街头，意外地相会于瓦舍。

高成就本以为，整个虎年的春天，他都将一个人住在"小倩的瓦舍"。但一入初夏，莫依虹鬼使神差般地住进了瓦舍。两位分别来自南方北方，相隔千里的男女住客分住客栈的一、二层，成了上下楼的邻居。

高成就算是长得比较帅的北方男人。也许由于父亲是美术老师，母亲是音乐老师，他又经历了西安美院的熏陶和深圳大芬村的历练，身上自然洋溢着浓厚的艺术家气质。不少人说，在中国影视男演员中，黄晓明的帅是公认的，其实你要见了高成就，会发现他的长发，还有大而深邃的眼睛，比黄晓明更显帅气，更具阳刚气；他的牙齿整齐洁白，下巴处有整齐的黑色胡须，反衬着他的脸颊更加白净；他的嘴角也习惯上翘，常常给人一脸和善的感觉。

莫依虹到达瓦舍的这天上午，高成就已经穿着米色风衣，戴着雷朋墨镜，背着画板，走出"小倩的瓦舍"，坐在了平江河边的石条凳子上写生，一幅名为《水乡》的水彩画即将完成。那画面上有河流、石拱桥、乌篷船，还有凭栏而立的女子……

莫依虹站在一旁，与其他三五个游客围观，高成就回身看了一眼围观者，目光突然在莫依虹脸上停留片刻，旋即又收回视线，用笔在画面右下角签上名字"GCJ"……

"呀，真美！"莫依虹不由自主地赞美了一声。

高成就站起身来比莫依虹高出一个头。他笑着对莫依虹说："美女要是喜欢，我就送给你！"说着，就把硬质画纸从底板上取下来递到莫依虹面前。

莫依虹摆动双手拒绝："不不不，我只是说画得好，但不能要你东西，不好意思！"

高成就说："不是白送，如果有缘再见，麻烦你当一回我的模特儿，好吗？"

莫依虹接过画高兴地说："好吧，那我可真谢谢您了！"莫依虹难掩欣喜。

"你的人比画更漂亮！"高成就丢下这么一句，就又回头换了一张新的画纸，准备继续画他的画了。

莫依虹用一句随便赞美的话，就换来一幅她十分喜欢的水彩画，心里当然高兴。她转身想走，又觉得不礼貌，于是走近高成就，问："那我加您微信好吗？"高成就笑着掏出手机，他们于是互扫了微信。莫依虹补充说道："您要真想我给您当模特儿，就给我发信息！"

莫依虹走了以后，高成就继续作画。又过了半晌，高成就坐得有些累了，才收起画板，转身走到旁边的"小狗爱上猫咖啡馆"。他坐下来，要了一杯拿铁。

说起咖啡，高成就是有一点小心思的。他在上大学以前，是不曾见过这玩意儿的。小时候看电影，尤其是夜上海的镜头或者香港绅士会客的镜头，偶尔会有那些洋气十足的男女们，端着一杯带托碟的咖啡，还拿着小勺子搅拌……他曾经对此心生羡慕。等他上了大学，见有些家境好的同学、室友，偶尔会买来桶装的雀巢咖啡，还有咖啡伴侣，就觉得这玩意儿高级得不得了。当自己大学毕业走上社会时，星巴克连锁咖啡店几乎遍布中国，他于是就想，我高成就何不通过咖啡沾一沾洋气呢！高成就现在虽然觉得以前的想法有些可笑，但"沾洋气"的想法却让他把咖啡喝上瘾了。好在这玩意儿的确能提神。

高成就喝着咖啡，却忘不了刚才为她叫好的女人。他有些后悔没有留她一起喝咖啡，他犹豫着要不要用微信请她。如果请，会不会显得太冒昧，刚刚送人家一张小画，马上就请人家见面，好像送画带有什么目的性似的。但他又反问自己，当时送画给人家就没有目的吗？想想还真有。如果不是那女子让你高成就眼前一亮，那笑容叫你心跳加速，你高成就会那么大方吗？

高成就对莫依虹动心，也许就像蜜蜂对鲜花动心一样，因为莫依虹从小到大都是被人赞美的对象，什么好看、漂亮、美丽、迷人、性感，等等。"这是传说中的一见钟情吗？"高成就在心里问自己。

四

莫依虹老家在湖南岳阳市下辖的湘阴县。她原来的名字是父亲取的，叫莫忆红，意思是记住红旗的意思。她哥哥读书比父亲多，从湖南师范大学毕业后，被分配到长沙一所技校当了老师。后来她哥哥给她改了现在这个名字，说新名字的意思是站在彩虹的前边。

莫依虹算是个漂亮的湘妹子，两只眼睛特别水灵。上中学时，男女同学都叫她外号——水灵妹子。男同学还常常打趣，说她是水妹，是水蛇变的，是拦水坝中学各届校花当中的冠军。别人看了莫依虹，目不转睛者有之，频频回头者亦有之。至于男同学私下递字条给她的事，那就更多了。

莫依虹中等偏上身材，肤白貌美，她突出的特点是丰胸细腰。中学时女生为男生吵架，有人骂她奶子大，像生过孩子似的。当时，她还常常为此生气，甚至羡慕人家胸小的同学。

莫依虹那时看不上学校里的男生，但她却暗恋着他们学校的体育老师。高中毕业后的第二年，她应邀和三五个同学给体育老师庆祝生日。老师那晚很高兴，喝了很多酒。将近午夜时，同学们各自散去，但老师却执意要送她回家。

在走过拦水坝橘子园中的小路时，夜深人静，月亮很高。老师真像喝醉酒一般，走路东倒西歪的。莫依虹只好扶着老师走，不料走着走着，老师却借机抱住了她……她开始拒绝，但她抵不住老师的力气大。后来，老师就把她"那个了"。

当时，莫依虹虽然已经过了18岁，但她从小没有远离过爹娘，对爱情的理解还有些模糊。她误以为老师"那个了"，就算是爱情了。

那是她的第一次，当时她十分紧张，也有些疼痛……那位只有25岁的体育老师也紧张得一头大汗。完事后，老师一边穿衣服，一边说回头要托人向她家"提亲"。提亲是当地人的风俗，即一个适龄男人看中哪个姑娘，会找一个适合当红娘的人，向女方的父母提出结亲的愿望。

莫依虹参加过两届高考，但离录取分数线总有不大不小的差距，最后她就放弃了上大学的打算。对于一个回乡女青年，如果能嫁给一个乡村中学的老师，那也是个不错的选择。也许正出于这个考虑，莫依虹对老师那天晚上说的话曾经心存期待，但后来却一直没有老师的一点音讯。她为此不开心了很久。不久后，传说那个老师调离拦水坝中学，去了岳阳市中心学校了，她由此从失望变成了绝望，再后来，她就与同村的一个女同学相约外出打工了。先到岳阳，再到长沙。

刚到城市的时候，由于没有大专文凭，莫依虹只能当服务员，比如在酒店当收银员、在酒吧领位或当啤酒天使。她还与同伴一起去郑明明美容学校参加美容护肤培训，当过美容技师等。

业余时间她爱看有趣的书，琼瑶的、亦舒的、三毛的，这让她的文学素养得以慢慢提高，也让她对未来的爱情与婚姻充满幻想。

在长沙打工期间，她认识了一位来自江苏常熟的姐妹。这姐妹后来从长沙转到苏州打工去了，她一直鼓动莫依虹也过苏州来，莫依虹也想到湖南以外的地方开开眼界，于是说来就来了。巧的是莫依虹正好赶上永高公司招聘文员，她抱着试一试的想法就去了，老板林正杰面试了她，当下就决定聘用她为公司文秘，随即就安排她住进了永高公司写字楼旁边的员工公寓。

这家公司全名为"永高建筑设计（苏州）有限公司"，是台湾人林正杰投资兴办的。林老板当时已有40多岁，正是"一枝花"的年龄，平时西服革履，一副风度翩翩的模样。他是独自来苏州开公司的，夫人留在台北，专心当着家庭主妇，照顾着他们正上中学和小学的儿子和女儿。

永高公司20多人，多数员工家就在苏州。公司在相邻写字楼的公寓楼上租了两套房子，一套为林正杰专用，一套住着两个家在外地的单身汉，一个叫孙胜，一个叫刘海江。莫依虹入住后，这套房子便成了这一女二男的宿舍。

"房间还好吧？我已经给那两个男生打过招呼，要他们照顾好你这个小妹妹！"林正杰在办公室对莫依虹说。

当时，永高公司承接了不少建筑设计任务，一帮人整天埋头绘图。莫依虹的办公桌在林正杰办公室门口，隔着落地大玻璃，林正杰如果向她一招手，莫依虹就能看见，推门就可以进去。

林正杰像个监工，他站在办公室，玻璃墙外就是大开间无遮挡办公区，但员工抬头看老板时，林正杰也像笼中鸟儿一样。

莫依虹负责行政工作，具体些说就是办公室打杂，她的服务对象主要是林正杰，当公司有客人时，她站在林正杰身旁迎来送往，既像秘书、助理，也像女主人。

莫依虹穿上企业白领制服，蹬上高跟皮鞋以后，就有一副婀娜多姿的模样。这个时候，她更加意识到，女人的胸是吸引男人最重要的部位。她竟然因此而心生骄傲之感。

公司的男士们纷纷关注莫依虹，尤其是坐在大班台后面的林老板，他有时注视着这个女秘书发愣老半天，当莫依虹抬头回望时，林老板有时不好意思地用举杯示意她"加点茶水"来掩饰自己的失态。

从第二个月开始，林正杰就送礼物给莫依虹，他说老板身边的女人是公司的门面，不能穿得低档了。当莫依虹因老板的特殊照顾得以用名牌衣饰武装起来之后，她就从好看升格为美艳了。她本来在小时候走山路养成的习惯动作，左右摇摆的幅度稍大一些，但穿上时装后，她的摆动就有了一种摇曳性感的美，透露出诱人的魅力。

室友孙胜笑着说："莫大秘走路扭来扭去的，真让人受不了！"

刘海江白孙胜一眼说："你怕是癞蛤蟆想吃天鹅肉了吧？你还看不出来吗？林老板早就号上美人了呢！"

群众的眼睛是雪亮的，林正杰真的是喜欢上莫依虹了。中午午餐时，别人都去位于写字楼地下室的公用自助餐厅吃员工餐，莫依虹却常常以陪"客户"为名，与林老板一道去附近的酒店享受情调西餐。

林正杰对莫依虹十分坦诚。有一次，他单独给莫依虹过生日，买了礼物，订了蛋糕，在餐厅包间吃罢饭后，情意绵绵地说："莫小姐，我在台北确有妻子儿女，但我在苏州孤单一人，不知莫小姐可不可以做我的女朋友？"

莫依虹早有思想准备，她微笑着点了点头。这时与她给林正杰当秘书已经有三个月的时间了。她对当下的工作也十分满意。林老板对她的照顾，也让她心生优越感。她当然也清楚，当林老板的秘书与女朋友，这中间是有着本质上的区别的。她好像愿意与孤单的老板靠近。从此以后，他俩的业余时间几乎形影不离，苏州古城的每一处观光点都印着他们闲逛的脚印，而歌厅、舞厅、KTV 也不时有他们的歌声和舞姿。"你是我可爱的午夜女郎！"林正杰抱着莫依虹，一边摇摆着两步舞，一边咬着她的耳根悄声赞美着……

当年的中秋节，莫依虹送林正杰到浦东机场。因台湾方面出现强台风天气，导致当日航班延误到次日上午才能起飞。当晚，他们两人就近入住在机场附近的洲际酒店，林正杰订了两个标准间。

晚饭时，林正杰翻阅着湘粤轩酒家的菜谱说："依虹，你是湖南人，我们吃湘菜好吗？"莫依虹点了点头。林正杰于是点了莫依虹爱吃的剁椒鱼头、腊味合蒸、米豆腐、尖椒肉丝等。

"依虹，要不要来一支红酒？"林正杰笑着问。

以前，林老板称莫依虹是莫秘书、莫小姐，自从她答应做林老板的女朋友以后，林正杰私下就改称莫秘书为"依虹"了。

莫依虹："好吧，不过我只能喝一点点。"

"随你！"林正杰与服务生交流了几句，点了一支法国红酒。

那一餐饭，酒比菜贵，一支酒喝完，莫依虹的脸就泛红了，林正杰的话也多了，情也蜜了。

也许是分别临近之故，莫依虹也有几分不舍。以往林正杰带她去 KTV 唱歌跳舞，如果林的手脚太过放肆，她还下意识地躲避，意图保持点适当的距离。但在这个晚上，她不仅不躲避，内心似乎还有些期待，甚至对林正杰即将离开苏州返回台北而产生些许失落之感。

林正杰平时总是与莫依虹同进同出，公司员工早已默认了他们的情侣关系。孙胜、刘海江下班后，偶尔还打趣地称莫依虹什么"老板娘"之类。

这种氛围令莫依虹有个错觉，好像林老板真就是她的"什么人"。现在人家要回台湾与妻子、儿女团圆，她却要在苏州独自过中秋节，她不由得对林正杰身在台湾的妻子嫉妒起来。

吃完饭，他们俩回到酒店。林正杰没有一点回他房间的意思，径直随莫依虹一道进了她的房间。一进门，林正杰转身就把门锁上了，还插上了锁链，然后说："依虹，我们跳舞吧！"说完，林正杰打开手机，播放着个不知名的英文歌，急切切地抱着莫依虹跳了起来。林正杰平时身上总有淡淡的香水味道。当两个人近至贴面，那种味道让莫依虹有一种难以形容的舒服感觉。一曲未完，林正杰已急不可耐地把手伸进莫依虹的腰部、胸部，紧接着就脱了莫依虹的上衣……

两个人随后又先后洗了淋浴，上了大床，一阵阵地疯狂起来……莫依虹像个面团，任由林正杰翻过来倒过去，她第一次感觉女人还可以这样刺激，这样快乐！

林正杰浑身都在动，嘴也不停，吻着说着，说着吻着："我想吃了你，依虹！"

莫依虹躺着，羞涩得不敢看他。但林正杰却老是说："你看着我，你看着我！"她睁开眼睛，见林正杰额头冒着细汗。

"你真是个性感尤物！你怎么这样性感！我要疯了！噢，我要疯了！"林正杰又翻过身躺着，让莫依虹换在上面，然后双手紧紧抱着她的细腰。

莫依虹心里的兴奋感、幸福感、成就感交织在一起，她甚至产生了些许恶作剧的想法，看男人的疯狂、孩子气和慌张，也听男人的蜜语、情话和粗口。

林正杰知道的真多，这个姿势、那个姿势来回换，他就跟那些日本A片里的男主人公一样，招式让莫依虹感到新奇和刺激。

"你看远处的飞机……"林正杰关了房灯，让莫依虹面向窗口站着，双手支撑在窗台，躬着腰，而他在她的背后……像推车一般。

此时的莫依虹，突然想起了曾经在湘阴拦水坝旁边的橘子园，她有些纳闷，男人与男人，原来这样的不一样。

两人忙了一个小时后，精疲力竭地睡着了。次日凌晨，莫依虹被早醒的林正杰轻轻抚摸的手又弄醒了："依虹，我的好老婆，你让我焕发青春了！"

"嗯，哎，我是你的老婆吗？"莫依虹侧身搂着林正杰。

"当然是啦！我这次回台北，主要是看看孩子的！"

"那也会给她……交公粮吧！"莫依虹说着嘴角撇了撇。

"我们早就没有了，七年之痒过后，她真的就患了严重的性冷淡，后来又患了癌症，夫妻关系早就徒有其名了。要不然，我也不会抛下儿女有意避开她到大陆来！"

林正杰说话时，两只手一直没有停，弄得莫依虹又兴奋起来。这次，她也主动了，伸手下去……

他们梅开二度之后，就急急收拾行李，赶往机场候机大厅。进入安检口时，林正杰与莫依虹吻别。

整个中秋节期间，莫依虹都处于对林正杰的期盼当中。大约过去了两周时间，当林正杰返回苏州时，莫依虹已经按照林正杰电话上吩咐的意思，在公司附近的另一个酒店式公寓租了一套房，他们决定秘密同居。

林正杰拉着行李箱一进门，就见客厅茶几上有一个鲜花花篮，屋子里的细软全是新婚夫妻的款式，两个人没有来得及喘息一下，就立即进入小别胜新婚的恩爱活动之中。

莫依虹三天前已经收拾了行李，搬离了永高公司员工宿舍。那天，孙胜和刘海江提议要送她的，但莫依虹不让，她嘴上说行李少，实际是为她与林正杰的爱巢保密呢。林正杰保留着原来与孙胜、刘海江相邻的宿舍，徒劳地为他俩的秘密同居生活打着幌子。林正杰每天下班后，就会去莫依虹的快乐小筑。

他俩俨然是一对恩爱的夫妻，过起了出双入对的甜蜜生活。有一年"五一"长假，莫依虹还带林正杰回过湖南老家，在长沙、岳阳游玩了一圈。其间，林正杰还宴请了莫依虹的父母。但观念传统与守旧的莫父事后却坚决反对女儿与林正杰保持来往，他说："老莫家丢不起这个人！人家林先生有家室儿女，你这叫作啥子呦！……"

这时的莫依虹听不进去父亲这个话，他们两匆匆返回苏州。意料之外的是，苏州市反贪部门无意中帮了莫父一个忙。

原来林正杰有个项目可能牵扯到苏州市某个前副市长的亿元贪腐大案之中，为了规避法律风险，林正杰转让了永高公司的股份，躲回台湾不敢再来大陆了，他与莫依虹的快乐日子就此戛然而止。

林正杰走了之后，所有人对莫依虹都变了脸色，她也付不起酒店公寓的房租，又不好意思搬回员工宿舍，于是就决定告别苏州。她向永高公司新领导请辞获准之后，就准备返回湖南。

这时孙胜对莫依虹十分热情。不过，莫依虹早就听说孙胜已经有女朋友了，且在筹备结婚的事。她念及同事之谊，接受了孙胜的送别之宴。孙胜深情地对她说："莫大美人，咱们保持联系哦，说不定我有机会出差到长沙看你哦！"

莫依虹回到长沙后，一直保持着与林正杰的联系，林正杰也以个人名义按月支付莫依虹的"工资"。虽然孙胜请莫依虹吃饭时，言语中流露出林老板转让公司后，应该给予莫依虹一些经济补偿，但莫依虹却从未有此念想，她只希望林先生平安无事。林正杰也在电话上对莫依虹说："你的工作是由于我的原因丢掉的，我会对你负责到底，工资今后由我直接发你，将来我回大陆另外再开公司，还请你回来当我的秘书，我们还在一起。"

莫依虹开始相信林正杰所说的这个计划，但等待一个月，半年，一年……时间慢慢地把莫依虹的希望吞噬干净。莫依虹在听到林正杰表示他不干涉她在长沙交男朋友的说辞之后，就接受了父母让她"相亲"的劝说。

莫依虹的哥哥给莫依虹在长沙介绍了一位名叫杨湘力的对象。为此，莫依虹带着十分矛盾的心情，一方面与林正杰保持着柏拉图式的爱情，林正杰也一如既往地按月支付着她的生活费；另一方面与杨湘力相亲、结婚、生子。

五

光阴如流水，莫依虹与杨湘力10余年没有经过恋爱的婚姻生活却因为一个意外而终结了。

2020年末，杨湘力在与朋友聚会时，因醉酒而引发脑溢血去世，剩下莫依虹与10余岁的儿子杨小力相依为命。这突如其来的变故让过惯了相夫教子生活的莫依虹顿感不适。她孤独、寂寞，但却没有多少痛苦。也许是想在儿子跟前表现夫妻情深的温情戏码，莫依虹在杨湘力忌日时，把悼念亡夫的文字发在了朋友圈上。不料，这时早已为人夫且为人父的孙胜却频频联系莫依虹，既发文字慰问她，让她节哀顺变，又诚意邀请她抽时间回苏州故地重游，说过来散散心好，老同事、老朋友都想见见她。

正是在孙胜的盛情邀请之下，莫依虹答应他到苏州散散心。

"小倩的瓦舍"就是孙胜帮莫依虹预订的民宿，那次她在这里住了一周。在第三天时，莫依虹与孙胜突破了男女同事的界限。

对于两个都已成家的前同事，一个丧偶单身，一个口口声声说他与老婆已经分居且总觉得家花不如野花香，而这个野花又是他早就认识的、一直垂涎而不曾得到的性感女人。对孙胜来说，与莫依虹久别重逢确有一种终偿所愿的感觉，好像比他与夫人的新婚蜜月还刺激，也更难忘。而对莫依虹来说，丈夫走了一年多了，所谓的情人林正杰远在台北，而且通过手机微信维持的情感也日渐淡漠了。面对前同事的邀请和陪游、请吃及动人的甜言蜜语，她就半推半就地接受了。

"你有老婆，你这样怎么对老婆交代？"

"我们早分居了，只是因为孩子才……"

"你不介意我克夫吗？"莫依虹这样说。

"瞎说什么呀？你老公命好娶了你，命短那是天注定……"孙胜一边说，一边动手，浑身上下都表现得兴奋异常。

"你也知道我跟林老板的关系！"

"那有什么，林老板与你的缘分只不过比我早一点罢了！……我好像觉得更刺激……"孙胜毕竟比林正杰年轻。莫依虹心里暗暗比较，林正杰像一匹温和的马，孙胜则像一头狂野的牛。

那一个星期的时间，孙胜好像把莫依虹一年多的缺憾都补上了。孙胜也说："我这一辈子怕是离不开你了！"

秋去春来，时间一晃就来到 2022 年春夏之交。

相隔半年后，莫依虹再次应孙胜之邀前来苏州。去年孙胜是开车到苏州东站旅客出口处接的莫依虹，可是这次莫依虹还没有下火车，却意外地收到从孙胜手机发来的微信——

"莫小姐，我是孙胜爱人，孙胜有事不能接你，你到瓦舍住好以后，他会抽空去看你！"

莫依虹看了这个微信，一下就明白了，孙胜说他与老婆分居可能是一句假话。

这叫什么事！莫依虹猜想，孙胜老婆既然能发这样的信息，恐怕对孙胜的出轨行为也不会善罢甘休。她思虑再三，还是想先住下来再说。

下了高铁，莫依虹就打的到平江路街口下车，然后背着双肩包，沿平江河岸，拐来拐去，就又来到"小倩的瓦舍"。她仍想住在上次住过的二层阁楼房间。这个房间除了孙胜给她的感觉之外，还有一点，就是斜卧在大床上时，可以从玻璃窗外望。从那个角度看窗外景观，只见一片青瓦屋脊和一抹一抹的白山墙，还有爬上屋顶的青藤，偶尔还有麻雀在窗外跳来跳去。更难忘的是，有一天她看见一只野猫与她对视良久。那猫竟然有个惊人的习惯动作，左眼睁开时，右眼闭着，右眼睁开时，左眼闭着。它看这个世界，好像有意睁一只眼闭一只眼……

于小倩是"小倩的瓦舍"的老板兼服务员，她一见莫依虹，就高兴地喊道："莫姐，可把您盼回来了！"

"是吗小倩，我可把你这儿当家了！"

一阵忙活，小倩依规办了旅客登记手续，并把莫依虹送进那个二层阁楼房间。

"莫姐，您楼下常住着一位画家，咱们这阁楼隔音效果差，晚上时您小声点，尽量不出大声好吗？"

"好的，放心小倩。"

莫依虹放好行李，简单洗漱了一下，在床上伸了一伸腰。想想这孙胜是怎么回事呢？她想冷静处理，且等对方反应。已经39岁的莫依虹，面对孙胜这边的"变故"，她虽感到意外，但也促使她想了许多关于男女感情上的事。

她猜想孙胜不会没有动静的。但她不想因为这件事影响了她的心情，她喜欢琼瑶小说故事的缠绵浪漫，但她更喜欢三毛身上的洒脱果断。于是，莫依虹稍事休息后，就决定去平江河边走一走，散散心，看看古城古巷古江河。但她万万没有料到，她这次闲逛竟然引出她与高成就的故事。

莫依虹对苏州古城的景致印象良好，才赞美高成就以平江河为内容的画作的。她不懂绘画，只赞美这幅画的内容。当然坐在河边的高成就的身影也确实吸引了莫依虹的眼睛。

她拿着这幅画返回瓦舍时，被于小倩看见了。

"莫姐，你咋碰见高成就了？"

"什么高成就？"

"就是住您楼下的画家呀！"

"我不认识他，我在河边碰见有人画画，我说好，他就送我了。"

"没有错，你看这画上有他的拼音缩写签名——GCJ。"

"哈哈，那好，看来我与这个画家有缘！"

六

于小倩是安徽黄山人，她家与著名的古村旅游名胜宏村和西递离得不远。她从安徽艺术职业学院毕业后，本想在合肥或黄山找个工作，可惜没有如愿，后来就到西递古村的一个客栈打工。其间，她发现开民宿也是个创业的好主意，就与在苏州工作的哥哥于小军商量。哥哥表示支持妹妹创业，可西递、宏村的民宿饱和了，房子难找不说，租金还炒得很高。

一来二去，哥哥于小军就说："小倩你来苏州吧，这里有个太平老街，周围居民空房也多，好找，我见过招租广告，也问过价钱，不贵，当地政府也支持发展民宿产业。"

"小倩的瓦舍"就是在这种情况下筹备开业的。不幸的是，瓦舍开业之日，正遇新冠疫情暴发之时。之后两年来，疫情起起落落，游人时有时无，至2022年初夏，便只剩下来此采风的画家高成就和来苏访友的莫依虹。

前些年，没有疫情时，苏州在全国算得上是排位在先的旅游城市。这里的园林建筑享誉世界，这里有春秋时就有的河流古道，有白居易当苏州"市长"时的山水工程，还是苏州评弹的发源地，受游客青睐自然是有道理的。

高成就下午回到瓦舍时，于小倩介绍他与莫依虹认识。

"是你！"高成就惊奇。

"有缘吧，画家先生！"莫依虹伸手，与高成就相握。

三个人笑着说了一阵天下真小的客套话后，就在瓦舍前台兼餐厅随意地坐下来，聊起了当下疫情防控的事来。

小倩说："我想疫情很快会过去的，不然我的客栈可要亏死了！"

高成就说："疫情反而让平江河清静了许多，不然诗情画意会被拥挤的人流破坏掉！"

"说得有道理。"莫依虹微笑着回应道。

"高哥，听你这样说，你是希望我倒闭呀！"小倩笑了。

"哈哈，没有想到开店的人和住店的人，利益点不一样！"高成就道。

近段时间，高成就不愿意在外面的餐馆吃饭，一来附近的馆子他吃遍了，二来每次进店，都要查验手机中的核酸码。有一回他的核酸码过期，弄得他差点与相熟的老板娘翻脸。

"高老师，我知道你没事，但这是规定，我让你进店堂食，如果让政府查出来，我就会被罚款，搞不好一周的营业额就没了！我是小本经营哦！"老板娘坚持不让高成就进店，当下让高成就感觉自己像是孔乙己。

老板娘说完话，也不好意思了，便把新出笼的素馅大包子用纸袋装了几个递给高成就。这下又令高成就不好意思了，连忙说："好好，有包子了，我也不用进去了。我改天做了核酸再来，噢，我给你老公画的《抽烟者坐像》也快好了！"

自那天之后，高成就就固定在瓦舍订餐，而于小倩也兼职做起厨娘来。于小倩看重的并不是多了高成就一个人的餐费收入，而是她给高成就做饭，然后两人共餐的奇妙感觉。

这样，餐餐顿顿两个人，一男一女，男的是 37 岁的画家，女的是 24 岁的客栈老板娘。

瓦舍本来是用一户市民的老宅子改造装修而成的，其规模仍与一户人家相当。从外表看，高成就和于小倩在瓦舍进进出出，确实有点儿像夫妻俩呢。

于小倩有着南方女孩的清秀与干练，她的身高足有一米六八，苗条，皮肤白嫩，单眼皮，笑起来有一对酒窝。如果不说她是平江河最美的民宿老板，那也应该算在前三美之内。

于小倩说她只会做黄山农家菜，高成就说看着你做饭就是一幅画，你做的都好吃。于是，于小倩下面是两碗，做饭也是两碗，荤素相搭也恰好够两个人吃。

有时外面下大雨，高成就帮于小倩关窗关门，收拾院子，疏通水管。于小倩在旁边看着，觉得高成就就像电影中的主角人物，她的眼神不由得透露出欣赏与爱慕。

以高成就的见识，当然也能察觉到小姑娘的心思，但他不说透，他享受这种感觉。大概天下男人，无不希望被异性欣赏、爱慕，何况眼前这个女人，还是这么年轻漂亮。

高成就初到苏州时，原本计划最多待上个把月，一是暂时避开王冰冰，二是为"古城印象"的创作收集素材。谁知阴差阳错，他住进了"小倩的瓦舍",见了于小倩,他就改了主意,把原来的短旅改成了现在的长住。他也有意体谅着于小倩的难处——瓦舍开业一直没有客人,让姑娘焦虑;当然,他住在这里,享受美人的专门服务,也感到十分愉快惬意。

"我来看如画的姑苏,我也成为姑苏现代画中的一个人!"这是高成就某日说的,于小倩睁着眼睛,笑着问:"那我也算是你说的画中人了吗?"

"当然是,你不仅是,而且是比别人漂亮的画中人!"

高成就说着,就让于小倩倚着门框,他三下五除二,就给于小倩画了一幅一米见方的素描画。

于小倩看着画中的自己惊叹:"我有这么美吗?"她过后把这幅画镶了一个画框作为客栈收银台后背景墙上的装饰画。

当莫依虹听说高成就在客栈订餐,便对于小倩说她也想在客栈订餐,等退房时一起结账。于小倩高兴地答道:"莫姐,那没问题!"

当天晚上,于小倩做了三个人的饭菜。饭时,莫依虹从房间背包中取出她带的红酒,对于小倩和高成就说:"高先生送了我一幅画,我请高先生喝酒,小倩作陪,好吗?"

"没问题!"高成就一语双关地笑着说,"那我岂不就夺了孙先生所爱了,啊,哈哈!"

显然,于小倩悄悄给高成就说了上次莫依虹与孙胜相聚于瓦舍的故事,而莫依虹也悄悄给于小倩看过孙胜夫人发给她的微信。她担心孙胜夫人可能来客栈找她的麻烦,她让于小倩帮她一起应对可能出现的状况。

"莫姐,你不用怕,你住我这儿安全,有什么事,我打电话给我哥哥,他几分钟就能赶过来,他在台资厂当着保安部长呢!"

一处瓦舍,一张餐桌,三个人配着三只高脚红酒杯,三杯酒对应着三个单身者,三个单身者对应的感情棋盘又是什么呢?

不等人的时间过得快,几个菜盘子见底时,于小倩赶紧又切了个黄瓜片,又抓了些五香花生仁。酒瓶慢慢就见底了,于小倩只做样子不真喝,高成就与莫依虹几乎一半对一半。

莫依虹脸有点红,情绪也高涨了许多,她笑着问:"高先生你说说,男人有老婆,为什么还要找别的女人?"

高成就端着酒杯,嘴角上挑,笑着说:"古人早说了,妻不如妾,妾不如偷,偷到不如偷不到,此乃人性也!"

"那既然总觉得外面的女人好,那结婚又为什么呢?既然结了婚,又瞒着老婆找别人,让他老婆情何以堪呀!"莫依虹又抛出一个问题。

"这就见仁见智了,情感这玩意儿,说不清,多数人都是跟着感觉走,恋爱时觉得自己会忠于对方,甚至山盟海誓,可结婚后彼此发现婚姻不是那么回事儿,想调整时已经来不及了,于是用出轨、婚外情来弥补自己的情感缺失……"

"也就是说,对老婆不满意,到外面找别人来填补,对吧?"

"这样说,也没有错!"

"高先生,"莫依虹忍不住,想请高成就解惑,"你知道了我与孙先生的事,我也不用瞒你。孙夫人知道她先生与我的事,你说她会怎样呢？"

"简单，她有三个选择：一是不接受，离婚；二是接受，睁一只眼闭一只眼；第三，暴风雨过后，老公改邪归正。"

"看来高先生有经验哦，那你猜孙先生会怎样选择呢？"

"大概率属于第三种。"

"那就是孙先生改了我这个'邪'，然后回归家庭，继续当个好丈夫？"

"哈哈，你也不是'邪'，他也改不了，最大的可能是，孙先生表面上认错，实际上夫妻双方从此开启老鼠与猫的游戏模式。依我看，孙先生一定会避过老婆偷着再来找你的……"

"那我不是他想见就见，想不见就不见的人呀！"

"这就是你的事儿了。哈哈！"

于小倩一直当听众，这会儿却帮腔了："莫姐您这么漂亮，咱另找一个不得了，何必吊在姓孙的一棵树上呀！"

"嗯，小倩说得对，莫姐你说呢？"

"那当然啦！我不能让一个出轨偷吃的小男人坏了我的心情！"

第二天上午，孙胜夫人果然提着水果篮来到"小倩的瓦舍"，说是代孙胜看望远道而来的前同事莫依虹。她身边还跟着一个满脸横肉的男人。于小倩上阁楼通报了莫依虹："莫姐你见不见？你如果不见，我就说你身体不舒服，不想见客。如果愿意见，我就通知高成就协助一下。"

莫依虹想了想："见，我又不是做贼的人！"

于小倩告诉孙胜夫人："莫姐说您稍等一下，她这就来。"

看孙胜夫人的外表，就知道她是苏州当地人，娇小玲珑的身材，衣着精致，打扮入时，显得精明能干。当她坐在沙发上时，随行而来的男人默然地站立一旁，摆明了是个保镖角色。

"您是莫女士吧！我是孙胜的爱人。"孙夫人见莫依虹走下阁楼，马上站起来，冷笑着问。尽管她故作镇静，但还是流露出一丝紧张与不自然。

"是的，我是莫依虹。"莫依虹心里虽然有了准备，但她第一次遇到这种情况，还是难免有一些心虚。

于小倩示意她俩坐在瓦舍前厅沙发上，这时高成就从一层客房出来，走到前厅吧台后面的饮水机前"哗啦啦"地接了一杯开水。于小军这时也到了，他好像有意让孙胜夫人听见似的，大声对小倩说："老街防疫站等一会儿来人，你通知所有客人，先不外出……"

孙胜夫人听了，真以为客栈住着不少人，再看了看旁边无关的三个人，就扭头对莫依虹说："您是孙胜同事，他本来要来看望你的，可他昨天突然得了阑尾炎，住院了。所以我代他来看你！"

"呀，急性病，那要不要我去医院看看他？"

"不不不！"孙夫人连忙阻止道，"我儿子和他奶奶现在医院呢，况且现在疫情反复，不让外人探望。"

"噢，那就代我问好！"

孙胜夫人又寒暄几句，就起身告辞了。末了介绍她的随从，说："哦，这是我的司机。"

等打发了不速之客后，莫依虹把孙胜夫人司机放在茶几上的

果篮交给于小倩，笑着说："小倩，这两天你不用买水果了！"

莫依虹回到房间后，躺在床上，一时心生伤感。她想，作为女人，对爱情，对婚姻，她一直认真追求，用心呵护，但结果怎么这样难遂心愿呢？

当年青春年少，体育老师帅气活泼，可他为什么激情于橘子园，又止步于橘子园？他竟然没有给过她一个字的说明。

后来在打工期间，她又交往过两三个很快就忘记名字的小伙子，他们说着一样的赞美话，什么漂亮呀，性感呀，可是他们为什么在还没有情、未知心的情况下，就急急地冲着她的身体而来？这与她看过的爱情小说，和她追过的琼瑶剧，怎么差得那么远？当她拒绝或者让他们等一两年，看看两人的相处感觉时，他们咋就那么快地与别人，甚至是她的闺蜜牵手了呢？爱情该是这样的吗？

后来遇到了林正杰，虽然他的年龄比她大了很多，但他却是那样深情。

她承认，林先生也贪婪她的身体，但他多了一些痴迷，他处处宠着她。她不可能样样都对，她也有女人的嫉妒心，也与他闹过别扭，但他从来不对她发火，不生她的气，不伤她的自尊心。所谓的谦谦君子，她想该就是林先生这样的人吧！

他有老婆孩子，但他凡事对她如实相告。她说她不愿与别人共侍一夫，他说他与夫人早就是名义上的夫妻了，还为此给她指天发誓。

她开始不信，林先生后来把他妻子的病历和他的全家福照片给她看。按说，所谓的性冷淡看是看不出名堂的，但病历显示林妻的主要疾病是卵巢癌，手术之后人瘦得跟皮包骨头似的。经过化疗，头发也掉光了，那假发套也显得太假，像戴了一顶黑色棉帽似的。她由此相信了林先生的说法，心里也认定他是她事实上的男人、丈夫。

可是好景不长，林先生返回台湾之后，他们和谐而默契的同居生活就此结束了。她原来以为，他回到台湾后会另觅佳偶，他发工资给她，她觉得那也许是短时间的热情，说不定哪一天就会不了了之的。谁知他这一发，就发了10多年。女人对男人的心是敏感的，一个男人自觉地给千里之外的女人发工资或叫生活费，且不间断地发，没有真情是做不到的。何况他通过手机与她分享生活中的快乐与忧愁，当然包括思念。

她回老家湖南，也换过几个工作，但收入最稳定的薪资仍然是来自林先生的汇款。她本来不会做生意，但林先生指导她用积累下来的资金炒股，赚钱后又立即金盆洗手，这让她有了独立的经济基础。她于是在与杨湘力的婚姻中，也就有了不靠人养活的自尊，也少了一些平常生活的压力。生了孩子后，她也有条件辞去工作，当了杨湘力的全职太太。

可惜，她想不到的是，凡事都有两面性，当她不缺钱了、不用依靠丈夫养家了，丈夫杨湘力却怀疑她"不干净"，而林先生发给她的工资，她也确实无法对他说出十分具体的因由。当这种疑问横亘于心时，婚姻就失去了最基本的信任了。没有信任的婚姻必然变味，变成了形式大于内容的婚姻。她只能说，她嫁人更像是嫁给了父母兄弟的愿望，嫁给了生活的惯性，嫁给了一个女人的责任与义务。她无数次地假设，如果没有儿子，她与杨湘力可能早就离婚了。他们俩是为了孩子而扮演着夫妻相爱，假装着家庭和睦。

不料，杨湘力因病早逝。开始的时候，她还常常自责，觉得长期与林先生秘密保持着所谓的情人关系，对丈夫不公，她也决定为他守节三年。

可她怎么也想不到，丈夫原来说借给女同事 2 万块钱，等她查询了他的银行记录才发现，他陆续给女同事转了 32 万元。

她哥哥找那女人要钱，那女人说那钱是杨湘力资助她的，他俩相好了挺长时间。那女人打开手机，里边有杨湘力与她吃饭、游泳、唱歌，还有亲吻拥抱的自拍照片。她于是接受了她哥的建议，放弃追究，给亡夫留下一个面子，也不损坏儿子心目中父亲的形象。

杨湘力编了个借款 2 万元的谎话，掩饰了他与女同事天长日久的秘密。那一刻，她觉得这婚姻就是一个荒唐的骗局。她就想她之前不该因为丈夫杨湘力而拒绝林正杰的邀请——去台湾工作，与他重续前缘。

她不追究杨湘力了，他死后也获得了轻松；他用死后暴露出的秘密故事抵冲了她对他原有的愧疚感，她也为此解脱了。想到这里时，她突然有个想法——婚姻要是能够相互忠诚，那当然最好。但如果实在做不到，那么相互不忠诚，是不是好过单方面的不忠诚？因为一方忠诚，另一方不忠诚，则定会伤害忠诚的一方。相互忠诚是平衡，相互不忠诚似乎也是一种平衡。平衡好过不平衡。对吧？

她就是在这种心理的驱使之下，接受了孙胜的邀请，甚至想用今天的孙胜，报复昔日的杨湘力。但她却想不到令自己陷入另一种不堪的境地。

高成就对孙胜的分析有些道理，不过她忽然对孙胜激情四射的爱意有些反感，甚至有些恶心，反而对他夫人心生歉意。杨湘力对她，孙胜对他妻子，本质上是一样的。今天的社会，还有多少这样的丈夫，又有多少与她相似的女人？孙胜妻子是宽容、大度、有勇气的。想想看，她为了家庭，为了孩子，当然还有自己作为妻子的尊严，是那样正气凛然，又那样委曲求全。她看到这个女人一双饱含深意的眼神，她立即决定退出。她也看清了她与孙胜关系的本质。她想说，一个女人若是成为一个不忠于妻子的男人的纵欲对象，那她一定是悲哀的。

经过这么一番思前想后，莫依虹浑身仿佛变得轻松了。她前次因到"小倩的瓦舍"而与孙胜有染，这次因到"小倩的瓦舍"而与孙胜了断。这大概就是人们常说的天意或是缘分吧。

对于每个人来说，即使有缘相识、相恋、相亲甚至结婚、生子，都是长的有一世，短的有一时，当事人唯有听天由命的好。否则，可能的结果往往是事与愿违的。

"莫姐，我请你一块儿去乘船游平江，好吗？"高成就敲了敲莫依虹的房门，问道。

"去！为啥不去！"莫依虹答了一句，就悠悠然地翻身起床，

"你楼下稍等，我收拾一下。"

两个人穿着一新，并肩走出瓦舍，于小倩在客栈前台与他俩招了招手，但神情却发生了突变。显然，于小倩在心里已经视高成就为偶像、为潜在的男朋友，她怎么也想不到，两个异性住客，这么快地就一块儿出游了。而更令她难受的是，高成就在莫依虹跟前好像一点也不在意她于小倩的感受。

七

初夏季节的平江河一派草长莺飞的繁华景象，可是在疫情影响之下，此时此刻，这里的行人却稀少，游船也寥寥无几。高成就和莫依虹走出瓦舍，下台阶时，莫依虹的高跟旅游鞋歪了一下，高成就闪身一接，莫依虹半个身体就靠在了高成就的臂弯里。

高成就穿着白色长袖衬衫并把衬衫扎在牛仔裤里，这样显得他身材更加修长和健壮。乌黑的长发被白衬衫衬托着更显潇洒。当莫依虹的体温透过夏衣传导到高成就身体时，这个经历过两次恋爱的男人仍有触电的感觉。

"高成就，你竟然用古龙香水哦！"莫依虹喜欢那种把自己收拾得干干净净的男人，她心里暗自一惊——高成就用的香水竟然与林先生是一个牌子。

高成就笑了："哈哈，不是老有人调侃，说搞美术的人，远看像卖炭的，近看是美院的，贴身一闻呢，像吃过大蒜的！"

　　莫依虹望着高成就的侧脸，听他幽默的说话腔调，觉得这个年龄比自己小两岁的画家，男人气有些爆棚呢。在她以往的人生经验当中，多数时候是男人讨好她、靠近她的，但高成就却让她产生一些想主动靠近的欲望。从开始看他作画，到收到他赠送的画作，再到一块儿喝酒吃饭，尤其是孙胜老婆来瓦舍找她，高成就有意出现在现场，令她隐隐约约地有了此人可靠的感觉。本来，她从长沙到苏州，毕竟人生地不熟，而孙胜老婆又是苏州本地人，她娘家会有什么背景，莫依虹一概不知。让她独自贸然与情敌见面，还真有些心慌慌呢！更何况，自己是"第三者"，人家是正牌妻子，道义上别人掌握主动。而那个口口声声说喜欢自己，十二分真诚地邀请自己且联系安排住处的孙胜此时又杳无音讯，这怎么不叫人心里打鼓呢？于小军、于小倩兄妹虽然劝她不用担心，但客栈毕竟也是苏州的客栈呀！他们是不是相互认识呢？孙胜为什么两次都安排她住在同一个客栈？

　　在"小倩的瓦舍"，仿佛只有高成就与莫依虹的角色一样——外来的游客、客栈的邻居。正因如此，当孙胜夫人找她时，高成就有意添加开水、回头注视她且在孙胜夫人随从身旁站着喝水的无惧神态，都使她心里涌出一股暖流。她似乎觉得，自己与这个男人算是一伙的，一道的，像姐弟，像一家人！

　　"莫姐，来，上船。"到了码头，高成就扭头叫道，莫依虹听话地抓住高成就伸过来的手，小心翼翼地跳上乌篷船。

　　"好嘞，坐好了，看着，开船了，开船了！"撑船师傅穿着黄色救生衣，上面写有"平江旅游"四个字。

"帅哥，你穿上救生衣呀，给你夫人也穿上！"师傅指着船舱里的同款救生衣说。

"哈哈，这是我姐，师傅你乱讲话！"高成就笑着纠正，莫依虹也无声地笑了，心里却有一丝快意呢。

"师傅，你看他比我小几岁？"莫依虹问。

"一般男大女小，我以为你们是夫妻，当然认为他比你大哦。"

莫依虹想不到，在撑船师傅看来，她还不到 37 岁。

"这里很少姐弟游船的，再说你俩的穿着打扮，很像两口子噢，是艺术家吧？"

高成就问："何以见得？"

"刚刚上船时，你拉着你姐姐的手，很像夫妻或者情人。"显然，撑船师傅见多识广，还是有几许判断力的。

"高成就，人家师傅主要看你留的长发和下巴上的胡子，就把你看大了，回头你要是剃了胡子，说不定比黄晓明帅呢。"

"对对对，你的胡子影响我的判断，不好意思呀，帅哥！"

高成就听着莫依虹劝他剃须，便心里一热，嘴里马上回应道："好吧，我听姐的，改天我去剃了胡子！"

柔情似水，水总会给人带来浪漫、风情、神秘、沧桑、遥远、幽深的感觉。今天的平江河，好像是莫依虹和高成就的观光专场，师傅见这不像姐弟的姐弟无心多谈，就默默地摇着他的橹，高成就如数家珍地介绍河道两岸的景致——这处旧宅靠近唐纳故居，那个石拱桥被陈逸飞画过，那家小楼上的评弹闻名中外，那个丝绸店接待过外国元首夫人，等等。

莫依虹静静听着，看着，心里有些佩服高成就。他见多识广呦！

"莫姐，你别动，我给你画一张速写，你现在的状态美极了！"

"是吗？"莫依虹任由高成就摆布，高成就也换了位子，与他的莫姐对面坐下，取下背上的速写包，掏出纸笔。那摇橹的师傅也放缓船速，尽量保持船体稳定。高成就只用了将近 20 分钟时间，一幅名为《船上的娘子》的速写画就呈现在莫依虹面前。

"呀！太像我了，太美了！"莫依虹不由得惊叹道。

"你本来长得美，画得也就美！"摇橹的师傅也会说话。

高成就和莫依虹从码头上岸，正是夕阳燃烧得半边天通红的时候。"莫姐，你尝过平江路上的百年老酸奶吗？我请你尝尝！"高成就说。

"好吧，我请你吧，小钱姐姐来花！"莫依虹笑答。

走了几分钟，就到了岸边石拱桥头的酸奶店。"美女，来两瓶酸奶！"莫依虹喊道。店长弯腰取酸奶时，莫依虹赶紧扫了支付宝，问："两瓶 30 块，对吧？"

店长答："对。"

高成就见莫依虹急着付款，也不争，一边吮吸着酸奶，一边笑着说："那下一站该我付款了吧？"

"好吧！"

莫依虹原以为高成就要请她品尝旁边的苏式点心呢，谁知他带她转身进了一家传统的旗袍店，说："莫姐，你相信弟弟的眼光吗？你的身材适合穿旗袍呢！"

旗袍店里的姑娘见生意上门，立即迎上来，问："先生帮太太选旗袍吗？您算找对地方了！"

又被人误认为是夫妻了，这一次高成就不纠正了，莫依虹也默默地微笑着。另一个姑娘送来两杯枸杞凉茶，莫依虹接了过来，顺手送一杯给高成就。

"太贵啦！我不能让你花这个钱！"莫依虹扫了一下旗袍模特身上的标签，每件都几千，甚至上万。

"咱们说好的呀！"高成就说。

店员姑娘生怕客人走了，急说："大姐您别走，我们在疫情期间打对折优惠呢，也有几百元的旗袍。"

莫依虹其实心动了，一来高成就的心意让她感动，二来高成就眼光不会差，不然他的着装怎么那么有范儿！

高成就挑选了三件，让莫依虹试穿，每穿一件，她就走出试衣间，在高成就眼前展示。这会儿，莫依虹是旗袍模特儿，高成就是观众、评委。只是莫依虹站在落地大镜子前，见自己丰满的胸脯高高耸立，超高的旗袍开衩，一挪步子就露出白生生的大腿，脸上就不由得露出娇羞之色。

"太美了，旗袍就适合你这种身材！太瘦的人撑不起来！"高成就说着，心里不由得拿眼前的莫依虹与他的前任们比较，尽管莫姐年长几岁，但她丰腴性感，皮肤紧绷，看上去更有一种令人难以抗拒的诱惑力。

"大姐，你的腰细，三围超级标准，您先生真会选旗袍！"

最后，莫依虹选了一件翠绿色的，高成就扫码付了 1699 元。

"看看，连打折后的价格也这样吉利！"高成就笑了。

在莫依虹看来，这不是一般的礼物，她感受到一个年轻男人跳动的心。

莫依虹在心里自问：我失去了丈夫，刚刚又让孙胜开涮一回，现在靠近一个高成就。我怎么这样随便？这是随便吗？

高成就拎着装有旗袍的袋子，与莫依虹走在石板路上。"轮到我请你了吧？"莫依虹说。

高成就笑而不语，莫依虹追问："说，想吃什么？弟弟！"

"那就苏式热汤面吧！"高成就心想，我得让她少花点钱。

两个人准备先回客栈，放下速写包和衣服，再稍稍休息一下，然后去拱桥对面的苏面老庄吃饭。

回到瓦舍时，瓦舍大门却紧闭，高成就用智能房卡开了门，两人走进瓦舍前台，发现眼前有个牛皮信封，封皮写着——"高成就先生亲启 小倩缄"。

高成就随手拿过来，正要拆封时，莫依虹却说："我先回房间了，你出发时叫我一声。"凭着女人的直觉，莫依虹认为，那封信该是于小倩私密的心声，她不宜知悉，于是就转身上楼去了。

"嗯。"高成就应了一声，拿着信也走进他的房间。

小倩的信是这样写的——

　　成就哥：

　　你好！看着你陪莫姐走出瓦舍的背影，我心里难受极了，后来哭了！

我知道，莫姐是个有魅力的大姐，去年她和孙先生在瓦舍时，孙先生就对她十分着迷。我也从你的眼神里发现，你好像也喜欢上了她。

我承认，我嫉妒心重，我不怪你。但我想告诉你，我早就喜欢你了！

以往，我都是收别人给我的求爱信，24年来，我第一次给别人写求爱信，是给高成就哥哥的……

正好，我嫂子说家里的月嫂临时回家了，叫我帮她照顾孩子去，我这两天暂时离开瓦舍，就不给你们做饭了，但冰箱里啥都有。我哥晚上会过来替我看店。之所以没有发微信给你，是因为我不想打扰你们俩……我等你的微信回复！

小倩，即日

高成就把信看了两遍，心里有一种说不清楚的滋味。说实话，在莫依虹出现之前，他实际上在等待于小倩向他表白。这大概是他的风格，从西安美院的初恋吴春早，到深圳大芬村的王冰冰，他一直都是被动的一方。他愿意在心仪的对象面前释放善意，展现自我，然后把决定权交给对方，当对方果真向他表白时，他就有求佛得佛的感觉。

今天终于等来了于小倩的表白！可由于有了莫依虹，这种表白就使高成就失去了先前的期待，多了一分困扰。

高成就想，他37岁，小倩24岁，这个年龄差，在许多男人当中，也许会引以为自豪的。再说长相，她与他的前任、前前任相比是一点也不差的，甚至在单纯、善良、勤劳、整洁方面，于小倩以其南方女人的特性，似乎还更胜一筹。

高成就这么比较，比得越深入，就越惶恐、越矛盾。

高成就知道，谈情说爱是男女之间摆在首位的情感诉求，尤其是适龄男女、单身男女。但谈情说爱是单纯的谈情说爱吗？显然不是！高成就有理由说，他以往的经历说明，谈情说爱只是一种表象，谈情说爱的背后，谈的是条件，是交换，是契约，是一个又一个不是情不是爱的东西。

八

莫依虹回到房间后，见高成就迟迟没有叫她，就先洗了热水澡，裹上浴巾在床上躺了一会儿，结果睡着了。一阵手机的震动声音惊醒了她。她懒懒地拿起手机一看，是孙胜的电话。她不想接，随即就把手机丢在枕边，然后坐起身来穿衣。

手机震动声音停了，但旋即又响了。

莫依虹转念一想，不妨接听一下，听听他怎么说也好。

"喂，喂……"莫依虹按了一下接听键，就听见孙胜急切的烟酒嗓音。

"说吧！"莫依虹淡淡地应了一声。

"依虹，对不起！依虹你听我说，你来那天，我准备去车站接你，但洗澡时，手机没放好，我老婆有查我手机的毛病，结果被她查到了咱俩的聊天记录，结果就跟我大吵一架，我不得不对她承认了……"孙胜说得停不住。

"承认什么？"

"承认，唉，就是我出轨你……"

"你夫人没有问你为什么出轨吗？"

"问了，我说男人嘛，咳，不说这些了，咱们以后小心点，我谨慎一些就是了！"

"以后，什么以后？"

"嗯，见面再说，我已经在咱们公司旁边的君悦酒店订了房，你赶紧搬过来，我上班时间抽空儿……"

"不用了！你该兑现给你老婆的承诺吧！"

"咳！怎么可能呢，哄好她就行了……"

"不行，要不，你离婚，我等你！"莫依虹想逗孙胜一下。

"离婚？哎呀，孩子都那么大了，离婚就不合适了，情人之间嘛，不谈婚姻！"孙胜有些紧张。

"看来，你重视自己的婚姻，那你就要拿出行动来！"

"什么行动？"

"收起你骚动的心，不要瞒着老婆偷偷摸摸。我不想伤害你那个无辜的老婆！"

"这……"

"你一开始就说你们早就协议分居了，谁知你编了这么一个瞎话骗我！"

"还不是想让你没有压力嘛！"

"不要再打电话了，孙先生！也不必再见！"莫依虹最讨厌别人欺骗她。在放下电话的一瞬间，她就彻底放下了这个出轨的男人，心里一时轻松了许多。

高成就和衣斜躺在他房间的床上，联想自己的情感经历，加之对父母婚姻状况的思考，他忽然想为莫依虹改变自己的人生规划。

本来，他从西安到深圳，是带着"先立业后成家"的打算的，不久碰到了王冰冰。他也承认，一个失恋的男人，在异地他乡漂泊，情感上确实像个落水的旱鸭子，当王冰冰走近他的时候，他抵御不了热情的深圳姑娘的进攻，没有多长时间就"顺势上岸"了。

高成就也曾多次把吴春早与王冰冰作比较。

吴春早选择恋爱、结婚对象，以物质依靠为前提。无论是高成就爷爷尚没有落实的拆迁款，还是富二代的复式房，她是要靠上一头的。否则，连她那个不要彩礼的父亲，也不会同意把女儿嫁给租房来住的人。吴家认为，租来的房只能算是临时住处。但这个价值观，岂不更像是把女儿嫁给物而非嫁给人吗？在吴春早眼里，人可以不一样，但要拥有产权的房子这一点是一定不能变的。与有这个价值观的人，看似合理正常地生活一辈子，他高成就与她能情投意合吗？而不能情投意合的两个人，哪来的幸福生活？

王冰冰与吴春早正好相反。她家什么都有，她只要高成就这个人。高成就的确与王冰冰享受了一个阶段富有愉快的生活，他也弥补了失去吴春草而产生的情感空虚。甚至可以说，是他与王冰冰过了为期数年的试婚生活。其间，他也发现了王冰冰有一个特殊嗜好，就是轮流在深圳、广州、香港等附近的各个五星级酒店过周末，她说这样很浪漫，舒服。不同的豪华大床房，让她总有当不一样的新娘的感觉。高成就觉得这个消费观他接受不了，但钱是人家王冰冰的，他做不了主。

高成就刚开始在享受被王冰冰安排的高消费生活中，还有一点儿报复了吴春早的快感，想你吴春早能嫁富二代，我高成就也能娶官二代。你有钱了，我也有钱了，咱们扯平了。

但随着时间的推移，高成就的感觉变了。他觉得，倘若一个男人不是通过自己的双手创造物质财富，而是通过婚姻获得，那么这个财富则可能反噬他的自由与灵魂，也会销蚀他的自尊心，从而降低快乐指数。王冰冰好像用对他没有任何物质要求，换来了她习惯性地主导两个人的每一个生活安排，包括细枝末节。外出她选择飞机或高铁；吃饭她点菜；你穿衣戴帽，也要她看着顺眼；甚至见了她父母，说什么话不说什么话，她都会明确指令，嘴上还说："这不都是为你好吗？！"但你要反驳她一下，来去拉扯三两句之后，她可能就会跟你急眼："你给我闭嘴！"所有这一切，尽显她的强势与偏执的性格。高成就常想，如果她没有她家提供的物质条件支持，她会这样任性吗？高成就还没有结婚，却常有上门小女婿的感觉，一派"吃人家嘴软"的模样。

有一次，当王冰冰在香格里拉饭店想要"那个"时，高成就却因为作画熬夜而无心迎合她，王冰冰于是就显得不高兴了，高成就不得已妥协，只好勉强为之。但在经过味同嚼蜡的十几分钟之后，他突然恶心起这个女人的身体。也许高成就最后与王冰冰分手的决定，就是他在香格里拉饭店客房淋浴房一遍一遍冲洗身体时作出的。

大芬四杰画廊的合作伙伴们嘲笑过高成就与王冰冰的关系，说你高成就如果甘心吃软饭，那么像王冰冰这样条件的对象还真不好找呢！

"吃软饭？有哪个伟大的画家是吃软饭吃成的？"年长高成就一岁的方卉说。

"独立之思想，自由之灵魂。"李明轩指着墙上一幅书法作品说，"更子，你别忘了，这可是本画廊的口号呀！"

显然，了解高成就想法的伙伴们，是支持他与王冰冰分手的。

高成就之所以有苏州之行，其实也是他分手行动的一部分。如果短时间不与王冰冰保持距离，那么强势的王冰冰是会做出令人尴尬的事情的。

但来到苏州，与吴春早、王冰冰都不相同的于小倩让他陷入新的矛盾当中。

今天看了于小倩的信，又回味了与莫依虹的相处细节，高成就脑子里翻江倒海。最后，他基本清晰了自己的抉择——拒绝于小倩。

如果说他之前还在矛盾和纠结的话，那么莫依虹的出现，让他有了当机立断的决心和理由。

高成就想，于小倩24岁，她有一家自己的客栈，她也会像她哥哥那样，结婚生子并通过勤劳致富。如果他高成就成为她的男人，他就不得不对她负责；他不能随便离开苏州，他就得与她一起照顾这个客栈；他就应该先当了丈夫再当父亲，以此让小倩实现当妻子和母亲的愿望。而他的成就、他的创作、他的行动自由，岂不被"小倩丈夫"这个角色及其无数个"应该的责任"所捆绑。于小倩现在喜欢他，但他要是完成不了上述那些"应该的责任"，她还会喜欢他吗？大概不会！

对比莫依虹呢，她怎么就令他高成就心向往之呢？她年长他两岁，但她身上那种成熟美，那种淡静，那种一身故事的神秘感，还有那一身性感的神韵，竟然令他高成就产生强烈爱的欲望，且这种欲望当中好像还有一种庆幸之感，还有一种害怕失之交臂的恐惧感。

高成就想到此，不由得为自己以前的行为而感到惭愧。他感到自己以前对待情感是庸俗、浅薄、目光短浅的。上中学时，高成就本来是在暗恋着一个女生的，那女生仿佛也在等待他的表白，但他抑制住了自己的冲动，让那种两小无猜的感情在等待中风干掉了。后来他与吴春早的恋爱，就是基于吴春早的大学生身份，因为从长相和气质上说，高成就更喜欢他中学时暗恋过的那个女生，但仅仅因为那个女生没有考上大学，高成就就选择了吴春早。遭遇吴春早另攀高枝后，他认识了王冰冰并开始了又一段恋爱生活。但如果没有王家的物质条件，他高成就会接受形象气质与吴春早明显低了一档的王冰冰的示爱吗？高成就可能也不会。他与王冰冰建立的感情，很大程度上是基于王冰冰比吴春早富有的缘故。

来到苏州，遇见于小倩，高成就有些动心，但仔细一想，打动他的还不是因为于小倩的综合条件更好。于小倩既没有吴春早要求的物质条件，又没有王冰冰给他带来的精神压力，她仿佛符合他高成就的条件。但是，于小倩却有着她的人生规划——她先要爱情，再要婚姻，还要生儿育女。为此，她要经营好这个客栈，或者别的什么生意，她有权要求她的丈夫共同担当未来家庭的责任。而他高成就是她期待的那个人吗？他愿意放弃自己的艺术理想，与她构建想象得出的人生吗？高成就的回答是否定的。想到这里，高成就就想在小倩回到客栈之前退房离开，然后给于小倩一个委婉而且不伤自尊的答复……

"莫姐！"高成就敲门，小声叫道。

莫依虹早已穿好了衣服，开门出来："呀，天黑了呀！"

"下大雨了……"高成就说，"冰箱有菜，要不咱俩不出去了？"

"好呀，那我让你尝尝姐姐的厨艺！"莫依虹说着，就走向厨房。

正在这时，于小军推门进来："二位都在呀？"

"小军来啦！"高成就住久了，自然对于小倩哥哥也已经熟悉了。

于小军说："高哥，我今天要值班，你就顺便帮我看店吧，反正没有别的客人。小倩帮我媳妇照顾孩子呢，这两天回不来。"说完，又转头看着莫依虹，补充说道："莫姐也算是咱们老熟客。来，这只盐水鸭算是给你俩的酬劳！"于小军笑着把鸭子递给已在厨房门口的莫依虹。

"小军，要不咱们一块儿喝一杯再走？"高成就说。

于小军这时一只脚已跨出门槛，他回头扬手："不了，我快到点了，保安这活儿离不开人！"于小军随手关上瓦舍的门就走了。

高成就与莫依虹在厨房忙活起来，一时竟然无语，只听见水池子里洗菜的声音。这个气氛令两个人同时有几分尴尬，又有几分欣喜。

高成就打开冰箱门，瞅了瞅，然后笑着说："莫姐，要不我去平江路超市买支红酒？"

莫依虹笑着看高成就的眼睛，停顿了一下，没说话，却点点头。

高成就转身便走，莫依虹叮嘱道："拿着雨伞，走路小心点儿，外边哪儿都是石头台阶……"

"嗯，放心吧！"

莫依虹显然是经常下厨房的，动作干净利落，一招一式都彰显出一个主妇的节奏与韵味。不一会儿，她就切好了盐水鸭、炒了肉丝笋干、番茄鸡蛋，另有现成的五香花生，她还特意做了一碗她拿手的青椒鸡蛋拌干面。之前闲聊时，她听高成就说过，他们陕西人都爱吃面。

高成就很快回来了，他布好桌子端上菜。刚才他说是买一支红酒的，可现在桌子上却放了两支红酒。他俩和于小倩三人吃饭那一次，莫依虹就说过，她喜欢喝红酒的。

瓦舍吧台上有一个小巧的干花花篮，这时也被高成就摆在了条形餐桌的一端。

雨天之夜，暖和的灯光照在白色的台布和色彩各异的菜肴上，两支红酒以及装有小半杯红酒的两只高脚杯，让餐台更具立体感。如此一来，置身其中的两个人，都感受到了温馨、浪漫、快乐和幸福。

高成就又把手机跟便携式小音箱关联好，那些舒缓的英文歌就回荡开来。莫依虹心有灵犀，她解下围裙，回房换了衣服，加了口红，束起发髻，笑着落座。

高成就笑着调侃："三分钟厨娘变贵妇！"说完，他拉开靠背藤椅，等莫依虹站在餐位前，才把藤椅移至她的屁股下。莫依虹的脖颈又白又细嫩，高成就真想吻上去不松口。

"好一个绅士呀！"莫依虹笑着说。

"莫姐你光彩诱人哦！"高成就保持情绪稳定，款款归位落座。

高成就端起酒杯："来，庆祝一下。"

莫依虹也端杯："庆祝什么呢？"

高成就："庆祝几次相遇！"

"几次相遇？"

高成就："是啊，第一次河边，第二次瓦舍，不对吗？"

"哈哈，也是，总会相遇！"

"干杯！"

"干杯！"

放下酒杯，莫依虹说："你先趁热吃面，别空腹喝酒。"

高成就十分听话地挑着、拌着还冒热气的干面说："看着就好吃！"接着问莫依虹，"你呢？"

"我晚上不吃主食。"莫依虹答。

高成就吃着面，问："莫姐去过西安吗？"

莫依虹："我旅游去过西安呢，还住过古城南门里的青年旅舍。"

"呀，说不定咱们在西安见过面呢，我去青年旅舍画过速写，那是个关中旧时官宦人家的老宅改造的民宿……"高成就开玩笑着说。

"我喜欢那种氛围，出门有城墙，西南城墙里，还有个叫墉城邑的老酒馆……"

"你对我们西安那么熟，下次我请你到墉城邑喝酒，品尝关中小吃。"

"期待有下次！"

夜雨在下，音乐在流淌，酒干了一瓶，鸭剩下半只，高成就把自己关于爱情与婚姻的经历和感悟倾诉给年长的大姐姐，而莫依虹也借着酒意，道尽了自己所经历的男人。显然，两人都已不再是传统意义上的纯洁之身，用饱经情感沧桑来形容也不为过。

人就是这样，任何秘密，倘若深藏于心，那么心就累了，人也难以轻松。反之，在对的人面前，没有秘密，言无禁忌，坦诚以待，反而觉得自由、坦然和愉快。

"莫姐，你喜欢这首歌吗？"

莫依虹点点头："这是美国乡村音乐，卡彭特兄妹的经典。"她在心里补充道，这也是当年林正杰最喜欢的曲目哦！莫依虹不懂英文，但她喜欢听英文歌。此时此刻，通过音乐，莫依虹把远在台湾的林正杰与眼前的高成就联系在一起了。她感到奇怪，林正杰几乎每天都与她微信联系问候，甚至要看她的穿戴、发式和妆容，寂寞长夜时，偶尔还有只能是情人之间才有的视频……但近两年来的疫情消磨，林先生好像变成了莫依虹可敬的兄长。有时候一阵情意绵绵的视频过后，她却陷入了空虚之中。她心里其实也承认，她之所以半年前答应孙胜，正是这种空虚感驱使的结果。

可是眼前的高成就，却是如此强烈地吸引着她，她看着高成就吃面、吃肉、喝酒、微笑、理他那招牌式的长发与整齐的胡须，觉得这个男人处处散发着魅力与性感，她无条件地想接近他，拥有他。

"莫姐，来，我们今天酒干为敬！"

高成就又斟满酒杯，第二支红酒也只剩瓶底了。

"干杯！"两个人异口同声。

"我们跳舞吧！"高成就脸是红的。他不由分说地站起来，绕到莫依虹身边。莫依虹没有犹豫，缓缓站立，伸手与高成就相牵，挪身到餐桌一侧宽敞的地方，十分娴熟地摇摆起来。音乐是慢的，动作也是慢的，但慢慢地两个人的身体就贴在了一起。

高成就使用香水是王冰冰教会的。自那以后，他就养成了这个习惯。在他的记忆里，他小时候身上的虱子与跳蚤惹恼了城里的奶奶，他想用香水掩盖张卜村给他的身体与心理上留下的"泥土气息"。

莫依虹陶醉于高成就身上的味道。她曾因为林正杰而熟悉了这个味道，也因为这个味道让她有了分辨男人的标准。林正杰之后，无论是丈夫杨湘力，还是露水之交孙胜，都缺少了这个气味，也少了这种感觉。莫依虹期待着高成就继续、继续继续……

高成就没有让她失望，他吻着莫依虹的脸颊、脖颈，双手伸进她的细腰，在腰际停留了好长一会儿。他像测量一棵树，又像抚摸一件艺术品……双手左右移动，向上，便抚摸她的后背；向前，便揉搓她的前胸；向下，她的浑圆的……让他爱不释手。莫依虹不是高成就的第一个女人，却分明给了他堪为第一好的感觉。

"嗯，噢，小高，你让姐姐……啊！"

高成就什么都听不见，他把莫依虹轻轻推倒在一旁的沙发上，脱光了她的衣服，可他却来不及脱掉自己的上衣，退下解开皮带的裤子。莫依虹用手帮他扯下 T 恤衫，又伸手向下，当触及"那里"时，她心里一惊，他真是个伟男子！

高成就像男孩子吮吸母亲乳汁似的，忘情地、肆意地，甚至有些贪婪地在莫依虹的前面……莫依虹控制不了自己了，她双手抱着已经裸体了的高成就："来……快来！"

沙发太小，高大的高成就于是抱着全裸的莫依虹，冲入他的房间，把此时此刻最美、最温柔、最诱人的艺术品摆在了他的大床上……

高成就和莫依虹都是彼此的第 N 个恋人，但他俩却感觉到了前所未有的纯粹、激情、性感与美好。

"我找到了唯一的感觉！"高成就说。

"是吗？我……很难形容。你太棒了！"莫依虹无比欣赏地看着高成就笑着。

…………

深夜，高成就与莫依虹商量后，决定在于小倩回到瓦舍之前退房离开，避免见面。

次日中午时分，高成就联系了于小军，结完房费和餐费后，就和莫依虹同车赶到苏州东站，然后分别踏上了开往西安和长沙的火车。

高成就在火车上，认真地给于小倩发了一封不短的微信。于小倩却只回了一句："祝成就哥与莫姐永远幸福！"

九

一个半月之后，莫依虹在长沙接到高成就从西安发来的微信："莫姐，你来西安呢，还是我去长沙？"

莫依虹心里期待着与高成就再见，但她不想主动，她甚至在做关于真情与假意的试探。心想，如果苏州一别，高成就对她日渐冷淡，那苏州的高成就可能就是逢场作戏；如果他别后相思，还想再见，那说明已在西安的高成就确实动了真情。尽管两人微信来往不少，但今天高成就表现出急切地想再见，确令莫依虹欣喜不已。这说明她没有看错人。

莫依虹在杨湘力去世后，重新装修布置了房子，让自己置身于全新的居住环境之中。她把自家南向的阳台修整成一个休闲室，这里也就成为她煮咖啡、泡茶、读书、听音乐的地方。

莫依虹看过高成就的微信笑了，她随即把手机放在茶几上，做了一杯咖啡后，坐在湘西出产的竹制靠背躺椅上，望着窗外的梧桐树，恰巧这时有只喜鹊在树枝间跳跃欢叫。

莫依虹住的这套房子，是上世纪 90 年代开发的居民小区，位于长沙车站北路，毗邻浏阳河。当初结婚时，她与杨湘力合资交了首付，又供了一些年房贷，现在是她与儿子的安身之所。儿子杨小力正在上中学。莫依虹平时除了照顾儿子之外，还时常回湘阴乡下照看父母。

苏州归来，莫依虹想了许多关于感情上的事。

莫依虹哥哥一再劝妹妹："妹呀，你该考虑考虑再婚的事，毕竟你一个女人带着一个孩子不容易！"

父母双亲也关心同一个问题，她每回回湘阴，父亲就说："你还年轻，守寡的日子不好过的！"

莫依虹理解家人的关心，她也想过，如果有合适的结婚对象，那就不妨顺了父母和兄长的意愿。毕竟从小到大，她都是父母的宝贝女儿，是哥哥疼爱的妹妹，遵从他们的意愿，仿佛早就成了她的习惯。

可是经人介绍，她与几位四五十岁的中年男子相过亲，可令她失望的是，不是这个问题不合适，就是那个问题难接受。为此，莫依虹对再婚一事越来越心灰意冷，逐渐有了放弃再婚的打算。

有一位颇为谈得来的离异男子，且叫他甲男吧。甲男虽然离婚了，但却没有离家，仍然和妻儿同住一个屋檐下。甲男表示，只要莫依虹同意与他结婚，他随时可以搬过来与她同住。莫依虹觉得，如果真与甲男再婚，那与自己招来一个倒插门的油腻男就没有什么不同了。单身本来有自由自在的日子，却因再婚而招来这么一个人，既要为他履行所谓忠诚的义务，又要为他操持洗衣做饭的家务。甲男还有权反过来拿传统意义上的丈夫身份要求她这样那样，比如勤俭持家、尊老爱幼等等；作为妻子，她还要承担未来公公婆婆的赡养义务；而甲男儿子的抚养权虽然归属前妻，但甲男依法还要按月支付儿子的抚养费……想到这里，莫依虹吓出一身冷汗。

还有一个名叫"洞庭春"的茶叶连锁店老板，且叫他乙男吧。据说此人资产上亿，有两个上小学的孩子。他因为年轻貌美的妻子出轨而离婚，离婚时，乙男以妻子没有资格教育孩子为由，夺回了孩子的抚养权。他比莫依虹大15岁，见面后，他说他十分喜欢莫依虹，也会把莫依虹的儿子与自己的孩子一视同仁。但乙男唯一强调的一点，就是他绝对容忍不了妻子出轨，包括妻子与异性朋友的来往，均不能背过他。

莫依虹给哥哥说："我帮别人养育孩子，还受别人监督，我何苦呢？"莫依虹哥哥叹了一口气："也是，但合适的再婚对象难找哟！"

莫依虹后来让介绍人回话，说她不想找一个封建大老爷。"这都什么年代了！"她心里暗自兴叹。

莫依虹不由得纳闷，乙男为什么会如此强势地要求女方忠诚呢？难道忠诚不是相互的吗？莫依虹从自己的经历当中找到了答案——忠诚更像是婚姻当中强者对弱者的霸凌。比如，在林正杰看来，妻子生病了，他不遗弃病妻，世人就该赞美他的善良与仁慈，他出轨随之就有了合理的理由。他保持与其他女人的关系，他林某人岂不是面子与里子都有了？即使林妻知道了，恐怕包括她的家人和儿女，都会以理解与包容的心态，劝林妻退让、理解、忍耐，甚至还拿古代纳妾的事例劝她接受第三者的存在呢！但要是假设一下，如果林妻出轨他人呢，林正杰会理解、忍让、包容吗？别人会如何相劝？大概率是相反的。由此说来，这不是健康男对病残妻的霸凌是什么？

莫依虹也想到了与自己相伴 10 多年的丈夫杨湘力。他们是以双方各方面的条件基本相当而结合的。当时双方家长认可彼此的条件，算得上门当户对，没有什么落差。但对于两个人的感情，好像都无心多问。这样的婚姻平淡的日子多，相爱的激情少。尽管如此，杨湘力仅仅只是知道了莫依虹按月收到的工资不是长沙的什么单位，而是台湾的前老板，便认定这不是他想象中的所谓干净的收入，就出轨了他的女同事。是的，林正杰给莫依虹的工资，更像是年长的男人对年轻的女友在分手之后的经济补偿或资助。这种补偿或资助不干净吗？杨湘力早就出轨了女同事，他会不会是拿莫依虹与林正杰过期了的"情人"关系，掩饰或平衡他出轨的不安呢？他是不是本来就想"你玩你的，我玩我的"呢？当下社会，这样的夫妻少吗？这种旗鼓相当的夫妻关系，被称作"开放式婚姻"，其平衡的状态包含着表里两个方面

因素——在表是家庭和睦，孩子正常成长；在里则是各得其所，互不亏欠。

莫依虹也想到了孙胜，这种正值壮年的男人，有太多欲望，也有一点儿私房钱，精力旺盛，情感丰富。说他到处留情也行，说他到处滥性也可，这类人可能属于男女世界里的机会主义者，有机会就利用一下，没有的话就蛰伏初一，待机十五。如此多的夜店欢场，倘若没有孙胜这一类人，即使不受疫情影响，恐怕也会纷纷倒闭的。

莫依虹拿过来手机，又看了一遍高成就的微信，回复道："那就西安吧！"后面加了一个微笑的表情。

莫依虹觉得，高成就不是前边说的那几种男人，他好像是一个另类角色。

高成就秒回微信道："订了机票或高铁告诉我，接！"

西安城墙四四方方，莫依虹曾经跟两个闺蜜来这里旅游过，在永宁门（南门）内的青年旅舍住过五天，她们参观过钟楼、鼓楼、大雁塔、小雁塔、碑林、大唐芙蓉园和兵马俑，还去回民巷吃过羊肉泡馍、肉夹馍等。之所以对城墙西南角内的墉城邑印象最深，是因为她们三个女人在那里醉过一次酒。墉城邑专卖的老黄酒喝起来甜甜的，喝了以后却很容易醉人。有的人常被入口时的甜味所骗，结果就不小心喝多了喝醉了。

那天她们一行三人中，有一个闺蜜那阵子正与老公冷战，心情不好，于是借酒消愁，结果就喝多了。酒后出了酒馆，下石头台阶时，被冷风一吹，这闺蜜就吐了，喷了门口路边停放的出租车一身。的哥急了，下了车就没了好言语，吓得莫依虹赶紧掏100块钱递给人家，赔着笑脸："大哥不好意思，喝多了！喝多了！不好意思！"

的哥收了钱，嘴里嘟囔着："长得那么讲究，还喝成这样！"

高成就前次听莫依虹说过这个故事，于是就说将来要陪她再去墉城邑。

其实，高成就爷爷家就在南门外文艺路的邮电系统干休所里。现在高成就早已原谅了去世多年的奶奶了，心想那个时代长辈的狭隘与偏执是他们的问题，是老人的悲剧，他高成就不必老装在心里。原谅奶奶就是解脱自己。高成就的爷爷如今也已经半痴呆了，他每回回西安，就想多与父亲陪一陪爷爷。父子俩其实心里也明白，老人家人生的最后时刻快到了。

高成就预订了莫依虹住过的青年旅舍，选了二层阁楼朝阳的两个标准大床房。莫依虹说过，她习惯了一个人睡。高成就既想让他的莫姐有故地重游的亲切感，又想让他的莫姐保持一个人独眠的习惯。当然，"小倩的瓦舍"之后，他总是想重复两个人的激情时刻。他想，与莫姐在瓦舍做上下楼邻居，在西安做门挨门邻居，都是令人充满期待的约会。

莫依虹坐在高铁上，虽然清楚地意识到，自己已近不惑之年，但此次与高成就相约西安，她却有着强烈的初恋的感觉。

那么初恋与非初恋的感觉有些什么区别呢？莫依虹总结了一下，初恋的感觉就是你不设条件地想见对方，唯一的驱动力就是你喜欢他（她）；而非初恋的感觉，就是他（她）符合你内心设定的某些条件，那是一种在权衡利弊之后的相见。

莫依虹没有权衡过高成就的什么物质条件。她相信缘分，她应孙胜之约去苏州，谁让孙胜夫人发现孙胜的秘密呢？谁让高成就这个时候出现呢？而高成就怎么就在于小倩与她之间，舍弃了年轻的于小倩呢？缘分，恐怕是唯一可以解释的东西。

再往前想，当初与林正杰相恋，人家是老板，莫依虹其实多少有些不得不喜欢的因素；而与杨湘力相亲结婚，又有些令莫依虹没有理由不相恋、不结婚的程序般的感觉。前后两个人，都缺少内心深处的自愿与情不自禁。而高成就却是例外。

莫依虹一到西安高铁北站旅客出口，就见高成就站在那里。他高高的个头、长长的头发太好认了。

一出站，高成就便抱了抱莫依虹，吻了吻她的额头。莫依虹把拉杆箱交给高成就，随手接过高成就递过来的九枝玫瑰花："哈，真香！你给玫瑰花也用了香水！"

高成就有一点得意："你不是喜欢嘛！"

高成就带着莫依虹，下了北站地下一层，来到地铁站。

"25分钟，永宁门下来，步行两分钟就到。"高成就说完，转头看着莫依虹，"知道我为什么选择坐地铁吗？"莫依虹摇头，高成就悄悄说："这样有接媳妇回家的感觉！"莫依虹悄声重复："回，家！"她把头贴到高成就的胳膊上。

高成就剃掉了下巴上蓄了三年的胡须，长发也修剪了，显得更年轻帅气了。"真酷！"莫依虹看着高成就的侧脸叹道："你真剃了胡子？这样更帅气了！"

"你让我剃的呀！"

青年旅舍这个时期也没有之前那么多住客，这让莫依虹有一种西安版本的"小倩的瓦舍"的感觉，因为除了门厅前台值班的小姑娘，就只有他们两个人。

进了房间，脱了外套，洗漱完，两个人就急切地拥抱，接着就行云流水般地把激情四溢的活动进行下去了……

高成就为了这次相聚，整整熬了一个半月时间，他快要等不下去了，如果莫依虹今天不来西安，那他高成就可能就急着去长沙。

莫依虹也一样，她一直在回味"小倩的瓦舍"，其间她推掉了所有的相亲安排。她突然觉得，她再见什么人、相什么亲，就对不起高成就。再说，她有高成就，还相什么亲呀！

他俩都有小别胜新婚的感觉。人其实都是有快乐记忆的，而许许多多的行为，往往是由这种记忆牵引着的。

痴缠了约一个小时，高成就揽着莫依虹的脖子睡着了，醒来时已到华灯初上时分。他俩穿好衣服，出了旅舍，沿城墙内环道，朝西走，穿过朱雀门，十分钟就到了墉城邑。

望着酒家熟悉的门楼和院子里一盏盏养眼的红灯笼，再看那清一色的青砖城墙，远处的角楼正与灰色的天际上的一勾弦月对望……莫依虹高兴得像个孩子。高成就竟然在店家为他们煮酒时，坐在院子中央的石凳上，画起了速写。他说："我要画一幅《古都夜色》的画！"

夏季里的墉城邑，客人都拥进了有空调冷气的室内就餐。餐厅里的桌子是关中乡村传统的条桌板凳，菜肴是关中人吃了上千年的味道，吃惯了湘菜的莫依虹，一个劲地赞叹，而高成就则如数家珍般地介绍着每一盘菜。

酒当然是一杯杯喝，一壶壶煮，话题也没有设限，高成就越来越掏心窝子的时候，莫依虹盯着高成就的眼睛问："高成就，最近小倩还好吗？"

高成就笑了，"我还想问你呢？"

"问我，我没有与她联系呀！"莫依虹答道。

"那你怎么问我！我也没有联系呀！"

"人家小姑娘认为我抢走了她的男朋友，恨我呢！"

"那不是你的问题，是我不接受她的好意罢了！"

"我一直想不明白，你怎么会冷淡人家小倩呢？"

"好吧，我告诉你。这个问题，其实在瓦舍的那个雨夜，我已经有了答案。"

莫依虹专注地看着高成就，在她看来，一个是年仅24岁、漂亮、有民宿客栈的于小倩，一个是比于小倩大15岁、丧偶、带着男孩、没有稳定工作的自己，作为一个37岁男人二选一的选择题，恐怕99%的男人，都会选择年轻的于小倩，为什么高成就会是个例外？

"听我说，"高成就喝了一口酒，"我给你说过，我的两个前女友，与我相识时，都曾是和于小倩年龄相当的女孩，我相信于小倩同样有着我两个前女友的问题，只是问题是婚前出现，还是婚后出现的区别。"

"那你不怕我有问题？"莫依虹笑着问，"女人恐怕都有这样或那样的问题的。"

"是的，但不同。你想想，你已经有一个儿子了，你不会想再找一个男人，再生一个孩子吧？"

"当然不会！"

"你有家，与儿子相守相望，你恐怕也不需要找人买一套房子，扔下儿子，另外居住吧？"

"是的，我说过不会，也不会让我儿子给别人做养子！"

"你好像也不乐意找一个男人以丈夫的名义管着你吧？你也不会是那种以妻子的身份天天防范丈夫的人。否则，你怎么在丈夫死后才知道他早已出轨了呢？"

"哈哈，我正是因为丈夫干涉我的自由，才导致夫妻关系变质的……"

"你看，你上边这几点，哪一条指向是结婚？"

"这样分析好像没错！"

"那就逐条对比一下于小倩，如果于小倩与我结婚，那她对我的要求，是不是与你不一样。而这种不一样，其实就是结婚与不结婚倒逼出来的要求。"

"嗯，我听懂了，你是找不结婚的人，你不想承担来自家庭的责任，对吧？"

"对，也不对。"

"怎么讲？"

"在我看来，婚姻是美好的，大多数人喜欢婚姻，选择婚姻，我无权干涉。但我不想用婚姻的责任捆绑我，影响我作为自由画家的职业追求。所以我选择不结婚。"

"那照你这么说，你仅仅是因为我不想与你结婚，才愿意与我交往吗？"

"错！"高成就扬起酒杯，与莫依虹碰了碰，接着说，"不想与我结婚的人多了去了，那我都跟她们交往吗？我不累死嘛！哈哈哈！"

"那我应该怎么理解？"

"应该说，你是因为我喜欢你，而恰好你选择不结婚，也不以结婚为目的提出一大堆合情合理的要求，我感到与你的交往轻松快乐，所以我选择了你！我们在不结婚这一点上达成了高度的一致性，其他问题就迎刃而解了。"

"可是有一句话，流行过好一阵子，说，不以结婚为目的的谈恋爱，都叫耍流氓，那我们俩，怎么算？"

"这是一句最他妈混账的话！爱情的本质应该是爱情本身，如果恋爱双方选择从恋爱过渡到结婚，那应该尊重他们的意愿；如果恋爱双方，选择保持恋爱的状态，拒绝进入婚姻阶段，也应该尊重他们的意愿；如果恋爱的双方既不过渡到婚姻中，也不想继续保持当下的恋爱关系，而是终止这段恋爱关系，或者，进入另一段恋爱关系，同样也应尊重他们的意愿。毕竟，爱能来，也能去！"

莫依虹说："你强调的是人的意愿第一！"

"是啊，这就是自由、人权的真谛！如果没有尊重，没有自由、人权，即使你是有结婚证紧握在手的丈夫，你在妻子不允许的情况下，强行做爱，那也是强奸、是流氓、是人渣！反之，妻子违背丈夫意志，也无法叫人接受。"

莫依虹用欣赏的眼神看着高成就，忍不住举起酒杯说："我的高成就先生，你可真像个婚姻问题的专家呀！"高成就举杯示意，又一扬脖子。显然，他十分享受来自莫依虹的赞美，颇有几分得意地道："我是久病成医！"

当酒馆的客人所剩不多时，这对有情人也买单告退。他们沿着原路返回，穿过了朱雀门，顺城巷坐北朝南的一排酒吧正灯红酒绿，音乐撩人。高成就说："走，咱俩听听歌去！"

"好的！"

高成就搂着莫依虹的肩膀，高兴地走进一间名叫"关中民谣"的酒吧。

酒吧里的客人很少，有一个打扮得像西部牛仔的长发男歌手在独自吟唱，高成就一副东道主的模样，走近歌手，不知他耳语了什么，歌手随后就改唱起卡彭特的英文歌……高成就在酒吧已经把西安城的历史讲了个透，等歌手中场休息时，他还走上前去，亲自唱了一首新歌，就叫《西安城》——

"你住过西安城，

就知道城里和城外的风景。

你来过西安城，

就看到秦时的明月，汉唐的雄风……"

次日上午，两个人在同一间客房睡到自然醒，然后一道来到回民街楼外楼清真餐厅要了一碗羊肉泡馍，一碗水盆羊肉。

高成就一边教莫依虹掰馍，一边说："在我们陕西，这是羊肉的经典吃法。"

用了不少时间，两张死面饼让两个人掰成黄豆般大小的馍丁时，高成就把装着馍丁的老碗送到出菜窗口，碗口处有个金属夹子，上面连着一个有号码的铝牌，而另一个同号铝牌留在了他俩的桌子上。

"这是怕厨房弄乱了，一会儿对号取馍。"高成就解释着，回头对炉头师傅喊了一句，"师傅，给我汤宽一点！"

莫依虹笑着看高成就，心里浸泡在幸福当中。她总是不自觉地拿高成就与林正杰比较。她惊奇地发现，他们俩有着许多共同点，比如细心、善良，总是欣赏她、尊重她，甚至宠着她。即使有差别，那也是爱的角度不一样。她发现这两个男人都迷恋自己的身体，林正杰好像把她当成宝贝女儿般呵护疼爱，凡事安排细致周到，即使在床笫之间，他也让莫依虹掌握节奏，感觉每一个动作都是舒服的、愿意的，从来不做我行我素的事；而高成就呢，他尽管也尊重，也遂你心愿，但他却拿莫依虹当作无比亲爱的姐姐，每次在她胸前，他像个孩子般地贪婪，激情难抑时，还不停地喊着："姐姐，姐姐……我的莫姐姐！"

高成就在谈起年龄差距时说："我向莫姐坦白，你比我的两个前任的年龄都大一些，但你给我的感觉是最好的，不可替代的！"

两个人吃完风味早餐后，原计划去兴庆公园乘坐游船的，想说对比一下，看看兴庆湖与平江河有什么不同。

不料两人刚上了出租车，莫依虹就接到哥哥的电话："妹子呀，你儿子小力在学校打篮球时摔伤了，医生说是骨折了……"

"这小子，么子搞的咯！"莫依虹一着急就丢出一句长沙话。

"师傅，改道去青年旅舍！"高成就说，"你赶回长沙吧，孩子住院你会担心的。"

"好吧。"

"同游兴庆湖的事来日方长，下次再说。"

十

把莫依虹送到机场以后，高成就回家看望母亲了。他在想要不要把与莫依虹交往的事给母亲讲一讲、说一说，以免她老人家误以为儿子是个没有女人缘的可怜虫。况且他与王冰冰分手的事儿至今都让母亲心怀不舍。母亲一直催促他拿张卜村的拆迁补偿金在西安或深圳买房安家，为此还老是说："人家哪个当娘的不想让闺女嫁给一个有房子的人家，就是在农村，没有房子也甭想娶上媳妇！"之前两次恋爱，他每一次都给母亲报告，母亲也每一次都希望他顺利地娶媳妇回家，可他又每一次都让母亲失望。这一次他与莫依虹商量，说要谈一辈子恋爱，两人根本就不想结婚，不想用一张结婚证把两个人拴住。况且莫依虹是一个带着儿子的寡妇，他要是把这些情况告诉母亲，可能会令母亲更加忧心。高成就想到此，便决定不给母亲透露一个字。

但前两次失恋，母亲虽然失望，却也跟他说过："宁要单身，也不要重复你爸和我这种婚姻！"

高成就知道，父母一辈子有婚姻，却没有什么快乐。他们没有过爱情吗？有的。只是短暂的爱情被长期的婚姻消磨光了而已。母亲一辈子怀疑父亲另外有的女人终归没有出现，但她却把无数美好的日月用在了监督一个男人"忠诚"这件事情上了；父亲一辈子面对着一个不再爱他的，却养育着他的儿子的分居女人，一而再，再而三地证明着自己的清白，当他到了弯腰驼背、老眼昏花之龄时，他的的确确赢得了清白，可这清白能弥补过去年月里缺失的快乐吗？

高成就理解母亲，他想他怎么也不会走进那样的婚姻泥潭之中。

想到这里，高成就心里美滋滋的，他现在有莫依虹了，他们俩没有婚姻，但却有快乐、有默契、有梦幻般的未来……

高成就离开深圳期间，王冰冰一直在找他，发微信给他，要求与他见面谈谈，说感情上的事怎么着也应该说出个一二三来。高成就知道王冰冰的脾气，一见面难免会争吵。他于是回微信给王冰冰说："在电话里说吧！"

王冰冰某日深夜语带哭腔地对高成就说："我愿意为你改！我知道我强势，也骄横惯了！"后来高成就干脆就对王冰冰说了他与莫依虹的事。

王冰冰的嫉妒心一下子爆发了，情绪照例又难以控制："你竟然愿意跟一寡妇，还有孩子！愿意给人当后爸！真他妈有你的！真他妈的！"王冰冰甩出一句脏话，就挂了电话。

高成就解脱了！

眼看到了虎年年尾了，大芬四杰画廊几乎天天聚餐，说值得庆祝的事儿太多了。

有人的地方，就有江湖，大芬村也一样。相比大芬村那些元老级画家，四杰画廊的四个人都是后来加入这个聚集区的算是新生代的画家，来大芬村时间短，口袋里没有多少余钱，也缺少名气，尚且处于埋头苦干的创业阶段。

好在深圳市政府重新调整龙岗区的总体规划，对大芬村油画产业采取扶持政策。可以这样说，大芬村已经由丑小鸭变成天鹅了。四杰画廊恰巧赶上了政府规划的快车，成了政策扶持的对象。这样一来，新冠疫情虽然影响了传统画廊的生存，却也催生出书画作品的网络交易模式，也就是说，如今可以用"线下生产，线上售卖"的方式，代替传统的"前门画廊，后院作坊"模式。

"四杰"都有艺术梦想，但"四杰"的个人生活，如果用传统的家庭观念来衡量，却各有故事，且故事不是一地鸡毛，就是鸡毛一地，难以对外人言说。

可是难以言说的是平时，是对外人。当他们四人围炉而坐，涮着羊肉、撸着烤串、品着"五粮液"或者"珠江纯生"的时候，却忍不住要说。于是，每个人都是故事的讲述者，讲述的时候又很有现场感。听的人免不了、忍不住就要当参谋，当参谋的时候，意见分歧的时候多，统一的时候少。

"兄弟，我说实话，我不来虚的！"喝高了的李明轩，常常口无遮拦，啥都说，好在听的人听是听，但谁都难以改了自己的脾气秉性。

古人早就有话，劝赌不劝嫖。李明轩说："天下男女之事，皆是一嫖而已！"

王一鹏说："你这是一竹竿打翻一船人！"

方卉说："让婚姻见鬼去吧！"

高成就说："婚姻像一颗杏儿，张三喜甜，李四好酸，王五甜酸通吃，孙六拒绝所有杏子，偏爱钻桃林……"

某夜，在四杰画廊带有草坪的院子里，方卉准备了烧烤，王一鹏买回一箱啤酒放冰箱冻着，高成就弄了风扇，李明轩捣鼓驱蚊器，傍晚未到，四个人就开始撸串，饮酒。他们曾在半醉的情况下表示，如果哪天谁不喝酒了，就自动退出"四杰"。因为"四杰"之所以欢聚，乃在于都是饮者，不饮不杰，不杰不聚。

"惟有饮者留其名！"李明轩举杯高喊，"这是我李家，李白大哥的名句呀！"

王一鹏在旁边补充一句："这个句子让我当成一幅画的画名了。"大家知道，王一鹏是以专攻唐宋诗词名家"古诗新画"为方向的。

高成就接住王一鹏的话："你按《韩熙载夜宴图》的创意，作一幅《四杰夜饮图》如何？"

"好！好！"方卉在旁边嚷嚷着说，"成就这个建议好！"

"四杰"有酒就多话，话题往往是两类：一是艺术，二是女人。谈女人时，方卉比谁都踊跃。因为在外人看来，她毕竟是个女人，只是打扮有些男性化而已。但"四杰"中的三杰早就明白，方卉是"外女内男"的人，她有"女朋友"的，现在的"女朋友"在小芬村村口开了一间咖啡馆。咖啡馆也是她与"女朋友"两个人的家。她之所以加入四杰画廊，是因为另外三杰接受并尊重她的性向。

李明轩是离婚后的不婚者，他与前妻三代都是北京人，他母亲的祖上还是清朝正黄旗的后代，与著名作家老舍在灯市口西街当过邻居。李明轩与前妻双方父母都是国家部委吃公粮的干部，他前妻是重点中学的化学老师，他们恋爱、结婚、生子，一切都顺理成章。不料李明轩前些年与发小去过一个涉黄的洗浴中心，家就因警方的一次扫黄行动意外地给拆散了。

"我也不是一开始就去嫖的，但我面对化学老师，长期失去了性福，我是实在没有办法才通过嫖解决问题的！"

"这话咋说呢？"高成就问。

"我的那个前妻，完美到挑不出任何毛病的地步。我与她闹别扭，连我爹妈都会站在她一边。原因呢，天下难找她这种好媳妇；儿子呢，那更是他妈一手带大的，学习成绩向来名列前茅；就连对我画画，挣不来钱，她也理解，反而用她校外兼职补课的收入给我买名牌衣服。按理，我没啥可说的，但有一点，你们不知道，她的完美，她的正确，却是她批评我、控制我、打压我、指责我的理由和炮弹……"

"有的女人是完美主义性格，有丈夫控的毛病！"王一鹏插话。

李明轩："北京人撸串吧，不习惯，羊肉还是涮着好！"

"跑题，跑题，哎，说完你的前妻！"方卉催促。

"我在前妻面前，就像永远没有交作业的学生，唉！我他妈啥都不对！我的画画不出名堂吧，她说你用功不够；我跟发小打个牌、钓个鱼，她说跟啥人学啥人，不务正业；我穿衣服随便，她说你邋里邋遢；见客人说啥不说啥，她也有规矩，多了她说言多必失，少了她说你心不在焉……一句话，我他妈啥都不对，她就没有个满意的时候，她批评完你以后，你辩驳一下，她说你还敢顶嘴……整天面对一个一本正经的'班主任'，我这个'差等生'当然就没有'那个'兴趣了。你就想逃离她，在外面呼吸点自由空气。时间久了，她又说你连'那方面'都不行！咳，我他妈不找个地方发泄一下，我不憋死了！"李明轩酒量一般，但又爱喝。

"你离婚再找不行吗，非要去洗浴中心找女人？"

"说得容易！双方父母呢，孩子呢，北京这房价，离婚再婚可不那么容易！再说，你能保证这边逃出虎口，那边不入狼窝吗？"

"既然如此，那你后来咋又离了？"

"嫖娼上电视了，我丢脸，她丢人，这不，我为啥说警察帮助我获得自由呢！"李明轩正因如此，才南下深圳，在大芬村扎下根来。

"你适合在荷兰生活，那里的红灯区合法化，啊，哈哈！"

"王一鹏该你了，你是我们四个人当中，唯一一个婚姻正常者！"方卉说。

王一鹏一直忙着撸串吃肉，这会儿一咕咚，喝了半瓶啤酒，抹抹嘴角说："我和老婆的故事很平淡，我俩来自江西农村，大学毕业后在广州当广漂，现在她比我情况好。她学外语，现在外交部工作，我们的住房、孩子上学都由她负责，我们俩还算是妇唱夫随吧。可她被派到驻外使馆工作了，还带走了孩子。这不，分居两国了，哈哈，我在广州重新当着光棍！由于放不下画笔，就来大芬村凑凑热闹。完了，我的故事乏味吧！"

"王一鹏，你这叫看上去无比美好，实际上十分寂寞吧？"李明轩笑着说。

高成就扭头看方卉："方姐，我们可都在等你的精彩故事呢！"

方卉说："八卦，哈哈，你高成就一会儿西安，一会儿苏州，这回又多了一个长沙。"

高成就："这跟你的故事有啥关系？"

方卉："我给他俩讲过，你也知道一些吧！"

李明轩："不嫌多，不嫌多！"

方卉："不瞒你们说，我还就真从你们身上，看到了婚姻的悲哀！男女感情的悲哀，我还真有点，啊，一股子庆幸自己的感觉。"

高成就知道，方卉来自贵州山区。她是苗族，父亲在西江千户苗寨镇开着祖传下来的腊肉铺，母亲在山坡下养猪。她的父母一直想生个男孩，谁知道一连生了五个女儿，到方卉这里无奈地打住了。

方父的铺子需要帮手，方母的猪圈也有太多杂务，于是方卉父母拿女儿当儿子用。这样，"五朵金花"既能帮母亲养猪，又能帮父亲杀猪。四个姐姐嫁到苗寨方圆十里的范围，每个姐姐又生三四个孩子，逢年过节时，方家就像开了幼儿园，大小孩子来一堆……方卉不想走姐姐们走的人生路，就上了贵州凯里技术学校，她在学校渐渐爱上了蜡染工艺，毕业后就以蜡染设计与制作为业。

方卉在技校时出了点小名，但不是好名声，而是让她在当地待不下去的名声。

她原来有个室友，长得柔弱但很漂亮，有男生骚扰室友时，她就出手保护。也许是杀过猪的原因，男生不是她的对手，这个室友自然就把"假小子"方卉当成了保护神。而方卉慢慢地就对这室友越来越有感觉……毕业前夕，她俩是同性恋的故事就成了同学们经常议论的事。

"我们是同性恋者，没错！这有啥子？有的人歧视我们，那是他们的问题，我早就不觉得同性恋有什么好丢人的！"

"咳，咳！我们三个人可从没有呀！我们拿你当哥们儿呢！"李明轩说。

方卉继续说："我觉得我们这个群体呀，活得扎实。喜欢就在一起，否则，就各奔东西，你们说，啥子叫洒脱？"

王一鹏问："我想问一下，你们有没有想过，同性恋者不生孩子，人类不绝种了……不说人类了，就说自己，将来老了，不担心孤单吗？"

方卉言词激动："王一鹏王先生，我知道你是啥意思，有的'同志'也是你这个想法，于是就伪装自己，掩饰'同志'的本质，违心地与他人结婚生子，结果呢，为别人完成心愿，表演一对看上去是正常的夫妻。但你知道吗，这样的人生，对当事人而言，与遭受精神酷刑有什么区别？"

"也是，一辈子装着别人希望的那样，不是滋味！"王一鹏回应道。

方卉："还有，'同志'与'非同'结婚更容易出轨，这其中的悲剧就太多了！对双方都不公平。"

高成就从"三杰"的故事里，深切地感受到，所谓的幸福人生，其实是由性、感情、婚姻、精神追求与物质条件相互作用，相互拉扯的博弈，对于每个人来说，幸福都是个相对的概念，没有绝对的幸福，也没有绝对的不幸福。而且，幸福是可以转化的，转化的主宰者，只有时间，只有岁月，只有自己的生活理念。

既然如此，活在当下，珍惜眼前人，仿佛才是王道。

"高成就，该你了！你小子有什么好事相瞒？这回见你回来整个人都变了，好像中了彩票似的！"李明轩换了个话题。

"不用问，高成就找到了王冰冰的接班人，交上桃花运了！"王一鹏调侃了一句。

其实高成就心里清楚，他何止有一个桃花运，他是四喜临门——一喜是心里有了莫依虹。二喜是大芬四杰画廊抖音直销受到市场追捧。现在，他们每个人的画作直销都有斩获，他平均每月收入少则过万，多则数万。按照这个趋势，不仅四杰画廊前景光明，他们由此先富起来也指日可待。三喜是在《中国美术》杂志社主办的"先锋水彩画网络评比大奖赛"上，高成就获得了一等奖。神奇的是，这幅名为《平江河边的旗袍女子》正是由莫依虹做模特儿，以平江河为背景的画作。而莫依虹那天正是穿着高成就为她买的那件旗袍。在获奖评语当中有一句："画家具有喷薄而出的激情，使画面洋溢着历史的沧桑与人物的青春力量……"高成就心想，难道画笔也受情爱的左右不成！而且，主办方还给高成就颁发了10万块奖金。虽然这是个在美术界影响不大的奖项，却坚定了高成就以艺术为业、以艺术为生的信念。四喜是这幅获奖作品被香港一位苏州籍大老板用100万港币预购了，条件是要高成就将画名改为《故乡》。高成就满口答应了。他觉得他的艺术大路被阳光照亮了。

高成就第一时间给莫依虹报告了这个喜讯，还发微信："依虹，想你了，你来深圳呢还是我去长沙？"他想与画中的旗袍女子分享这份快乐与幸福！

莫依虹秒回："你先来长沙，我儿子骨折在恢复中。"紧接着又发了一个微笑表情包。

十一

高成就于是毫不迟疑地订了高铁票。方卉说要送高成就到深圳北站的，高成就却说："你送我到地铁大芬站就是了。"

高成就有一个小心思，他想测试一下，看看从大芬村乘地铁与莫依虹相会是否顺畅，如果顺畅，那么下次莫依虹来深圳，反向订票乘车即可。

　　高成就乘上地铁转了一次车，耗时 20 分钟就到了深圳北站。坐在高铁列车上，听着风驰电掣的声音，出深圳，过广州、郴州，只两个小时，长沙南站就出现在高成就的眼前。

　　一路上，高成就都在梳理着他与莫依虹开始于苏州的情感，也展望着他所期待的未来。

　　一个中年妇女，她的人生理想是独自把儿子养大成人。她有娘儿俩生活所需要的金钱积累，住着虽不奢华但却安逸的被浓郁的市井烟火缭绕的百姓住宅。她平时买菜做饭，偶尔还与叛逆期的儿子闹点别扭；逢年过节，还要回湘阴乡下陪陪父母双亲；当然小区里有个麻将群，她偶尔去打两圈麻将，以此娱乐身心；长夜难眠时，她会选读网购来的各类书籍，只是图书类别增加了佛家、道家一些修行心灵之作；天气好时，她会去街心公园，与姐妹们走走路，或者定期去登岳麓山……

　　高成就想，如果要用结婚生子的目标来衡量，莫依虹是难以与他牵手的，但他近期为什么心心念念都是她呢？他是要把这个女人当作真正的爱人呢！他把她的怀抱，把长沙，把湖南当作自己的情感归宿呢！想到此，高成就甜蜜地笑了，他感到心满意足呢！

　　西安分别后，高成就每天早晨起来，都会与莫依虹视频聊天，由于彼此熟悉了，莫依虹有时素颜朝天、头发凌乱也概不回避，但越是这样，高成就反而越喜欢，他觉得这个女人真实，简单，可爱，性感。

　　"我闻到你被窝的气息了！"高成就在视频中逗她。

莫依虹也不正经地说："来吧，我让你到我被窝暖和一下……"

高成就明知道未来对于每一个人都是变化的，尤其涉及两个人的情感。这种变化可能好也可能不好。不说别的，两个人都会越来越年老。而青春渐逝，对于相爱的人来说，不就是潜在的危机吗？

但高成就欣赏的名言是"过往不恋，未来不惧"，他想先活好当下。

车到长沙南站时，莫依虹已在旅客出站口等候，莫依虹心里想笑，觉得人生充满戏剧性。原本想为亡夫守节的，不料亡夫用他的出轨故事，促使她放弃了；原本想找大自己10岁、20岁的男人再婚，相伴度日，谁知却偶遇一个比自己小两岁的不婚男，而这个看似事与愿违的男人，不就是自己恰好需要的吗？是的，也许有人会非议一个丧偶女人与不婚男的相处、相爱、相伴，两个人的关系谁知道未来会持续一个月、一年还是十年？谁知道呢？

如果连生命的长短都难预料，那为什么要对男女情感的长短进行规划呢？水到渠成、水满自溢不是更自然、更舒适、更人性化的情感状态吗？花开一笑，花落亦笑，这是不是一种积极向上的人生观呢？

"且行且珍惜！"这是莫依虹给自己确定的爱情原则。她还以此言自勉："倘若美好，则长亦美好，短亦美好，反正美好！"

高成就老远就看到穿着亮丽衣衫的莫依虹，他无声地笑了，步子也加快了。而莫依虹也精心为他准备了九个黄亮亮的蜜橘，以此对应高成就在西安车站送给她的九朵玫瑰花。

高成就曾对她说过，小时候奶奶果盘里放着黄亮亮的蜜桔，他总想吃，但由于奶奶与妈妈闹别扭，他就不敢吃。

"哦，送我橘子？"高成就笑问。

"大吉大吉大吉，九个大吉，不好吗？"

"太好了，我要把它们一个一个吃了，把你也吃了！"高成就揽着莫依虹的细腰，相偎而去。

关于10万元奖金，高成就是这样分配的：父亲与爷爷，母亲与外公、外婆每人1万；王冰冰给他买手表花的3万元，他在离开深圳前，已经委托方卉归还给王冰冰了；剩下的2万元，他与莫依虹各1万。

关于改名为《故乡》画作的销售款，高成就心想，那将是他与莫依虹爱情生活的储备金……

2022年末于苏杭

初稿于苏州平江府

阿
美
娜

阿美娜是一位很吸引人的姑娘，就老天给她的容颜和身条，算得上美人儿。

我是在全然意外的情况下认识她的。

那天晚上，我无聊，独自去大排档吃夜宵，偶然遇到过去的同学于非。于非挎着一位花枝招展的姑娘，给我介绍说："这是我的朋友。"

随着于非的介绍，我全方位地打量她，蓦然间感到惊异，虽然眼睛余光中已感觉她美，但想不到她竟美得这么刺眼。

我心慌，鬼知道是为什么。心慌使我没有胆量把她打量到事后可以描述的程度。

我战战兢兢握住她的手问："贵姓？"好纤细的手，我心想。

她答："阿美娜。"她的眼睛锋利地盯着我。

我瞧见于非富有内涵的笑，回头问："你什么时候也来深圳了？现在哪里高就？"

"我是去年来的，现在怡乐园歌舞厅，以后有空了请你去听歌。"于非说着递过名片，我粗略一看，名字后面赫然印有"歌星"

二字。

他乡遇故知，我邀他们："一起坐坐，吃点什么。"于非推辞："改天再说吧，我得回歌厅上班。"

我不再勉强，目送他们走远。

从背后看过去，阿美娜比于非还高，她穿着白色高跟鞋，墨绿色西装裙，走起路来，浑圆的臀部左右摇动，很是动人。

我嫉妒于非，阿美娜是那么漂亮的姑娘！

于非其人，中学时代是我不大用眼瞧的。那时他是班上的文艺骨干，整天带着一帮人唱秦腔："跃进渠要动工，定桩画线……"而那当儿，我正沉湎于高尔基《我的大学》的严肃氛围中。

我怎么也想不到，他如今竟然是深圳歌舞厅的歌星。看他打扮，一身牛仔装，头发长至披肩，俨然一副美国金榜流行曲歌星的派头。

事后我不由自主地想起阿美娜，她不止一次令我心神不宁。

同是女人，观感有时大相径庭，我在这一点上的觉醒也不过是前几年的事情。

记得小时候，我跟一个邻居大哥去看电影《杜鹃山》，回家的途中他说他要是能娶上柯湘当老婆，少活十年也没啥！

"柯湘还没有出嫁，你看雷刚不像她丈夫！"我嘴上这样说，心里则不大理解——多活十年多好，娶不上柯湘，娶一个别的姑娘不也一样？

不知从什么时候开始，我喜欢上女孩子，尤其是漂亮的女孩子，比如《阿里巴巴》中的舞女，她养父总是想卖她，我要有钱一定买她回来。那样的女孩，要当作宝贝藏起来。

我有一个哥们儿曾一连看了三遍《阿里巴巴》，他后来说，那天晚上他做梦竟和那舞女睡在一起了。

当然，阿拉伯美女只生活在《一千零一夜》中，现实生活中哪儿有！

我调来深圳前，就谈女朋友了，现在说来，是未婚妻，她的名字挺漂亮，叫如月。

我那时想象深圳人，下班后都去舞会的。

南方姑娘婀娜多姿，妖娆妩媚，我也想到了。我从西安调来深圳，如月曾哭了。我想，无毒不丈夫！如月不是不美，只是感到还未达到心中想要的意思。

来到深圳，我又时常流泪。

如月爱弹吉他，爱吹口琴，爱唱"竹子开花哟，咪咪躺在妈妈的怀里……"。

我后来就买来朱晓琳的磁带，如月的音色不逊于朱晓琳。

如月说她也想离开西安调来深圳，让我帮她联系单位，说即使没有了恋爱关系，朋友之间帮帮忙总该可以吧！

我不大乐意调她来，那样意味着什么很清楚。未婚妻关键还有一个未字，没有这个未，渺渺的"新的"希望都没有了。

但我傻瓜一个，找帮她联系了。

我以为联系了，但不一定成功。谁知她有上帝保佑，她如愿了。她是学金融的，在深圳一家国字头的银行上班，高兴得直跳。

如月要见识一下深圳的歌舞厅，我照于非名片上的号码打通电话。接电话的是阿美娜，她显然不记得我了，"你是——"

"我是于非同学，那天大排档……"我没说完，她就想起来了，"噢——知道了，张先生！"她的语音略微有些鼻腔音，听起来女性味儿十足，温柔而甜美。

我们如约来到她的住处——这里是个新竣工的居民区，靠近深圳河，造型尽显西班牙风格，一溜儿的乳白色外墙，橘色的屋面瓦，明快而洁净。

阿美娜穿着拖地式白色睡袍开门，她显然刚冲过凉，头发湿漉漉的，浑身散发着刺鼻的香味。

我有些不好意思，如月更是拘谨起来。

阿美娜倒很坦然，招呼道："坐，坐吧。"说着手向沙发摆了摆。

我在电话中没有提及如月，从阿美娜的神情中可以觉察出一点什么。我打了一下手势，介绍说："这是我朋友，如月。"

阿美娜轻轻"噢"了一声，随即说："于非已带几个北京来的朋友去了歌厅，你们坐一会儿，我换了衣服就带你们过去。"说完潇洒地进了里边的屋子。

我们坐进客厅一角的转弯沙发上。

我四下看了看，这是一个一房一厅的套间，客厅不大，除去屁股下面的沙发外，再没有其他家具，对面墙壁上有一幅于非的肖像油画，很大。作者不知出于什么考虑，竟把那披到肩上的头发处理成棕色，脸血红，蓝眼睛，看上去有几分失真、几分吓人。

我意识到主人有点儿超越常人的地方，大概是一种模糊的现代色彩或是艺术家气质吧。

我还看到墙角横七竖八的一堆鞋子，有男有女。

这里显然是于非和阿美娜的住处了。

我随手翻动放在沙发一头的报纸，大多是香港的，这些报纸可读性不强，整版整版的商业广告有些烦人。只是电影广告刺激了又刺激，什么"色情片王——《好色女医生》"，什么"儿童不宜——《吸血僵尸》"，等等。我记得初来深圳时，偶尔见到这类文字无不惊诧，现在见得多了，便无所谓了。

我继续翻着，翻到一册过期的杂志，封面是中国健美赛女冠军陈静的三点式彩色照；再翻，找出一本画刊，是《1986年香港小姐竞选特辑》，在琳琅满目的佳丽中，我搜寻到冠军得主李美珊。李美珊是竞选佳丽中最为突出的一个高头大马型美人，我挺喜欢她。

如月在一旁静坐着，身上还穿着与深圳人不大协调的，显得十分落伍的内地人衣服。她是向来以不追求外在包装而自傲的人。

阿美娜终于出来，和刚才判若两人。她穿着一套灰黑色乞丐裙，上身极宽、极短，背后腰部裸露，可以看到白白的肌肤。

如月看得神色有几分吃惊，我使劲看她两眼，表示出不以为然，心想，这里是深圳。

阿美娜带我们去怡乐园歌舞厅。下楼来到街上，一辆白色的士飞奔而来，阿美娜右手微微一扬，车子就停在我们跟前。

下车时，我要付车费，阿美娜并不推让，但司机敲我竹杠，他知道在美女面前，个个男人要面子而不顾惜多舍几块钱。

到歌舞厅门口，阿美娜和检票员点头一笑，便带我们进去。

我从旁边一群摩登男女中看到于非，他们围台中央，点着一支红蜡烛。

于非见我们来了，和同伴点头打了招呼，带我们在一个无人的围台坐下，回头要了三杯可乐，加了冰块。

于非笑着指了指如月。

我介绍说："我朋友，刚调来。"

阿美娜自个儿默默喝着汽水。

如月看着于非，她显然被这位歌星的仪表吸引，他的头发什么时候都引人注目。

于非笑了笑，又打量如月一眼，回头问我："有住房了吗？"

"正争取。"我说。

于非像是很忙，无心多谈："那你们坐，我得登台了。"接着，对半天默默的阿美娜说，"阿美，你陪陪他们。"阿美娜微微点头。

于非又去了原来的围台。

我想和阿美娜说点什么，于是便问："你常来？"

阿美娜没有马上回答，慢慢把水杯拿开唇边，说："来过，但不经常。"

歌舞厅灯光昏暗，红红的，但阿美娜的项链反射着明闪闪的光芒，我忍不住时时打量她。

阿美娜异常矜持，静静坐在那儿，使得我不能多语，何况身旁还有如月。

不大一会儿，于非出场了，顿时鼓乐大作，灯光闪闪，雾气腾腾。他手持话筒，胯部左右扭动，前后摇着，猛地跳起，眨眼间一个跟头，爬起来，头发散了，盖住他的脸，不动了、定格了，少顷，"唧唧卜卜、唧唧唧唧卜卜卜卜吧吧吧吧卜卜卜卜，唧卜吧卜卜卜唧吧……"

一阵急风暴雨般的叫声，我们顿时愣了，听不清唱的什么。

如月听不懂，就问："唱的什么？"

阿美娜答："英文歌，鬼知道唱的什么。"

我不禁惊奇："于非什么时候学会英文的？"

"谁知道！"阿美娜笑了。

"怎么样？"阿美娜耸耸肩，"反正在座的懂英文的不多。"

如月刚来深圳，住集体宿舍，听不懂广东话，很难和同伴相处和谐，于是不止一次地叹息道："什么时候有一块真正属于自己的天地，哪怕只有一间屋子也好！"

我们单位正在分房。对于一个已近而立之年的单身汉来说，我也需要有一个家了，且不说这是一个什么样的、怎样组合的、是否满心欢喜的家，单就形式上说，在物质需求、情感、面子方面说，我该有一个家。

我的行政级别虽然不高，但是达到了单位分一套三室一厅的分房线。但分房的前提是独立一户，而尚未结婚怎么也算不上一户。

为此，我顺理成章地和如月去松园路街道民政处领了结婚证。

从此在法律上我算是有妇之夫了，我分到了三室一厅的房子。

如月踏进新房，高兴得在屋子里直蹦，用激动又压低的声音

喊道："有房子了！有房子了！"她仿佛回到了小时候。

如月实际上是挺耐看的女孩，我们曾经在西安古城有过惊心动魄的热恋。

记得那年她大学毕业分配来我单位报到时，穿着石磨蓝牛仔裤。她的头发极浓密，文绉绉地架着副眼镜，背着一个皮桶包，手里还拎一把吉他。

我当时被她迷住了。

有次傍晚散步，偶然在路上遇见她，随便聊着，发现她手里拿着泰戈尔的《飞鸟集》，我高兴起来。

我那时正迷恋文学，于是断言和她有共同语言。

"其实我读不大懂，只是觉得文笔挺优美，闲来无事，就翻翻。"她对名作表现出的轻率，使我有点失望。

但《飞鸟集》握在金融专业的大学生手中，叫我多了一些联想。

后来我约她一同看波兰电影《胡巴尔少校》。当出现大屠杀镜头时，她猛地抓住我的手，头也靠到我肩上。

打那以后，我公开去找她。有次晚上送她回家，在道别的一瞬间，她猛地吻了我一下。

我从此自认为有女朋友了。

后来我还是烦了，其实皮桶包里装的不过是女孩儿用的小东西罢了，吉他奏出的也是一首首平庸的流行曲，而《飞鸟集》此后也不常见。

我调来深圳，既想干点有响动的事业，也想顺势离开她。

可是我来了，在矛盾与犹豫之中，如月也来了。

关于我们的故事，没有多少新鲜玩意儿，充其量是朋友们都见识过的爱情故事的重复。

我不再把爱情看作什么神圣，什么心心相印，什么志同道合……

我清楚地知道，我和如月登记了。可我本不想这么快就登记的。

人人都要建立家庭，我也要。

可是建设家庭，鬼知道有什么快乐。

如月开始不满，开始抱怨："唉，房子空荡荡的，什么也没有！"

我理解当主妇的心情，当如月系着围裙，双手叉在腰际的时候，三室一厅里没有什么可摆弄的。她寂寞。

"我并不想什么事业，整天坐办公室搬弄数字，见了就烦！"如月就这样，她有年轻女孩的精力，办公室是应付过去了，剩余的精力如何打发呢？

我投入家庭的基本建设中，每日穷忙，心里并不快活。

大凡是人，总要干点理应这样不应那样的事。

忙归忙，我偶尔还是想起于非，想到最多的还是阿美娜，但是还没有去拜访的打算。

可是有天阿美娜去我们公司找我。

前台服务员来办公室传呼时，煞有介事地说："有位小姐找你，好靓哟！"

我来到接待处，看见阿美娜坐在一边。

她今天穿着明黄色短裤，白生生修长的美腿分外刺目。

我领她到我办公室坐，我们主任和其他同事都是西服革履，此时无不打量着这位衣着大胆的女郎。

阿美娜总是有一种美人特有的矜持。她坐在我的写字台旁，双手放在腿面，那无袖汗衫是紧身的，把她硕大的双乳勾勒得异常分明。

对于阿美娜的来访，即使属于无事走走，我也是欢迎的，但此刻我还是正儿八经地问："怎么？你是无事不登门吧。"

阿美娜没有立刻回答，只是先看了我一眼，然后才说："其实没有什么重要事。"

阿美娜有一双不大，但黑白极分明的眼睛，尽管历来的美女都是大眼睛，但阿美娜是以整体美征服人们视觉的。她有直直的、翘翘的鼻梁，棱角分明且略微丰厚的嘴唇，还有粉白的面颊。总之，她是一个美的集合体。

"那总归还有一件不重要的事吧。"我有意耍了一句贫嘴。据我观察，现代女子大多喜欢那些巧舌如簧的男子。

阿美娜像是那种从来都不及时答话的人，她又停了一下，然后说道："真不好意思，你有钱吗？"

我明白她想借钱，但又问："你想——"

"我爸病了，我急着去买药，可一时又没钱。"阿美娜这样说。

我蓦然觉得与她的距离拉近了许多，即使美人，她也是普通人，我这样想。

我决定帮她，问："多少？"

"七八百就行。"

我打开钱包，才突然想起，手上所有的人民币都兑换成港币了。

如月已多次提出要去沙头角买时装，说不能总穿那几件旧衣服，港币便是为她准备的。

我掏出一沓港币，问阿美娜："你看。"

"也可以。"她说。

我大方地抽出 1000 元港币递了过去。

又闲聊一小会儿，我送她下楼，顺便问起于非，阿美娜像是没听见似的，却问我："你分到房子了吗？"

我说："分到了。"

"我能参观一下吗？"她又问。

"可以，当然可以。"

"现在有空吗？"

我不禁一愣，想了一下，有点激动："那好，走吧。"

我带阿美娜来到我的新家。

阿美娜极欣赏地逐一看了卧室、书房、客厅、厨房、卫生间，连连说道："真不错！"

我感到很欣慰，有一点满屋生辉的感觉。

阿美娜在屋子里踱步，她走起路来婀娜多姿，很是好看。

我备好茶水，说："请这边坐。"

阿美娜双臂抱在胸前，坐进沙发里，裸腿叠起，微微笑了笑，问道："什么时候吃你们喜糖呢？"

"说不准，我好像思想准备不足。"我忽然这样说。

"哪能呢！"她颇不以为然。

"说老实话，要不是想分到房，我们可能还没有到结婚登记的程度呢。"

阿美娜不说话了，头左右摆了摆，把长长的略欠整齐的披肩发理过肩后，静静地看着茶几上的塑料花。

我在潜意识中，曾不止一次地设想过，眼前这三室一厅的房子的主人要不是如月将是什么情形？要是换一个女子，比如要是换成阿美娜呢？我也许会狂喜。

但事实上，如月是这里的主人，她办事稳妥而得体，对我也没什么不好，看上去一切都是合情合理的。

阿美娜沉思了片刻，平缓地说："看了你这一切，我也真想有一个家，当一个贤妻良母。"

我笑着说："不过在我看来，你不像个贤妻良母，倒更像个浪漫情人。"

"是吗？"她笑了，"别人都这么看，其实我会是贤妻良母的，这么多年，感到真有些累了。"阿美娜言语中流露出少有的消沉。

我不解地问："那你怎么不结婚？于非怎么考虑的？"

阿美娜沉默了半天，才不无平淡地说："于非迷上了一个北京姑娘，才19岁，很纯的，于非中了魔一样。"

我不知怎的，蓦然同情起阿美娜来，先前对于非的嫉妒这会儿也变成怪罪甚至是忌恨了。像阿美娜这样的女子也要被抛弃吗？不过我似乎又有一丝丝庆幸感。我仿佛觉得，在我与阿美娜之间，拆掉了一道篱笆。

我决计帮她做点什么，于是问："那你怎么办？"

阿美娜头略微一偏，靠在沙发上，说："任他去吧，我才不在乎呢！"她说得轻松、坦然，仿佛于非的走并不足惜。

我静静看着阿美娜，这会儿只有她给我美人般的压力和许多不知所措的思绪。

又坐了一会儿，阿美娜小声说："我还想请你帮个忙。"

"什么忙？你说吧。"我想让她有求于我，但又怕她提出使我为难的要求。

她小声问："能帮我找间房子吗？"

我不解："你们原来的房子呢？"

阿美娜说："怡乐园老板炒了于非，他现在到另一家公司去了。房租也交不起，退了。"

我感到为难起来，深圳是个找工作容易找房难的城市，但在阿美娜面前，我却说："行，我想想办法。"

快到下班时间，阿美娜起身要走，我也不再挽留，怕让如月碰见，那样彼此尴尬。

过了几天，我带如月去沙头角中英街，五彩缤纷的港式时装令这位内地来的新移民欣喜若狂。

如月几乎逐一光顾了所有服装商铺，只是看的次数、试的次数远多于买的次数。那些档主，对于购买者和颜悦色，而对于挑选半天最后又声言太贵不买者，少不了嘀咕些讥讽之言。

如月专注地搜寻理想中的衣服，对叮哩咣啷的广东话还听不大懂，于是倒也心平气静。

终于买到一件套裙。如月中等个儿，她没有南方女子的窈窕身段，有的是北方姑娘的丰腴。于是当她在试衣室穿上套裙，顿时，胸脯和臀部都显露出来，站在镜前一照，汗渍渍的脸便绽出花来。

我没有想到，如月一着时装，人也时髦几分。

如月对一件镶有金边的白纱婚礼服爱不释手，我有一点心虚。她用手搓搓裙纱，回头笑着看我，我仿佛不该令她失望才对，可一看标价我只得说："下次吧！"

如月没有坚持要买，兴致勃勃地耳语道："我很想穿！"

我一时来了冲动，猛地在她额头吻了一下。

如月无声地笑了，露出细细的白白的牙。

如月得知我有 1000 块港币被阿美娜借走，闭着嘴，"嘿"地笑了一声，眼神顿觉异常。

"你认为不应该吗？"我心里涌出一股说不出来的滋味。

如月回过头，反问道："谁说不该啦？"

尽管阿美娜借了我的钱，但我却越来越觉得欠阿美娜一笔账，而且越来越大，压得我焦躁。

阿美娜自那天要我帮她找房之后，再没有和我联系，我不知她的去向。关于房子的问题，还没有结果，我被迫想到自己的三室一厅，便去找阿美娜。

我到她原来的住处找，邻居说她早搬走了。

我无可奈何。长时间心里空荡荡。

阿美娜一天下午突然打电话找我，听到她的声音，我一时兴奋。

"我请你来南洋大楼这边喝咖啡，好吗？"电话里听得出来她是情意切切的。

"呀，现在走不开，手头有个文件等着打印呢。"我几乎本能地说。

"只一会儿，好吗？"

我感到她的情绪异常，想了一下，说："那好，就去。"

我把半截子工作推给主任，说："未婚妻有急事。"

"那就快去。"主任说。

天下雨了，街头的行人寥落，秋风吹来，夹杂几片树叶。我感到天气有了凉意。

我三步并作两步，来到南洋酒楼门口，见阿美娜双手抱在胸前，站在雨篷下面。

她今天穿着米色V胸连衣裙，双乳之间的沟壑略微露出，曲线美极了。像是刚淋过雨，她浑身湿漉漉的，头上还有水珠儿。

我感动起来："美娜，天下雨，你怎不带雨具？也不怕病了。"

阿美娜脸沉沉的，悲切切的，一句话也不说。

我邀她坐进咖啡厅临窗的卡座里，要了两杯热咖啡。

窗外的雨骤然大起来，街道旁边的树木不时有被风吹折的嘎嘎声。

室内壁灯红红的、暗暗的，一曲无名的伤怀乐曲轻轻地荡过来又轻轻地荡过去，使咖啡馆气氛异常忧郁低沉。

阿美娜双手搁在餐台上，轻轻握着咖啡杯，眼睛出神地望着咖啡杯。

我静静看着她的脸，心里一阵阵冲动。

"美娜，你，这么长时间怎么不找我呢？"我柔声问。

"好几次都想找你，"阿美娜抬起头，看着我说，"可我不好意思。"

"有什么不好意思？"

"原来说是过两天就还你钱的……"

"哎——你说到哪里去了，我又不急用，不要那么想！"我满脸不在乎，像个有钱人。我接着又慷慨地说："关于你的房子，我暂时没有别的法子，你干脆先住我家得了。"

阿美娜微微笑了，问："可以吗？"

"只要你乐意！"我说。

"你那位能同意吗？"

"我说了算，你别管她，反正我们还没有正式结婚。"我这么说，"你们俩住在一起，要不三个人一人一间。"

阿美娜又笑了，停了一会儿，问道："你们俩怎么样？"

我知道她问的什么意思。我没有回答，却反问道："你看配不配？"

"不要说配不配，"阿美娜不以为然，"人生是一种感觉，感觉好就在一起，不好就各走各的，我现在庆幸没有跟于非登记结婚，要不……"阿美娜言犹未尽，耸耸肩，顿住了。

我有点儿羞于提出这样的问题，真是蹩脚，回头说："先不管这些，反正不影响你来我家住。"

"看看吧，我在蔡屋围临时租了一间民房，要不行就搬你家去。"

我看看她的眼睛，有些释然。

一杯咖啡喝了，阿美娜的脸颊微微泛红，眉宇也舒展了许多，刚才头发上沾的一滴雨水，这会儿悄悄沿着前额滑下来，到额头处停住了。

我掏出一张纸巾，递过去，她没看见似的，我伸手替她擦，她没有拒绝，静静地等我做，末了，她默默抬起头来，说："你真是个好人。"

我学着她的腔调："是吗？"

她轻轻地笑了。

我没有再回办公室，在咖啡厅待了好久，晚上就陪阿美娜去怡乐园歌舞厅。自从和于非分手后，她通过跟于非先前结识的熟人关系，也到怡乐园唱歌了。

在和阿美娜的几次接触后，我才知道眼前这位美女的经历还颇有一点儿传奇色彩。这也就难怪在她的花容月貌之下，总有一些憔悴之色，虽然只是浅浅的。

"真的，我还蹲过监狱！"阿美娜曾推心置腹地说。

我感到意外，但并没有因此对她产生丝毫的坏印象，甚至越发觉得她与众不同。

"那时我跳舞入迷，有次被同学带到一个'地下'舞会，可是正巧赶上了'严打'。"她是以平静的口吻叙述了仿佛久远的往事。

我对她表示了极大的同情与理解。

阿美娜属于那种敢想敢做的女孩，在西安时，她是一个街道小厂的临时工，后来结识了借调来深圳的于非，就辞去了原来的工作。于非原来是西影厂的子弟，据说他父亲是电影《人生》的曲作者。

于非在怡乐园收入稳定时，阿美娜是可以过悠闲日子的。

我曾经对阿美娜在深圳既无户口，又无正式工作的情形表示忧虑，可是阿美娜反倒不在乎，她说："先不管这些，我很少想以后的事情。"

阿美娜说话时，其实带着一丝悲凉。说老实话，像她那种情况，想有什么用，既无文凭，又非国企职工，通过正常手续调入深圳是没有可能的，走"两地分居"的婚姻途径吧，于非先生还只是借调，何况这位老兄仿佛从未想过结婚的事。

阿美娜好像是被迫做了怡乐园歌手的，虽然和那些随时有可能被老板炒鱿鱼的打工仔没有什么两样，但这个临时歌手的工作毕竟是她自立的途径。

我感到欣慰。

歌舞厅还是老套了的程式，先由几位歌手唱歌，时间约快过半，可以伸缩的舞台便缩了回去，旋转形灯下面就成了观众的舞场。

阿美娜粤语马马虎虎，半路出道，通常在末场上台，于是便有时间陪我坐观。

观众跳舞的时候，我想起阿美娜曾是舞迷，于是躬身邀她共舞。

阿美娜欣然站起，微笑着和我步入舞场。

头顶上的灯光不停地旋转，使旁观者和舞伴们相互看不大清，这也倒使人除去许多的顾虑，变得大方、坦然，毫无拘束。

我从未遇到过像阿美娜这样协调的舞伴。她的舞跳得轻松、自然、活泼，时时有新花样出现。按说我是主动者，她应随我带才行，可我俩颠倒了，变成她带我，我被动相随。我觉得自己有些掉链子。

阿美娜的腰肢，竟是这么纤细、温柔、软嫩，我的手轻轻扶上去，她的带有些汗湿的体温传过来，令我乱了方寸。

快三步舞曲，快进、快退，快速地转身，突然，她的脚一歪，身子猛地一倒，我赶忙倾身扶起，在这一刹那，她整个儿身子靠在我的身上，那硕大的乳房在我的胸前猛地一擦，我触电一般⋯⋯

我们恢复正常，徐缓地又跳一曲，身子离得远远的。

下半场快要结束的时候，阿美娜去了后台，不一会儿，她穿着婚纱一样的拖地长裙，随着音乐的节奏，从舞台一角慢慢走来，两个只穿三角裤衩的男舞伴在她身后一步一趋。

她模仿着香港歌星梅艳芳的动作和腔调，唱道——

"我——

"我要——

"我要你——

"我要你爱——

"我要你爱我——

"……我空虚，我寂寞，我冻……"

伴舞交叉着搂住她，我心里竟掠过一丝不快。

…………

午夜时分，出了歌舞厅，我送阿美娜回她在蔡屋围的租住处，这时雨早已停了，晚风徐徐吹来，令人顿觉爽快许多。

街道已空旷而又寂静了，只有立于道路旁那些"万宝路""希尔顿""可口可乐"的大型霓虹灯广告牌不停地闪动。

蔡屋围是深圳有名的城中村，我们来到这里，感到被高楼包围之中的渔村竟有几分乡野的清新气息。

阿美娜打开门，一股柠檬香味扑鼻而来。好提神呵，她拉着灯，便见屋子中央放置一张席梦思双人床，华丽的床上用品给人一种温馨的感觉，挨墙扯着根铁丝，挂着红红绿绿的时装，墙角铺有一张报纸，上面摆有一面鸭蛋形镜子，还有花花绿绿的化妆品。我找凳子，没有，阿美娜示意坐在床上。

我坐上去，不小心陷进身。床极柔软，阿美娜笑笑，没有作声。

阿美娜脱掉高跟鞋，揉了揉脚趾，说："好疼。"接着脱掉长至大腿根的长筒丝袜，打了半盆水，坐在床沿上洗起脚来，回头问我："介意吗？"

我说："不，不，没什么。"

我看着她洗脚，感到愉悦，她的动作很潇洒，有一种妩媚娇态。

阿美娜洗了很久，洗毕白生生的腿儿翘起来，脸转向我："你

能帮我把水放一边吗？"

我照着去做，回头见她就势躺在床上。

我感到再难坐回床沿，怯怯地，便说道："我该走了。很晚了！"

阿美娜停了一会儿，才一边拉毛巾被，一边淡淡地说："你要真急着走，就走，我刚搬来这儿时，好害怕。"

我没有急着走，停了片刻，又大胆坐回床沿，静静地望着她。

阿美娜像个媚态百生的睡美人。她也望着我。

我慢慢伏下身去，闻到她身上特有的肉香味儿。就在我的唇将要和她那千百次吸引我的樱桃小嘴相吻的一刹那，一个披着长发、蓝眼红脸的男子跃入我的脑海，我知道，那是于非。

我的心一下子收得紧紧，小屋四处好像都长满眼睛，我浑身火辣辣地燥热，猛地站起，背着她说："我走了。"

我拉上门出来，月亮不知什么时候钻出来，照得整个农舍亮生生一片，四周静悄悄的，只听到不知名儿的虫鸣。

我蓦然懊悔起来，有几分怅然，几分难受，回头望望已经拉锁的房门，悻悻然离开。

我计划在这年元旦举行结婚仪式。

经过这段时间的折腾，三室一厅已经布置得像那么回事了。

我和如月早就是这里的主人了，法律上已经承认我们是合法的夫妻了，但我们心里感到还有一个台阶没有上，觉得不那么踏实，不那么地道，不那么像回事。不过我与如月相比，我想是这样想了，做起事来便少了一些激情，而如月则倾注了几乎全部的热情。

元旦即将到来之际，如月从街上买回大红"囍"字和一副老套子的婚联，还有一串彩色纸花。

"深圳一没亲二没故的，这些东西就得自己准备。"如月一边在床头贴那"囍"字，一边对我说。

我觉得现代化家庭，弄了这些东西，有几分俗气，便不以为然地泼了冷水："这玩意儿可有可无。"

"什么？"如月回头睁大眼睛，"你也太不像话了！"

对于这位已经以主妇自居的人，我忽然不悦起来，气也出得不匀："什么像话不像话！"

如月气鼓鼓看了我半晌，突然把嘴一撇，"哇"的一声哭着趴在床上，伤心地诉起我的不是来："不像话，不像话……结婚像是我一个人的事……不像话，有钱给别的女人，也不给我买婚纱……太不像话，到现在连结婚照还没有……心思叫狗吃了……我爸妈不在，看我好欺负……呜——"

我看她伤心的样子，不禁有几分怜惜，如月本不是脆弱之人，想来她为我而远离父母，真不该伤她心才对。我走过去，抚摸她的头，表示安慰。

对于结婚仪式，我过去不知幻想过多少回，作为一个男人，谁不想热热闹闹地弄上一回。可是在深圳结婚，只有两种方式：一是在酒楼大摆筵席，而这是非暴发户而无力为之的；二是干脆撒几包喜糖了事。

我哪种方式都不想采用！并且不管经济实力如何！

我看轻传统了，虽然我在许多人要求吃喜糖、喝喜酒时不无尴尬，但我还是对结婚日趋漠然，心里那个感觉上的憧憬慢慢消失了。

对于多数人而言，结婚也就人生一回，我和如月吗？我有时奇怪地想。

在有些新潮青年热衷于同居、试婚的今天，我免去一个仪式，似已落伍。

如月没有因我口干舌燥的劝解与抚慰而情绪平静，反而更为激动："……别人金戒指、金项链，我有什么……我没苛求嘛！……本来穷光蛋，还整天和别的女人……"

我忍不住问："和别的女人怎么了？"

"玩浪漫！"

我来气了，大声吼道："够了！"真想不到她把话说到这个份上。

"够了，够了，都够了，我也够了……早看你心猿意马，我不强求，我不稀罕……呜——"

我真有些够了，悻悻然点一支香烟，索性去他妈街上逛逛。

我们原计划安排在元旦的结婚仪式经这么一吵，真就取消了。我感觉没什么不好，反倒觉得有几分释然。

如月是有许多优点的，她能从某种情绪中自我解脱出来，并能很快适应新的现实。

倘若仍在西安，恐怕仅有这一套房子，就足以使她半辈子激动，但她现在常说："这是深圳，原始人还住山洞哩！我不会守一空屋过日子！"

既然仪式对她没有实质性价值，即使虚荣心方面的需要也可忽略，她于是哭够了，便习惯性地跪在地板上，用抹布擦洗起来。

我面对这位任劳任怨的女大学生，说不出有什么不好，只是觉得她身上"过日子"的气息，和阿美娜一比，就不那么叫人欣赏。

元旦放假前一天，是各式请柬满天飞的日子，阿美娜寄给我一张1987年度全市劲歌劲舞大奖赛的入场券。

新年第一天傍晚，我依时来到荔园青春劲舞厅，这里洋溢着节日的欢乐气息和大赛前的紧张气氛。

大赛的主持人和工作人员个个精神抖擞，用他们最为欢悦的微笑欢迎出席晚会的各界人士。

先到的嘉宾三三两两在舞厅四周的围台旁就座，谈论着他们感兴趣的话题。

阿美娜只寄我一张入场券，我还不知道她是否来，不过下意识中以为她会来的。

我在人群中不停地搜寻，可是没有阿美娜的影子，心里不禁有些怅然。

服务小姐把点心、可乐、万宝路一盘盘端上围台，宾客们各取所需，我只对印有"想做就去做"字样的万宝路感兴趣，自然抽一支。吸烟之于我，不是什么瘾，而是一种坐姿的点缀，是追求洒脱的道具。我相信阿美娜会来的。

她果然来了，而且是以光芒四射的大明星的派头出现的。

我感到天生丽质的阿美娜穿上这条血红色的高衩旗袍，真是把东方美女的倾城姿色发挥到淋漓尽致的地步，她有着修长的美腿，走起路来，那紧紧的袍裙飘逸而开，给人的是兼具诱惑的美。

阿美娜看到我，径直走过来。

我起身相迎，在握手的瞬间，两眼的余光强烈地感到周围投来的是些什么样的眼神。

我们没有立即落座，而是站在一旁，闲聊起来。

"怎么样？"阿美娜微笑着问，"最近忙吧？"

"怎么说呢，就那样吧。"我双手摊开，努力显得潇洒。

"今天人真多。"

"是啊，真多，等一会儿可能还会来人哩。"

"劲歌劲舞你感兴趣不？"

"就那样吧，反正今天新年，也该轻松一下。"

"是啊，不要把生活弄得那么枯燥，人生就那么几万来天，要过富有变化的生活。"

阿美娜无意中蹦出这么一句耐人寻味的话，叫人不无感触。

歌舞开始的时候，我们在靠近舞台的围台就座。

我面对舞台，阿美娜则侧身而坐，靠我很近，我闻到的，还是她习惯用的法国皇后牌香水。

一边听歌，一边观舞，歌舞同台，歌劲舞猛，一忽儿灯闪，一忽儿雾飘，一派要醉生有醉生、要醉死有醉死的味道。

大赛接近一半的时候，我和阿美娜收回视线，只留下耳朵兼顾舞台。

　　突然，"哪哪卜卜，吧吧卜卜，哪哪哪哪哪卜卜卜卜吧吧吧吧卜卜卜卜哪卜吧卜，卜卜哪吧……"一阵熟悉的鼓乐声，又把我的视线拉回舞台。

　　舞台前景全黑，后幕尽白色，一个无头人形的剪影投在上面，过了一个短暂的停顿，鼓乐又响了，前台灯也亮了，才能看清那歌手身着宽衣大裤颇为奇异的港式白西服套装，头低着，背向观众，当音乐又一个高潮到来，他才猛地转身，猛地扬头。

　　"那，那不是于非吗？"我惊诧，深圳可真是个小地方。

　　阿美娜连头都没摆动一下，淡淡地说："你还不知道，你老同学是蛇口工业区代表队成员，今晚是参赛歌手。等一会儿你再看看那伴舞。"她显然早知道。

　　我坐得不安起来，于非边唱边向舞台边上走来，他一定看到我们了。

　　阿美娜剥了一个香蕉递过来，我用手去接，她不依，径直送到我的嘴边，于非远远地看着这边。

　　旁边的观众在看我了，我还是用手去接，她又闪开，又递到我嘴边，我一口吞掉，像吞掉炸弹。

　　我的脸避开舞台，想遁逃，待喉咙里顺畅后，再看舞台，于非已退到一边，一个全身包着虎皮斑纹紧身舞衣的少女正表演她的劲舞。

　　她很活泼，那舞衣不会减弱任何部位的曲线，看得出来，她的胸脯是小巧的，腰身是小巧的，腿脚也是小巧的。

　　她的眼睛很大，每一个动作都配合一个神态，那明显有迪斯科扭胯抖肩动作的招式越来越狂放的时候，她的嘴张开了，舌也微吐，眼睛大大地亮着，她兴奋到了忘情的地步。

阿美娜只向舞台一瞥，就把嘴贴到我的耳根，悄声道："看到没？那就是于非迷上的北京妞儿。"

我笑了笑，想起有次和于非的一席话。那次和他一同乘公共汽车，坐在车尾，经过了几站地，看那上上下下的乘客，夹杂着各有特色的女孩，于非便以老同学的坦率说："南方女孩属于娇小玲珑味儿的美。"

今天看到这位"北京"，我确是理解老同学的高见了。不过觉得，娇小玲珑味儿说对了，这"北京"可不是南方呀。

于非和阿美娜的关系已是历史了，可我总不能把他们分开来看，于是对阿美娜生出怨气来——既然知道于非要来，为何不对我明说呢？

我硬着头皮坐着，芒刺在背。

想不到于非下了舞台，竟然拉着"北京"过来和我们同坐。于非还是舞台上那一身，"北京"上身则套了件渔网衫。

"唱得真棒，祝贺你！"我讪讪地起身和于非握手寒暄，并拉开椅子，请他俩就座。

于非脸对着"北京"介绍说："这两位是我的老乡同学。"

"北京"分别向我和阿美娜点头笑笑。细细端详这个小女孩，确有一股纯情气息。

于非又用手拍拍"北京"的肩，"我的伴舞，拍档。"说完眼睛瞥了瞥阿美娜。

　　阿美娜也笑笑："是啊，干什么都得要个好拍档。"她说着回头看着于非，"我算是体会到了。"

　　我有些尴尬，给于非递了一支烟。

　　于非一边点烟一边开心似的笑着附和："是这样，是这样。"末了望着我，问："最近还好吧？"

　　"怎么说呢，就那样吧。"我顿时对于非有些厌恶，他满脸假洋鬼子式的笑。

　　话不投机半句多，但人家都还是笑脸。

　　大赛颁奖仪式开始时，于非站起来说："我们失陪了，得上台。"在和我握手时，于非看了阿美娜一眼，使劲捏捏我的手，莫名其妙地说："那你照顾一下了！"

　　我想揍这小子一拳。

　　他们刚走，阿美娜就站起来，说："咱们走吧。"

　　出了歌舞厅，阿美娜情绪一落千丈，嘴里自言自语似的："活得好轻松啊！"

　　默默陪她走了老半天，我想起一件事，就问："美娜，你不是说搬去我那里住吗？"

　　阿美娜侧过脸，看了我一会儿，才不无沮丧地说："我不能给你添麻烦，再说，和如月相处，我会不舒服的。"

　　"那有什么？"

　　"你的房子虽然大，但那属于如月。"

　　"临时住住不是大不了的事。"

　　"对于女人，你可能还不了解。"

我困惑起来，女人，到底是什么？

于非竟然获得大奖赛冠军，不久，南国音像制作公司灌制的《于非演唱专辑》的盒式录音带上市了。

于非送我一盒，令我惊讶。

磁带盒上有一帧于非的演出照：他双腿撇开，身子后仰，左手持着话筒，右手扯着长发，满腔痛苦状，口呈 O 形；盒脊印有"流行歌坛奇星——于非个人演唱专辑"。

"该请客了吧，"我笑着说，"这回可挣不少钱吧？"

"屁！"于非头一扭，"还倒贴了！"

"胡扯，这不弄颠倒吗？"

"哥们眼下不是张国荣，不是罗文，那帮狗日的能给你占便宜？"

"那何苦来？"

"这你不懂了，还不是生意上，啊……"于非笑笑，诡秘十分。

我翻看着磁带，也尽显现代时尚之风。

于非递过一支烟，说："还要请你帮个忙呢。"

"什么忙？"我看着他，淡淡地。

"对你来说，举手之劳。"

"你说吧。"

于非弹弹烟灰："春节前我要回西安等地演出。"

"这，我能帮什么呢？"

"写篇文章吹吹我呗，"于非鼻眼生辉，"这也是生意上的需要。"

我没有推辞，仿佛觉得他在什么地方很慷慨，而我不能吝啬这点笔墨功夫似的。

第二天上午我按于非的新住址去送稿。敲了半天门，于非才出来，他显然刚起床，赤裸着上身，只穿着条花睡裤。我进屋，不由得愣住，那床上分明还有一个人，长发从被头逸出，无疑是个女人。

于非让我坐在一旁的沙发上，自己先去洗脸。我背着床坐，尽量装作没有看到床上有人。

于非洗毕，过来坐下，我这才发现他脖子上挂着一条黄灿灿的项链。

"不错，不错，"于非低头看稿，不停说，"不错，回头我多复印一些，在哪演出就找那里的报社。"

"你打算到几个地方演出？"

"这就全靠——"于非回头向床上指了指，"演出证她爸帮着办。"

我这才失去拘束，不由得对老同学做事的气度自叹弗如。

我要走时，于非嘱咐说："不要给阿美娜说我在这里住。"

我不知说什么，停了一会儿，才这样说："我平时很少见她，说这些干吗！"

"不过，"于非看着我，笑笑，"我还是希望你给阿美娜一些照顾。"

我琢磨不出他话中的味道，感到与这位于先生格格不入。

与他握别时，我已没有多说一句话的心情，可于非又突然问："你婚事办了吗？"

"什么办不办的，就那么回事，现在这年头！"我只是应付了一句。

我实际上很难做到少见阿美娜。

我仿佛时刻想着她，而对于如月，似乎只有在家时才能意识到她的存在。

我忍不住常去蔡屋围，不过阿美娜已没有在劲舞厅时那种热情和殷勤了。

那天我把于非获冠军，灌专辑盒带，去内地演出的消息告诉她时，阿美娜很不耐烦地说："这有什么稀罕！"

春节眼看就要到了，阿美娜没有一点回家过年的意思，星期天有闲。如月最近迷上考"托福"了，她今天上课，我便又去找阿美娜。

天阴了，刮着风，有几分冷，像是北方的深秋一样。

街上行人稀少。这也是深圳的惯例了，每年春节一到，大批北方移民便陆续回老家过年。

我第一次有点凄凉之感，想到阿美娜，更增添几分凄切。那样的民房，住着那么一个姑娘。

我默默地走着，快到蔡屋围村口时，一辆皇冠小轿车从我身旁一闪而过。睁眼一看，竟稳稳地停在了阿美娜的门口，里面钻出两个人来，一男一女，女的竟是阿美娜。

我的心猛一紧，跳速加快。看那男子，西服革履，油头粉面，矮胖矮胖的，一看便知定是香港阔佬。

阿美娜没看到我立于车后，正要携那男子走时，我忍不住喊

道："美娜！"心里涌出一股失去什么的酸楚味道。

阿美娜回头看看，惊讶："啊，是你！"

"……"

我看着阔佬肉鼓鼓的脸，他也敌视般望着我，神气十足。我已见识多了，大凡香港过来的中年男人，有几个钱时，往往都是这种眼神，犯不上去计较。

"来，我给你们介绍一下，"阿美娜说，"这是我们歌厅的谢老板。"

阔佬点点头，递过名片，脸上的肉鼓动了一下，做出笑的样子。

我心情异常。

阿美娜接着介绍我，说："这是我同学。"

阔佬伸出手，我一握，是一团热乎乎的肥肉，心生厌恶。

阿美娜今天异常风流，那件红色高衩旗袍，外套黑色中褛，刚刚做过的流行发式，加上浓妆艳抹，呈现出一派贵妇人模样。

我不禁有几分自卑。

我知道阿美娜此时此刻全然围着阔佬转，但我不忍心就此离去。

阿美娜管我乐意还是不乐意，说："谢老板可是个好心人，知道我住这儿条件太差，就在金城大厦给我买了一套房子。"

"……"我一惊，无言。

"说不定还大过你的新房呢！"

"是吗？"我有几分不快。

"难道你不高兴？"

"不，不，我当然要祝贺你，也要感谢这位谢老板。"

谢老板这时已走去一边，低头散起步来。

阿美娜又说："这就好。"接着问："还有别的事吗？"

"没有。"我说，但心里有说不出的难受感觉。

"我要搬家。"

"美娜！"我瞧着一边的谢老板，"他平白无故能为你破那么大财，一套房要几十万元呐！"

"不，他说要在怡乐园捧红我，生意方面能补回来。"

我心里已猜出谢老板属于什么角色，但这时能说什么呢？我于是又替阿美娜思量："你觉得唱歌适合你吗？相信这方面有前途吗？"

"有什么适合不适合的，"阿美娜有些激动，"前途？我想不了那么远！"

我意识到刺激了她，"我的意思是说对今后前景的规划。"

阿美娜摇摇头："规划顶什么用，我连合同工都不是……"说着她扬扬头，望着远处，坚定地低声说，"我要赚钱，要赚大钱！"

我不知道说什么，心里一阵难过，又有些生气，不过最后还是真诚地说道："那好，美娜，不说这些了，我只是担心……"

"担心……担心什么？"阿美娜耸耸肩，有几分玩世不恭的味道。

我说："深圳好多女孩……"

"别说了，"阿美娜打断我，"这也没什么，对于我来说，多亏爹娘给我一身好皮囊。"

话说到这里，两个人有了话不投机的感觉，一时气馁，我只好道别。

阿美娜望望远处的谢老板，也应付道："好好，到时候我会打电话给你。"

我一个人在街上闲逛，心里难过，仿佛失去了什么，是阿美娜吗？可她从来就不属于我呀！

我想起阿美娜说过的一句话，那次我和她参加一家公司的开业典礼，喝了杯鸡尾酒，两人来了好兴致，阿美娜像是开玩笑地说："我有时真想当第三者！"

我知道她的语意，鼓励说："好啊，那你就在我这儿试试，看看能征服我吗？"

我当时话虽出口，但后来为此竟生出一丝恐惧，不知为什么。

我回到家已很晚，如月已吃过饭了，见了我，她问："到哪儿去了？这么晚才回来！"

"去约会。"我莫名其妙地赌气，"和一个女孩！"

如月白我一眼，淡淡地说了句："好嘛！"就去看她的电视了。

我觉得有些失望，只好把身子也填进沙发。

电视正在播映《名人豪华生活专访》的每周专题节目，这已是如月每周必看的节目了。除此之外，《荷里活娱乐周》《世界时装大联展》以及电视剧《锦绣豪门》《豪门恩怨》也是她近期着迷的节目。

世界名人的豪华生活，其特点是家居富丽堂皇，消费挥金如土，玩乐则美女如云。

如月曾感叹着说："看看人家，我们的生活哪能叫生活？只能叫活命。"

我不以为然，相信这个阶层只是少数。

如月有了新的向往，对我的三室一厅失去兴趣，她痴心于出国留学，对我已无心多顾。

我不想阻拦她。

我没有再去找阿美娜，她也很久没有打过电话给我。

春节期间，我收到于非寄来的《西安晚报》一张，打开一看，我那篇吹捧文章登在晚报副刊《艺人专访》栏里。只是我的署名前边加了一个陌生的名字，旁边配有一幅演出照，穿虎皮斑纹舞衣的"北京"和他叠影出现。

细读文章，发现已增添不少内容，于非名字前头冠之曰"深圳红歌星"之衔，文中写道："于非先生的演唱以其洋腔洋派而形成自己独特的风格，不熟悉的观众可能以为他是地地道道的海外歌星，其实于先生属本市人，两年前离开西安赴深圳学艺，春节特意回来为家乡人民献歌献舞……"

于非在附信中，压抑不住得意之情，特别提到演出场场爆满，收入相当可观，并说回深圳之后定要请我上酒楼庆祝。

我不那么高兴，却有些疑惑起来，西安人何以迷上假洋鬼子的叫声呢？

如月受此启发，对我说："你也给咱赚钱去吧，整天待办公室能有什么大出息？"

"我既不会唱歌，也不会做生意，钱是想赚就能赚的？"

如月笑了，说："听说香港有的贵妇人想租男人。"

我不解，"那又怎样？"

"把你租出去！"如月说完咯咯大笑起来。

"见你妈的鬼去！"我大怒。

几个月后的春天。

我已经恢复家庭生活的平静，一天上午，阿美娜突然出现在我的办公室，她像是很忙，只稍稍坐了会儿就匆匆告别。

可是我却陷入思索中。

阿美娜告诉我，她就要去美国读书了，月底举办告别酒会，特意选在全国最高级的食府——国贸大厦的旋转餐厅，她邀我和如月参加，末了又嘱咐说："你也告诉一下于非，说我也请他俩，来不来就随他了。"

"可我不知他现在在哪儿？我久已没有和于非联系，他回深圳没有都不清楚。"

阿美娜把一张名片递过来："他在这位朋友家住。"

…………

我按名片找去，真就见到于非。

于非神情异常沮丧，他冷冰冰和我寒暄，没有丝毫笑意，那长发依然遮住半个脸。

我说了阿美娜的事，他眼睛一亮，盯住我，有些不解的神情。

"她请你，我看你还是去吧，毕竟有过……"我说。

"再说吧。"于非颓然将头耷拉到沙发靠背，又一摆，问，"你肯定会去，是吧？"

我点点头，并说："老婆也去。"

于非沉默了，一个劲吸烟。

我想起一件事，笑笑，说："你还说请我上酒楼，可你回来深圳却连个招呼也不打！"

于非摇摇头："别提别提，我他妈倒霉透顶！"

我不解："怎么回事？"

于非看了看我，说："人家追查演出的事。"

"追查什么？"

"能是什么，不外乎什么非法演出啦，低级趣味啦！"于非很生气。

"是这样。"我明白几分。

"哎，"于非突然问，"你能不能帮我找个工作？"

"什么工作？"

"什么工作都行，我在怡乐园借调期早满了，再说我是被人家炒了鱿鱼的，现在我待的那个单位没有正规的人事关系也待不下去了，不然就得回老家。那像什么话！"

我一下子飘然起来，可很快，心便沉下，我发现自己开始同情起老同学来，于是说："看看吧，我想办法帮你联系一下。"

于非抓住我的手一握，像是我已经帮他很大忙似的。

阿美娜在酒会这天依然光彩夺目，她穿了一套我已叫不出名儿的名贵套裙，袒胸露肩，乳壑处正好悬着一颗心形项链，两耳下面有一对骷髅形耳坠。

来客不下百人，开席占去旋转餐厅一半，有些豪门气派。

我和如月入座的时候，没有看到于非的影子。阿美娜问我："你告诉于非了吗？"听得出来，话语中包含着十分关切的意味。

"告诉了，"我说，"还特别嘱咐他要来。"

阿美娜咬了一下嘴唇，对我说："算了，那就不管他了。"

阿美娜兴致勃勃地逐一应付完那几席来宾，过来和我们坐在一起，给男士斟满生力啤，给女士倒满可乐后，端起杯子，说："他们，"指指旁边那一溜食客，"是帮过我忙的，出国手续可真忙坏我了。"

周围的客人笑着附和着"当然""那当然""出国""不是一般的事"。

"其实，"阿美娜喝一小口可乐，"真正的朋友，还是在座的各位。"

大家都飘飘然，有些优越感。

席间一个陌生的客人提出："我看看你的护照。"

阿美娜用纤细的手指从小皮包里抽出护照，众人轮流看着，还特别翻看内页中带有"USA"字母的签证贴纸，令那个酱红色的烫有金字的小本本顿时身价百倍，成了来客眼中的宝贝。

如月兴趣十足，仔细地看了一下，笑着问："你打算学哪个专业？"

"学什么无关紧要，"阿美娜说，"到时看看音乐舞蹈方面怎样了。"

如月点点头，又问："你是怎么找的经济担保人？"

阿美娜看着我，然后说："我原来工作的歌厅老板。"

"不是要美国方面才行吗？"如月像是在借机搞咨询呢。

"人家在美国有企业、有人！"我有些不耐烦地说道。

阿美娜笑了，如月也笑了，"噢——"

于非姗姗来迟，径直向我们这边走来。

阿美娜在身边加了一把椅子，于非默默坐下。

"你怎么一个人来？"阿美娜问。

于非习惯性地点烟，说："还能几个人？"

"那位呢？"阿美娜笑笑，"我请的可是两个人哦！"

"早回北京啦！"于非淡淡地吐出一口烟，"人家是高官的女公子，能和有问题的游民白头到老吗？"

阿美娜看看于非，又看看我，默然了。

如月满脸的疑惑，总想在我的脸上得到启示。

…………

酒会结束的时候，服务员小姐送来一盘面巾，于非擦擦手就扔到一边，阿美娜捂住了整个脸面，停了好长一会儿才取下。

我分明看到，阿美娜的眼睛红了。

我终于明白，历史一旦发生，便无法割断。

我有些失落，同时感到坦然。

我看看如月，如月也看看我，此时她的脸很平静，她的心大概不会像脸一样。

于非始终没有主动说一句话，阿美娜看看他，他只埋头吸烟，阿美娜问："不想说点什么吗？"他这才一口喝完杯子里的啤酒，然后问："什么时候启程？"

"今晚 10 点，"阿美娜强调说，"先到香港。"

"到美国呢？"

"还说不定，我等谢老板安排，到香港再和他定。"

"那……"于非有些为难似的，"今晚我送你过罗湖桥！"说完看着阿美娜。

阿美娜瞧着于非的脸，点点头："好吧！"

我心里有些酸酸的，像那次在大排档一样。本来打算送阿美娜到罗湖口岸时再与她道别，可这会儿觉得，那样就太过多余。

"阿，美娜，"我伸出手，很平静，只是笑脸有些发紧，说，"我们就在这里，道别吧，罗湖口岸……"我用脸指指于非，"我们就不去了。"

阿美娜热情地握住我的手："好，好，我其实没多少行李，你们今天能赏脸来，我就满足了。"

和阿美娜握手时，她的身子站得与我很近。她还是那样悠悠然，不过和从前相比，她现在的美，已被浓郁的富贵气息所笼罩。不同的是，我再也不为所动，仿佛第一次真正感到了我和她之间的距离。

我们离开人群，阿美娜一手拉着我，一手拉着如月，诚挚地说道："祝你们爱情美满，家庭幸福！"

"谢谢！"我说，"谢谢你的祝愿！"

如月一直望着阿美娜，用一种内涵丰富的眼神，最后叮咛了一句话："到了美国别忘了来信呵！"

"一定！"阿美娜点点头，"一定写，我也会想你们的。"

于非默默地站在一旁吸烟。我过去和他握握手，转过身，电梯刚好打开，于是我连忙拉如月钻进电梯。

阿美娜和于非站在电梯门口，我们相互招手示意，此时，他俩的"合影"优美而且和谐。

只是阿美娜还是比于非高一点，她穿着高跟鞋。

能够说什么

又是一个夜晚。

我想还是去歌舞厅吧，没有可带的舞伴，就是看看也不错，感受一下欢快的气氛。

我去了，我想我将会像过去很多次一样，怎么去的，又怎么回来。谁知我错了，我意外地结识了一位小姐，她叫吴小迎。生活中有多少意外的事情，实在说不清。

记得上小学时，我以为班主任老师是一个凶狠的男子，谁知当我去报到，见到的竟是一位长辫子女老师，我不敢看她，她的脸儿要比一般人白；后来她就天天给我们上课，我可以直直地看着她。她说话时眼睛就悠悠转动，牙齿也白，很好看。

我慢慢爱上她的课，可是有一次她要我交作业，我没有做，被她罚站了一个下午。操场太阳很毒，我鼻血不止……我后来不再爱看她。

我早先也细皮嫩肉的，想不到20岁以后，有好几年脸上像播种了青春美丽豆，一茬接着一茬长，总叫人想用手去挤，于是留下那一片片黑斑，令我少不了恼怒，就是不再吃辣椒喝酒又怎么样，反正没娶媳妇，有的是毒气，要放。

有个胖胖的好亲切的阿姨说介绍对象给我，我不大高兴，姑娘们脸都那么平，那么光，那么叫人嫉妒，她们害怕我。

但我还是和阿姨介绍的姑娘见面了，不出所料，姑娘看清了我的脸，说得更损："人倒挺有才，只是一脸老人斑。"姑娘当然是后来和我好上以后告诉我的，我说我想搂她一拳。

"那是青春痣，其实人家棱角挺分明。"这是姑娘的母亲说的。那是个好老太太。

姑娘说过我比她哥强百倍，我为此高兴了好久。当然主要因为姑娘还是高高大大白白净净的姑娘。

但这一切都不影响姑娘后来向我道声"再见"。那时在北京的女孩子还不像现在在深圳的女孩子，都会洒脱地来一手"拜拜——"。

不去管它有意无意了，我反正结识了吴小迎，当然其中有一条偶然中的必然因素——她蛮漂亮；还有一条——我的脸平了。

就在这个舞会上。

谁都知道，舞会不需要太多光明，灯光自然暗暗的、红红的，这是气氛、是境界。

我生来孤独。我就坐在舞厅偏僻的角落，我其实很想请人跳舞，可是怎么也站不起来，更无法设想怎么向坐在一旁的那些个看着挺舒服的小姐发出邀请。这种感觉很像我上小学时总想把书包里那个烤红薯送给女班主任老师却又总是不敢开口一样。

舞场上闲不了，他们都那么快活，一个搂着一个，男的总是拉着女的转圈，女的笑吟吟的。

探戈舞曲一开始，舞场稀松了许多。这是舞步中的高难动作。

即使这样，她也闲不下来，她会。她穿的是套裙，上身小小的，像束腰式夹克衫，下裙宽松异常，仅露出白白的小腿儿。

她走着花步，神奇地扭来摆去。她谁也不看，只是笑着望着同伴。她的舞伴竟是一个高鼻梁的瘦老头，叫人心里不舒服。

她是那样满不在乎，全然由老头摆布。

我目不转睛地望着她，心里有些烦躁。

舞会结束时，灯光刺眼地亮了。我看清了，她脸儿很美，首先是白，其次是圆圆的，下颏曲线美极，那黑溜溜的眼睛是双眼皮。

我有幸和她乘同一部电梯下楼，我在心里练习了十遍还多，最终说出来："你的舞跳得真好！"她友好地接受陌生人的赞语，微笑着看我，"具有他人没有的舒畅自如"。另外几个乘客审视着我，目光是警察式的。我既说之则够胆，硬着头皮顶着。"怎么不见你跳呢？"她问。

"没舞伴。"我可怜兮兮。

"可以邀嘛！"

我笑了，眼睛看住她，"下次邀你。"和美人说话，说着说着竟大胆起来。

"好呀！"她一手搭在短发女伴的肩头，脆脆地说。同伴笑笑，很怪的模样。

出了电梯，往旁边一靠，我们交换名片。这不，认识了，这个吴小迎。

对小姐的关注如此这般，有时叫人自愧。我知道，大千世界，男女老幼各层人都有，谁知入得眼来的只有她们——小姐们或少妇们。

我读了一本什么书，才得知，我们还处在"寻找另一半"的阶段。没有女人的男人看来只是半个男人。

我在寻找，寻找是痛苦的，痛苦是什么滋味？大概就像离开母体后再也没有人来抚弄你皮肉的那种寂寞感、空虚感和迟钝感：躺在床上，它胀得难受；走上街头，身子便不存在，眼睛可够苦。

与我有同感的大有人在，老邱就是一个。

老邱"也在寻找"，哥们儿共同语言颇多。

我们见了面，常是这个话题：女人。

女人是个永恒的话题，我们谈不完，如同小说家永远写不完，不管是一流作家还是三流或者是不入流的作家都是。

谈起女人，我们就快慰。

老邱甚或兴奋地高叫一声，叫的时候样子怪极。他属于南方血统，长得不高，挺胖，鼻梁不直，架着黄亮亮的细框眼镜，眼睛细细的，爱眨动。

我先前不认识他。那次我们公司和他们公司做一笔生意，这位仁兄是左颠右跑的业务员，干贸易的。那宗生意虽然后来不知覆舟何处，却使我这个不沾生意经的人结识了这位生意人。

老邱最爱说他什么都有，比如三室一厅的房子等，就是没有女主人。说的时候味道很特别。"有合适的你别忘了介绍！"老邱说得轻松。

要是来我宿舍坐坐，他总忍不住要一边说着女人，一边翻动我挂在床头的那册美人挂历。那一群美女来自大西洋彼岸，金发碧眼，她们在太阳下的海边嬉戏，椰树叶儿遮住小小一块娇躯，其余赤条条的皮肉是黑黑的，红红的，上面有细沙，有晶莹的水珠儿……她们各有迷人的姿势，向你笑着，一脸的妩媚味儿，诱发你要投怀送抱……她们只有夏天，分别占用了 12 个月，享用的可不同：吸烟的，乳壑处就摆着一盒特长剑牌香烟，旁边还有一行小字——剑牌，品味自成一派；饮水的，纤腰便与汽水罐相吻，旁边照例有——可口可乐的世界……

"这里边你喜欢哪一个？"老邱有次这样问。

我说："差不多都一样吧。"

"要我选呀，"见鬼，老邱的思路一下子飞跃到由他来选的地步，他满是兴奋地说，"我就要这个。"

那是八月美女，高大丰满型意大利少女（也许是少妇），老邱说他喜欢。

要是和他在街上同行，他一边说着女人，一边会极其敏锐地观察周围出现的任何一个足以引人注目的女士，又一个一个目送人家远去。

"你这是怎么了？"我有时看着他的脸问。

老邱就笑了，我随他的视线望去，尽处自有女儿家。

老邱常请我听歌、吃夜宵、饮早茶什么的，末了总要嘱咐我："你可要约小姐来哟！"这老兄每次就这劲。

"没有没有，要约你自己去约吧！"

话是这么甩出去，十回中总有那么几回，我约了小姐来，就让老邱委实当了饭票、舞票、游乐票。老邱"做票"，乐此不疲，使我感触良深。

老邱还在内地时，就已经是大龄青年了，调来特区深圳，人们效仿港人，少问人家年岁，老邱这才又小了下来，与我同行。

我老家西安有表哥，其形其神均与老邱近似，整天有吃饱了饭撑得难受的样子，他来信介绍说，他们单位有位女同事，人挺"风流"，一定要我见见。这不是要我联系倒卖黄金之类的事，于是我满口答应下来。当然，"风流"之说在这当中起了作用。

我脑际闪现了一下吴小迎的影子。

我写信给表哥，很是表示感谢，同时申明，我虽离家多年，但对家乡一往情深。

笔下流出这等文字时，蓦然想起了长辫子女老师，她那白白的脸白白的牙齿印象中很清晰似的，至于罚站一事倒模糊了。

封了信，坐在办公室便没事，无聊间看看台历，才星期四。

我把吴小迎的名片从钱夹中抽出，放在面前。名片是绸面纸片，有香味、有金边、有诱人的黑体字：口天吴是好姓，这个字读着上口；小迎，她为什么不叫小莹呢，那么多张莹王莹李莹都用这个莹，她为何偏用这个迎呢？

我还是拨通电话，耳机传来令人紧张的鸣叫，两声、三声，可能有人马上就要拿起话筒。

"啪——"我放下电话，到底该不该呢？两只手把玩起桌上的名片，吴小迎、吴小迎……这个女孩。

我又拿起电话，拨通。吴小迎接住话筒，知道是我，腔调柔和得很，我高兴起来。

"真的，我没别的事。"我说。

"嘿嘿！"吴小迎压低嗓门笑了，不说什么。

"晚上可以出来走走吗？"这是实话。

"今天星期几？"

"星期四。"

"……"她默然半天，才说，"那怎么行！"

我沉住气，"怎么不行？"

"不到周末。"

"约会一定要在周末吗？"

"别人不是，可我是。"

我说不出什么，相对无言。

停了一会儿，她才艰难地说："那好吧，今晚见。"

"什么地方？"我乐了。

"老地方。"她说完又笑了，"看你急的！"

这是第几次约会，就不多说了，前几次略去。原因很简单，那些细节太让人丢面子。用北京话说，咱堂堂大老爷们！

吴小迎骑着小巧的红色单车，从夜幕下飞来。她有多少衣服，不知道，反正少见她衣着重样。

白布碎花大套裙，宽有半尺红腰带。这是今晚的景观。头还是电烫了的新潮样式，香气浓烈依旧。

这里是怡景花园幽静的别墅区，道路宽畅辽阔，绿化带花木葱郁，一个个独立成户的二层小楼错落有致地连成一片，门前小路曲径通幽……这是吴小迎一开始就选定的约会地点。不是公园，不是影院，她前后说过两句话："这个城市小，到处是熟人。""这儿有一种韵味，让人喜欢！"

我早把单车塞在街口那棵荔枝树下了，这时，极自觉地接过了吴小迎的单车，她照例站在车右，沿着脚下的石板路，慢慢走着。路灯从树枝里散出光来，白白的，弱弱的。

见面没有寒暄，礼节语言最枯燥，相对无言，是默契。

吴小迎走着走着，侧脸打量我一番，笑了。

"笑什么？"我轻松异常，问："有什么可笑的？"

"没想到你还穿了这么一套时髦衣服，"吴小迎是一面镜子，我不讲究似已不可，"还是名牌呢！"瞧她眼力，真够可以。我感觉良好起来，抬抬肩，问："怎么样？"吴小迎有意向旁边闪开一点，眼睛又上下看了一看，点点头，"不错，"笑笑，"挺不错，你个儿高，人又壮，穿这身显得挺精神。"

我飘飘然起来。见鬼，仅仅为了一个小我几岁的女孩子的品评。

"穿衣不应说是什么重要的事。"我几乎没什么要说的话，只感觉有必要说些什么。

"怎么不重要，人一生哪天不穿衣服？穿好衣服就能带给你快乐满足，怎么不重要？"

"看从哪个角度讲，按你这样说，当然也对。"

…………

我发现仓促约会少了内容，几乎没有了合适的话说。

关于我当了几年兵，复员后又上大学，毕业分配如何调来深圳的话题前几次都讲过了；关于我小时候尿床，长到三岁还不会讲话以及后来谈恋爱如何吹了的种种历史，吴小迎也兴致勃勃地倾听过了，当时少不了引得她阵阵笑声，还说了："听来蛮刺激。"当然，我也知道了这位生长在广州的高干女儿如何因放弃学业而与家庭闹翻，来深圳散心，而后又调入深圳的经历。我当时为此一再表示："这不简单，没有一定胆略是做不出来的。"

在谈论这些"光荣"历史的时候，我们兴致好极，同时都感庆幸，有幸而为深圳人，想当年，哈、哈、哈。

现在说些什么呢？我突然想起什么，就问："听说你们银行遇到劫匪了，有这回事吗？"

"还听说呢，报上都登了，你没看呀！"

"钱可真是个坏东西，"我的思路信马由缰，"有多少人为此而葬送前程！"

"不对，我不这么看，"吴小迎煞有介事，"钱是好东西，要不为什么人人都爱钱，嘴上说不爱钱的人都是伪君子！"她说起话来，习惯打手势，声音也脆生生的响亮。

我感到有些乏味，一开口，尽是离题万里的废话，吴小迎像是还没有学会谈情，有意引她话题吧，见那副神气，我又开口不得。

曲曲弯弯的小路走不完，一会儿灯下，一会儿暗处；一辆单车把两人隔开，我感到这方式蹩脚透顶。

不计多少时间泡没了，吴小迎提出要走，我已没精神再继续磨路，就匆匆拜拜了。

真是灰心死了，想象着设计了那么多向往已久的行为，几乎全部随夜风吹去；先前刺鼻的香味还有些提神，现在鼻息有茧了，就乏味起来。

我回到三人一室的光棍宿舍。同屋的两个小兄弟一人占去一张可怜的小木桌，他们还在掌灯熬夜。成人高考的日子快到了，逼得这两位苦于没有文凭的老弟赤膊上阵，汗流浃背。

他们无暇理我的，我也懒得理睬他们。

夏夜本已燥热难耐，再闷在小屋，几乎可以送命。我剥去紧紧裹在身上的衣服，只剩下一块三角布，拉上毛巾，一头钻进冲凉房里。

星期六，我异常不安。

上午一上班，打电话给吴小迎，想安排节目，心想再也不能这样继续下去了。

"那可不行——"耳机传来她脆脆的声音，"今晚我有别的事。"别的事？我想，啥事呢？

"好啦，这个周末我们自由。"她说着笑起来，"放你白鸽，好吗？"

我开始恨这腔调，"是吗？"我快快。

写字台上有一本老邱前次来时丢下的八卦杂志，上面有鬼故事情故事命案故事。

我信手翻开，看看情故事。开头大半版是题头插画——一对男女拥抱着，女人穿着三点式泳装，妖娆的胳膊腿，男的比女的瘦小，头几乎被女人山峰一般的胸所淹没。

我终于读不下去，作者不厌其烦地描述女人身体各个部位的特征，包括肚脐旁边的那颗黑痣。

我把它扔去一边，在抽屉里翻出《当代作家风采》来读。这本杂志还是我过去热爱文学时买来的，好久没读了。上面有几个文坛新星的访问记，还配有生活照片。照片上显示作家大多爱吸烟，爱沉思。有一个姿势、神态甚或烟雾缭绕的气氛都像 20 世纪 30 年代的鲁迅，我不禁有些倒胃口，便把杂志又合上，丢进原来的角落。

电话铃响了，我接，老邱来的。

"喂，今晚干吗？有节目没有？没有的话到我这来。"老邱说。

我知道这位仁兄也是无聊，每当他没有其他更合胃口的活动的时候，就会主动找上门来。

"有什么好事吗，叫我去？"我问。

"叫你来，当然有，你不来拉倒。"

"那你不能说说嘛！"

"当然，说了就没意思了。"

"那好，"我说，"去，一定去。"

我为此多少有些安慰。

下午刚上班，又是一个意外。大楼总台的服务员打电话给我，说有人找，是位小姐。

我欣欣然，撂下电话就下楼。

走到大厅接待处，见到一个陌生的姑娘站在那里，个儿挺高，有一头稍稍发黄的长发，扎着马尾巴发式。

我走过去，她用手动动身旁的旅行袋，用带有几分欢欣的眼神望着我，浑身显得不大自然。

"你就是——阿云吧！"我想起来了，她就是表哥介绍的家乡姑娘。见到真人，和照片作比，叫我有几分失望。

她笑着点了点头，慌忙放下手中的东西，握了一下我的手，一副不习惯的样儿。

我上下打量她。她穿着一条半新的石磨蓝牛仔裤，大概由于人有些消瘦，裤腿松松的，看上去缺乏饱满缺乏线条也缺乏牛仔韵味。

不过脸倒是一张大大方方的脸，只是缺少一点青春色彩罢了。我预料不到，与我同龄的女子，竟有这般可怕的岁月威胁。表哥眼中的风流，也只是那个远离沿海的内地省城的风流。

我不以为然，仿佛觉得做了一件蠢事。

"什么时候到的？"她两眼有一股莫名的悲戚神色，我安慰地问，"你怎么不打个电话，也好去车站接你。"

"哪能呢？"她客气地笑了，"这已经麻烦你了！"

是麻烦了。仅仅为了"见见"，我却要承担她来深圳的工作安排。我和表哥说得明白，见见在先，无论感觉如何，都得先安排人家在深圳做临时工，然后设法正式调动。

我似乎一开始注意到她的"风流",而忽视了她还有想调入深圳特区，换一个工作环境的愿望。

在她看来，我同意见见，无疑同时就意味着也同意了别的，而别的甚至更重要。她因为要麻烦我，显得这么客气。

"这样吧，我直接带你去酒楼。"

她点点头，就去收拾放在一边的行李，我去帮她。单位有几个同事从一旁走过，投来探寻的目光，我有些许窘迫。

出了办公大楼，招了的士，拐一个弯，就到了深南中路振兴大厦。

大厦二楼的美多大酒楼是中外合资的高档酒楼，中方经理曾和我同席喝过酒，姓汪，大胖子，属慷慨之士。先前和他谈起阿云的工作，他满口答应，给了我好大脸面。

"风流？风流好，深圳要的就是风流。"这是汪经理开的玩笑，当时我依表哥所标榜的风流与他联系，他满口答应。

汪经理见了阿云，简单地说了几句什么，就招来两个服务员，叫她们带阿云去集体宿舍，并嘱咐阿云休息两天再上班。

我和汪经理又闲聊了一会儿，自然跳开了阿云的话题，仿佛同时忘却"风流"二字。最后约定时间，请汪经理上旋转餐厅吃早茶，"好，好，多多益善！"老汪哈哈大笑。

离开美多，到晚上我没有如约去找老邱，周末过得就那么回事，不说了。

老邱推荐我看《海外文摘》上一篇教导男士在恋爱中如何运用"欲擒故纵"手段的文章，我仿佛悟出了些什么。老邱曾告诫我，不要热过头。

我有好几天没有和吴小迎联系，当然有两次打电话都未打通，"故纵"还能持续几天说不定，不过这些鸟理论叫人怀疑，要纵跑了，又怎么办，生活中有这种事。

此后过不了几天，吴小迎先打电话来，我乐了。

"星期天有空吗？"她问。声音如同往日，脆生生的。

"有，当然有。"我答道，接着又问，"这几天怎么过的，忙什么呢，还愉快吧？"

"忙坏我了，现在还没忙完呢！"

"我能帮你吗？"

"我就是叫你帮忙的，星期天帮我搬家好吗？"

我没想推辞，不过对这个节目心里有点失望。

星期天，我早早来到工商行职工住宅区，吴小迎住在集体宿舍，六楼。

远远就听到一群男女的吵吵声，当我踏进吴小迎的闺房，发现已经有好几个男士在忙活着。

吴小迎穿着仿锈染色吊带裙，胸和肩裸一大块，可以看见骄傲的肌肤；脚赤着，蹬着红棉布拖鞋，小巧小巧的。

"你都来晚了，"吴小迎招呼我进屋，用几分责怪的口吻说，"再迟一会儿就帮不上忙了！"末了介绍我与那几个朋友认识。

吴小迎的忙仿佛值钱似的，让谁帮，就是给谁的恩赐。

我从他们的眼光中，感到一个争食者的多余，心里不禁好笑了一阵。

我穿着夹克衫，那几位均西服革履，大概还都是吴小迎的同龄人吧，脸上有胡须也带有几分稚气。

吴小迎好快活，她只是站在一边招呼着，口齿是极伶俐的，普通话蛮标准，不过这种语言只对我，对他们则说着地道的粤语了。

第一次聆听这位漂亮小姐讲粤语，我感到陌生起来。

前来帮忙的，是一支力量雄壮的男子汉队伍。吴小迎实际上没有多少家当，只是细软多些。大家摆弄的尽是女孩的东西，包括布满灰尘的各式鞋子和衣架上的三角裤。

…………

吴小迎新居漂亮多了。这是一套两室一厅的房子，厅很大，据吴小姐介绍说，这是一位当经理的朋友帮她租的，她住一房，另一房暂空着。

我们这些勤劳的帮手，不到半天时间就帮她把全部物什搬了过来，并且安置妥当。

吴小迎没有从头到尾做完任何一件具体事，她那脆生生的嗓门不停地广播着什么，最多的是对这个仔那个仔的优点特长的评说。她以为我听不懂，不时还用普通话解释一下。

先生们兴致均好，全赖吴小姐的调侃。

大家都有些无所事事的时候，我对吴小迎说："我想先走。"

吴小迎望着我，像是意外地，"你——"很快就改了神态，"那好吧，我还想等一会儿咱们一块去吃饭，你有事，我不拦你。"说完潇洒地一笑，头习惯地一偏。

那几位先生以吴小迎的亲近好友自居，对于我的走表示漠然，当我走出房门不到五步，屋里就爆发一阵笑声。

我发现我与他们格格不入。

于是就懊丧起来，怀恨起来。吴小迎到底有多少异性朋友？她把我介绍给别人时，说："这是我的朋友！"我曾为此激动老长时间，后来她把另一位男士介绍给我时，亦说："这是我的朋友！"

我曾不无疑惑地与吴小迎谈及此事，她说："我讨厌和女人打交道，她们身上那股子小气劲儿我受不了，我最爱交男性朋友！"

瞧她那活灵活现的模样，我想起一位分别多年的哥儿们，他是学哲学的，曾有警语道：女人多猖狂，漂亮的女人更猖狂！

我和老邱闲聊，谈到阿云。

"怎么样的一个姑娘？"他发现新大陆一股，从我的床上坐起身，扶扶眼镜就问。

我笑了，没下文。

老邱着急，"哎，说嘛，怎么一个姑娘，你我之间，什么谈不得。"

我说："姑娘是随便说的吗？"

"请你去大排档，好吧！"

我笑着从床头书桌抽屉里找出表哥先前寄来的阿云照片，递给老邱。

那是一张曾经令我认可风流的照片。

"蛮不错！"老邱细细地端详着，"蛮不错，现在哪儿？"

我斜眼望去，盯着老邱极有意思的脸，说："在哪儿关你什么事？"

"你得介绍介绍呀，阿——"

我只是笑，末了卖了一个关子："这个，就由我做主了。"

"那当然，谢谢你噢，你给安排个——"老邱两拇指竖起，晃了晃，"多谢老友！"

我不禁把老邱和阿云连起来思想，顿时不无彻悟。

阿云不久前曾找过我一次。

那次相见我分明看到她的眼神少了一种东西，我心里自然明白。

"你是我表哥介绍来的，我应该把你当作乡党对待，当然乐意给予力所能及的帮助。"我这样说过。

阿云听这话时，郁郁寡欢的，后来她悲切地说："我在这儿只是临时工，可我希望有机会正式调来深圳。"

我明白她的意思，她的调动途径是有的，但权衡起来，最佳途径只有一个——嫁人。

"我的交往还可以，一定尽力帮你。"我说。

阿云为此做出很感激的样子，末了推心置腹似的说："我实际上很不幸，不然我不会背井离乡地来到深圳。"

这些都是不难理解的。我不知她所说的不幸具体是什么，似乎可以意会到一些。

两天后我打电话给阿云，说晚餐时带一位朋友去美多吃饭，希望她能"准备"一下。

阿云心有灵犀一点通。

晚上，我先行到达美多。阿云正当班，她穿着酒楼服务员的统一服装：翠绿色旗袍。她是一个高挑个儿略显清瘦型女子，这身打扮，突现了她身材的苗条，曲线十分突出。在与一群同班的当地小姐一并出现在楼面时，显得分外出众，引人注目。瞧那脸儿，虽然少了几分青春气，但却多了些成熟女子独有的气质。我心里暗叹：人靠衣装马靠鞍呀！

阿云领我在安静一些的餐桌就座，端来一杯可乐放在面前。

老邱随后到了。这位仁兄说笑和做事两个样儿。他是正南八北来相亲的，穿着笔挺西服，扎着蓝色金利来领带，下面还别有带夹，头发光溜溜地三七分开，整齐排列。

"你早啊！"老邱走到我跟前，欠欠身子，坐了下去。

"阿云——"我扬了扬手，叫了站在一边的阿云。她会意地走来，我说："加杯水了！"

阿云转身去弄，老邱眼睛粘上了她，他知道了，那就是我介绍的女子。

阿云端来汽水，眼皮耷拉着，神情还有些拘谨。

老邱打量她，查看她，审度她，包括她的脸，她的身、她的胸脯、她的大腿、她的臀部……

我有些不悦，但又说不得什么。

阿云把水杯放在老邱面前时，才抬眼看了看。她心里明白，对我介绍来的这个男人有必要产生印象。

两人的目光相撞时，阿云羞涩地回头走了，老邱则欢欣地笑了，嘴里说道："不错！"

"是吗？"我随口一问。

"真的，北方姑娘高大，皮肤又好，我比较喜欢。"

我也笑了，心里的滋味当然不那么单一。

…………

老邱催着我去问阿云的意见，我回头见到阿云时，见她像往日一样平静。我以为她不乐意，竟有一丝轻松之感。谁知她却这样说："再了解了解吧。"

我把他们第二次会面安排在荔枝公园。夏夜，这里被清爽和静谧笼罩，树木花丛都是清新的、鲜艳的；小桥湖水也是充满了诗情画意，空气中洋溢着诱人的味道。

我和老邱先在公园水上冷饮厅坐下，老邱兴致比我好，他有很多生意上的话题，比如哪一家公司做夹板生意，双方有意毁约，造成罚款，具体办事人员便从中分成。不过他这会儿有的是雅兴，面对浓郁的树木和碧油油的湖水说："他妈那些个作家，看到什么就能写什么，咱们看了这景，也只能说美，怎么也说不了那么多，那么地道！"

"那当然，作家要吃饭，自然有吃饭的办法，就和你一样，做买卖，赚钱吃饭，不过你那有意毁约的诀窍，罚款赚钱，怕是作家望尘莫及的。"

老邱对我的话不以为然，"不过我看有的作家写的那玩意儿，没什么了不起，什么风吹树叶哗哗响，我也能写。"

"是吗？"我曾爱过文学，老邱这般说，叫人难受。

"你不信，哈！"他更自以为是，"比如香港那些书，不说我，

你也能写。"且不管他认为自己至少比我能写，我对他所说的"那些书"来了兴趣，"你说哪些书？"

"你不知道？"他不管，"你只要有夫妻生活，敢如实写，就能发表，稿费甚至比长篇小说还多。"

我明白了他说的是哪些书。他把地摊杂志上的男欢女爱故事也叫写作，我愕然。

阿云姗姗而来，迟到10分钟，这是内地女孩拿架子的常识。

这是两人首次正式见面，我分别介绍过他俩过后，老邱就伸过手去，阿云有些不自然，但还是抬手握了握。

老邱买来三支橙子水，一人一支。

"这样吧，你们这就算认识了，我还有个事，就不陪了，你们随便走走。"

"好吧，你忙你的。"老邱干脆得很。

阿云默默点头。

我转身就走，他俩沿小路走向树荫深处，我回头看时，阿云双手抱着，慢悠悠走着，老邱一边说着什么，一边打着手势。相信他会尽情发挥的。

出了荔枝公园，夜色已很浓，夏夜的深圳海风阵阵，一片片灯火熠熠生辉。

我来到深红十字路口，被这里热闹的景观迷住。也许，在阳光明媚的白昼，这里一览无余，便没有什么好看的了，而夜色给它笼罩了浓厚的神秘面纱，反而另有一番韵味在其中。

我索性坐在绿化带旁边的石凳上，且让眼睛痛痛快快地"吃吃冰激凌"。

从眼前来来往往的各色人中，引人关注的当然是裙襟飘舞的姑娘们了。她们或与小伙子相挽慢步，或与大肚阔佬相偎而行，甚至还有与洋鬼子厮磨嬉戏的姐妹……

我坐着，突然想唱歌，于是张嘴就来："轻轻敲醒沉睡的心灵……"

声音被他们拣到，不料引来的是异样的目光，看我像看精神病患者似的。

我只好怏怏离去。

同屋的两个小兄弟，一个成人高考中了榜，成了成人大学的大学生，整天来来去去都是书本，不同的是有了女同学。女同学中有一懂英语者，正南八北地教他学将起来，小兄弟回报恩师一辆凤凰女式单车。之后，女同学兼女老师便无定期地来宿舍搜寻他的脏衣脏裤，一副贤惠模样。另一个名落孙山的兄弟痛哭流涕地烧了全部课本，发誓说："就当他妈的一辈子工人吧！"在失意的日子里，他一个人整天外出闲逛，一日去西丽湖游玩时，结识了一漂亮服务员，两人一来二去，便交了朋友，小兄弟无事就泡在西丽湖。

想着这些事儿，我心里便乱生滋味。

漫无目的地走着，忽见一的士与骑车人相撞，顿时围上一群人，我站住不走了，停了一下，也便围将过去，看看。

我还是想些问题，有天想起一位分别已久的哥们儿的一句话："城市痞子找的对象都漂亮，人家敢追、敢缠，什么都敢呀！"

记得这位哥们儿结婚时我去了，新娘子真就亮丽得诱人。据介绍，哥们儿就是穷追猛缠软磨硬泡才得以上手的。

我还是不时约约吴小迎，吴小迎向来都是热情的，有次我约她在妮斯坦咖啡馆喝咖啡，在两人小包厢里，就谈起心来。

"小迎，你有固定男朋友了吗？"话到一定份上，我这样问。

吴小迎双手握住，支撑着下颌，胳膊肘搁在餐台上，微笑着听我说完，答道："没有。"末了甜甜地闭着涂了口红的嘴，头摆了摆，那黑亮的眼睛水滴滴笑着，甜透了。

"是吗？"我觉得她异常动人，十分欣慰地问。

"不过，"吴小迎双手放下，一只手拿起小勺搅搅咖啡，动作优雅而迷人，顿了一下，又说，"我有很多朋友。"

"……"我的脸有些发紧。

"你也是其中之一。"

我松开脸，笑笑，不出声，心里有种说不出的感觉，便说："当然……你有权利……博爱！"

吴小迎轻声笑了，身子靠在椅背上，赤裸的白而圆的胳膊伸向台面，两个不大不小的乳房威风凛凛地耸在胸前，衣裙也遮不住。

我有些忌恨。

"你理解错了，"吴小迎像是不会生气似的说，"爱不仅仅是一种意义上的，我们中国人，总是把人的感情单一化。"

"你不觉得爱也是一种责任吗？"我突然这么说，觉得自己有些许可笑。

吴小迎抿着嘴，摇摇头，"我不需要任何人向我负责，我对别人也不想承担任何责任！"她还是微笑着，眼睛对着我。

"……"我无言。过了一段时间，我总算悟出点什么，为什么一定要先入为主地往一个意义上"谈"呢？凡事总有水到渠成之说。

又一天，我打电话给吴小迎："晚上可以请你看电影吗？"

耳机传来吴小迎的反问，"请就是请，有什么可不可以的？"

"那好，"我笑了，"今晚八点吉祥影院门口等你。"

时令到了立秋季节，虽然深圳的四季很不分明，呈黏糊不清状，但是夜风还是给女孩子提供了穿秋裙的温度。

吉祥影院距吴小迎新居不远，但她却姗姗来迟。我是责怪不得，只是习惯性地问："怎么才来？"

"我没搭车。"

"骑单车几分钟的事。"

吴小迎看了我一眼，用调皮的口吻说："现在讲究女士不踩单车，你不知道？"

"还有此一说？"

"你以为呢，还有一条——不穿平底鞋。"

知道，这些也算是从香港引进的产物，不信，查查看。

吴小迎穿着白色坡跟皮鞋，配墨绿色西装裙，裙的款式十分新颖，上身背后短至腰间，一个蝴蝶结打住，显得下身修长而妖娆。这位吴小姐个头不高，以丰腴匀称见长。

我们拾级而上，她那左右摇动的步态荡人心怀。影院门口有观者，瞧了她的脸再瞧我的脸。一时我便英雄一般。

电影还刚刚开头，吴小迎就不耐烦，说："国产片没有什么好看的，我们走吧。"

我只好依从。

"你喜欢看西片吗？"出了影院门，她问。

我说："就那样吧！"

"西片看着才带劲，够刺激，你看阿兰·德龙演的片子，绝了！"我知道，阿兰·德龙是吴小迎的偶像。记得那次搬家，吴小迎扔掉了很多东西，包括一册香港十二大女星的彩色挂历，但是阿兰·德龙的电影海报却由她亲手从墙上取下，随后又出现在新居床头。

我知道阿兰·德龙是法国人，演过《佐罗》。电影画面中有一片荒原，一个头戴黑礼帽、着骑士装、披挂着黑斗篷的俊男策马飞奔……

吴小迎当时就宣称："我喜欢他！"她现在又提及阿兰·德龙，我便说："看电影大概也有同性相斥的问题。"

"你不喜欢？"她又追问。

"就那样吧。"我说得轻淡，她显然失望。

我们走到街边站定。

"怎么办？去哪儿？总不能……"我舍不得浪费这个晚上。

"去华丽宫听歌吧，你说呢？"吴小迎说。我招的士，旋即到了华丽宫。这里可是高消费，我也难得奢侈一回。

我们坐进华丽宫歌舞厅，舞台上一位身着白纱拖地裙的女歌手正在演唱，她双手握着话筒，凄切无比，几乎扯着哭腔唱道——

"难忘那年星月夜，

情满香江都是爱。

哪知一夜你把心变，

到如今我芳心依旧，你人不在……"

坐在一台台餐桌旁的观众吃着小点，呷着酒水，谈论着，笑闹着，歌手诉说着那个伤怀的故事，给观众点缀着轻松的夜晚。那是别人的悲哀，可作自己的欢乐。

"真不明白，流行歌中为什么多是描写痴情女子的作品，而且千篇一律的都是被男人遗弃。"吴小迎有些愤愤不平。

"也许现实生活就这样吧。"

"不对，我看这是男人在心理上寻找胜利才臆想出来的，当然现实中也有。"

我笑，在吴小迎这里，容不得软弱，和被欺负，她不会吃一点亏。

接下来是一个男歌手，着白牛仔裤、红色小汗衫。

"你就像那，一把火……"

他唱的是因混血儿费翔而风靡神州的"一把火"。

"什么呀！"吴小迎低看这位歌手，"和人家费翔比差远了！"

歌手不管这些，一边唱，一边舞，最后吴小迎安慰人家，说："这男仔身材倒还不错。"

我笑了笑，吴小迎黑眼睛瞥我，"不对吗？"

"对，对，"我说，"很对！"

我这段时间不知道要干些什么。我过日子，日子也过我。

有天无意中在街头遇到美多的汪经理，想到还欠他一份人情，就请他到街旁的一家咖啡馆。

汪经理老脾气，笑笑，"好吧，喝一杯。"

我们闲聊。

老汪说："实际上我应感谢你。"

"……"我莫名其妙。

"你给我介绍了一个难得的人才。"

得知阿云在美多干得不错，我高兴，"这怎么说呢？"

"那孩子不赖，是个可造之才。"

我笑着说："那当然，你别忘了，我介绍去的呀！"

"别说你胖，你就哼哼！"汪经理笑了。

…………

我再次去美多时，阿云果真有些士别三日之变。

她脱掉了翠绿色旗袍，换上了全身黑的套裙，胸前别了金黄色饰物。她荣升餐厅部长了，手下还管了那一帮小青年。

那天天色灰暗，阿云见我来了，笑吟吟迎我入座，蛮亲切。末了自己也坐下来。她现在有权这样了。

站在一旁的服务员，都是准备随时侍候客人的角色。阿云向他们招招手，几个都作出走过来的反应，可还是有一个男仔动作敏捷，先足而至。

"给先生倒壶茶。"阿云吩咐说。

小伙子殷勤跑开，阿云解释说："这些小青年挺好，听话，也聪明。"阿云流露出欣慰的微笑，像个掌柜阿姐。

这使我想起她刚来深圳的神色，如果说那时我对她还有几分同情和怜悯的话，那么现在，她身上的自信与精气神却令人不得不刮目相看了。

我在办公室当科员，属于人人想管都能管的角色。阿云不再是事事有求于我的人了，我不禁有几分失落。

谈了些永远也谈不完也从来都不知有什么用的闲话，我坐得无聊起来。

"怎么样？"我想谈点能让我安宁的话题，"你们俩人最近怎么样？"实际上我早就不关心她的个人问题了。

阿云这时神情倒认真了。她双手握着茶杯，沉默了一会儿，说："还可以吧，他这人，有些优点，但缺点也实在不少。"阿云有着成熟女子的冷静，接着又说："你对他当然更了解。"

我矛盾。我对老邱了解吗？好像了解一些，就其了解的部分，我觉得，老邱与阿云，其实有些说不清楚的违和感。

"我的了解和你的了解不一样，"我说，"你还是根据自己的观察做决定，你要不满意的话，就拉倒。没什么好说的。"说到此，我有一些缺德感。

阿云没有立即反应，过了一会儿，才淡淡地说："对于婚姻我看得不像过去那么认真了。"她平静地看着我，"过得去，也就算了，"她说着竟有几分灰心，"反正我是近30的人了，何况女人！"

"不大、不大，"我笑着摇头，"30 不是大年龄，你看亚视的汪明荃，40 多岁了，还和大姑娘一样。"阿云笑了，我接着说："好莱坞明星钟歌莲丝，51 岁了，第五任丈夫才 25 岁。"

阿云没有反驳我，但脸上有着自愧不如的神态。

…………

我知道阿云对老邱还欲罢不能，就任他们去吧。

我常见老邱。这位仁兄经常提着个皮箱东跑西颠，一会儿东，一会儿西，衣冠总也楚楚，有时身后还跟着个衣着时髦的小姐。每每这当儿遇到他，我只能和他握个手，打个招呼。他像是总有火烧眉毛的生意要做，立在旁边的小姐吸着他似的。

不过有天阿云给我谈起关于自己工作调动一事，使我不得不抓住老邱一问。我知道生意人的关系网络广，何况老邱海口早就在我面前夸过。

我找到老邱，老邱说："这不洒洒碎（小意思）啦！我跟她说了，这个包在我身上。"

"那你不是可以着手联系了？"

"但是她有一个根本问题，哈，"老邱说着笑了，"还没有答应我。"

"什么问题？"

"她还没有答应嫁给我，哈！"老邱扶了一下眼镜，"别到时我调她来了，她又耍花样。"

"你——"我知道老邱是生意人，讲究合同的，要的是互利。他用这一招来针对阿云。

我要告辞的时候，老邱再三说："你要理解！"

我说："理解，能理解！"

秋凉了。晚上睡觉前，我照例要冲凉，我习惯把淋浴开到极限，让凉森森的水劈头盖脸浇下来，我以为这是享受。

一天傍晚，突然大雨倾盆，我邀同屋的小兄弟去跑步。

"下这么大雨跑什么步？"他们笑着问我，知道我要发神经。

"笨蛋！"我说，"要的就是这个劲，这不是一般的享受！"

"那好，走。"他俩服了，于是我带他俩赤身沿街奔跑。

站在街边屋檐下避雨的人，注视着我们。我很骄傲，我有北方父母给予我的骨肉，大块的。

"大江东去，浪淘尽！"我跑到偏僻处叫喊，突然很想哭。

想到了吴小迎，"就那么回事吧！"我心里这样说。记得以前想到和女人拥抱、接吻，感受她们的柔情，就免不了激动，以为人生之快乐，不外乎在此。

谁知我错了，吴小迎给了我她认为可以给我的友谊；但是今天，我觉得它可有可无，她不给我，又有什么所谓？

我曾为她的关系痴迷，认为那是一种骄傲。

吴小迎却说："就是朋友，比较相好的朋友，互相欢悦，这有什么？一定要夫妻才能这样吗？"

我当时听了，眼睛瞪得鸡蛋般大。

吴小迎鄙夷地摇头，"我们中国人，男女之间几乎只有一种形式。"

大雨浇在脸上，我只想喊："她妈的！"

吴小迎打电话给我，说她父母从内地来了，要我去她住处。

我开始不解，这与我又有何干？

吴小迎说："我不是给你说过，我爸爸妈妈担心女儿嫁不出去，担心女儿跟香港人跑了，你让他们看看不就得了！"

我有几分吃惊，"那你至少明确点关系才……"

"有什么好明确的，把他们哄过去就完事了。"

我不悦，"那你随便请一个男仔不也行吗？"

"当然，"吴小迎有些生气了，"你介意吗？介意的话就算了。"她没搁下话筒，我一时也不知可以说些什么。沉默半天，她的语气缓和着说："你不知我爸爸妈妈有多固执，我能说服他们吗？"她又停住，又说："再说，并不是哪个朋友我都能信得过……"

我经受不了她这样说，只好去了。

吴小迎开门，一只手摆向一边，做出请的手势。她没说话，脸是笑脸，衣着是入秋以来流行的套裙，暗红格，上衣极大，下摆起皱，呈拥挤厚重感。自然与凉秋协调。

我进门，对老头老太就叫道："伯父，伯母！"还分别向他们点点头，有几分像古人的鞠躬。

老人微笑着上下打量我，我感到四只极有趣味的眼睛的审视，我坐在他们一旁，接过吴小迎递过的茶杯，才放松一些。

老头花白头发，将军肚很威风，穿着灰色中山装，一只手夹着香烟，一只手撑在腰间。他看看我，又移开眼，复又看看，间或说着"你们公司业务有哪些""平时忙吗""青年人要有上进心"

之类的闲话。

老太太还有稀稀的黑头发，留的是"马列主义老太太"式发型，脸很白很光，总是拉着脸，挺严肃似的，也说些"父母亲多大了""兄妹几个"的家常话，眼睛看着倒挺和善。

我和俩老人客客气气地聊着，茶杯在手中不停转动。

吴小迎坐在旁边的小凳上，双腿并着，白白的小腿八字形叉开，胳膊撑在膝盖上，双手托着诡笑的脸。

我回答老人的问题，觉得他们是可亲可敬的老人，他们从我这儿得到满足，诚恳地对我说："迎迎叫我们惯坏了，不懂事！"

吴小迎一只眼睛挤了一下，小巧的鼻梁配合地一翘，嘴唇也红得湿润。

我瞥她一眼，想把水杯扔到她的怀里，真的！

…………

我要走的时候，老太太一再叮咛说："有假了，叫迎迎带着你到广州家里作客。"老头挺着将军肚笑着，神情很诱人。

吴小迎站在他们身后，老太太又说："迎迎你去送送小张。"

我可怜起老人。

吴小迎双手叉在腰带上，前面开口的上衣豁至两边，胸前两座坚挺的山峰随着她的脚步上下颤动，那贴身的汗衫怎么也掩饰不住。

我默默地走。

吴小迎的眼神从我身上一侧瞥来，一闪就过了。

我仍沉默。

"怎么，不高兴啦！"她笑问。

"你不觉得愧对父母吗？"我想大吼，但话一出口，音量就小得难受，"女儿做到你这份上，也确实少见。"

"那就多怪！"吴小迎不以为然地插话。

我能说什么？

已经走好远了，到了僻静的林荫道上，这时夜已深，路灯照不到这儿。

我站定，不走了，吴小迎也不动了，面对着我，有几分玩世不恭地望着我。

我好气。周围没有行人，我于是张开胳膊，抱住她，嘴也贴近耳根，然后再移动，最后盖住她的嘴……

吴小迎"哦——"地呻吟一声，双手从腰间抽出，推我肩膀，力很弱，我蓦然乏味，兴致尽失，放开她。

我悻悻然，吴小迎没有了笑，我转身要走，她又突然扯住我，踮着脚送来一个吻，末了飘然飞去。

我在夜色中独行，穿过繁华的大街，走到小街时，迎面走来一位穿着入时的姑娘。我大胆地望着她，她也望望我。

我照例向前走，可姑娘肩头缩了缩，逃避般地改了路线，向一旁走去，我莫名其妙地看去，正与她惊慌的眼睛相对，她便越发慌张。

我不理她，心里说："见了鬼了！"

我与吴小迎的事老邱知道，他有时拍拍我的肩膀，笑笑。

我很长时间没有和他聚会，觉得挺忙。其实平时有很多闲得不知干什么的时间，只是什么都懒得干。

有天在街上与他不期而遇，两人又都没有火烧眉毛的事，于是站在一边就聊上了。

"进展还可以吧？"老邱问。

我看看他的脸，没作声。

老邱把手提包放在一旁的水泥台上，整了整领带，一时没有走的意思。

"你呢？"我问，"阿云答应了吧！"

老邱笑了，他用手扶扶眼镜，"差不多吧，女人嘛，就看你的功夫了。"

我一时不知作何感想。今日之老邱先生，俨然行家里手，他在指点我。

"有眉目了吧？这么长时间，别老是在外围打转转。"老邱满是自信，传经似的对我说，"吴小姐不错，我见过，谁像你，逛街还离老远……"

"就那么回事！"我不想多说，可一时受老邱刺激，忍不住又道，"我见了她父母。"

"那不成了，看来你小子用的是暗功，哈，哈……"

我也笑了，"就你说的，女人嘛——"

"不错，哥们都不错！"老邱拍起我肩膀，显得他畅快透顶。

我心里有些不是滋味，瞧着老邱都不顺眼，但又说不得什么。

吴小迎能是那种甘做人妻的人吗？这个世界，男人要老婆，女人要丈夫；传统是这样，现实也是这样，将来未必不是这样，但仅仅是这样吗？

老邱见我少了谈兴，就要走，正好来了的士，他就扬了扬手，钻了进去，西服领带在秋风中扬起了，人不高，也潇洒。

我嫉妒老邱。想起阿云，那是一个慢慢溢出味道的女人。

自从她当了美多酒楼的餐厅部长，便一步步打开了属于自己的天空，她不再有过去那种总有求于人的卑怯神色，她的脸舒展开来，线条竟也流畅了，皮肤也泛出红晕，看上去比过去还年轻了。

我常常不由自主地想起她，想约她聊聊，可总也没有行动，分明是有自扎的篱笆。

我应忘却，应淡化与阿云之间的联系。

…………

老邱有天突然打来电话，邀我去华丽宫吃晚饭，并有意要我带上"你的吴小姐"。

我问老邱是什么题目，老邱说："到时再讲。"

我告诉吴小迎，除了带她，我别无选择。

吴小迎听了，笑笑，"好呀！"她蛮干脆。

下班以后，我带吴小迎前往华丽宫。

老邱早订好了位，已在坐等。见我们进来，屁股一弹就站起身，迎了过来。

我给他们分别介绍了，老邱握住吴小迎的手，左右摇了摇，落落大方的样子，脸上尽是自信和飘然的笑。

吴小迎穿着秋装，暗红色，她习惯淡妆。在具有场面意义的

地方，她自有一种矜持气。她笑着，不露齿，也不作声。

我们落座。

"做成生意了？"我问老邱。

"哪里哪里，现在生意越来越难做。"

"那是什么令老兄慷慨解囊呢？总有什么缘由吧！"

"要赚钱，不一定非要做成生意，公司的不成，不一定个人的不成。说老实话，有时公司的成了，反倒没什么油水；何况成不成的先不去管它，重要的是谈生意，谈生意嘛！"老邱有些故弄玄虚。

吴小迎听着，双臂抱在胸前，头微微偏着，老邱谈兴越发浓了。

我喝着茶，对生意经缺少兴趣。

老邱说累了，就抽一支香烟送进嘴里，用牙咬住过滤嘴；先加了茶水，再悠然地点烟。末了，又换了话题，"其实这回的收获不是生意上的。"

我看着他。

"阿云的调令下来了！"老邱用手遮住嘴，烟在指缝夹着。

我心里一动，赞叹一句："你老兄行啊！"

"那里，调个把人，那不小意思啦！"

我知道，一般职工的调动谈何容易，当然老邱出面，自有高明处。

"你知道，"老邱说，"我崇尚香港烂仔精神，搞不掂（办不成）的事也要搞掂（办成）。"他吸了一口烟，笑笑，"劳动局的人，也是人。"他把人字特别强调了，"何况咱有正当理由。"

我茫然无言。

老邱看看我，笑了，末了一字一板地说："夫妻分居呀！"

"……"我愣了。

"哈哈……"老邱大笑，"你别怕嘛，这还不是迟早的事。"

我有什么可怕的，只是心里觉得老邱事儿办得不那么光明磊落。

阿云这时候到了，她是宴会的主角。

我们都起身，老邱拉开座椅，做出请的动作，笑着看阿云的一举一动。

阿云今天穿着花格套裙，很宽大，有垫肩，使得她平添了些飘逸潇洒。

吴小迎仔细打量阿云，眼神怪怪的，她们是初次相识，尽管老邱强调说，我们是朋友，你们俩也就是朋友了，但她俩却客客气气地握握手，点点头而已。

女人见女人总有互相防范的意味。

阿云把不浓但飘逸的长发理过肩后，不说什么。老邱抱怨她怎么来这么晚，她也只是矜持地微笑。

阿云似乎不爱言语，也没有丁点过去那种忧郁神情，她有了一层一眼看不透的东西。

老邱望着她，眼中的神色十分生动。

我佩服，心里翻腾着一种矛盾的东西，说不清是祝福他们还是替他们担忧。

老邱点菜，要酒，大模大样。自然了，干了多年贸易，他自有一般人没有的上酒楼的经验和气派。

对于吃什么，我们都表示"随便"。阿云甚至什么也不表示。

记得初来深圳，阿云有次去酒楼，竟被这里大酒楼的豪华气派所震撼，一时手足无措，那时她还不熟悉广东人吃饭夹菜的一招一式，以及用热毛巾抹手、用茶水洗手等新鲜玩意儿，于是免不了尴尬、自卑。但现在她却有见惯不怪的从容淡定了。

人人都在生活面前调整言行，优化举止。

我们开席，谈鸡谈鱼谈虾谈川味，也谈青岛啤生力啤还有可口可乐百事可乐以及两个可乐公司的争夺战。

话都由老邱说，我配合。

吴小迎和阿云聊着，多是关于衣服穿戴的感受心得。

"女人身材高，衣服就好选。"吴小迎说。

阿云笑笑，"不一定，不一定。"她像是受不起吴小迎的奉承一样。

"吴小姐穿什么都会好看的，天生丽质嘛！"老邱插言了，阿云闭嘴而笑。

"是吗？"吴小迎问，"邱先生可真会说话！"

我听着听着就觉得乏味起来，于是端起酒杯说："阿云，祝贺你调动成功！"

"谢谢，我不会忘记你的帮助！"她扬扬可乐杯。

老邱端起杯子要和吴小迎碰，站起身时，笑着看我，说："祝你们——"

"喝吧，喝吧，别说那么多，喝吧！"我立即打断他。

吴小迎却接过话头，"祝我们友谊常在！"

…………

饭毕结账时，老邱把一摞百元大钞放到服务员的收银盘中，末了吩咐道："开张发票啦。"

我有至今令我怀念的父母，他们生养了六个儿女。记得小时候，父母亲时常吵架，甚至动手摔坏家具，每每至此，我总放声大哭，企盼有邻居前来劝架。后来又有了兄嫂，依序三对，可没有一对延续三年以上的婚姻，他们无一例外地在经历过一番风雨之后，就各奔东西了，再后来又做了别人的夫、别人的妻。

所不同的是，他们开始还谈谈爱情，还满脸堆笑，后来便一脸淡漠。

我同时也有许多"过来"的哥们儿，他们讲述过一个又一个曾经美好后来又有些不堪的爱情故事。

忽有一日，我自觉顿悟，似乎明白，我不需要寻求什么；世界原来就是我自己，我就是生活。

于是，老邱某天发现新大陆般悄悄告诉我，说他在香蜜湖跑马场见过吴小迎，说吴小迎穿着红马裤，和一个戴金丝边眼镜的家伙坐在一个马背上。

我想象得出那是一种什么景象，我对老邱说："我不在乎！"

"你不在乎？"老邱睁着眼。

"是的，我不在乎，真的，有什么可在乎的？！"

…………

天凉得夹杂些阴冷，我的心情与天气也差不多。

我的三人一室的单身宿舍比先前空旷多了，上了成人大学的小兄弟除了周日邀请女友煮些鸡汤什么的，平时多在外面度过。而那位发誓一辈子当工人的兄弟夜不归宿成常事。

下班后，我不乐意太早回宿舍，那是多么无聊的住所。

老邱现在忙了，他在准备东西，打算春节结婚办喜事。我到过他的三室一厅，早就是只缺女人不缺家当的阵势。

我们近来很少相聚，有天他忙我闲，遇到了，他就同情万分地告诫我，别那么老实，女人嘛，就看你想什么办法。

我看着他的眼睛，说："你忙你的。"

我是没什么忙的，寂寞自有寂寞的境界，起码可以主宰自己，我不少于一百次地嘲笑那些雨天为妻子送雨伞，周末穿裤头帮妻子洗被褥的丈夫。

我总是想，人人都说不准自己的明天，说不定地震、洪水、瘟疫、车祸、艾滋病等等，看来今天才是一切。漫长的人生是无数个今天组成，明天永远是一个存在意外的虚数。

元旦节很快来了，来得匆忙。

公司组织团员青年去郊游，我问他们像我这样的大龄青年能否参加，他们说欢迎，我说那就算上我一个。

吴小迎意外打来电话，她决定元旦在她的住处开派对，邀一帮朋友参加。

我说："不就是家庭舞会么，还什么派对呢！"

"派对派对就是派对，我喜欢这名儿，你这人真是！"吴小迎知道我有情绪，她便更有情绪，她不顾及什么。

"好，叫派对，随你了。"我觉得是我没趣。

"我还邀请了老邱和阿云，你来不来？"

"看吧！"我说。

"……"吴小迎沉默了半天，放下了电话，我也扔下听筒。

…………

阳历年的最后一天夜里，我在隔壁一间有电视机的宿舍看午夜场，是李小龙主演的功夫片《东方一条龙》，上面的拳拳脚脚不停打闹，很少见死伤了谁，个个似橡皮人一般。看毕，我全身像散了架，爬上床没感觉就到梦幻世界。

清晨，同室的小兄弟推醒我，说郊游的车马上开了。我对他们说："你们先走吧！"

我又睡去大半天，下午去街上理了头发，档主收我双份钱，说是节日。我无可奈何。

挨到傍晚，我来到吴小迎住处。这里已是宾客盈门了，男男女女约有六七对。看得出，房子被刻意布置了，窗子挂着红丝绒落地帘，墙上装有暗红色壁灯，客厅一角有新潮的"山水牌"组合音响，肖邦的《午夜圆舞曲》正在荡漾。

客人们三三两两站着，每人手上端着高脚杯，盛着暗红色的酒水。

吴小迎曾经给我说过，说这就叫品味，她说中国人功利心太重，看得见实惠，欣赏不了品味。她今天刻意追求品味，是费了一番苦心的。

我觉得就这么回事，没什么不好，也没什么好，大家不也就是出个题目玩玩吗？

吴小迎穿着黑色低胸礼服，衣面缀有闪闪发光的饰物，她肌肤嫩白，反差强烈，是有那么一股子妖冶之气；她的头发束成一个髻扎在脑后，使得脖颈、耳根等处的玉肤得以显露；她戴着项链，纯金的，那心形吊坠悬于乳壑处，十分诱人。

"新年好！"吴小迎握住我的手，"欢迎你！"她的眼睛注视我，像要说明什么。

我一下子仿佛明白很多事理，觉得心情郁郁得没有道理。

吴小迎介绍我与众朋友认识，男男女女都是热情的脸，当然也都衣冠楚楚，嘻嘻哈哈，也都在讲究儒雅，手中那暗红的酒水在各人的杯中晃着，不时在唇边一抿……暗红色灯光为这里披上了脉脉含情的面纱。

吴小迎给每一位友人都盛满情意，众友人无一例外地赞美她："小迎真漂亮呵！"

"过奖了，过奖了！"她总笑着，双眼皮含着丰富的喜悦。

老邱算是到得最迟的一位客人，他一个人来，身边没有阿云的影子。

吴小迎问："阿云呢？你怎没带阿云来？"

老邱扬起右手摆了摆，"不管她，她有事，咱们玩咱们的。"

"不管她！"吴小迎睁大眼，"我可没给你准备女伴。"

老邱没言语，满脸沮丧气。

我走过去，拍他肩膀，"怎么回事？"

"没什么，咱们玩咱们的。"老邱望着我，习惯性地扶扶眼镜。

没什么就好，没有人再计较，大家感兴趣的是玩。

有一男士在鼓捣音响，吴小迎吩咐道："选一个抒情点的，音量别太大了。"

吴小迎闺房钻着几个近身朋友，这会儿也被主人请了出来。

她端着酒杯，站在客厅中央，微笑着，环顾四周，大家众星捧月，分站四周。"这样吧，"吴小迎说，"今天新年，谁来给大家致祝酒词？"

男男女女都纷纷叫了："你来！""你是东道主！""你是皇后！""还是你来讲！"

"那好，"吴小迎笑着，端酒杯的手扬了扬，"简单点呵，"众人笑，"为了新的一年，"大家肃静，"为了大家的友谊，也为了，"吴小迎顿住，双眼皮甜丝丝环顾四周，"此时此刻的粉红色之夜！"

"好！""哈哈！""干！"都笑了，大家都笑了，为了粉红色，"乒乒乒"地干杯了。

吴小迎宣布下一个节目："自由喝酒，看谁是英雄海量！"大家互找对手，于是喝进去的是酒，吐出来的是笑。

我找到了老邱，"来，干一杯！"

老邱一手插在裤兜，西服敞开着，领带有点松。他没说什么，镜片后的眼眨眨，抬起手，"乒"一下，扬起脖子，干了。

我们没说的了。

大家喝得都有几分醉意，纷纷喊"不能再喝了"的时候，吴小迎说："这才进入状态。"她喝酒不示弱，脸已泛红，就红着脸宣布："跳舞，跳舞，该跳舞了！"

不知谁放大了音量。

有几对已抱起来了，左摇右摆，客厅一时显得拥挤。

吴小迎拉我到那个叫晶晶的高个儿小姐跟前，说："这位是真正的舞会皇后，你请她跳吧。"

我微笑着听命，伸了手，晶晶笑着迎合，她是叫人拘束的女孩，手扶上那温热而软嫩的腰肢，舞步很小。前进、后退、转身，她身上荡漾着醉人的香味……

吴小迎被那个戴金边眼镜的任先生抱着，据说那就是帮她租房的某合资公司经理。我和任见过，握手是异常礼貌客气的，但没多说过一句话。他这会儿眼睛都闭上了，右脸几乎贴住了吴小迎的玉容。

我不想什么，不时看过去一眼就是。

舞曲换过来又换过去，我又抱着一个叫纯纯的矮个头小姐礼貌性地跳，她穿着高跟鞋，黑色紧身练功裤，曲线酷似涂了墨汁的裸腿。

…………

我算轮到了和吴小迎搭伴跳舞了，我盯住她的脸，她也对视着找，双眼水汪汪，红唇水渍渍，鼻息似也湿湿，我不知能说什么。

她全身的骨肉都是水一般软弱。

我摆布着她，觉得气味还是我熟悉的那种，竟生出一丝亲切感。

"别那么小心眼，你这人，有时真——"吴小迎在我耳根悄声说着。

我像一个淘气的孩子，接受大人的指教。我再看她的脸，心里蓦然生出一种气来，它使我不由得反感起来，跳舞的兴致尽失。舞曲一完，我更松开双手。

吴小迎看我一眼，转过身去，不说什么了。我发现没了老邱，谁知他躲进吴小迎闺房，在看琼瑶的小说《心有千千结》。怪了，生活中哪有纯情，有谁还在纯情，可对于琼瑶只有纯情的小说，不知为什么那么多人入迷。吴小迎竟也有此书，老邱竟也捧在手中。

"哎，哎，躲这儿干什么？"吴小迎夺过小说。

"我不大会跳舞。"老邱说。

"那我教你。"吴小迎去拉。

"教哪种？"

"三步四步探戈伦巴迪斯科还有贴面舞！"吴小迎说着说着就来了劲，像在气谁。

老邱只好站起来，步入客厅。

"迪斯科，迪斯科！"吴小迎喊道。

…………

夜慢慢深了，楼下的住户在敲水管子，大家住了手脚，吴小迎扬了扬头，说："不管他！"还是没人动弹，吴小迎又说："不管他不管他！"才又跳起来。"他总有担心敲烂水管子的时候！"吴小迎托在穿"爱立信"线衣的小伙子肩上，笑着说。

总是有乏味的时候，老邱便待不住，问我："你走不走？"

"阿云不在，你也待不安宁，好，走吧。"我说。

我们要走，多少有些扫大家兴，当时另有几个手脚消极的人也提出要走，被吴小迎拦了回去，我和老邱还是提前告退了。

吴小迎送我俩出门，喘了一口气，温和地说："也好，你俩不喜欢这样玩，早点回去休息也好。"

老邱脸上的肉松开了，做个笑的模样，"对不起，改天聚！"

吴小迎在我肩头拍了一下，"你呀！"

我和老邱走在夜色中的深南路上，老邱一派垂头丧气的架势，我走我的，想着分道时就分道，没话说就没话说。

老邱点一支烟，火星在夜色中一闪一闪。"太不像话了，"他没头没脑地说，"这不拿我老邱当猴耍吗？"

我看着他，走路的步子放慢一些，但没心思问他什么。

老邱又使劲吸一口烟，"当初我就怕她来这一手，这你知道。"

我猜出他讲的是有关阿云的事，就问："什么事？你这有一句没一句的。"

"阿云至今不去登记，我催急了，她竟提出要和我吹！"老邱头发乱乱的，动了肝火，"他妈老子原定的春节结婚的，这不拿我老邱当猴耍吗？"

我又问："为什么呢？"

老邱对天骂娘，对地骂爹，末了却用商量的口吻说："你能不能说说，退一万步讲，就是两个人了断，也不能这么个了断法呀！"

我感到意外，没想到，老邱也会说这样的话，对女人的办法也有穷尽的时候。

老邱吞不下这个亏饼，使我顿生几分同情之心。我对他说："好吧！回头我找她谈谈。"

岔路分手时，老邱像先前一样，"拜托了！"握了握我的手。

我走着，回头看老邱背影，在路灯下，他头低着，晃儿晃儿地走，无精打采的。

我回到三人一室的屋子，老黏在西丽湖的兄弟独自在家。只见他一手握着啤酒瓶，一手拿着油乎乎的鸡腿。

我看了他一眼，不说什么，脱鞋宽衣。

他"哎——"了一声，把啤酒瓶朝我晃了晃，眼睛红红地看着我，没有一丝笑意。

我摇摇头，"你喝吧。"

"真他妈不够意思！"小兄弟竟然吼我一声，又一扬脖子，把半瓶酒一饮而尽，接着，空酒瓶在手上转了转，"啪"一声扔出门去，玻璃碎了一地。

我静神看他。他说："平时把你当大哥看，给你酒都不喝，什么意思！"

这家伙醉了，我不想理他。

可小兄弟不得安宁，我不理不行。他走过来，坐在我的床上，油手就往我肩上搁，"你给评评理，我把她从西丽湖调进市

347
一

里，她却和一个大学生黏糊上了，我整天约她不出来，她却和那男人上歌厅。这口气我能咽下吗？"

我先把他的油手拿下来，接着正南八北地对他说："拉——屁——倒！"

兄弟不悦，我又说："拉屁倒！有什么气不能咽？拉倒就拉倒，女人不有的是。"

兄弟红着眼，我笑了笑，"你还年轻，经历几个女人就好了！"我说完，就躺下想睡了。兄弟没了知音，怏怏转身走开。

元旦一过，农历年就紧锣密鼓地逼上来了，日子从此多了几分热闹气，庆典的，结婚的，鞭炮不时响上一阵，真有些烦人。

入夜，我骑车在街上游荡一般地走着，无意中却来到吴小迎的楼下，我望望窗口，灯亮着，想必人是在的。

我放下单车，上楼，才走两步，突然觉得不对劲儿。我强烈意识到，她房间绝非一人。这样想着，又往回走，骑上车远去。

回到街上，我没了事做，想起美多的阿云，还有老邱的委托，就直奔美多。

自从阿云办了正式调动手续，迁户口来深圳后，我只见过她一面。

那天晚上，我去找老邱，意外在老邱家遇到她。记得那次她穿着白色的线织长裙，坐在沙发上，裙襟几乎掩住脚面。

老邱则穿着棉布睡衣，有老板气。

他俩见了我，都有些不好意思，想必是因为地点的原因。

我对老邱开玩笑，"怎么样，日子过得越来越像回事了，"接着就侧脸看着阿云，"有阿云这样的女主人，啊——"

阿云看我一眼，微微一笑，看不出内容。

老邱沾沾自喜好长时间了，听了我这么一说，他点一支烟，跷着二郎腿，说："到了这一步，还说什么呢？"口吻是有些平静坦然，但谁说这不是男人故作姿态呢。

阿云没了笑意，嘴撇一下，静静地望着自己的腿面。

老邱笑了，坐去阿云跟前，伸手去拍阿云的肩，阿云无言地回避，老邱缩回手，朝着我摇摇头，笑笑。

我当时没说什么，急急地走了，仅仅觉得自己无约来不合时宜。

我来到美多，正是餐厅清闲时分，阿云正带着服务员们收拾台面。

阿云见我来了，放下手中杂物，走过来，"今天怎么有空？"

"想看看你。"我说。

"是吗？"阿云淡淡一笑，"那我该高兴。"

"好长时间没来这里了，你是越来越春风得意了！"我打量她红润的脸，笑着说。

"你过奖了，都老太太了！"阿云没有了在老邱跟前的拘谨，显得随和。

我顿觉轻松，想多聊一会儿，就说："耽误你工作吗？"

"没关系。"

我们一同坐在靠墙的桌旁，阿云穿着那种质地很厚的黑套裙，底下有白衬衣，头发习惯地披着，显得蛮大方。

"你女朋友谈得怎样了？"她竟先问了我这么一句。

"就那么回事吧，只能是朋友了！"我说。

"那总得发展呀！"阿云笑着，是那种少见的神情。

"随缘吧。"

阿云并没有惊讶，很平淡地微笑。

我反问她："我倒想问你和老邱的事怎么了？"

阿云翻动眼皮，看我一眼，咬了咬嘴唇。

"老邱那天见我，很生气。"

"……"

"老邱开始就担心，你调来了……"

阿云摇头，"怎么能那样，我是那种人？！"

"那你总得说明理由呀，不然……"

"说过了，他那人！"阿云脸上露出不屑的神情。

"理由呢？"

"合不来！"

"……"我说什么呢，合不来的内涵有多少？我不问了，许多东西可以意会，阿云的神色告诉我，她与老邱只能到此为止。

我起身告辞的时候，阿云送我到酒楼大门外的街口，她一再说，她现在对生活不想太认真，也不想太轻率。说这话时，我发现她的洒脱，她说过一句时髦的话：要超越之前的自己。

仔细想想这阿云，我竟有一些愧对老邱的感觉。

老邱终于再次找我，说："不能那么便宜她，你是介绍人，咱们三人得坐下好好谈谈！"

我打电话给阿云，阿云也说："可以。"

"不管怎样，大家还是谈谈。"我补了一句多余的话。

"这些就不说了。"阿云反倒干脆，"这样吧，"她沉吟了一下，"我这儿挺忙，你们要是方便，就在晚饭时来我们酒楼好吗？"

我表示同意。晚上，我和老邱一同来到美多，这里向来顾客盈门。

阿云带我们坐进屏风后面的贵宾席，上了一桌好像特意安排的菜肴，其规格远远超过华丽宫那次，阿云说让她做一次东。

阿云平静而客气地招呼着，她今天也淡妆，明显可见眼圈儿微微发青，薄薄的嘴唇也红红的。

我们默默地吃默默地喝，却没什么话可说。

吃饱了，喝足了，台面上留下一壶茶，三个杯，一个烟灰缸。

老邱一边剔牙，眼睛眨了眨，"我想，"他从牙缝挖出一块什么似的，啄了啄，"我们有必要把话说清楚。"

酒楼的客人这时也已散去，此时安静，正好谈话。

阿云看了老邱一眼，停一下，又抬起脸，"有话就直说吧。"

老邱按不住，"你先说，你是不是利用我老邱当跳板？"

"我不这么看。"阿云冷冷地说。

"咱们都冷静、理性一些，不要用伤和气的态度。"我调和着气氛。

老邱管不了这许多，"一开始我就有顾虑，所以一定等你答应嫁我，才帮你调动……"

"我什么时候答应嫁你啦？"阿云也生了气。

老邱更来了火气，习惯性地把烟捏灭，用激愤又压低了的声音说："那你为什么和我同居？"

阿云的脸一下子红了，头骤然低下，一只手掩住了面孔。

老邱头扭去一边，委屈气恼得变了脸型。

我的心猛地收得好紧，涌出的不知是什么滋味。

沉默了许久，阿云还是抬起头，平静、坦然地说："也许，正因为这样，我才决定和你分手。"

"为什么？"老邱紧追着。

"不适应，"阿云看住老邱，"不适应，我不适应你那种夫妻生活。"

"……"老邱无言。

"我不知道，"阿云转动手中的茶杯，口吻温和地道，"你为什么一定把这事和调动扯到一起。你帮我调动工作，我心存感激！"

"你可知道，"老邱插言，"为你这事，我付出了多少？"

"……"

"就是单位调你来，你要调走，也要交人家一笔手续费吧？"

我看老邱的脸，觉得真他妈一下子变得这么小气……！

阿云沉默了两分钟，突然站起身来，径直向楼面收银处走去，过一会儿，她把两沓人民币放到老邱面前，说："不够再补你！"

没想到阿云还真果断。

老邱又点燃一支烟，火光照亮了那张白净的脸。他吸了一口，顿了顿，然后从容不迫地把钱收起，放进随身带的小皮包，

站起身，邀我道："走吧。"

我看了看他的眼睛，说："你先走吧。"

"那好。"老邱神色异样地看我一眼，又没好气地扫了一眼阿云，转过身，大步走出酒楼。

阿云静静地坐在餐桌旁。

我加茶水，两人都无话可说。

时间不早了，阿云要走，我说送送，她不拒绝。

我们并肩走进夜的小街。这已是初冬的夜了，空气中已有沁人的寒意。

我们挨得很近，路人投过的眼色强加给我们一些温馨的意味。

我在这时想起吴小迎，猛然意识到以往的日子难以言说。

我侧看阿云，她的轮廓意外地美，尤其是那流淌的发丝。

阿云像是怕冷一样，双臂交叉着抱住，肩缩起，长发随着她的走动一飘一飘的。

我想说点什么，却不知如何开口。

我们来到一片陌生的居民区，阿云刚分到的新居就在这里，据说这还是美多对这位女经理的特殊照顾。

到了楼下，她站住。

我明白她的用意，但却说："你不请我去你房子参观一下吗？"

阿云头一点，转身领我上楼。

这是套一房一厅的小户型公寓，厨房、卫生间都有，设计小巧玲珑、美观安适。

阿云没什么家当，屋子空空的，客厅还放着旅行箱之类的杂物，睡房有一张床，简单地扎有单人开口蚊帐，床单、被子极整洁，枕头旁边放着一个憨态可掬的黄色狮子狗，挨床有一把可以斜靠的布面软椅，上面搭有她的衣服。

"坐，坐吧。"阿云拿掉椅上的东西。

我坐下。阿云走到窗前，把掩着的布窗帘拉开，打开一扇窗子，说："透透气。"回身换了拖鞋，坐在床沿。

夜已深了，冷风在窗口灌入，屋子里仅有的一点温暖气被挤出窗外。

阿云又站起来，去关了窗子，帘布再也没有拉回。

"阿云，"我说，"不知你意识到没有？"

"什么？"

"你实际很美。"

"是吗？"阿云轻淡地反问，又莞尔一笑。

"真的！"我很尴尬，不知何以这么笨拙。

阿云没有再说什么的意思，我终于坐不住了，说："你挺累，我回去了。"

"那好，"阿云不再挽留，"有空我再请你来。"

我走在街上，浑身轻颠颠的，仿佛丢了什么东西。

劈劈啪啪的鞭炮声越来越密集了。

春节放假前一天下午，吴小迎打来电话，问："你能现在到我这儿来一趟吗？"

"什么事？"我长时间没有和她联系，我有时也寂寞。

"你来嘛，来了告诉你。"她从来不生气似的。

我还是去了。

吴小迎把一串钥匙提起，伸手递了过来，她笑着，诡秘十分。

"怎么回事？"我莫名其妙，不知道她又有什么花招。

"我、要、去、澳洲！"她像是当女王一样骄傲。

"干吗？"

"旅游。"

"……"

"我爸妈商定来我这儿过节，可我原定去澳洲的旅游行程就是这个时间，别人帮我办的，可难了。"吴小迎抑制不住喜悦，"这回只好请你——"她把钥匙塞到我手上，"当临时主人了——"她把"了"字拉得挺长，柔柔的声音。

想起上次相女婿的事，我摇摇头。

"介意吗？"吴小迎穿着时髦的蓝色呢子大衣，双手插进衣袋，头一偏，说："你以为这是多么大的事吗？"

"不！"我盯着她的脸，"这事太小了，小得叫人无法拒绝！"

"嘿，"她笑了，"说得有意思。"

我默然，想了想说："那你干脆告诉父母就别来不就得了。"

"他们脑子拐不了弯，我说服不了他们！"

我不停地摇头，"可以不去吗？"

这下轮到她摇头了，似乎不去是万万不可能的，"还有——"她说。

"还有什么？"

"我爸妈要看看你。他们本来要我领你去我家过年的，我不答应，他们便来了。他们担心女儿嫁不出去，担心被港商骗走……"

我把钥匙甩在沙发上。

吴小迎愕然。她坐在那儿，双手握住，托住下颌，胳膊撑在腿面。

我拉长脸，望着一身清纯娇美的她，陷入矛盾之中。

吴小迎回过神来，水汪汪的眼睛对着我，"说实在的，我何尝不理解你。"

我心里一动，这种口吻真是少见。

"你也许对我还不了解，你气、你怨，甚至恨我，我都能理解，因为我了解你。"

我改换了另一种目光。

"我知道你所希望的生活，我也曾试图努力过，但已不可能那样了。我要走一条属于自己的路。"

什么路呢？

"我是喜欢你的，要不，我不会和你交往这么久。"我知道，她身边的友人，许多的确只是走马灯之类。

我静听着，心里一下子消融了什么似的。

我拾起钥匙，装进衣兜。

吴小迎微微一笑，嘴努努，吻的动作。

我摇摇头，"我还能怎么办？"

"好啦！"吴小迎轻快了，"别像耶稣受难一样。"

"……"

"你要愿意,"吴小迎看着我,"开春我们一块儿去九寨沟旅游。"

我看她不像是虚情假意,她有那样的眼睛,我说:"等你回国后再说吧!"

……有人敲门,进来的是戴金丝边眼镜的任先生,老熟人了,我与他握了握手。看那行装,定是吴小迎的同路人。

我告辞,吴小迎送我。我说:"你爸妈可能会伤心。"

吴小迎耸耸肩,"看你了,反正早晚他们会不管闲事的。"

楼梯间,吴小迎吻了我一下。待她上楼,我边走边用手抹了抹脸上那块地方。

又要过这么一个说不上滋味的春节。

大年三十,吴小迎的父母如期抵达,我殷勤备至地接待了他们。当他们像看待女婿那样看待我时,我全身针刺一般。后来,我忍不住把实情和盘托出,说的时候老头老太太睁大着痛苦的眼睛,我几乎落泪。

吴小迎的房子空荡荡的,墙上那张阿兰·德龙的大幅彩照依旧风度翩翩,床前桌子的玻璃板下压有吴小迎一幅幅玉照。

老人静默着,无话可说。

我看看玻璃下面那一张张天真纯情的笑脸,觉得她离开屋子,去得无踪,去得极其遥远了。

沉默许久,老人说话了,他们说迎迎不懂事,说这全是他们惯坏的,说他们明天就回去,以后再也不来了,就当没有这个女儿。

我劝说:"伯父伯母,还是谅解一下她,迎迎就是那种性格,实际上她是挂念着你们的,临走时一再叮咛我……"

我没说完，老头就拍拍我肩膀，说："什么也别说了。"

可以想象，这个除夕夜是一个多么难过的夜晚。

…………

我在劈劈啪啪的鞭炮声中疲倦地从床上爬起。

年总是要过的，别人过，我也过。

单位食堂已经没有饺子了，我拿着空碗回到宿舍，换了衣服，走上街头。街头是安然的，行人那么多，衣着也都异常鲜亮，也多了些平时少见的温馨画面。

我想起了阿云，去找。敲了半天门，没反应，人不在，只好转身告退。

晃晃地到了下午，我哪儿也不大想去了，就回到宿舍，成大的兄弟去未婚妻家里过年，失恋的兄弟到文化宫看电影去了。他不知听谁说，今天有什么新潮功夫片。

我累了，躺上床。

…………

有人叫我，推我，我醒了。原来看电影的兄弟回来了。

我懒洋洋坐起来，晃去卫生间冲了凉，又回到屋里。兄弟说："噢，早上你刚走，你那个姓邱的朋友来，说请你晚上去他家吃年饭，他老婆也来了。"

"老婆？"

"他带着一个女的，跟我说是他爱人。"

"……"我糊涂了，心猛地收紧：会是谁呢？

大年初一傍晚，天灰暗下来，我径直奔向老邱家。

　　老邱穿着过年的新衣，不过脸色却憔悴不少，像没有睡好觉似的。

　　"这是我爱人。"老邱把一个矮矮胖胖的姑娘介绍给我。

　　我愣住，本能地寒暄。

　　姑娘烫着短发，白白的，满脸都是笑意，她倒茶，递烟，削水果，手脚挺麻利。

　　老邱吸烟，望着我。

　　我也对望，稍顷，无声地笑了，"阿邱，怎么回事？啊——"

　　老邱耸耸肩，嘴巴一动，伸手扶扶眼镜。

　　我是老邱家节日期间唯一到访的客人。老邱说："就这么回事吧！"

　　我说："就那么回事吧。"

　　"好久没见你，知道你也不会去别的地方。"老邱整个人变味了，我一再向他的终身大事有了着落表示祝贺，他却像死了亲人一般，病快快的没有精神。

　　邱的夫人是挺能干的，一个菜接一个菜上，老邱每一道令下去，她都立即执行。在她进厨房忙乎的时候，老邱告诉我说，这位是他原先在内地的女朋友，本来不想要了，调来深圳就是想重新找一个好的，实在行不通。心灰意懒的时候，想不到这位姑娘对他一片痴心，两人就重修旧好，年前火箭登记，即时成了夫妻。

　　老邱一个劲要和我碰杯，说："醉就醉了，人生能有几回醉？"

　　我没推辞，"喝就喝，喝出状态来。"

　　我第一次发现了老邱的豪爽，他已是红脸关公了，镜片后的眼睛也湿湿的有泪。

"说实话，我得感谢你，我有过一段值得的——"老邱拍我肩，欲言又止。我知道，这老兄仍觉情非得已，想来真有几分无奈。

"算啦，"我端酒杯，"你不是常说，就那么回事。"我宽慰他。

"是，是，"他点着头，"没意思，你以后也许体会更深。"

又"乒"地一碰，一扬脖子，两杯空了。

我感到头有些沉重，脸很热。

"来，"我声音很大，"为了你有一个女人，再干一杯！"

"你也会有的！"老邱也喊，"有了又怎么样！"

…………

我们离开酒桌，斜靠在客厅沙发上。

迷迷糊糊听人说什么茶能解酒。

我感到脖子疼的时候，终于清醒过来，老邱夫人已安静坐在一旁，见我坐起，她点点头，推醒老邱。老邱洗了脸，点支烟吸着，安宁下来。

"走了。"我说。

老邱眼里还有几分血丝，看我一会儿，顿了一下，说："那好，我送你下楼。"

到了楼下，老邱突然叫我等等。他又跑上楼，不一会下来，把一个装得鼓鼓的信封交给我。

"这钱，你还给阿云。"

我说："这是怎么了？"

老邱看住我，突然扭过头去，"也不怎么，还给她吧，钱我有得是。"

"那，我该怎么说呢？"

"不必说什么，"他又补充说："还能说什么？"

春节假的最后一天，我找到阿云。

阿云的家已变样了，她购置了新家具，那不大的长方形客厅呈对角放置着转角低柜和转角沙发，五件头的，前边还有一张玻璃茶几，边柜一头有一个葫芦形花瓶，插有二三株花，红黄相间。

阿云完全陶醉在自己这个小环境中，她兴致勃勃地介绍自己怎么安排布置，怎么构想。

我肯定了她的构思，对此大加赞美。

阿云却笑了，"和别人相比，我这也许算不上家，微不足道，但我开心就得了。"

我和她分别坐在沙发的两头，侧对着，她的衣着、神态、谈吐都越来越像深圳白领了。

"那你总不能永远这样吧？"我问。

阿云沉吟了一下，说："不一定！也许暂时，也许永远。"

她看着我，我看着她，我觉得咽喉有些涩。"我不像以前了，生活为什么一定要是一个样子呢？"阿云说。

我抬头看她，觉得她更加陌生了，与吴小迎竟有几分相像了。

"上次老邱当你面说我和他同居的事，我还接受不了。现在我看开了，没什么，对我来说可能还是好事……"

"……"

"也许正因为这样，我才决定要重新选择一条生活道路。"

我说不出什么。

"我找到了！"阿云摊开双手，眼睛左右流连一下，显得一身轻松，"这才适合我！"

我喝了一口水，把老邱还她的钱，掏出来，放在茶几上，说："老邱让我把钱还给你。"

阿云看了一眼鼓鼓的信封，又看我，移开眼，心情变得严肃起来。

我起身告辞，阿云下楼送我，她嘱我向老邱表示歉意和感谢，末了补充了一句："大家还可以做朋友。"

我在心里笑了笑。

我在回宿舍的路上，走得极慢。春节假完了，新的一年又将忙碌起来，我仿佛感到有些累了。

路边有一个可口可乐的空罐儿，我用脚踩扁，猛地踢到路边臭水沟里去。"妈的！"我小声骂了一句。

…………

开始上班了，大家心情还都在继续过节，男男女女少不了聚在一起，谈论着那刚刚过去的故事，不少还是暖色调的。

就是在这样的日子，我却不得不在两个同宿舍兄弟的护送下，住进医院。

这家医院在市郊，依山傍水。刚过完节，人不多，住院处很清静。在过去很多年里，我曾向往这里的宁静淡远，羡慕那些穿病号衣的先生女士，包括坐在轮椅上的老者，他们在花园前、草丛边，享受自己的悠闲与温暖。远处便是青山绿水，黄昏有落日，雨后有彩虹……

我躺在孤零零的病床上，吃药、打针，头还是疼，喉咙被什么堵住，一身沉重。

护士小姐胖圆脸，穿的白褂子，一走一动，每次进病房，一句话也没有，两分钟就走。

日子一天天过去了。我想出院，医生说不行，还要再住。我真无奈。

有天晚上，我索性硬着头皮去玩；病房顶头有一间屋子是电视机室，围着一些病人，正在看电视剧，是又长又臭的货色。

"怎么不看足球？"我问，没人答话，我又问，"看球吧，今晚不是有英国足总杯大赛吗？"

"医生不准动电视。"一少年说。

我走上去，按了按。"哗——"足球赛正在火候上。

"谁动电视？"问话的是穿白大褂的医生，40多岁，"弄坏了要负责。"

"我负责，不就是一个电视机吗？"

"哈，说得轻巧！"

"哈，能不轻巧？"

"哈，还没见过，病人和医生吵架的！"

"那今天你就见识一下吧！"

…………

正吵着，赛事结束了，医生摇摇头，我也摇摇头。我的头还是沉沉的，生疼。回到病房，这是晚上。

第二天，天灰灰的，时不时淅沥沥下一阵雨，我时而望望窗外，不知想些什么。

下午，正在梦中，感到有人推我，迷糊中看去，是一个女人，细看一下，竟是吴小迎。

我坐起，靠在被子上。

"你怎么来啦？"

"我不能来吗？"吴小迎双手背在背后，笑问道，头习惯性地一偏。

我笑笑。

"看，"她把一兜东西提起，在我面前一摇，"我给你带的。"

"是吗？"我心一动，那是一包鼓鼓的有色彩的东西。

吴小迎把包放在床头柜，打开，从中翻了一阵，拿出一个精致的绸面纸盒，送过来。

我接过，打开，里面有一块石头，上面刻有一行小字，写道："怀念三月。吴小迎赠。×年×月×日于澳洲。"

我细细端详着，觉得蛮喜欢。我是在三月的一个舞会上，认识的这个吴小迎。

吴小迎坐在我的床边，双腿叠起，她今天穿的是筒裤。

"哪天回来的？"

"昨天。"吴小迎双手撑在床边，侧过头说，"一回来我就打电话到你宿舍，你兄弟说你病了。"

我看着她。吴小迎还是淡妆，白白的鼻梁没有涂上去的东西，光光的，直直地翘着。

"现在好些了吗？"吴小迎问，那水滴滴的眼睛离我很近，说着，她的手伸过来，放在我额头，"呵，还这么烫手！"

我扭动头，侧过脸去，全是因为这只手，软软的热热的手。

我以为一切都完了，新的一年会重新开始，可实际上，什么都没开始，生活只有继续。

我别过脸。不知是恨、是爱，心里觉得有什么堵着，难受。

"别这样嘛！"吴小迎用手抚摸我的脸，"离开深圳，我每天都想你！"

我转过脸，很惊讶她说这样的话。看她的脸，还是从前那个样子。

吴小迎下了床，摸出苹果来削，很细致，我咬了吃，到了嘴里，嚼半天，下咽。她看着我吃，笑笑的脸。

春节没有看见她，我心里总有一种怅然若失的感觉。

我不想多说什么，也不知应说什么。

窗外雨停了，有了太阳，亮亮的。我不想再躺着，就说："我想到外边走走。"

吴小迎扶我，"能支持住吗？头还那么热！"

我坚持，吴小迎就依了。

我们走出病房，下楼，走上静静的小道。吴小迎挽着我的胳膊，头靠我很近，有三三两两的人看过来，我觉得舒服了一些。

来到河边，那圆圆的太阳就要下坠，河面一片金色，天际也燃烧一般。

我们肩并肩默默地走着。

吴小迎问："怎么不说话？"

"说什么呢？"我反问。

吴小迎像有几分兴奋，头习惯性地一偏，"对我，没什么说的啦——"

我望着远方。

"我们还是朋友吧？"她问。

我沉默，然后点头。

…………

走过泥泞

晶不是那种仅仅看着漂亮的姑娘，而是属于让你一看眼前就会一亮的小姐。

她在图书馆工作，图书馆和荔枝公园毗邻。我有天去公园散步，想感受一下绿荫、垂柳、湖水的景致，谁知进去转了几圈，觉得不对劲儿，那树荫草丛旁的长椅上，那湖边的青石磴上，尽是一对对恋人。他们的动作都很大胆，叫人看也不是，不看眼睛又不知搁哪儿。我不得已走出公园，看见图书馆的大门，便走了进去。

图书馆有阅览室，有地毯空调、大桌大椅，很气派。里边坐有许多埋头看书的人，彼此默不作声。我去书架前浏览，眼睛突然一亮，被一位白裙黑发女子吸引，她在整理读者放乱了的杂志，头不停地摆动，头发竟那么美。

我仔细看着，她猛地回过头来，我不禁一惊，连忙在面前的书架上胡乱抽出几本刊物。

"对不起先生，你能少拿一本吗？看完了再调换。"

我回头一看，她正注视我，我只好微笑点头，表示服从。

从此我便经常光顾图书馆了。

有次闭馆时，王安忆的《锦绣谷之恋》我只读了一半，于是我就想借出这本杂志，她很犹豫。我掏出名片，递过去，说："我明天定会还你的。你知道，我经常来的。"

她接过名片沉吟了一下，说了声："好吧！"

第二天还书时，她不看我，只是在一边忙着一边问："你们大厦上的旋转餐厅可以参观吗？"

我听了高兴，连忙说："不能随便去，但你要去我乐意帮忙。"

"我去过。"她说。我心凉了半截。

"我内地的一个同学来，他想去看看。"

"好呀好呀！"我热情地答应她。我们公司开发建设的"华夏第一高楼"——深圳国际贸易中心大厦，如今成了深圳的标志，成了深圳的旅游观光热点。这无形中增强了我们公司每个员工的自豪感。

那天她带同学去了，我似老朋友般接待了他们，还在旋转餐厅请他们吃了茶点。此后我与晶晶便友好起来。

老友大黄，有天见过晶晶后对我说："青出于蓝胜于蓝。"

我不解，问："怎讲？"

大黄笑着，眼神中有种说不出的东西："你行呵！"

我知道了他的意思，便有点自得，同时又不大接受得了他那种若有所指的眼神。

大黄已到而立之年，长我几岁。虽然已不是风流倜傥的少年，但高鼻梁、大眼睛，满头浓密的鬈发，颇有一些混血儿特征，加上他爱穿时髦的衣衫，戴着金黄色手链、戒指之类饰物，竟丝毫没有大龄青年的颓废气息。

大黄现在是深圳一家外贸企业的贸易部经理，手下虽然没有几个跑腿的兵，但见他整天马不停蹄地东奔西忙。他做生意很特别，胳膊底下时常夹着那个黄色的没有提带的真皮皮包，里面装着合同纸，还有眼镜片般大小的红色胶质印章，用塑料纸包着，要是谈成生意，随时随地可签合同、可盖大印，末了很习惯地邀请对方走进酒楼或是什么咖啡厅、歌舞厅。

大黄的历史，我知之甚少，只是有次和他喝酒，他脸大红，似已半醉，很像知己般地告诉我，他结过婚，女儿都3岁了，只是后来离了。老婆去了澳大利亚，女儿跟外婆待在上海。

"我老婆是个大美人，当时很多人跟我争，我为了娶她，还打过架。"大黄说着，当时就扯开衣领，露出脖子上一道疤痕。

大黄说这话时，其实已多次提到他在深圳大学正在读书的第二个老婆，只是有时说是女朋友，有时又说是未婚妻，有时干脆就说是老婆了。

"到底是什么？"我有次追问。

大黄说："都一回事。"

他那不以为然的轻松劲儿，令我为之侧目。老兄真够可以！作为男人，我有时竟羡慕他这种潇洒劲头。

与大黄相比，我自愧不如，虽说也经历过女人了，但是"历史"缺乏他那种丰富感。

　　记得第一次令我心头发痒的女人是我姐姐的一个同学。有天我在街上碰见她，见她脸很白，走路慢悠悠的，回到家里我的心就放松不下来，于是写了一封信给她。后来她不仅回了信，还抄了一首李商隐的《无题·相见时难别亦难》。我查了唐诗选注，知道这首诗是描写爱情的，于是我好长时间都不平静。再后来，我去了外地读书，她来过信，还写有"难道你把姐姐忘了吗？"之类的话。可是我有年放假回家，她去车站接我，却带了一个矮个子姑娘，说是介绍一个女朋友给我。我不解，回到家里姐姐才说，她已订婚了。

　　此后我长时间难过，一直到她生了小孩，我去看她，她当着我的面把奶头塞进小孩嘴里。我不小心瞥见那被小孩咬着撕着的变得松弛的乳房，心里涌起不舒服的感觉，此后我就不想见她了。

　　人常说，初恋只有一次，但爱情不止一次。我并没有因为初恋的女人成了人家的妻子而怎么样，后来还是爱上了另一个姑娘。折腾了好几年，离进家门只差一道坎时，不知是中了什么邪气，我们又洒脱地"拜拜"了。

　　于是，我对女人还能怎么样？就那么回事吧！大黄很是肯定这一点，他在我面前，竖竖大拇指，说："不受制于女人，才是男子汉！"

　　这话听着有些舒服，但觉得还是有些惭愧。有人说谭嗣同、杨靖宇、彭德怀是中国真正的男子汉，听来感觉就不一样，人家面对的是旧王朝、是日本军国主义……在女人面前逞威风算怎么回事？

有次周末，大黄拉我听歌。在友谊广场，迎面走来穿着黑色丝绒紧身裙的姑娘，引起我们的注意。

"怎么样？"大黄撞撞我的胳膊。

我笑笑。姑娘头发很乱，焦黄色，像是什么新发型。她走得极慢，眼光照射过来时，停留了片刻。

"长得真不赖，该出来的地方出来，该进去的地方进去，不错！"大黄说着，眼珠子快要蹦出来似的。

大黄和姑娘擦肩而过，像是两人对看了一下。我们走不动似的，就停下来。姑娘慢慢走着，鞋跟老高，腰身一左一右。大黄扯扯我胳膊，"我撩撩这位小姐。"大黄走过去，肩膀大方地一晃一晃。

他们谈起来，姑娘没有惊慌，大黄一边说一边打着手势，又指指什么地方，笑着，示意我走过去。

我听大黄不停地说："反正只是听听歌，跳跳舞，也没别的什么。"姑娘好像在迟疑，大黄又进一步，"小姐不能把人想得都那么坏。"

终于，姑娘点头答应了。

我们三人一同钻进的士，一同走进翠园歌舞厅。

小姐高头大马，有时髦的装束。跳迪斯科的时候，我和大黄就围着她。有个痞子般模样的小伙子有意无意用自己干瘪的屁股蹭了姑娘的圆臀一下，大黄眼睛鸡蛋般圆睁，那家伙见状，不敢进一步轻狂。

舞厅的荧光灯照射下来，我的上衣亮得耀眼，姑娘的白色乳罩从紧身黑衣裙里透出来，饱满的双乳随着迪斯科狂放的舞步不停地摇动。

…………

深夜了，舞厅已空荡了许多，大黄照例做东，姑娘的表现十分从容淡静。

我们没有互赠名片，只是最后分别时，姑娘把自己的姓名和电话号码写在一张纸条上，交给了大黄。

大黄笑着接过，连连表示感谢，像是姑娘给了他很大恩赐似的。

之后大黄又与姑娘有什么联系，我就不太清楚了，反正过了不久，这姑娘成了大黄的常客，和我自然也就相熟了。她叫阿芳。

晶晶和阿芳的出现，使我们的日子映照出与之前不同的色彩。

大黄以往身边出现的是时常变换的女友，阿芳在他身边重复多次之后，我就自觉地产生了一些关于阿芳的归属感，好像觉得她是大黄的人。

我感到无事可做的时候，就常去图书馆。心里想着要得到些东西，但到底是什么呢？爱情吗？想来都有些可笑。

无论怎么样，我与晶晶还在继续交往着。

我开始免不了产生些怕影响她工作的不安心理，尤其是白天偷偷溜出办公室去图书馆的时候。可是有次晶晶说："没有事你就常来嘛！"透着她特有的语意，我领会了。

白天的图书馆，读者寥寥无几，阅览室甚至空无一人。晶晶有时就做些编号、装订报刊的杂事。

"你不知道整天做这些事儿有多烦！"晶晶拿笔的手一挥，表情极夸张地说，末了又微微一笑，"你来了我还可以聊聊天。"

每次和她闲聊时，她总是坐在沿书架前设置的长条桌的里边，我则拉一张活动椅，坐在她的对面。

晶晶身材苗条，打扮向来入时，她的形象和这里优美的环境十分匹配，但她的眼睛流露出满不在乎的神气。

"你能帮我联系一个企业单位吗？"有天她终于这样说。

我没有直接回答她的话，反问道："你这里不是挺好吗？"

"有什么好的？"她不屑地说。

"你看，"我用目光指指周围的大桌大椅、空调地毯，"这么好的条件！再说，旁边就是荔枝公园，推开窗户，就可以看到小桥流水荔枝树。"

晶晶微笑着摇头。

我继续说："下起雨来，迷蒙的雨丝下，你可以撑一把油纸伞，去那座湖心小亭，读读朱自清的散文……"

"行啦！"晶晶大笑，"你想得比我这些杂志里写的还要浪漫，浪漫值几个钱？"

"那么我问你，"晶晶睁开眯笑的眼，"你喜欢吃葱姜螃蟹吗？"

我知道，这是她顶喜欢的一个菜。

"当然，谁不爱吃？"

"叫你天天吃，你能受得了吗？"

我没话了，临走时，我答应帮她联系调动工作。晶晶给同伴打了招呼，然后起身送我。几个图书馆工作人员用警惕的目光打

量我。晶晶撩动着飘逸的花色长裙，悠然迈步，眼神总少不了漂亮女孩的自信。

我吃的是国有企业的大锅饭，是那些想吃得好也能吃得好的人所不屑一顾的，生活中很少有求于我的人，我求于人时，当然也就不那么容易。

有天我去找大黄，开门的是阿芳。

第一次见阿芳衣着简单，不由得陌生起来。除去平时艳丽的装束，便可见岁月对她的掠夺。不过浅黄色紧身汗衫，吃力地包着她那一对刺眼的乳房，显现她的魅力仍在。

"大黄呢？"我转头问阿芳。

阿芳手指夹着一支烟，一边给我从冰箱里掏汽水，一边指指里间的睡房。我走了进去，对着躺在床上的大黄说："我找你有事。"

大黄不在意，一边穿衣一边说："到了酒楼再说。"

等阿芳修饰一阵，我们三人来到他们家楼下附近的酒楼坐下，服务员递过菜单，大黄说："早茶。"

"对不起先生，早茶已经结束了，现在开始供应午餐。"

大黄瞪了服务员一眼，然后说："那就午餐吧。"末了看我，我摇头笑。看阿芳，阿芳和他对视。

阿芳在大黄的住处出现，我不感到惊奇，想象得出的故事。阿芳的神态也十分自若，她毕竟亦是有"历史"的人。

对于这个女性，我曾有许多猜想，下意识里，总想有个明白的了解：比如她从哪里来？现在做什么？有家吗？丈夫是什么人？仿佛没有这些背景材料，就难以叫人踏实下来。

有天我对大黄说了这些看法。大黄却张开嘴笑了："知道这些有什么用？有些事情知道了反而不好，有感觉就行。"

我吃午饭，大黄和阿芳早餐午餐合并一块儿吃。

有三杯啤酒，嘉士伯牌，洋玩意儿，现在是越洋越现代派。

有阿芳在，便有许多话不能随便聊，默默地吃着，不一会儿大黄开口问："你说有事，什么事？"

"晶晶想调工作。"

"想调工作？"大黄看我。

"她说图书馆待着乏味了，她想找一家企业单位，要轻松自由一点的。"

"小意思。"大黄吃喝着说。

"还要钱多的单位。"

大黄终于转过脸，神采飞扬地笑，末了说："干脆，让她嫁给哪个中东国王当王妃得了！"

阿芳看了大黄再看我，微笑着问："你们在说谁呢？"

大黄放下筷子拍我肩："还不是这位的……"

"我认识的一个女孩。"我这样说。

阿芳立刻美目间溢出异样的神情。

"别瞎猜，"我对大黄说，"你以为每个男人都有你这两下子。"阿芳蓦然面露窘态，使我觉得这话有些许过头。

大黄见我损他，便收口："好，我瞎猜，瞎猜。"

饭毕分手时，大黄答应我"想想办法"。

又补充说："没有问题。"

转身刚走几步，大黄突然从背后叫道："晶晶那女孩不错哦！"

我回头笑看他们，阿芳在大黄头上拍了一下。

日子又过去了一些，我还是常找晶晶，当然早已不是借书还书之类。我再也不想标榜在女人面前"无所谓"了。我想"有所谓"一些，何况有时想与不想是老天爷主导的，自己反倒无可奈何。

于是我变得大方了些，有天打电话，直截了当地约晶晶喝茶。

我满以为她会喜悦的，不料她吞吞吐吐地说："早茶，就免了吧！"

"为什么呢？"我意识到早茶的消费低档了些。

"我早上喜欢多睡一会儿。"

我不得不接着说："那就午餐或晚饭吧。"我的嘴上痛快，心里不免为月薪的微薄而心虚。

"我明天不行，真对不起，改天……改天好吗？"

"好呀，"我心放松下来，"那就改天吧。"

改天再约晶晶时，我问她："你看安排什么节目？是你喜欢的。"

晶晶平静地说："我没有特别喜欢的活动。"

我笑了，有种说不出的感觉，只好说："跳舞听歌都不喜欢吗？"

晶晶摇摇头说："找个地方聊聊吧，别安排什么节目了。"

这天我们哪里也没去，只是找了一家不大的餐厅，吃了一个漫长的晚餐。买单时我尽量做得大方些，终未有什么出色表现，晶晶平静地看着，末了说："谢谢你破费！"

"哪里！"我说，心想现在毕竟不是靠看看电影就能恋爱的时代了。

如此这般地与晶晶又来往了几次。那天，晶晶问我："我的工作调动联系得怎么样了？"

我当时心倒不虚，这样回答："你以为调动工作容易？这得慢慢来。"

晶晶显得有几分失望，我马上补充道："不过你放心，像你这样的女郎，哪里都欢迎。"

"为什么？"她来了兴趣。

"深圳是个钱多美人少的地方。"

她笑了，"别老这么讲。"

到了再不能安然相约的时候，我想该追大黄问问情况了。已经挺长时间不见他的影子。有次碰到他陪阿芳逛商店，我问及晶晶调动的事，他说差不多了，现在想必该有眉目了吧。

深圳的炎夏到来了，日子和气候一样，日趋热闹起来。

我找大黄多次，没有影子，无可奈何之时，我带着晶晶的彩照和简历联系了好几家公司。

晶晶身着翠绿色套裙，白色坡跟皮鞋，站在花圃前，长发照例披着，平日的笑脸这会儿极平静，眼睛脉脉含情。我从她的影集选出这张彩照时说："这张好，端庄而秀丽。"

见过晶晶彩照的几个经理都和蔼可亲，对我说愿意考虑一下，还说："毕竟是你介绍的人嘛！"这话听来有几分虚假，但他们没有拒绝，算是拿出了一张面子。他们复印了晶晶的简历，留下了晶晶的电话号码，就让等通知。

晶晶还真是接连接到几个电话，老板亲自打来约她见见面。晶晶去了。交谈许多，末了，对方像是顺便地邀她共同进餐，或者就大胆约她去听歌、跳舞什么的。

晶晶给我说这些时很有感慨，"我都莫名其妙，甚至害怕起来。你还说是你认识的什么朋友！"

我无言以对。社会生活复杂得有时令我吃惊。

我稳住了晶晶的情绪，又回头找大黄。

那天一见大黄，他便火烧火燎地拉我进他办公室，说他出了一些麻烦，要我鼎力相助。

我不无疑惑，随他进了里屋。这时他屋里的两个陌生人站起身来，满脸恼怒之色。

大黄把我介绍给客人："这是我们公司的法律顾问。"

来客爱理不理的样子，令我不快。他们对着大黄没完没了地说着，言语之中尽是些发票、提款、验货、延误之类生意上的词汇。我听上几句，事情的来龙去脉便略知一二。问题其实不大，只是大黄已经将该笔款项用于其他生意上了。来客忧心的是上当受骗，并列举了他们当地不少人在深圳不小心栽跟斗的事。

我给客人倒了茶，递上烟，在旁也不停地圆场，尽可能地说服来客耐心等待大黄再做补救。

大黄顺着我的说辞也左保证右保证，好话说了一大箩筐，最后终于把对方的怒气打消，末了硬拉客人进了酒楼，边吃边喝，又讲了许多重感情、讲义气之类的行话，这才平息了一场可能撕破脸皮的冲突。

送走了客人，大黄如释重负，拍了一下我的肩："多谢老友！"

"别谢了。"我说，"托你的事儿怎样了？"

"什么事？"他竟这样反问。

我看着他不说话。大黄挠挠头皮，"噢……想起来了，晶晶工作的事。"

我无言地看他。大黄嘻笑地说："你已经看到了，生意上的事弄得我晕头转向。"

"这我不管，你早就说过差不多的！"

大黄见我真的有点生气，便认真起来，"女人的事你也犯不着这样，做生意赚钱比什么都重要。有钱什么没有？何况女人！"大黄继续说，"我把阿芳都丢到一边去了。"

"这是你的事情。"

"你也别把晶晶看成个宝贝，这么点事情，你犯得着像谁欠你钱似的！"

这倒也是，晶晶的调动，变成我的重负，想来是有些操心过头。

我不再说什么，突然觉得挺没趣的。

临别时，大黄叮咛说，保证两天内让晶晶上班。

我进入大龄青年的行列，实在对有些事情难于产生往日的热情了。好在没有内地老家那种太多的以"关心你终身大事"为名，实际上给你添乱的事情。

我所在的单位还算慷慨，照顾了一间单人房给我。我有了一块自由的天地，日子便也平凡而朴实地过下去了。

我在我的小屋中曾经冥想过，要是哪天晶晶来我这儿怎么办？这样想着，我就有些不安。我不安地把书架上的尘土掸了掸，把扔在墙角的一堆鞋子摆进床下，还特意买回一个衣柜。

可是很长时间过去，并未出现我想象中晶晶来访的情况。我暗自好笑，有几分自嘲。

按约好的时间，我带晶晶去找大黄，大黄带我们去见维娜美容中心老板。

这个中心不临街，在距市中心不远的兴隆大厦三楼，装修典雅富丽，安静中带有某种神秘气氛。我们走进时，有三两个顾客进出，迎宾小姐笑吟吟迎送，她们衣着雍容，浓妆艳抹的样子。

我们坐进经理会客厅，茶色玻璃间隔的厅房，有麻质高级沙发，白木茶几，茶几上有一个青瓷花瓶，里头插几枝名贵花卉，空气中有清新幽香的味儿。

大黄仍然随身夹着黄皮包，不时与晶晶开句玩笑。

晶晶没有有求于人的客气，脸上仍是妩媚自得的微笑，仿佛在说："你要我吗？不要，我才不在乎呢！"当她看着大黄的时候，眯笑的眼流出一些光彩。

经理匆匆忙忙走来，老远伸手给大黄，两人友谊深厚的样子。

"这就是廖女士，廖老板。"大黄互相介绍，"我的朋友张先生，这位是晶晶小姐。"

廖女士 30 多岁，浓妆，嘴唇血红，一身端庄而宽大的套裙，黄金项链下面是丰腴的肌肤，握手寒暄之间香气袭人。

"我对员工要求严格，"女老板坐在大黄旁边，神态严肃地说，"做得好晋级加薪大家好说，不好我可不客气，也不管是不是阿黄的朋友……"女老板眼圈青黑色，说话间流露出女强人的本色。当然作为女人，她也有另一面。我第一次听人叫大黄为阿黄，而且是出自这女老板之口。

晶晶漂亮地笑着，嘴紧闭，浅浅露出女人对待女人才有的神气。

晶晶愿意一试，于是 OK，搞掂。我们就起身告辞了。大黄停留了片刻，与廖女士又说了些什么，回头赶上我们，说："没问题了，香港人就那神气。"

在街头站着，晶晶是中心，大黄和我一左一右，行人过往有回头者，给我们以警惕的目光，猜疑我们有什么交易似的。我们走进附近的咖啡馆。到了晚上，又移位至酒楼。晶晶刚开始还说单位有什么事，这会儿也不再提及。

大黄谈兴颇浓，说得眉飞色舞，并把他上次去香港看的儿童不宜电影，无上装夜总会，脱衣舞表演也当作一种有趣的见闻饶有兴致地讲述着。

晶晶听了有几分投入，又有几分难堪，间或在言语上表示否定和不解。

"那有什么？"大黄煞有介事，"你可以不那么生活，但你没有必要指责别人的自由哦！"

晶晶笑了，说："我当然不指责别人，干什么不干什么是人家的选择。"

"你知道，"大黄在漂亮女孩面前更来劲头，嘴皮子更加无拘无束，"堕落也是一种生活，有的人除此以外就没法生活。"

"我可永远不会！"晶晶这回坚定地说。

"哈哈，"大黄张嘴笑笑，"那当然。"

饭毕结账时，大黄带着几分表演意味地甩出一沓百元大钞。晶晶静静看着，眼神中露出几分羡慕。

走出酒楼，大黄问："歌舞厅还去吗？"

我示意问晶晶，晶晶微笑了一下，于是我们一同来到红玫瑰歌舞厅。

舞台上的歌星是老面孔，老腔调，只是变了几首歌。美国流行歌坛巨星迈克尔·杰克逊、麦当娜新出的大碟，被人阉割一般移植成粤语，可惜《走向极端》《与你共舞》有了疯狂的形式，韵味却丧失不少。英文歌听原唱更有味道呀！

我们安静地坐在角落，大黄更是闷在一边。观众跳舞的时候，还是我先邀晶晶。晶晶看大黄一眼，随我入池。

我牵手晶晶，她的腰纤细而柔软，扶上去便有诱人的温度。

观众席有很多目光投过来，我心情好转，努力地跳着。晶晶的舞跳得很自然，也冷静。

曲子完了，我挺来兴趣地说："和你跳舞，逼得我踮起脚尖。"

晶晶笑笑，"你再长高一点就好了。"

轮到大黄带晶晶跳了，他们在高矮上更欠和谐，大黄又壮又矮，可他跳得很投入，下场时两人都多了欢悦之色。

"深圳人比香港人保守多了，"大黄突然说，"比如，别人带的舞伴，你是很难邀请的。"

为了证实这一点，大黄决定示范一下。近邻围台有两女一男，舞曲一来，大黄走过去，在一小巧女子身旁站住，躬身相邀，只见那女孩头摇个不停，大黄虽沉着相劝，最后还是笑着走回。"怎么样？"他问。

我们笑了起来，心里也知道，在深圳，邀请陌生女孩共舞确实不普遍。

不过极好笑的是，在我和晶晶再次跳舞的时候，大黄便不知怎么搞的，分明搂着一个洋气十足的陌生女郎跳了起来。

舞曲一完，大黄还带陌生女郎和我们同台坐下，又特意为这位新朋友要了一杯饮料。

大黄顷刻间有了舞伴。晶晶对我说有些累了，后来勉强又跳了一曲，就要退场。

晶晶到美容中心上班以后，和我的联系减少了，我对此是预想不到的。可是，在自己的小屋待久了，心中便有些空落落的，隐约中似乎失去了什么。

有天我鼓起勇气去找晶晶，不料想在那儿碰到了大黄，他们俩正聊得热闹。

见到我来，两人同时都有几分尴尬。

大黄停了片刻说："晶晶在美容中心我就来美容。"说完自己先笑了，末了问我，"怎么样，也来美一美？"

晶晶现在也化了淡妆了，有几分妖艳，高挑身材把高衩旗袍撑起，神韵自然不同往日。

晶晶虽然嘴上说让我有时间再去找她或者她打电话给我，可我却无心听进这般言语了。我意识到自己的日子十分苍白，郁闷地返回自己的小屋。

深圳的夏日特别漫长，夜晚也有太多空闲，我在无事可做的时候，便安然躺在小屋的床上，认真地看着电视上悲欢离合的感人和不感人的故事。

这天夜晚，比往日更加闷热，我劈头盖脸地冲了冷水澡，赤身躺在白色荷兰椅上。听到有人敲门，我连忙穿上运动裤，转身开门，眼帘映出一张意外的脸孔，心里一惊："阿芳？"

阿芳走进来。"坐。"我示意她。

阿芳坐在荷兰椅上，身子微微倾斜。

我从墙角拿来一罐橙汁，打开，插进吸管，递过去。

阿芳吮一口，放在旁边的书桌上。

好像没有什么好说的，沉默了一会儿，阿芳从手拎包里掏出薄荷长烟，抽出一支给我。我摇头，她便自己点燃，忘情地一吸，随即喷出浓浓的烟雾，乱乱的长发左右摆动一下。

"有一点事想找你。"阿芳平静地说。

"什么事？"

阿芳从容地吸烟，抬头望着我，问："晶晶是你的女友吗？"

我莫名其妙，稍顷，我问："是又怎样？"

阿芳双臂抱住，身子靠进躺椅，双腿叠起。停了一会儿，她

才慢慢说道："晶晶……"

她吞吐地说着，眼睛注视我。

"什么事你说吧。"我不禁警觉起来，走过去关掉电视。

"说了你别难受。"阿芳脸上露出一丝怪笑。

"你说嘛！"我有些不耐烦。

"他俩同居了。"

我的头"嗡"的一声，像被什么东西撞击了一下似的，又像一阵风吹过，顿时全空了，没有了一切。

我伸手向阿芳要烟，点燃，吸一大口，满嘴的清凉。我把腿放上床，身子靠在竖起的枕头上……

一切仿佛都是想到过的，可它真正摆在我的眼前时，我却不知怎样面对它。

"你不去找大黄吗？"阿芳问。又说："你是个男人哩。"

"哈、哈、哈……"我笑了，这笑绝不是装出来的，心里感到确实好笑。

我突然觉得分外平静："你来就是为了告诉我这些吗？"

阿芳无言。

"这些与我有何相干？"

阿芳平静地望着我。

"你自己怎么不去找大黄呢？"

"不是我不找，"阿芳激动了，"我找有什么用呢？"

我静静看着眼前这个女人，她的衣着向来新潮，什么时候也忘不了展现自己的身体：汗衫勾勒出硕大的双乳，短裙难掩肉感的大腿……她躺在椅子上，潇洒地伸着四肢。

想起大黄第一次邀请这位女子的情景，想起后来她做了大黄女友的情形……我不能安宁下来。

夜深了，楼道已少有行人走动的响声，我走过去拉合窗帘，又坐回床沿，看着阿芳。

阿芳从躺椅上坐起，整整衣裙，小声说："我回去了！"

我没说什么，她也没有马上要走的动作。我伸过手去，抓住她的一只手，用力一拉，她的身子便压了过来了……

过了多久？不知道。隐隐听到她穿衣、漱口、开门的声音。她独自离去了，很从容的样子。

第二天，艳阳穿透窗帘。

阿芳变换着衣裙，又光顾了我的小屋几次。这么一来二去，反倒把我心头的郁闷气挤掉了许多。但紧接着，阿芳又失去了踪影。日子于是又回复了往日的平静。

一天晚上归来，邻居转告说刚才有位小姐来访。我有几分失望，以为是分别多日的阿芳。

第二天刚上班，总台就传叫，说有位小姐找。我一到服务台，意外地见晶晶坐在一旁的沙发上。

"找我，有什么事？"我淡淡地问她。

"去楼下咖啡厅好吗？"她细声说，眼睛流露出少许哀伤。

"什么事嘛？"我心恨着问。

晶晶半天不语。看着她熟悉的鼻尖，我心软了，"那好，下楼。"

电梯口，我俩站着，单位同事走过，射来探询的目光，说不定还嫉妒我身旁何以有这样的靓丽女子。

我心黯然。

在咖啡厅，搅着咖啡，我又问："什么事你说吧。"

晶晶仍不语，眼圈慢慢发红，泪便溢出。

我有几分快意，好朋友般安慰："什么事这么伤心，你说说，看我能帮什么不。"

"我……我怀孕了！"

我的心不知被什么堵住。

晶晶头低着，双手掩住面孔，泪水透过指缝涌出。

看着这发丝、纤手、飘逸的衣裙，我想起书架、连衣裙和那微笑时一隐一现的酒窝，我的心有些发酸。

我向服务员要了一包面巾纸，撕开，抽出一沓递过去，晶晶用它捂住嘴，饮泣着，强忍着激动的情绪。

周围投过来一双双眼睛，我有些窘迫："晶晶别哭了。"我低声劝她。

沉默了许久，她才平静下来，抬起头，眼已泛红。

"既然如此，就看你决定了，"我尽量冷静地说，"这种事没什么大不了。"

"我只能……不想留！"

"那你去一趟妇儿医院不就得了。"

"可，我怎么去？"说完，头又低下了。

"你找大黄。"

这么一说，晶晶泪又涌出眼眶。原来她找过大黄，大黄只答应事后给她 1 万元人民币，不管去医院的事，还叫晶晶近期不要见他，原因是他在北京上学的未婚妻来了。

我这才想起，现在正是暑假。

"我不能等……"晶晶又急又怕的样子。

我心里有说不出的味道，这会儿故作轻松地说："好吧，回头我陪你去医院。"

晶晶的眼又溢出泪花，静静地注视着我。

平生第一次遇上这样的"好事"，莫名其妙地要陪一个女孩子去医院，我觉得不是滋味。

我决定找找大黄，也必须找他！这叫什么事呢？！

第一次踏足大黄家，人无踪影。

第二次敲门，门开了，面前站着一位陌生的女孩。"找谁？"她问。

"大黄。"

"先请坐。"她说。

瘦身子，高条儿，薄而淡黄的马尾巴发型，脸皮儿细嫩，金黄色细框眼镜……这是一位文气溢满娇躯的青春新面孔。

卫生间传来水声，大黄出来了。"你好！"他伸出手，撑着泰然自若的笑脸。

"老长时间不见你来，忙什么呢？"大黄递过烟，我摇头，他自个吸着，弹着灰，看那笑脸，给人一种橡胶质感。

女孩端出两杯汽水。"哈，还没介绍，这是我的未婚妻洋洋。"大黄接过汽水。女孩嘴角上翘，点了点头。

无话可说，冷坐。大黄眯起眼吸烟。

洋洋在旁坐得寂寞，我说："大黄，有点事咱们单独谈。"

大黄静看我几秒钟，自有空前的严肃。洋洋善解人意地进了里屋并关了房门。

我这会儿掏出一支烟，大黄帮着点燃后问："什么事还这么神秘？"

"晶晶的事。"我单刀直入。

"我猜想也是，"大黄还是笑，"放心，我不会亏待她。"有钱人的腔调。

"也不是什么事都能用钱衡量。"

"那还要怎样，"大黄竟然不悦，"要不是你我还不会破这么一笔财呢！"

"笑话！"我提高了嗓门。大黄赶忙示意息怒，指指里屋。不说我还罢，扯上我，就难以叫人平静。

"你好像是给我面子？"

"不是这么讲，说实话，我也不是不想去管，只是……你也体谅我一下。"他指了指洋洋所在的房门。

"体谅你？你体谅过别人没有？"

"哈，"大黄的笑是可恶的，"我原以为你早玩腻味了……"

我盯住他，很想抡起拳头。

"谁知弄了半天，还是原装。"大黄意识到用词不当，"对不起，你兄弟也太君子了吧！"

"这你不用说，你既然敢做，就要敢当，要不当鸡巴男人！"

　　大黄无言，笑脸拉下，静静吸烟，片刻过后，回头问："你动真格的了？"

　　"是又怎样？"

　　大黄摇头，眯起眼使劲吸烟，一字一板："这年头，我以为你和我都一样……我是不会为女人伤兄弟和气的！"

　　我不知为什么，气消了一些，蓦然觉得，自己的行为仿佛有几分滑稽。

　　虽然这样想，可还是说："也不是人人一样。"

　　"你要以为吃亏，我可以补偿你，"大黄突然干脆起来，"阿芳的事我早知道……"

　　我猛然一惊，稍顷，平静下来，阿芳是个什么人呢？

　　"你认为还没扯平？"大黄竟也来气，"洋洋你有兴趣吗？"

　　"见他妈的鬼！"我扔掉烟头。

　　"那你到底想怎么办呢？"大黄有几分不耐烦了。

　　我想怎么办？晶晶找我，我要再不管，你让她怎么办？可我管这事又是怎么回事呢？

　　"哥们，我向你道歉，看在你我朋友一场，麻烦你代我受累一回。"说到这里，他又指指洋洋所在的屋子，"别……"

　　我突然不再想说什么了。我实际上在找大黄前，就已预知不会有什么结果的。我一时感到无聊，连指责他的心思也没了，他是早就坦白地说过："优点挺多，就有一个缺点，控制不住爱交女友的欲望。"

　　晶晶一开始就显示出对大黄的欣赏，隐约的言辞，表露出对他所谓的"男子气"的欣赏，即使同居，也不是受谁强迫的。

我扮演的是什么角色呢？

我起身告辞，大黄叫出洋洋，表示送行，大家表面看上去又客客气气了。

阿芳第一次无任何化妆地站到我的面前，发型乱乱的，衣着也出奇地普通，她把她最诱人的部分也掩盖起来。

我开了门就回到床边靠在床头。阿芳自己坐下，并把手拎包放在旁边书桌上。

我指指墙角的汽水罐。阿芳未动，静静地看我。

"坐吧。"我说。

没有多少话题，阿芳显出比以往任何时候都心灰意懒的样子，于是四只眼睛默默地注视着电视屏幕。

不知道时间流走多少，午夜场到了，历演不衰的英国喜剧大师——《不文山鬼马表演》演员——年过半百的老头儿，一颠一颠来到地铁站，一位裸着半胸、着一短裤的金发女郎已在站等，碧眼撩人地一转，白腿儿再交叉一动，老头儿的眼睛睁得圆圆，嘴角也翘起，于是走上前去。女郎意会了，再来勾人一笑，嘴还一噘，吻的动作……两人去了柱子背后，正要拥抱时，女郎张嘴笑了，顿时露出空洞的嘴，无牙。老头儿大惊，飞也似的逃走，女郎返身急追……电视里一阵笑声。

我在心里笑，阿芳笑出了声。

…………

我准备送客。阿芳看表，交换了一下叠起的腿，坐着未起，两眼看我："今晚能住你这儿吗？"

"我没别处可去。"她神情沮丧，但无悲伤，"你不知道，我闹离婚几年了。"

"离婚？"

"在一套房里分居，根本不是办法。"

我心里笑了，不能不笑。"离了婚到头来还不是要结吗？"

"我再也不想结婚了！"听她这么说，我想她的婚姻可能是个灾难，又一想，对于有些人来说，也许婚姻生活并不适合。可她最后却又补充了一句："真要再结婚，那我也得到中年以后再说。"

"还是得走这条路。"

"现在成家，与十年后成家，有什么分别？还不是三房两厅那一套……"

人越来越现实了，男人有时自以为聪明，可女人中也自有真豪杰。

夜深了，我只好收拾好床铺，让位于阿芳。

阿芳没有半句歉意的话，脱掉衣服。只剩下"三点式"的时候，我瞥了一眼，浑身粉嘟嘟的。

我把荷兰椅放置好，坐进去。

熄了灯，一时难以入睡。埋伏在四周的蚊将军，摸黑出击，我挥手来打，"啪啪"几声过后，心情就烦躁至极。

阿芳也没安睡，隔着蚊帐说："进来吧，你受着罪，我过意不去，嘻嘻。"

…………

半夜起风了，听见谁的窗扇不时啪啪作响。

早晨出门，竟是雨天，深圳就像被深秋的雨浸在水中一般。走到街头，顿感湿润凉爽。

我来到约定的路口，晶晶早到了，她手撑一把红伞，默默地立于道旁。

"让你久等了！"我看看表，迟到了一刻钟，歉意地说。晶晶无语。她今天穿着异常简单的衣服。

到了妇儿医院门口，晶晶的雨伞压得很低，离开三步便看不见脸面，匆忙进了妇科诊室。

我挂了号，扶她上了三楼。

晶晶今天情绪低落，这会儿看见来来去去的病人，一副副痛苦不堪的脸面，又添了些恐惧，她骤然又伤感起来，眼里涌出泪花。

我扶她坐在走廊的长椅上，并吩咐她擦掉眼泪。妇产科诊室门前有一小桌，白衣护士坐在一边，候诊的挂号单已有一沓。我递交了挂号单给护士，然后返身坐回晶晶身旁。

来妇科的，成双成对的多，那些女的要么少精神，要么挺着威风的大肚子招摇过市。她们平时怎么样说不清，这会儿都有一个跑前跑后的男人，而且个个温情四溢，表现极好。

我在别人眼里，自然也是这个形象了。不过缺乏应有的亲密感也没有相应常识，心里老是忐忑不安，不想去看别人脸，又总觉得人人都在死盯着我的脸。

紧靠妇科的一间屋子，便是引产手术室。

"啊——噢——"从那里传来女子的嚎叫。晶晶的身子抖动了一下。

我伸手抱住她的肩头，晶晶第一次这么近地靠着我，我感到了她的体温和偶尔的一个抽搐。

小桌前那位护士终于叫到晶晶的名字。

晶晶猛地直起身子，眼红红的。她怯怯地走进诊室。

两个医生，左边是年龄稍大的女医生，可惜桌前已有病人。我们只好走到右边男医生桌旁，晶晶坐上方凳。

中年模样的男医生戴黑边眼镜，冷冷地看过来。

"哪儿不舒服？"

"我，"晶晶胆怯地说，"好久没来，例假。"

医生没动，转眼看我，又看晶晶问："结婚没有？"

"结了。"我答道。

医生又看我一眼："是吗？"

晶晶点头，眼看着自己的手。

紧张地准备应付下一句询问时，医生却抽出笔，在诊断书上写下一行大概只有他才认识的汉语符号。

"多久没来月经了？"他又突然问。

"好像一个半月了。"晶晶说。

"别好像，准确点。"

"47 天。"

"去化验。"医生把单子递给晶晶。

　　我陪晶晶来到二楼化验窗口。接着晶晶便去了卫生间。不一会出来，装了半杯尿，送回化验室后，就坐一旁等。等到发还单子，见上面盖有一个戳，两个字：阳性。

　　我们又回到诊室，医生看了一眼化验单，头也不抬就说："有喜了！"

　　"我不想要！"晶晶忙说。

　　"人流？"医生看我，我也点点头。

　　来到手术室门口坐下，看白大褂进进出出，他们脸戴大口罩，手戴胶皮手套。从手术室走出来的女子，个个像刚下战场一般。

　　晶晶又紧张起来，当叫到她的名字时，我感到胳膊被她捏疼了。她十分为难地走进去。

　　"啊——"没有多久，就传来她撕裂般的嚎叫。

　　我点燃一支烟，吸了一口。

　　半个多小时后，她扶着门框出现了，我走过去搀起她的胳膊，女医生随即把一杯红糖水给我，还有一包药。

　　女医生指指另一间屋子，"过去在空床上躺下休息会儿。"

　　我们走进去，已有不少"下战场"的人。床上躺的全是女的，旁边坐着的都是先生们。

　　晶晶一着床，浑身便瘫软一般躺下，双眼无力睁开，脸惨白，额头渗出细密的汗珠。

　　我把床单盖在她身上，坐在床沿，静静地看着她，流水一样的长发这会儿全乱了，眉毛还是弯弯的，鼻梁同从前一样挺挺的，不笑也不见酒窝。

她慢慢睁开眼，用视线找到我。

我把红糖水递到她面前："快喝，都快凉了。"晶晶看我一眼，上身坐起，喝了半杯，又躺下，仰着脸。

"好些了吗？"我问。

晶晶无言，抓住我一只手，握住，良久，视线收回，眼又闭上，两滴泪水从睫毛处流出，匆匆向耳根滑去……

阿芳不知道租到房没有，离完婚没有，反正自那以后，又没有见到她的人影了。

晶晶回图书馆上班了，在她休息期间我曾去探望过，她说自己像做了一场噩梦，还说以前从未感觉出图书馆的工作有什么意义，说现在体会到我当时建议她去荔枝公园读散文的意境了。

我与她后来有过几次电话联系，她还说要和我做好朋友，但等她完全恢复之后，来往终于减少了。我感觉理应如此。

生活中又增了一份经历，它没有给予我什么希望和失望，只是在这之后，我反反复复思量过关于爱情与婚姻的本质问题。

情感生活原本是平凡的，而过去的我，仿佛总是追求一些虚幻的东西，具体也说不清道不明。

日子按照它早已形成的规律向前走动，该出现的出现，该毁灭的毁灭。

…………

这年岁末，我在街头偶遇久未谋面的大黄，他身着蓝色双排扣西装，白衬衫，花领带，还是以往的龙马精神。

"我正要找你！"他握住我的手说。

"是吗？"

"没意思，钱多少是个够。"大黄意外地说。看来什么人都会变。"人活在世上，总得有几个朋友，我得罪了你，钱补不回来。"他倒是够直率的。

"得罪我什么？"我表现得无所谓。

"哈，"大黄有些自嘲地说，"我要是你的话，也一样会生气。"

我没吭声。

大黄点点头，恳切地说："这样吧，找个时间，咱俩喝一杯，算是我向你赔礼道歉！"

"再说吧。"我没有兴趣。

"咱们哥们儿犯不着为女人而……"又是这腔调。

"女人就不是人啦？"

大黄改变不了那种胶质感的笑脸，说："当我求你，定个时间，你约晶晶一起来。"

我知道，提起晶晶，他是有负疚感的，他原以为钱能买回心理的平衡，谁知晶晶死活不要他的钱，使得向来靠金钱处理问题的大黄别无他法。

自从洋洋假期完了回京后，大黄曾约过晶晶几次，无一例外地遭到冷遇，发展到最后，晶晶连他的电话也不接了。

我虽然不再扮演保护晶晶的角色，但我不乐意和大黄谈起她。

街头偶遇之后，我以为一句话说出口，风吹过就完了。意外的是大黄紧追不放，大有不了此愿决不罢休的架势。

有天晶晶打来电话，我顺便提及此事。晶晶不无反感地说："无聊！"

"我想你也会拒绝。"

"那还能怎样呢？"

"不过，"我突然心里不知被什么触动了一下，于是又说，"不过看看他到底说些什么也好。"

"那，"晶晶犹豫了，"那要是去，你可得说清楚，我这是看在你的面子上。"话虽这么说，我却感到她动了恻隐之心。何况她未必不想得到一点心理上的安慰，即使对方说出一句软弱无力的"抱歉"！

大黄又来电话催问此事，我答应了他，并传达了晶晶的意思。大黄听了只是笑，末了告诉我定在周末安然居贵宾厅。

深圳真正进入了冬季，整天刮风下雨，给人带来一丝丝寒意。周末的傍晚，我等到晶晶，两人在街头走着。看来她精神已然恢复了，衣着又如同从前。她今天穿着西装套裙，腰极细，胸前别着一枚金黄色孔雀饰物，头发披着，中分线依旧刀切一般，只是水汪汪的大眼中似乎多了一层令人不敢冒犯的神情。

大黄早已在等候了，意外的是他身边还有一个人：阿芳。

阿芳穿着棕色裘皮外套，头发刚烫过，精细的化妆术使她更显出少妇的魅力。她从餐台椅子上站起，微笑着迎来，掩遮不住胜利者的骄傲，她有意淡化了与我的私密关系，却对晶晶重新出现而心存警惕。

大黄永远的笑脸。他不时看晶晶一眼。

晶晶看着阿芳，末了淡淡地移开目光，女人对女人的那种神气。

我其实是来看表演的，人在生活中都是角色。

一切听大黄安排。大黄招手叫来服务员："天凉，来瓶五粮液。"说完回头看我，我无反应。他接着问两位女士："你们来支干红好吗？"

菜很快上来了，四个人的吃趣不浓，大黄反复劝说："一边吃，一边喝吧。"

无话可说，从何处开口呢？默默地吃着。晶晶动作极少，大黄时而投去一瞥。阿芳却大方有度。

"咱们这杯干了！"大黄端起白酒面对我。

我一扬脖子，半杯。他全干了，说："好久没这么喝了！"女士喝红酒，浅浅地下。

"喝嘛，你们怎么啦？"大黄又劝。

"谁能和你比。"阿芳说。

大黄吃菜，喝酒，又说："不管你们，我今儿个要喝个痛快。"

晶晶停了手，静坐着。我端酒杯，对她说："喝点，来。"晶晶摇头。

大黄看了，说道："好，你俩干一杯。"晶晶双眼平视过去，大黄又转头，对阿芳，"咱俩干！"阿芳端起杯子。

"来吧。"我还端着杯，晶晶只得端起，我喝得杯见底，晶晶使劲喝，差点呛住。

大黄又倒酒："喝吧，人生难得几回醉。"

酒已过三巡，大黄脸已微红，我头发胀。

"喝，你我各半。"大黄摇着酒瓶。

"能者多劳。"我盖住酒杯。

"别他妈装熊……"

"你才他妈真熊……"这小子有几分醉，要不是有晶晶和阿芳在场，我真想臭骂一顿。

…………

酒瓶空了。大黄口无遮拦，还不时把阿芳的红酒倒进嘴里，话随之也越说越多。

"行了，可别醉了！"我阻止他，阿芳也把他面前的酒杯拿开。

"还给我，"大黄红着眼，又从阿芳手中要回酒杯，"醉，谁醉了？"晶晶平静地看着，嘴角挂着一丝冷笑。

阿芳尽力做出与醉汉更亲密的样子，给大黄要了热毛巾，倒了大杯的红茶。

过了很久，餐厅客人很少了，晶晶表示要走，大黄的头已伏在胳膊肘里趴在桌面上，阿芳用手抚着他的头。

"哥们儿，"大黄艰难地抬起头，"我知道我得罪你们了！"

"又来了！"我不耐烦。

"真他妈不够意思！"酒不醉人人自醉，他说，"你觉得值得吗？为女人……"

"你他妈发什么酒疯！"我没好气地回了一句。

"女人不是玩意儿。"大黄又抬头，扫视阿芳、晶晶一眼，阿芳满脸不高兴，晶晶倒极平静，她仿佛要看完这场演出。

"你们不知道，"大黄把最后一点白酒、红酒全倒入杯中，"有什么意思！"端起杯，"酒才是真朋友，"一饮而尽，"别的都是他妈扯淡！"杯子在空中晃了晃，掉在了地上，摔成碎片。

服务员进来，问需要帮忙不，我示意她先离开，掩上房门。

"女人，哈哈！"大黄一只手伸向阿芳，抓住她的头发，摸一摸，阿芳头发大乱。"你醒醒好不好。"阿芳拿掉他的手。

大黄又埋下头，接着又抬起，面向晶晶："晶晶，对不起，对不起！"晶晶还是那样平静地看着。大黄像是乞求她似的，"原谅我，好不好？"

"我不想听你说这些！"晶晶言词清楚。

"你为什么？"大黄双手扶在桌面，"为什么不给我机会……"阿芳靠在椅背上不理他了。

大黄又趴在桌上，酒劲上来了，十分难过的样子。

我和晶晶想走，可觉得不能留下阿芳一个人守着醉鬼，又无言地坐了许久。大黄这时意外地哭了起来。我能看出，这不是装的。

"……女人，"大黄自语着，"你们不知道，我的老婆，多美！"说着，又"唔……"地喘一口粗气，"去澳洲，唔——上他妈什么鬼学！可这一去，便把我和女儿甩了！"

男人的哭，鬼哭狼嚎般。

就在大家相视无言的时候，大黄突然滑倒在桌子底下。这个强壮的汉子躺在地上，沉沉地昏睡了。

最后，我掏了这餐饭钱。阿芳竟面露尴尬之色，晶晶反倒有说不出的快感。

在她俩的协助下，我扶大黄下楼，上车。

晶晶在大黄住的楼下停住脚步，我和阿芳扶他回家，上床。之后，我们分手，各走各的路。

我回我的小屋。

晶晶向她家走去。

阿芳去了更陌生的地方。

人面桃花

谁能知道自己的人生终点。

　　　　——题记

在墓园西南角山坡高处有一排空坟，新立的汉白玉墓碑上，大多还没有雕刻一个字。墓园管理处墙上悬挂的墓地认购一览表上，这些空坟墓地尚在待销范围。只有右手第二座坟墓，其墓碑的中心位置，上下凹形雕刻着"贤妻 赵美伶之墓"，左下方有"夫 章亚军立"。

　　这年清明节刚过，墓园里到处散落着鲜花、蜡烛、橘子苹果香蕉等祭品，看着有一种热闹过后的冷清感觉。一个三十大几的男子，一脸憔悴地伫立在赵美伶的墓碑前。他的身旁还站立着一个五六岁的男孩，两人像是父子。父亲神情落寞哀伤，儿子则一脸懵懂，有些不知所以。不用猜，他们与逝者可能是一家人。

　　但这只是表象，其实赵美伶生前结过两次婚，前夫叫郑一豪，再婚丈夫叫于海，这个祭奠"贤妻"的男人，就是为赵美伶立碑的男人，名叫章亚军。

世事也太富有戏剧性了！

赵美伶若九泉有知，可能也会疑惑：怎么给我立墓碑的人、称我为贤妻的人，其姓名却从来没有与我的名字出现在同一张结婚证上，且从法律意义上说，我们不是夫妻呀！

一

赵美伶是美丽女人，美丽得容易被男人倾慕进而痴迷的女人。

事实上，三个男人情陷于她，两个先后娶她进洞房，其中一个是她的青梅竹马；一个与她非婚却生子。

赵美伶生于1983年的广东韶关市郊，她的父母在韶关市前往丹霞山旅游风景区的国道边上，一直开着一个名叫"小霸王"的路边小超市。超市的广告牌是怡宝矿泉水免费做的，条件是怡宝使用广告牌的三分之一，超市用三分之二。至于为什么把小超市叫作"小霸王"，赵美伶的父亲说过："不是成龙做了个学习机的广告吗？好听也好记。"

赵父的老家在湖南郴州市下面的资兴县，他年轻时到广州打工，后来就与家在韶关的姑娘结婚了，当了广东女婿。按照此说，赵美伶算是湖南与广东的省际混血儿，身上流淌着湖南人和广东人的血液。

赵家在韶关虽然没有大富过，但赵美伶从来不缺吃喝穿戴零花钱。她还有一个能干的姐姐赵美红，凡事都当她的后盾。

父母送赵美伶上学，她身高日日见长，初中毕业时在韶关 N 中已经是鹤立鸡群般的模样。男同学给她取过绰号"赵模（特）"。但她的学习成绩却与她的身高不同步，初中毕业时连高中都没有考上。

当其他同学在高中三年为升入大学而熬夜苦战时，她却轻轻松松地在韶关职业中学，为毕业后的就业学着酒店服务、礼仪招待、模特表演一类的课程。

人生路很快就出现分野。几年后，当有的同学上了大学，有的当了兵，有的跑生意去了，而赵美伶凭借身高的优势，先在韶关迎宾馆工作了一年左右的时间，后被在深圳打工的赵美红介绍到深圳，应聘到姐姐的工作单位——深圳 WP 俱乐部，也当了这个俱乐部的服务员，成为姐姐的同事。

WP 俱乐部位于深圳福田区，与华强北电子市场毗邻。俱乐部是用原来华强北电子管厂的一幢旧厂房改建而成的。

赵美红已经是俱乐部的骨干员工了，赵美伶来了以后，在姐姐的引导之下，很快就有了如鱼得水的感觉。两姐妹的形象、气质、性格几乎不分上下，且相互衬映，成为 WP 俱乐部骄傲的"姐妹花"。

在这里，赵美伶频频调整岗位，赵美红说："妹仔！多个岗位多份历练，你会很快由女孩变女人的！"

赵美伶拿姐姐当师傅，但她有青出于蓝而胜于蓝的能力，很快在 WP 俱乐部就成为当红角色。

WP 俱乐部在深圳名声显赫，档次不算第一，也数第二。它属于综合性质的俱乐部，吃喝玩乐、唱歌跳舞、洗浴按摩样样都有。老板慧眼识珠，他让赵美伶在大堂当咨客，专门迎宾。这个角色对于来此消费的客人来说，表面上说是礼仪小姐，但实际作用更像是香气扑鼻的鱼饵。试想一下，那些财大气粗的老板来此消遣，一见美女笑脸盈门，会有什么样的联想呢？

当 1.7 米高的赵美伶穿上黑色西装套裙，脚蹬黑色高跟皮鞋，走在金碧辉煌的迎宾大堂时，随着"咚咚咚"的脚步声，婀娜多姿的她美到了让姐妹们羡慕嫉妒恨的地步。

深圳是个养美女的地方，而 WP 俱乐部更是以美取胜的场所。过了一两年的工夫，赵美伶的身上就没有了来自韶关的纯朴与土气了。她学会了化妆、染发、用香水，也学会了与张老板、李老板、王哥、赵哥聊天说话的方法，甚至打情骂俏也软硬合适，用语恰当。又过了一两年工夫，随着丰富的饮食和有意识的锻炼，赵美伶摆脱了一般模特儿偏瘦的体形，前胸奇迹般饱满得像两个皮球，后臀也翘得成为吸睛神器。甚至有几个姐妹私下议论，说赵美伶为了丰胸，还让香港老板给她买过什么特效药。

赵美伶虽然生在广东长在广东，但她从小在父亲的影响下，语言中夹杂着明显的湖南口音，而她也遗传了父亲白皙而细腻的皮肤，这让来俱乐部里的客人，常常误以为她是个湘妹子。

美女的适应能力强，尤其在男人成堆的 WP 俱乐部。赵美伶知道在不同时空该有的动作、姿势、表情和步态。

鱼都离不开水，水一旦宽阔了，鱼也就很快学会凭水而跃了。赵美伶像是一条欢快的鱼。

"赵赵呀！你咋就越来越像李嘉欣了！"有老板一进大堂，就笑着说。

"蒙哥哥关照！您这段时间哪去发财了，今天妹妹可要陪您多喝几杯！"

"美美，你可能是WP第一美了！"男人夸女人，潜藏着一切"可能"的想象。

"伶子，你可真是衣服架子！"有的客人眼睛盯着赵美伶的身材说，"啥衣服你都撑得起来！"

有时候来一帮酒足饭饱之人，赵美伶迎上前，连忙说："哥哥们，我可留了最好的房间了，就等着哥哥们呢！"

"美伶美伶，就你唱歌好听！"一个红着脸，浑身酒气的男人说。

"妹妹这就陪您唱！"赵美伶笑着附和。

"我呢？还有我呢？"另一个也喊道。

"咱一块儿唱！"赵美伶说。

"好，一女多男，我们围着你一块儿唱！"

"美伶，我的美伶最懂情！"

"多情！多情！哈哈哈……"

一帮人说着笑着就进了大包房。可以预料，赵美伶单这一拨客人，就会有几百上千的提成。当然，她习惯了喝酒，习惯了与这类客人聊天和打情骂俏，其间的亲昵动作定是少不了的。

　　赵美伶的歌喉与舞姿很快就娴熟起来了，她也早就从咨客的岗位上调整到"小姐"的岗位上了，而且很快成为 WP 点钟频率名列前茅的存在，而且有问鼎"头牌"的趋势。

　　某年中秋节的当晚，客人稀少。也许那些平时很少着家的夜生活爱好者，不好意思在中秋团圆日还在外边胡闹。

　　WP 俱乐部任何节日都不能过节关门，只是节日客人少了，员工们可以自嗨一番。俱乐部老板也借机显示一些大方与温情，比如让员工免费享受丰盛的自助餐和酒水饮料。少数来俱乐部过节的客人，其消费全额归节日期间上班的小姐。

　　这天，来了位郑先生。他不爱说话，戴着金边眼镜，脸上总挂着微笑，显得一脸和气的样子。

　　实际上，他叫郑一豪，是香港 SPU 制冷公司的技术员，当时已经三十七八岁了。

　　郑先生原来在香港谈过一个长相与身材都十分普通的女朋友，可是由于他的家庭条件一般，没有能力买婚房，连他们曾经同居的公寓租金都要他和女友两个人共同来承担，后来这个女朋友就离他而去了。为此，郑一豪成了在香港娶妻困难的大龄王老五。他平时生活枯燥，常感郁闷。

　　SPU 公司在深圳有项目，郑一豪经常往返于香港与深圳之间，有时候在深圳一住就是几天。

　　中秋节这天晚上，郑一豪本来要回香港陪父母过节的，但他的父母节前去了远嫁台湾的姐姐家了。他回香港也是一个人，在深圳也是一个人。于是晚上就来 WP 俱乐部了，他就此认识了赵美伶。在他看见赵美伶的第一眼，他就觉得他来 WP 来对了。"这儿还有这等美人呀！"他在心里感叹道。

郑一豪中等个头，身形偏瘦，外形斯文。他的绝对身高虽然高于赵美伶，但他在包间邀请穿着高跟鞋的赵美伶跳舞时，就显得有些矮了。

WP 从此成为郑一豪固定的娱乐场所，尽管他每次见赵美伶，都西服革履，手戴名表，脖子挂着金项链，但他心里还是难掩些许自卑感。因为相比他的前女友，比他小 15 岁的赵美伶实在是太美了。

可能是长期在夜间工作之故，基本不见阳光的赵美伶成为一个少见的白美人，加上她青春的肌肤与淡妆，在暧昧的灯光下，与影视剧中的明星几乎没有两样。甚至在她穿上高衩旗袍，走路跳舞时露出白生生的大长腿，简直比关之琳还美。郑一豪时常心神不宁，他也从此不再关注别的女人了！

赵美伶每次甜甜地叫着郑哥时，郑一豪的心里都美滋滋的。可当赵美伶转身同样喊孙哥钱哥时，郑一豪心里就生出一丝酸涩之感。

为了在不少"对美伶好"的男客人中成为最好的那一个，郑一豪从开始每次来俱乐部只点她的钟，发展到每次点了钟后再续一个钟、两个钟，再发展到买钟带她外出吃饭、给她买首饰礼品的地步。终于，赵美伶被郑先生的殷勤和慷慨深深地打动了，愿意当他的女朋友了。

在两个人相识约三个半月的一个周末，赵美伶随同郑一豪去了他住的酒店，男女防线在你情我愿中被突破了，两个都不是"第一次"的朋友，第一次拉埋天窗……

郑一豪心里在说，我终于得到了这个人见人爱的尤物！而赵美伶也为郑先生并不像逢场作戏般浓浓的爱意所陶醉。

如此这般的约会几次之后，郑一豪发现自己难以离开赵美伶了。开始一段时间，当他依依不舍地回去香港，赵美伶不得不又回俱乐部上班时，郑一豪还勉强可以接受。但半年过后，郑一豪开始不愿意让赵美伶接触别的男人了。于是，他向赵美伶提出，希望两个人过正式的同居生活，让赵美伶从 WP 辞职，他按月支付赵美伶的生活费。

赵美伶想，郑一豪虽说是香港人，但他不像别的深港两地的老板那样，今天找张三，明天找李四，一个个当着花心大萝卜。郑先生每次来俱乐部，只找她一个人，她要是在忙，郑先生便一直等着她，显得这个男人用情十分专一。他虽然不是老板，但他拿到手的工资也远远高于一般深圳白领的水平。他答应给她每个月的生活费金额，也远高于她的那些上过大学，如今当着学校老师的同学的工资。他年龄大自己 10 多岁，但显得稳重、成熟。郑先生是单身，她赵美伶也不会被人误以为是什么"二奶"，如果同居后相处得好，她嫁给这个男人也不错，届时，她岂不是成为名副其实的"香港太太"了？！

这样一想，赵美伶后来就答应了郑一豪，同意与他同居。而郑一豪随后也给 SPU 公司黄老板提了建议，说既然派他长期出差到深圳，且回回住宾馆，不如在深圳给他租一套住宅。黄老板权衡后，觉得如此一来，差旅费还可以节约不少，于是就应允了郑一豪。这样，郑先生把公司出资租来的房，布置得像是婚房一样，与赵美伶果真过起了甜蜜蜜的"夫妻"生活。

2004年春，郑赵两人对同居生活感到十分满意，情感也已稳定下来，郑一豪遂向赵美伶求婚成功，两人随后选择吉日，在香港办理了结婚登记手续。

婚后，郑一豪颇感自豪地带赵美伶在自己的亲友圈频频亮相，他们很快退租了在深圳的房子，改在香港另外租了婚房、安了家。郑一豪这时也升职、加薪了，而深圳的工作虽仍由他负责，但他把具体事务交给了由他带出来的徒弟小孙接手打理。

可令一对新人想不到的是，在深圳如鱼得水的赵美伶，很难适应在香港当专职太太的生活，过去整天迎来送往的热闹日子，被现在一日三餐的刻板生活所代替，且周围皆是陌生人。她郁闷不已，苦恼也只能闷在心里。不久，赵美伶被诊断出患了肿瘤。

面对爱妻遭此意外，郑一豪展现出百里挑一的好丈夫姿态。他安排赵美伶在香港最好的医院治疗。由于肿瘤发现得早，手术切除原发病灶后，又进行了一个周期的放化疗，癌细胞很快就消失了，各项复检指标也已正常。经此一劫，夫妻二人的感情更加深厚了。

赵美伶在韶关的父母和在深圳的姐姐对郑先生都赞誉有加，对他俩的美好生活也充满期待。按说，赵美伶拥有这样一个真心待她的丈夫，应该满足和珍惜。

谁知病愈一年后，即2006年初，赵美伶在回韶关探亲时，邂逅了职高时期的同学于海。他俩充满魔幻的爱情故事，就在赵美伶"郑太太"身份存在时，正式开启了。

二

于海早在韶关职高时就暗恋过赵美伶，而赵美伶那时对于海的印象也不错，说他俩是青梅竹马的朋友也不过分。只是那时限于环境和家庭影响之故，没有人捅破窗户纸，但彼此喜欢是两个人都感觉到的。

分别多年后，两人都长大了、成熟了，彼此看着对方时，就没有当年的羞涩之气了，而多了成人才有的那种欣赏与喜欢的感觉，当然还有两相无言，两相眼神中却都懂的欲望。

也许是在酒吧唱歌养成的习惯吧，于海在交谈中，语言热辣，还总是辅助着十分潇洒的手势。赵美伶看着，觉得于海与俱乐部常见的那些笑眯眯的老板相比，既帅气，又阳光，她说不出为什么，就是感觉满心的喜欢。

尤其是当于海说他职高毕业后，不甘于平庸，后来又复习了一年，终于考上了西南音乐学院，毕业后就到了深圳，现在在蛇口的酒吧当串场歌手了。

可能每一个中学生都有高考梦，赵美伶虽然自己当了逃兵，但对于海能够上大学，毕业后又来到深圳当歌手，她还是有些羡慕或者说嫉妒呢！

当然，两个人很快就谈到了情感的话题。

"那时男生想追你的可不少！"于海说。

"你呢？你想吗？"

"当然，我只是不敢，我长个儿比你晚，那时我怎么敢对有名的'赵模'开口？"

"你还记得我的绰号？"

"一辈子都忘不了！我还记得你在开运动会时，参加跳远比赛，还拿了冠军。"

"我体育成绩还行，可有什么用！"

"那天你穿着白短裤、白球鞋，男生在宿舍说看见你那样，都睡不着觉……"

赵美伶听了，也没有什么不好意思，反而问："你呢？你看见了吗？能睡着觉吗？"

于海笑笑，反而正经地说："我尽管这些年也有过一些露水情缘，但心里一直忘不了在职高时的一切……"

赵美伶听得出，于海在向她委婉地表达情愫呢，眼睛里便冒出喜悦、欣慰的神色，且鼓励于海说下去。

于海越说越来劲，高兴了还插唱几句情歌。这样不由得让赵美伶产生联想。因为她以往接触过的男人，都是欢场认识的，包括现任老公郑一豪。那些人说的话，随意、热烈、大胆、直接、露骨，但是缺少真情，尤其缺少赵美伶所理解的在韶关职高时的纯粹的爱情。而眼前的于海，是她过去朦胧中爱过的人。现在的他，是大学毕业生，是深圳歌手，年轻帅气，穿衣戴帽还那么时髦！赵美伶突然有一种失而复得的感觉。

两个人在韶关见了几面，于海每次吃饭都抢着买单，显得挺

大方。赵美伶笑着说："老同学发财了！"

于海骄傲地回答道："毕竟在深圳有工作，这点钱算什么？"他说完，头一扬，笑笑。

赵美伶知道于海暗示什么，有一次在酒店咖啡厅，她一时激动，就掏心掏肺地说："我这些年在欢场红尘中讨生活，情感上已经不干不净了，现在又结婚了！"

赵美伶说着说着就有些伤感失落，说她已经配不上于海了。说完，她就斜倚在沙发一角，泪水还溢出了眼眶，于海赶快用纸巾帮她擦了。

于海受到赵美伶情绪感染，怜香惜玉般地搂住美人的肩膀，说他不在乎赵美伶以前做过什么，也不管她现在是不是有老公，老天爷让他俩再次相遇，他就不想再失去她。

于海一席话，让赵美伶彻底沦陷了。于海接着说了句"上房间休息一下"，赵美伶微微点头。

进了房间，两个人再没有要说的话，急匆匆拉上窗帘，相互宽衣解带，像热恋的情人一般，拥抱，接吻，抚摸……

于海喃喃自语："我不管你有没有家，有没有老公，也不管你有没有其他男朋友，我就是要当你的情人！"

赵美伶嘴上说："这样不好吧！对你不公平！"于海手脚不停，什么也听不进去。

赵美伶心里大感欣慰，觉得她虽然已经不再是少女且已结婚，但她似乎仍然魅力不减。想到这里，她更热烈地迎合着于海，而于海年轻而冲动的身体，显然比郑一豪更令她感到刺激和满足……

就这样，赵美伶出轨了老同学，于海得到了少时心中的女神，他决心在这一对香港夫妻的背后，当着这位漂亮的香港太太的隐形情夫。后来，赵美伶和于海相约搭乘同一列火车离开韶关，两个人到深圳后才分手。郑一豪在罗湖口岸香港地铁站口接到赵美伶。

"这次回家，可待了不短时间哦！"

"是啊，没有想到妈妈感冒了，我回港前还没有好彻底。"

赵美伶掩饰得很好。

回到家，郑一豪迫不及待地要与妻子欢爱，而赵美伶好像比以往更体贴、更需要丈夫。

"老婆你真性感，我再也舍不得你离开我！"

"老公你好厉害！我也早想回家见你！"赵美伶与老公互夸，但她说的话其实是违心的，她明显感觉到床上的事，于海强过郑一豪不是一星半点。但她的违心之言在郑一豪面前是有效的。

从此之后，赵美伶分别在香港与深圳的两个男人之间往返。在香港时，她是郑一豪的娇妻；来深圳了，她又是于海的情人。

生活如河水，河水有暗流。

男女之间的感情走向，何尝不似暗流呢？

时间一长，于海就不满足这种藏起来的关系了。

"美伶，我咋感觉自己像是你们两口子雇的临时工呢？你们逢年过节团圆，周末假期出游，老公老婆互相亲密地呼叫……我这叫什么事儿？！"

　　于海的感觉由最初的胜利者转化为现在的隐形人、边角料和可有可无者。"我不能主动联系你，不能过香港去看你！只能等你有空闲了，有兴趣了，过深圳召见我，会会我！我像个、像个鸭子！"于海陷入痛苦之中，在与赵美伶好说没有用，歹说也没有用的情况下，他慢慢地爱上了喝酒、抽烟。喝多了还忍不住砸家具、摔东西，还在酒吧吃能"摇头"的药丸……可是这样的日子没过多久，2006年盛夏的一天夜里，于海因吸食非法药物被捕……

　　经过半年多的司法流程，于海被判处四年有期徒刑。

　　于海意外入狱，赵美伶被惊吓到了，她在那个时期，不敢踏足深圳，老老实实地待在香港，与丈夫郑一豪过着平淡而又缺点"意思"的夫妻生活。

三

　　郑一豪见赵美伶在香港没有朋友，生活圈子狭小，整天待在不足100平方米的公寓里，就像自我囚禁似的。他下班后尽可能地陪妻子外出逛街，吃饭、购物，但这样时间长了，其花费又令他感到压力。思前想后，在迫不得已之下，他就对赵美伶说："我上班忙，你闲得憋闷了，就过深圳散散心，打打牌，顺便还可以采购一些优惠的生活用品！"

　　"好吧！我闲了就多跑跑，正好深圳的牙科也便宜好多。"赵美伶巴不得当个深港穿梭人呢!

但郑一豪意料不到,年轻的妻子有了经常往返深圳的自由,同时也有了放飞情感的时空。正好,这时正在服刑的于海也干涉不了赵美伶在深圳的交际。而这时的赵美伶,有了"年轻的香港太太"这个身份,在与人交往时,还多了些许心理优势,给人某些高攀或者神秘的感觉。

2007 年,赵美伶带着两个大行李箱,经落马洲口岸(福田口岸)入关后,计划包一辆出租车回韶关。排了一会儿队后,她坐上了一个名叫章亚军的小伙子的出租车。

章亚军与赵美伶年龄相仿,穿着深圳出租车司机统一款式的工作装——白色夹克上衣、黑色牛仔裤、黑皮鞋。小伙子留着小平头,虽然皮肤稍黑,但大眼睛,高鼻梁,显得格外精神。他前些年从潮州汽车技术学校毕业后,经老乡介绍就来深圳跑出租了。

章亚军性格开朗,为人热情,好交朋友。他平时接触面广,交过不少男女朋友。但在个人婚恋方面,他的心还像是漂在水面上,什么时候结婚,与谁结婚,都没有想好,也没有固定对象。在潮州老家,他家只有姐弟俩,姐姐已经出嫁了,父母多次催他结婚生子,说抱上孙子后心里才能踏实。可他总是说不着急,碰到合适的人再说。

章亚军看到坐在副驾位置的这位香港少妇既美丽又大方,穿着也尽显时尚感,身上还暗香浮动,一时就有了美妙的联想,于是笑着说:"小姐太漂亮了,我愿意免费为你服务!韶关这趟车我不收费了!"

"谢谢你的好意！免费怎么行，我按公里数付费就是了！"赵美伶扭头看着章亚军说。

"你这么漂亮，就当是你陪我游车河啦！"章亚军当了几年司机，讨好美女的话很是拿手。

本来，以赵美伶的阅历，她应该能够看得出，油嘴滑舌的的士佬之所以如此大方热情，那是因为的士佬的眼神中，写满了"色欲"二字。可赵美伶再一想，之前在欢场见过的人，有谁不是用这种眼神看她呢？她习惯性地接受了章亚军的夸赞与好意，且心里亦如从前在 WP 俱乐部一样地愉快。

从深圳到韶关，两日后再从韶关回深圳，章亚军不仅没有收取赵美伶一分钱车费，而且在赵家附近的水果店，他还花钱买了两箱水果当作伴手礼，送给了赵美伶的父母。只是老人家不知道，当女儿坐着章先生的车返回深圳的途中，他们俩绕道惠州城，会友、住宿。

"我在惠州有位好姐妹呢！"赵美伶说。

"那就顺路去探访她一下！"

"不好吧，太麻烦你了！"

"没有问题啦！我为美人做事，乐意，乐意啦！"

赵美伶于是电话联系好惠州的好姐妹阿芬，章亚军随后在岔路口便朝惠州方向奔去。

也许章亚军是老司机，他的车开得利索、娴熟，动作还潇洒自如得有几分翩翩美感。

"小姐想听什么歌？"他问赵美伶。

赵美伶说随便吧，粤语歌英文歌都好。

章亚军于是一路放着英文恋曲，让他们俩的同车行多了几分浪漫和愉快的感觉。

阿芬说西湖宾馆的盐焗鸡特别有名，她要请赵美伶吃饭，以此报答她在 WP 俱乐部期间赵家姐妹对她的照顾。

久别重逢的两姐妹，高兴之情溢于言表，席间，一高兴就都喝了不少啤酒。而章亚军也像是忘了开车的事，更是英雄海量般地豪饮一回。

赵美伶与阿芬道别后，已是晚上八点半了。章亚军开车只走了几百米，就突然说道："哎呀，喝酒不能开车！怎么办呀赵小姐，我刚才也喝了不少酒！"

赵美伶停顿了一下，说："要不在惠州住一晚再走？"

"好吧！安全第一，明天再走。"章亚军调了车头，又回到西湖宾馆。刚才吃饭的餐厅是宾馆副楼。这时，章亚军停好车，就到酒店前台办理了旅客登记手续。

他拿了房卡回到停车场，对赵美伶说："只剩一间双床房了，你住，我在车上对付一晚就是了！"

"那怎么行！要不你送我上房间后，另外找别的酒店吧……"

"好！"章亚军随即拎着赵美伶的随身行李，带她上了酒店房间。

但直至次日早晨，两个人都没有走出那一间双床房。

事后，赵美伶忘不了她与章亚军在那间客房一个晚上的疯狂，他俩显然都不是纯情男女，于是如鱼得水地体验了偷情的诱人滋味。

章亚军行房事的特点是不开灯、不说话，只是动作时而粗鲁野蛮，时而和风细雨。

也许，对于两个熟悉情事的男女，他们也不需要多说什么，他们知道自己在做什么和怎么做。

2008年的某一天，赵美伶发现自己怀孕了，她电话中找赵美红推算，猜测惠州一夜有问题，孩子的父亲可能是章亚军！面对这幸与不幸的结果，赵美伶几天吃不好饭睡不好觉。她知道，几年来郑一豪一直想当爸爸，还用中医食疗的方法调理身体，但总不能如愿。为此，两个人去医院体检，结果是她没有问题，问题是郑一豪精子成活率太低。

也正因如此，她平时就没有避孕的习惯，谁知惠州一夜，就制造出这等出轨铁证。

哪个男人能容忍妻子生出一个野种呀？赵美伶记得，在她韶关老家，她的远房表嫂，就因为与男邻居暧昧，仅仅是被她表哥发现两个人跳舞时抱得紧了些，表哥就把表嫂打成脑震荡。住院出来后，从此别说跳舞，就是说话都不利索了，还经常性控制不住流口水……表嫂以残疾之身为自己与他人的暧昧付出了代价。

想到这里，赵美伶就不知如何是好。平时细心的郑一豪发现妻子情绪不好，就一再问她："怎么了，身体不舒服吗？要不看看医生？"

赵美伶摆摆手，可话音刚落，她又恶心呕吐起来。

"不行，你这是病了，咱们一起看医生去！"

赵美伶跑进洗手间，打开水龙头，漱口，洗脸。她不敢见医生，一见，丑事就瞒不住了。她想找机会到深圳，悄悄做人流手术，这是她想到的最好的解决办法。

正好，郑一豪这段时间被公司派往上海出差，赵美伶借机就联系好章亚军，赶紧到深圳妇儿医院做手术。可在术前体检时，发现赵美伶患有严重的盆腔炎。医生劝赵美伶，说："你要考虑好，你这个病不能做人流手术，否则今后可能怀不上孩子哟！"

赵美伶愣了半天，身边的章亚军也一筹莫展。医生好心劝道："你俩也都是该做父母的人了，为啥要做掉呢？还是个男……哎！我不该多嘴！"

"什么什么？你说男……男孩吗？"章亚军眼放红光。

"是呀！做了可惜了！除非你一辈子不想再要……"医生摇头。

赵美伶站起来说："那我们再商量商量。"她拉章亚军走出诊室。

两个人坐在医院走廊椅子上，赵美伶心里仿佛有了主意。她不接受以后生不了孩子的后果，她要生下这个儿子，至于郑一豪那边怎么办，她想到时候再说。她盯着章亚军看，发现此时的章先生，竟然比刚来医院时轻松了许多。刚才一脸严肃，现在却喜形于色，一副即将当父亲的幸福模样。

那天，赵美伶打电话给章亚军，对他说在惠州那一夜……"有了"。章亚军在电话里愣了好大一会儿，他原以为遇到"狠手"了，想来敲诈他，结果赵美伶始终没有提钱的事，连到医院的花费也不让他出一分一文，他这才相信赵美伶"有了"之说无误。

"只陪我到医院，给我做个伴，行吗？"来医院前，赵美伶这样说。

章亚军连连说好，好，又说："那我还在福田口岸旅客出口接你！"

在章亚军看来，陪同赵美伶做个人流手术不算个啥事，毕竟自己是涉嫌播种者。但医生说赵美伶不适合做手术，而且她怀的竟然是个男孩，这让章亚军不得不产生了美妙的想法。

"那你就生下来吧！不然伤了你身体划不来，再说你老公又没有捉奸捉双……"章亚军这样说。

章亚军想，孩子生出来了，你们能养就养，不能养的话，他就先做亲子鉴定，确定是他章某人的种，那他岂不是拣了便宜，他就等于让香港太太赵美伶无偿替他代孕生子了。

"好吧！也只能这样了！"赵美伶无奈地说，心里仍不轻松。

回到香港后，赵美伶想吐的时候多了，饭桌上也少不了醋。终于有一天，郑一豪带赵美伶回父母家度周末，郑母是过来人，见了赵美伶的反应，才说八成有喜了。郑一豪被母亲点醒了，高兴不已："啊！老婆！你这是妊娠反应？你是有、有了啊？哈哈，我终于可以当父亲了！"

郑一豪一副终偿所愿的样子。但回到自己家，赵美伶却梨花带雨般地哭了，显得无比伤心与愧疚。

赵美伶："老公，对不起，我做错事了！"说完，赵美伶竟然跪在客厅茶几旁的地毯上。

郑一豪愣住了，惊讶地问："你这是……怎么了？啊？做错，做什么了？"

赵美伶低头不语，眼泪像掉线似的。郑一豪心地善良，性格不刚。他抽了纸巾递给妻子，忍不住说："什么错老公都迁就你，你别哭，别难过！"

赵美伶听了这话，才鼓起勇气说："我回老家，那个的士佬叫我喝酒，后来就，就……孩子可能是他的！"

…………

空气像是凝固了，两个人半天没有开口。赵美伶跪得累了，身体摇摆了一下，郑一豪过去，搀扶她坐进沙发，叹息了一声，弱弱说道："算了，孩子生下来，我们养！"

赵美伶泪眼相视，她感到老公意外、反常。但她心里的石头落地了。

郑一豪这是为什么？

他其实一直担心赵美伶的忠诚问题，否则也不会让她早早从WP俱乐部辞职，在家当全职太太。他像任何一个丈夫一样，对这种事感到气愤、痛苦、失望。但爱妻至深的他，转念一想，难道他就对妻子忠诚吗？

在认识赵美伶之前，他去过深圳许多欢场夜店，当他同居了多年的香港女友抛弃他之后，他的男人需求，不就是靠婚姻之外的男欢女爱解决的吗？就是认识了赵美伶之后，他陪同客户去澳门，甚至还与白俄女子一夜风流。当他无法说他是忠诚的丈夫时，他对妻子的行为就失去了指责的勇气和道义上的合理性。否则便觉得自己太虚伪、太自私。那种"只许丈夫放火，不许妻子点灯"的观点，在郑一豪来说是缺少心理支撑的。

赵美伶见丈夫超出意料的反应，就感激地握住他的手。而此时郑一豪的心已经软了下来，那种与出轨妻子离婚另娶的男子汉气概，在他心里升腾了约有半小时，就烟消云散了。

郑一豪扶着妻子回到卧室，赵美伶感动地说："老公，你是天下心胸最宽广的男人，我以后只对你一个人好！"

郑一豪揽着妻子躺在软软的大床上，见妻子情绪好转了，就回了一句："谁让你这么漂亮、性感，我原不原谅你不由我，由心，由我们俩的身体！我若不原谅你，岂不正好给别的男人制造机会？！"

赵美伶不说话了，她热吻着老公，从嘴唇、耳朵、胸部，再到……妻子是知道丈夫的趣味的，很快郑一豪就兴奋起来，不管不顾地进行起床上大战。

半个多小时后，两个人酣畅淋漓地并排躺在床上，郑一豪这时才又补充一句："你以后不能再见那个的士佬哟！"

"当然，你放心！"赵美伶信誓旦旦地保证，"我们一家三口过日子，我可不想节外生枝了！"末了又补充说："老公谢谢你！"

赵美伶不知道，郑一豪之所以这么大度，竟然原谅她出轨并怀上他人孩子这等原则性错误，其实有着他迫不得已和顺水推舟的因素。

郑一豪想：我与赵美伶结婚这些年了，一直想当父亲而不得，医生也说妻子怀孕不成的责任可能在男方；我如果接受她这次出轨，让她把孩子生下来，岂不是歪打正着、将错就错吗？我从此就少了无能力让妻子怀孕的压力。再说，我原谅了妻子出轨郑一豪想过，妻子来自 WP 俱乐部，她本就是情史丰富之人，只要不过分，不影响他当丈夫的脸面，那个的士佬仅仅像个面首而已，他不知道我们生下来的孩子是他的，他在深圳，我们在香港，我把这个事当作试管婴儿或是捐精受孕生子来看，未见得不是好事。

真是不是一家人，就不进一家门。赵美伶出轨了，她老公最后理解成"未见得不是好事"。

故事如果到此打住，恐怕跟皆大欢喜差不多。但是，有句话是"有钱难买心里想"。

郑一豪心里想的是让老婆为他生儿子，但儿子生物学意义上的父亲章亚军却不这么想。

更何况赵美伶所说的"与章亚军断绝往来"本不是她一个人就能够决定的事。章亚军认为，你赵美伶做人流手术来找我，不做人流了就不找我了。那怎么行？你说你们决定要这个儿子，你们生你们养，那我呢？我也想要儿子，我也能养我的儿子。

显然，郑一豪作为合法丈夫，他有权与妻子赵美伶商量决定，通过人流手术打掉孩子。而章亚军没有对别人妻子的胎儿主张去留的权利。但是孩子生下来以后，就没有人能决定他的生死了，作为被法律保护的婴幼儿，相关人只能划分孩子的抚养权和归属权。

按此逻辑，郑一豪是无权阻止作为亲生父亲的章亚军接近孩子的。如果赵美伶同意把孩子交给章亚军抚养，郑一豪也无权阻止。

赵美伶于 2009 年 7 月在深圳生下了一个儿子,郑一豪给孩子取乳名叫"小郑仔",章亚军给孩子取乳名叫"小章仔"。赵美伶不敢得罪两个"父亲",于是在郑一豪面前称孩子"小郑仔",在章亚军面前叫孩子"小章仔"。这样来回切换称呼容易出错,赵美伶干脆改叫孩子"仔仔"了。

在章亚军采取讨还小章仔行动之前,郑一豪一开始确实把小郑仔视作己出,还一再赞叹:"这孩子太像他妈妈了!太可爱了!"

双喜临门的是,赵美伶的单程证也在孩子出生当日批复下来了。夫妻俩开玩笑说,怎么这孩子不想当香港人,非要当个深圳人。不然只要晚几天,妈妈拿了单程证,在香港医院生产,那么这小家伙睁开眼就是香港人了。

这时从表面上看去,郑一豪一家三口,其乐融融,好生幸福。

但是章亚军当了父亲的激动心情按捺不住,他在郑一豪不在产房时,偷偷地看过几回孩子。他对赵美伶说,他喜欢这个儿子,希望将来亲自养大儿子。

章亚军在潮州老家的父母知道情况后,当然高兴得不得了,还反复叮嘱儿子:"一定要给我们把孙子要回来!这是天赐我们章家的子孙呐!"

郑一豪很快就高兴不起来了。

章亚军受到父母的鼓励,一心想要回孩子的态度,让赵美伶苦恼、无奈、矛盾。她不得不对郑先生坦白,说她当初因为想隐瞒自己怀孕,而私下里找过章亚军去做人流的事,也说了章亚军看过孩子、一心讨要孩子的事。

她说："要不，咱们把孩子还给他吧！咱们以后再想办法要咱们俩的孩子。"

郑一豪无可奈何地又点头妥协了。

最后，经过两男一女背靠背的协商，郑一豪和赵美伶同意将孩子交还给章亚军。章亚军父母也赶来深圳，住进了儿子按揭贷款新买的住宅房，准备帮没有结婚但已当爹的儿子抚养孙子。

但是离开不到一岁的孩子的赵美伶，才知道母子之情是难以割舍的。她的脑子仿佛不听她使唤了，她无时无刻不想念孩子。没有办法，她一次次向郑一豪提出请求，一次次回深圳看望孩子。

孩子当然是父母亲的纽带，这纽带从来不管父母具体是什么关系。章亚军与赵美伶在一次次交递婴儿的过程中，这一对没有婚姻关系的父母，语言相接之间，眼神碰撞之时，竟然有了他们才是真正的一家三口的错觉。于是，当孩子入睡之际，两个人便又按捺不住，激情似火……

赵美伶如此这般地慢慢习惯了与两个男人分别过着两个城市、两个家庭的生活。只是她有些恍惚，好像章亚军才是丈夫，郑一豪更像个情人。

这种三人行式的和睦关系，却因为于海的出狱而难以为继了。

四

于海 2010 年刑满释放后，经四处打听，急切地与赵美伶恢复了联系。

赵美伶曾经想过要远离入狱后的于海。当年于海被捕，她担心于海会在吸毒案中把她"咬"出来，因为她比别人都清楚，她曾经在于海的授意下，从香港兰桂坊酒吧街一个外号叫"鲨鱼"的光头男手中，把一粒粒不会在人体中溶化的食用胶囊吞入肚子里，再过关到深圳，排出体外，清洗后再交给于海。尽管于海告诉她不要问胶囊是什么，但她从电视上看到，她的行为实际就叫人体藏毒、运毒。

赵美伶没有料到，于海誓死保护着她，面对警方的审讯，他始终守口如瓶，一口咬定他手中的摇头丸来自深圳一个外号叫"台湾仔"的人，且是他在夜店醉酒时偶然买到的……而恰好这个"台湾仔"又确实存在，且已另案收押。在"台湾仔"的口供中，他供货的对象很杂，已经记不清有没有于海了。

于海如此便成功地让"台湾仔"替赵美伶当了背锅侠。

"我怎么也不能出卖我的女人呀！"在赵美伶为于海安排的压惊晚宴上，于海这样耳语道。

赵美伶与于海虽然不是夫妻，而仅仅是情人，但由于于海对她"够意思"，她也就打消了结束两人关系的念头，心想身边有一个这样保护自己的男人不是坏事。

人都会见面三分亲的，何况赵美伶与于海本就有很好的感情基础。许许多多往日留下的快乐记忆，竟然使两人产生久别胜新婚的感觉。于是，赵美伶与于海爱火重燃，且愈烧愈旺。

可当两个人几次缠绵过后，深聊起分别后几年来彼此的生活境况时，于海在得知赵美伶竟然又多出来一个情人，且跟这个情人还生了个儿子时，便忍不住在心里咒骂赵美伶"不要脸！不要脸！不要脸！"。

可是坐牢坐得学会了掩饰自己情绪的于海，此时只能把怨恨埋在心里。表面上，他努力地装得像个意识超前的艺术家，表示"理解"在自己不在身边时，赵美伶的"无奈"，他笑着调侃："谁让我的女人漂亮性感呢！"

此时此刻的于海，是有几分自知之明的。他知道当下的社会，有犯罪前科的人是低人一等的。赵美伶现在仍然能够接受他当着地下情人，他于海就算烧高香了，人家穿上衣服说不认识你，你去哪儿说理去？

就这样，一个更加复杂且混乱的男女情感关系，牵着一女三男乱步前行，直至两年后赵美伶被杀才结束。

人性多贪，男女皆然。站在女性角度上说，赵美伶是强悍的、聪明的，也是驭男高手，但身陷其中的赵美伶却感觉到复杂的情感关系反噬着她的幸福。

时间长了，她一来感觉精力有限，二来心理负担日益加重。或许还有孩子的因素，她越来越难以应付日益复杂的局面。

赵美伶常向姐姐赵美红诉苦，姐姐也帮她出主意。后来，她便想给自己卸包袱。经过反复挣扎与思考，她意识到自己无法长期维持与三个男人的关系，于是决定做出取舍，确定选择一个人，作为自己未来的情感归宿。

赵美红本来支持这个计划，但却因赵美伶的取舍跌破眼镜。她要与于海结婚，与之相守百年。

"啊！有结婚证、有工作的香港丈夫你不要了？"父母吃惊地问她。

"唉！有儿子、有儿子他爹你不要，而且人家在深圳有房有车有工作！"姐姐瞪大眼睛问她。

"我和于海有真感情，他现在一无所有，我不能舍弃他！"赵美伶竟然自觉是个仗义之人，是个珍惜爱情的人。其实她心里还想说："在吸毒案中于海还保护过我！"她似乎在用婚姻来偿还自己欠于海的人情。

"你呀！够蠢！"赵美伶父母无奈地叹道。

"妹呀！你将来会后悔的！"赵美红恨铁不成钢。

2011年秋，某日。郑一豪带赵美伶和母亲在北角一家茶楼喝茶，其间郑母对赵美伶一脸嫌弃。老人家很难接受儿媳妇出轨生子的丑事，多次私下鼓动儿子离婚。尽管郑一豪劝妻子理解老人家，但赵美伶自己感觉压力山大。她想，如果孩子生父不要孩子，由她与郑一豪养育孩子，而孩子又能与郑一豪建立深厚的感情，章亚军也不再生出是非，那他们的夫妻关系还可以维持下去。这样，虽说孩子生父是别人，但她老公身体有问题，以此正好平衡了她的过错。可现在章亚军已经要走了孩子，郑母见儿子鸡飞蛋打，身边剩下个水性杨花的儿媳妇，自然就怨气难消。给儿子儿媳脸色看，也就不难理解了。

也许是出于回避郑母的压力，也许是看不到当香港太太的前途，也许是牵挂被章母养在深圳的儿子，赵美伶遂向郑一豪提出了离婚的请求。尽管郑一豪仍旧劝她慎重考虑，甚至流着泪说他舍不得妻子离开，但赵美伶一次次看望孩子，一次次私会章亚军，郑一豪慢慢地也就转变了态度。

"如果离婚让你好过，那我也不勉强你了！"郑一豪落寞而伤感地说。

"都是我不好，你对我的包容、宠爱，我会记一辈子。我们离婚了，我还想继续当你的女朋友，只要你不嫌弃！"

郑一豪说："那好吧！我们情非常人，婚姻缘浅，就改作男女朋友吧……"

就这样，郑一豪和赵美伶在领取了离婚证后，还一同到坪洲岛情人民宿过了一个周末，床上激情依旧。两人甚至相约以后仍以男女朋友的身份来这里，享受只有两个人才能懂的浪漫。

接下来一段时间，赵美伶又着手解决与章亚军的"那种"关系。她从郑一豪在香港的住处搬离，然后回到深圳。

于海这时已经在皇岗口岸附近的皇悦花园租到了两居室套房。当赵美伶走出口岸的旅客通道，于海就高兴地迎上前去，接住赵美伶手上超大的拉杆行李箱。

赵美伶是郑一豪包的士送到皇岗口岸香港出境口的，当于海在皇岗口岸深圳入境口接到她时，可能郑一豪乘坐的出租车还在返程途中。赵美伶心里有种奇怪的感觉，自己像是一个被两个男人交接的物品，也像她这个即将年届而立之年的女人，从"河东"通过口岸天桥来到"河西"。

不过这样的戏剧场景，是她从前没有想到的。

于海和赵美伶一进房门，身体就相互缠绕在一起……于海有一种打败郑一豪的成就感，也有击败章亚军的优越感。此刻，赵美伶像是他于海的战利品，像一张大床上充满诱惑的肉泥，他揉搓，翻弄，骑压，征服……

赵美伶也有一种轻松感、刺激感与幸福感，她对自己、自己的肉体心生敬意，她知道，三个男人无一例外地拜倒在她的石榴裙下，几年来，她掌控、调度、轮换驭使着这三个男人，且她从来是掌握主动的那个人。

"你是我的一切，我的宝贝！我的一切！"于海满头大汗地冲刺、呻吟……

在皇悦花园和于海同居三个月后，赵美伶和于海在深圳一家酒店举行了隆重的婚礼。

实事求是地说，于海是赵美伶身边男人中形象最好的。他身高将近1.8米，他有广东人特有的鼻子，双眼皮，大眼睛，黄皮肤，看上去十分帅气。加上他时常留着齐耳长发，有时还在脑后扎根小辫什么的，十足的艺术范儿。

婚礼上，他有许多歌友也来了，还嚷嚷着由一对新人演唱了林子祥、叶倩文的经典名曲《选择》——

于海："风起的日子笑看落花——"

赵美伶："雪舞的时节举杯向月——"

于海："这样的心情——"

赵美伶："这样的路——"

合："我们一起走过。"

赵美伶："希望你能爱我到地老到天荒——"

于海："希望你能陪我到海枯到石烂——"

合："就算一切重来，我也不会改变决定，我选择了你，你选择了我……"

参加过那场婚礼的人，都印象深刻，说太浪漫、太深情、太令人羡慕了。

但这样浪漫的婚礼，却无法改变赵美伶家人对于海的态度。他们都怀有成见，认为于海是破坏赵美伶幸福家庭的罪人，所以对他们俩冷眼观望多于热情祝福。在这种氛围中，于海和赵美伶在深圳的夫妻生活的开局并不像婚礼那么美好。

很快，两个都不习惯过油盐酱醋茶日子的人，却进入到油盐酱醋茶的考场。于是，矛盾、摩擦、争吵就成了日常生活中的内容，于海的形象在赵美伶的眼中极速地变化着，他从过去仪表堂堂的男朋友和浪漫情人，变成白天睡觉、晚上工作的疲惫歌手；从西餐厅里共进烛光晚餐的绅士，变成习惯了饥一顿饱一顿醉酒一顿的懒散青年。赵美伶感觉不到他艺术家的浪漫，反而感到他在夜店工作的混乱与庸俗；过去郑一豪宠她、照顾她，甚至在她犯了大错时包容她，从不用言语伤她自尊，而眼前这位歌手，睡觉磨牙，如厕不冲水，不收拾屋子，还不习惯洗澡，至于做饭洗衣，那就更不用说了。

"唉！娶老婆不就是要做饭洗衣吗？你在咱们韶关老家看看，哪个妻子等着老公做饭！"

"我不在韶关，我在深圳！"

"在哪儿你也是老婆，你不是公主！"

"我结婚这么些年！"赵美伶意识到话说猛了，就改口道，"我可以做家务，但你不能事事靠我！"

"不靠你，靠谁？我就你一个老婆！你又没有工作，不上班！"

"我不上班就没有事了，就专门伺候你？"

"哟！我听出来了，你还有事，还要照顾儿子，你偷偷去找章亚军！你以为我不知道……"

赵美伶很快为自己改嫁而后悔了。

于海没有想到婚姻生活会有如此大的压力；也没有想到，驻唱歌手的职业平台越来越小，竞争如此之大。当一个来自某省、某县，甚至某村的歌手，只要歌唱得还行，不管有没有音乐学院的文凭，对方工资要得比他少一点，他就有被替代的危险。为此，他只能用唱更多歌，要更低的价来维持自己的工作。更令他愤慨的是，他刑满释放的历史，好像是个人尽皆知的新闻，让他的社交圈越来越小，别人回避他、孤立他。

而他眼中的前香港太太赵美伶，竟然没有多少积蓄，离婚也因错在她而没有分得财产。这让他这个歌手大失所望，也备感困扰。原来养活自己都十分勉强，现在还多了一个只会打麻将的人。要命的是，赵美伶爱打麻将，却总是赢少输多，劝她不要打，她却说她就这点爱好，不然一天到晚待在家，那不憋死了。

这样，两个人在身体上的新鲜感越来越少了，争吵与矛盾却越来越多了。

人的思维习惯与行为逻辑，常常来自原生家庭的影响与以往的经历。赵美伶从离开韶关老家开始，凡事都在不断地调整改变中。她把自己现在与于海的婚姻和过去与郑一豪的婚姻作对比之后，就开始思考如何再做调整和改变了。

五

这个世界，没有什么比爱情去得急的；这个世界，没有什么比爱情来得快的。

2012年端午节前，赵美伶又打了一个通宵麻将，身上的零花钱输得精光。第二天中午，刚刚起床的于海甩给她一个装有生活费的信封。

赵美伶用手一捏，感觉比平时少了许多，随口便问："这多少呀？"

于海一边刷牙一边答："减半，五千。"

"减半？为什么呢？"

"老板按绩效提成，我唱不过那些小妖精呀！"

"噢，降工资了！"赵美伶语带嘲讽。

"也好，免得你输到麻将场！"

赵美伶一下子来气了："挣不到钱就挣不到吧，又拿我打牌说事干啥？显得你有本事咋啦？"

"我没有本事，可我能自己养活自己！"于海大声吼道，"你的情人有钱给你，你还在乎我的那点生活费吗？"

赵美伶没想到于海竟然说出这样的话，她一下被惊醒了，头上像被浇了一桶冰水，真是凉透了。她沉默了半天，一句话也没有说，停止了在厨房做的事，转身就去收拾行李，几分钟后，就拉着行李箱，打的去了姐姐家。

于海没有拦她，他独自下楼，去了小区门口一家常德杀猪粉店，解决他白天里的第一餐饭。

几天之后，在赵美红的鼓励之下，赵美伶独自返回了香港，并在与前夫郑一豪家毗邻的铜锣湾亨利大厦租了一套小公寓。

其实，作为夫妻，于海与赵美伶吵吵闹闹早就不稀奇了，好在吵的时候什么话狠用什么话，过后冷静下来时，双方又能相互认错道歉，都说要改掉自己的毛病。可毛病并非说改就能改掉的。

赵美伶常常心里矛盾。她一方面对于海习惯性的冷言恶语十分反感，一方面又对他的人生境遇心存恻隐之心，想着于海"坐过牢，受过罪……何必与他计较"。赵美伶有着一副女人的软心肠。

返回香港后，赵美伶有时候还想帮于海办理单程证，以便夫妻二人能够换一个生活环境，在香港重新开始。她也实在不想再离一次婚了。毕竟这样的动作太大，各方面成本也高。她想香港也许和深圳不一样，没有人在意你坐过牢什么的，香港的夜店也

多，男的去唱歌，女的再找服务公关类工作，他们还年轻，说不定比深圳发展得好。

赵美伶对香港的描述，令冷静下来的于海看到希望，于是他十分期待，一方面坚持深圳的工作，一方面耐心地等待单程证的批复。其间，两个人自然而然地又恢复到从前异地恋的生活状态之中。

可是谁能料想到，两个人形式上如同从前了，但性质却迥异于从前。在于海看来，以前赵美伶是别人的妻子，跟他幽会后离别，再回到她丈夫郑一豪身边，他无权干涉；但赵美伶现在是他于海的妻子，离开他去了别的地方，比如郑一豪或章亚军身边，或者是别的男人身边，那他就不放心了。何况他知道自己的妻子有多么美丽多么多情，以及她的职业特点与风流特性。平时赵美伶接到什么人的电话，都会避开他到阳台或者卫生间去接听，他很难相信妻子做出的与郑一豪和章亚军彻底了断关系的承诺。

独居深圳的于海，这样想来想去，越想越不安，他慢慢地把原来那个自信和包容的于海变成了现在异常敏感和多疑的于海。

赵美伶开始希望于海的单程证尽快批下来，后来又希望于海的单程证批不下来。因为她感到于海失去了对自己的基本信任，还对他时不时地电话查岗，见面了还查看手机通信记录等等。夫妻关系变得越来越紧张了。

本来，在赵美伶和于海结婚前，他们的关系就因为多角恋的纠葛而频发摩擦。结婚后，于海好像变了一个人，多疑猜忌成了他的标志。

而令人无语的是，于海的猜测并非空穴来风，而是有事实根据的。

赵美伶因为想看孩子而定期与章亚军联系见面。而面对着一天天长大的孩子，章亚军对赵美伶也渐渐改变了心态。

"来，孩子他娘，看看这件衣服怎么样？我给你挑的！"章亚军的口气，像足了一个丈夫。

"今天新年，孩子他娘，我送你一个包包！"章亚军递过来的皮包上，分明有 LV 的标志。赵美伶诧异地发现，孩子他爸还挺大方。

生活就像个魔术大师，普通人的眼睛是看不透芸芸众生内心深处的秘密的，但能在生活细节中感知人与人的差别与变化。

章亚军从来不与赵美伶谈论什么爱情婚姻，也没有赵美伶两任丈夫嘴里的爱情宣言，但章亚军的眼神却总是含情脉脉的，她感觉到这个男人对她的爱意渐渐变得更浓了。

章亚军在孩子出生后，就自觉养成了一个习惯——他隔三差五地会把现金装进信封，递到赵美伶手中。

有时候时间得当，他微笑着说："孩子他娘！"然后走近赵美伶，接着拥吻、关灯、脱衣服，在完成一系列疯狂的流程后，他困乏地躺在床上说一句："我就不送你了，免得你那个……看了吃醋。"

赵美伶当然不能让于海看到，但她也不会再回于海住的皇悦花园，她回也是回香港的亨利公寓。有时深夜，赵美伶倚在窗前的沙发里，看维多利亚港两岸不灭的灯火，有些伤感地想：我怎么有三个男人，却没有哪一个人此时可以与我春宵共度？我生有儿子，却无法听儿子天天叫我妈妈？每到这时，赵美伶的眼泪会止不住掉下来，流过脸颊、嘴角，流进脖颈里……

难以安眠的夜里，躺在床上的赵美伶，不由得对比眼前的这两个男人：章亚军虽然是个靠打工吃饭的人，开出租车的收入也有限，但好在稳定，他有房，有车，他头脑不那么复杂，宽容大度，更具有理解与体贴的意味。而把于海与章亚军一比，她就发现欠缺的地方绝非一星半点。

鉴于此，赵美伶慢慢从开始时被动地保持与章亚军的关系，变成适应和需要这种关系。而且随着孩子慢慢成长，学会叫爸爸妈妈时，她忽然发现，她只有在章亚军跟前才感觉更自信、更轻松、更快乐。而章亚军的母亲竟也把她看成了生育章家后代的功臣，时常嘘寒问暖，让她有了家的温馨感觉。

章亚军习惯性地称她"孩子他娘"。赵美伶也在网上看过一篇文章，说男人对女人要尽所谓爱情的责任，远不如对女人想尽"孩子他爹"的责任可靠。

赵美伶暗自假设，倘若她没生儿子，章亚军会怎样？可能早就变成陌生人了。他之所以把钱、把性、把情都锁定在她这个二婚女人身上，完全是因为她是"孩子他娘"；她赵美伶不想放弃儿子，最好也就接受"孩子他爹"做她的男人。这是不以人的意志而左右的情缘呦！

老天爷真是一位幽默大师，他开所有人的玩笑。赵美伶与郑一豪的爱情终于一场空；赵美伶与于海的爱情又像一团麻；而赵美伶与章亚军不谈情说爱，却在不言不语中走近对方。他们拥抱、接吻、上床，开始以为是逢场作戏，可是一个小生命却意外地跑来搅局。赵美伶怀孕生子……一步一步走进了与章亚军毫无准备的实际婚姻之中。

林语堂有名言："没有孩子的婚姻，其实是情人；有孩子的情人，其实是夫妻。"赵美伶算是把这句话领悟透了。

在与于海的婚姻关系存续期间，赵美伶是想隐瞒她与章亚军的关系的。毕竟她也对于海做出过承诺。可实际上这个承诺兑现不了。而那些与章亚军隐蔽的、偷偷摸摸的接触感觉，越来越强烈地改变了赵美伶的心态。

赵美伶私下里撤销了为于海办理单程证的申请。于海一直等不到好消息，催问赵美伶时赵美伶又一再搪塞，这让于海在深圳越来越不耐烦。他怀疑赵美伶不想真心帮他，说："香港政府办事不可能那么没有效率！"

两个人心思有异之后，说话就很难有契合点，彼此时常隔空打嘴炮，有时难得见面，一见面又争吵，情急之下还屡屡动手推、搡、打、斗。这样鸡飞狗跳的小两口，常令旁观者侧目，两人于是能不见面就不见面，渐行渐远的趋势慢慢就露出苗头。

赵美伶向赵美红透露，于海还有家暴倾向，她现在怕与他见面。赵美红听了，建议她和于海尽快离婚，说长痛不如短痛。但赵美伶说她想再等一个阶段，太急了容易激化矛盾。

2012年，赵美伶来到三十而立的门口。

3月初，赵美伶又回深圳探望儿子。于海得知后，认为妻子又会给自己戴一回绿帽子，一时妒火中烧，费力找到赵美伶后，就强行把她带回自己皇悦花园的住处。两人言语激烈，于海凭借体力优势，愤怒地把赵美伶打得浑身多处青肿。

赵美红一晚上都联系不上妹妹，第二天一早在皇悦花园见到受伤的妹妹时，心疼不已。随后赵美伶姐夫也到了，他们一道把赵美伶接出来，并悄悄送回香港。

赵美红建议赵美伶针对于海的家暴行为报警，但赵美伶认为，自己与章亚军确实因为孩子而难以割断关系，算是失信在先，说再饶他一回，否则警方介入后，会刺激于海。"他坐过牢！啥事都可能干得出来！"赵美伶心有余悸。

当于海下午睡醒了，也酒醒了，在得知赵美伶连个招呼都不给他打一声，就偷偷返回香港后，更加愤怒。他打电话威胁赵美红，让她不要多管别人闲事。

赵美伶终于意识到，她与于海再也无法继续下去了。

有了这个想法后，赵美伶就单独为儿子办理来港定居证件。于海知道后，被彻底激怒了。他认为赵美伶之所以改变决定，肯定与情人章亚军有猫腻。于海在电话里吼道："好你个姓赵的，你先给你儿子办单程证，那下一步岂不是还要为那个姓章的也办一个！"

"我丢不下孩子！"赵美伶想劝于海冷静，谁知根本不可能。

于海继续吼道："你们一家三口团聚于香港，我呢？我呢！啊！你说呀！我呢！"

"……你！"赵美伶不知如何是好。

"我于海！岂不是被你们这一对奸夫淫妇玩残？啊！"话音刚落，耳机传来"啪"的一声，电话随之中断，赵美伶猜测暴怒的于海又把手机摔坏了。

显而易见，这对夫妇至此已经势同水火了。

两天后，于海给丈母娘发威胁短信，说小心炸了你韶关老家的小霸王超市云云。于海还给情敌章亚军发信："姓章的，请你不要再给我戴绿帽子，我是赵美伶合法丈夫，你要好自为之，否则，我要你活不见人死不见尸！"

赵美伶有些害怕了，她知道于海什么事都干得出来。她离婚的意愿变得非常急切而决绝。

转眼到了秋天，深圳河两边的深圳和香港，天气一样闷热难耐。偶尔刮风了，下雨了，才能给人带来暂时的凉爽。

一个多月前，深圳某个工业园门口，一名男子被人挥刀砍中颈部，失血过多当场身亡。事发后仅4小时，警方抓获了犯罪嫌疑人。

这个意外发生的凶杀案，被赵美红老公目击到了，他于是给警方提供了证词。赵美红听说案件经过后，感慨现在有些人拿命当儿戏。她联想到妹妹和于海的冷战以及于海的持续威胁，不由得惊梦连连。

她于是隔三差五地催促赵美伶尽快了断婚姻，远离人渣。

几天后，于海突然在电话中说他要到香港，约赵美伶谈事。赵美伶说："没有什么可谈的，咱们离婚吧！"

"离婚？可以，那咱们面谈，我过去找你！"

赵美伶害怕见于海，但转念一想，回避解决不了问题，当面说清楚也好。她知道于海有个特点，人在深圳时忘乎所以的时候多，人来香港时谨慎规矩的时候多。于是她就答应了于海来香港见面。放下电话后，她又怕见面时于海冲动后失控，可能再次家暴她。

赵美伶犹豫了半晌过后，又打电话给章亚军。

"不用怕，我会提前到港，咱们见面商量！"章亚军随后让母亲照顾儿子，便独自赶到了赵美伶在亨利公寓的家中，与"孩子他娘"一起度过了一个既难以安宁，又温柔快乐的夜晚。

次日午时，于海如期到来。他进门后对赵美伶竟然一反常态，表现得十分友善。坐下来聊过几句闲话后，他还为赵美伶按肩捶背，说他想与老婆和好如初，但赵美伶感觉与他身体的接触已经变味，且不由自主地回避躲闪。她很难再相信于海的承诺，说你一次次家暴，一次次认错，一次次承诺永不再犯，可你哪一回说话算过数？

于海自知理亏。他无法控制自己的脾气，就像自己的父亲一辈子都在打他的母亲一样，那好像是一代代遗传下来的本性。

半天工夫过去了，于海说服不了赵美伶，情绪又到失控的边沿。沉默中，他上了卫生间，谁知就发现了废纸篓里有一个烟头！

于海知道赵美伶从来不抽烟，他猜到了章亚军来过，一口恶气即刻攻上心门。

"这，是，什，么？"于海冲出卫生间，手里捏着烟头，大声吼道。

赵美伶吓了一跳，回头看是章亚军走时留下的烟头。

"没错，他为儿子买医疗保险的事来过，我不可能拒绝人家为儿子做事，不可能不尽母亲的责任吧！"赵美伶想用孩子的保险做挡箭牌。

"哼！又是尽母亲责任！你，你，你还顺便尽老婆责任吧！"

于海的脸都变形了，而且越说越激愤："你他妈就是个婊子，你他妈狗改不了吃屎……真他妈婊子！婊子！婊子！"

"你别发疯，离婚就是了！你接受不了我的孩子，咱们离婚，好说好散！"

一听到离婚，于海彻底失控："谁跟你离婚，我打死你这个婊子！"说着，就过来用手紧紧掐住赵美伶的脖子，赵美伶试图推开阻止，但她怎么会是于海的对手……

一切反抗都无济于事。于海像个疯子，赵美伶放弃了，屋子里显得出奇宁静。几分钟，只是短短的几分钟后，赵美伶身体瘫软下来，没有了动静……

一个年轻的少妇，一个美女，身体不动了，于海突然撒开双手，他发现赵美伶情况不对，吓得脸色煞白，接着抱住她的双肩，摇动着，"美伶，美伶，你醒醒，你快醒醒！我错了，我不打你了……"

于海意识到自己闯下大祸，他打了自己两个耳刮子，呆坐半晌后，哭着拨响了警局电话："快来人呀，我打人了，快来救人啊！我打人了……"

警方迅速赶到现场，这时赵美伶已经气若游丝了，虽然被紧急送往医院，但最终抢救无效身亡。

面对警方的审问，于海称当天他们本来准备商量和好的事，但赵美伶坚持离婚且态度决绝，不仅拒绝复合，还出言挑衅他。妻子说她就是要和我离婚，她就是有其他男人，我能把她怎么样？于海说他气极了，辱骂赵美伶不要脸！赵美伶拿起餐桌上的水果刀扔向他，他挡刀时反应过激，双手就掐住了她的脖子，不料用力过猛，导致了妻子死亡。

六

一个人见人赞的美丽女人被杀身亡，让亨利大厦的左邻右舍唏嘘不已。

先警方，再法院，历时半年时间，"亨利大厦弑妻案"的法律程序就走完了。而与死者相关的三个男人，也从原来复杂的情感纠葛中转变到灵魂拷问的状态。这与道德的关系甚微，重要的是，同为他们仨的枕边人的死亡，令他们仨程度不同地受到刺激。如果说他们早就知道赵美伶的美丽令男人们难以安分守己，甚至大打出手，那赵美伶意外惨死却是超出了他们仨的意料的，尤其是凶手于海。他带着与妻子和好的目的，却鬼使神差地杀了妻子。

三个大男人，面对曾经与自己身体合二为一的女人，面对给过自己快乐满足，甚至是个人私密趣味的女人的惨死，谁会无动于衷呢？

当年的 8 月 6 日，于海在香港东区法院接受审讯，他被控一项谋杀罪名。

警方经调查以及验尸结果发现，赵美伶的颈部有明显伤痕，显示她是被人徒手掐住颈项窒息而亡。在随后的审讯中，于海不承认谋杀罪名，而声称自己是误杀。两年后，案件在香港高等法院开庭审理，赵美伶的第一任丈夫郑一豪和情夫章亚军都出庭作证。

于海在法庭上辩称，他是因为赵美伶的挑衅才犯下此案，并声称自己无意置她于死地。于海的表述不似作伪。两年来，在失去自由的日子里，自责与后悔让他憔悴不堪。原来年轻帅气的酒吧歌手，早已经变成了颓废而可怜的中年大叔了。

于海悲伤无奈地表示，妻子赵美伶有打麻将赌博的恶习，长期没有正当工作，还经常与情夫约会。他声称自己每月有上万元人民币的收入，且定时都会给赵美伶生活费，但赵美伶还会另外从情夫那里获取经济补贴。

"哪个男人受得了这个呢？"于海哭了，他为他的人格尊严受到的伤害而痛苦。法官及律师似乎也表现出同情于海的神态。

同在法庭的郑一豪在心里说："你于海明知赵美伶有家有丈夫，你还勾引有夫之妇，你想到过我的人格尊严吗？"章亚军也可能为赵美伶打抱不平，心想你于海如果觉得受伤害，那你离婚不就得了，你杀人做甚？

于海还说，他和赵美伶平时都有暴力倾向，两人发生争执时，彼此经常会用手边的物品互相攻击，而在争吵中的言辞往往十分绝情。他一再强调，说他本来是想与赵美伶好好生活的，还说他出狱后名声毁了，前途也毁了，赵美伶就是他的一切，可他没想到一时的冲动，使自己失去了所有。

在法庭上，他也表达了对事件的痛心和后悔。最后，由7名男性陪审团经过5个小时的商议，裁定于海的谋杀罪名不成立，但误杀罪名成立。

庭审结束前，于海的代表律师还为其求情。法官在宣判时指出，这是一起由家庭暴力引发的误杀案。考虑到于海主动自首，且深怀悔意与愧疚，最终判处于海8年监禁。

案件结束后，记者采访了赵美伶的情人章亚军。章表示他会好好照顾他和赵美伶的孩子，并希望将赵美伶的骨灰带走，以便日后自己能够和赵美伶安葬在一起。在公众面前，章亚军十分低调，他也是最感尴尬的人。因为郑一豪和于海与赵美伶是前任丈夫与现任丈夫的关系，只有他的关系是婚外情或者叫婚外性关系，最受人指责和唾弃的关系。

但只有他知道，他与赵美伶才是打算共度余生的人。

"她毕竟是我儿子的母亲！"章亚军伤感地说。

赵美伶的后事，是郑一豪陪同赵美红去殡仪馆办理的。郑一豪是在一辆深港两地牌照的面包车（灵车）跟前与赵美红道别的。双方无话，只点头鞠躬以示珍重后，就转身告别了。这时的章亚军，坐在面包车最里头的位置，他用灵车上的黑布窗帘和墨镜，隔挡了他与郑一豪之间的视线。他想避免彼此可能碰面的尴尬。

　　司机慢慢启动车辆，赵美红这时把骨灰盒递给了章亚军。章把"孩子他娘"抱在怀里，一动不动。但在安静飞驰的车上，他的心却翻江倒海。

　　一个不久前还与自己颠鸾倒凤的美丽女子，怎么就变成了一个小木盒，怎么就了无踪影了呢？

　　章亚军原来对自己潇洒的人生观十分自信，他早就跟那些的士佬学会了"勾女"之技。谁知遇到赵美伶后一切都变了。他承认双方一开始就没有想过恋爱，但成年男女在身体反复接触之后却让两个人的内心感觉慢慢发生了变化。虽然两个人因第一次交欢而有了孩子，孩子也成为后续交往的理由，但不能否认的是，两个人最后都认为对方是最适合自己的那个人。

　　章亚军常拿赵美伶跟他经历过的其他女人比，结果发现赵美伶最懂男人心，她掌握了他的节奏与趣味，以至于他从认识赵美伶之后，就很少与其他女人瞎扯了。他知道赵美伶先后有两任丈夫，但他自愿为她专一。也许正因如此，赵美伶与两任丈夫都没有办法过平静的夫妻生活。想到此，他陷入深深的自责与内疚之中。

　　当然，在赵美伶和于海结婚前，他曾经考虑过要不要追求赵美伶，与她结婚，为儿子组织父母双全之家。但当他母亲坦言，怕他守不住"人家那么靓"的女人时，他也就慢了半拍，让于海捷足先登了。

　　事实上，赵美伶与于海结婚后，章亚军与赵美伶也曾商量过结束彼此那种难以拿上台面的关系，谁知于海一次次家暴，又把赵美伶打回到他的身边。因为章亚军不忍心"孩子他娘"屡受欺负。

出事的那天，章亚军本来不想离开赵美伶半步，但赵美伶说："我知道他的脾气，你在现场，他更容易冲动生事。"

他于是回避了，恰巧又因母亲说孩子着凉感冒了，他就匆忙赶回深圳。谁知一时疏忽，丢了个烟头就惹毛了于海，最终酿成人命惨祸。

章亚军眼泪流出来了，哗哗地落在骨灰盒上……

郑一豪送别前妻骨灰后，默默地回到母亲住处，声言太累，就在母亲床上躺着睡了。但总是无法成眠，赵美伶的死刺激到他了。

他回想与这个漂亮女人的前前后后，眼泪止不住地流。他一直庆幸这份姻缘，因为他没有遇到过这么美的女人。他承认他们是因性开始的，但他坦然地认为，性的美好才有情的深厚。也许由于这一点，他无条件地包容赵美伶，使她把他的包容变成了放纵，变成了包袱，也变成了情感的绞索。

想到这里，他甚至觉得赵美伶的死，自己也有一部分责任。如果知道赵美伶的再婚对象是这么个人渣，他怎么也不会放手。

郑一豪不由自主地把怨恨撒在了章亚军身上，他不理解案发前章亚军为什么离开亨利大厦，他在心里反复骂道："姓章的你为什么把心爱的女人独自交到一个渣男的手上？！"

七

失去自由的于海，原本准备偿命的，但他没想到香港法律却没有让他偿命。在他过去固有的观念中，杀人偿命是天经地义的。案件刚开始审理期间，他想过自杀，但他没想到他所供职的酒吧老板为他请的律师给了他希望，且在辩护中起到了超乎想象的好作用。

于海为自己不用死而感到庆幸。他想将来出狱了，一要感谢律师，二要感谢酒吧老板，三要为赵美伶父母挣些钱。他觉得这样，良心才能好过一些。

在夜深人静时，尤其是年轻的身体边上没有女人相拥时，于海就想起赵美伶，就觉得不安与愧悔，总是噩梦不断。

"我这是何必呢！何必呢？"于海在铁窗里无数次默念这句话。

于海纳闷，他第一次坐牢出来，竟然把赵美伶当成救命稻草，甚至猜她与香港人离婚能分得巨款，不料竹篮打水一场空。既然她没有钱，他又没有财力养她，那么他就该撤退了，可他又不想落个图她钱财的名声，硬着头皮与她结婚。最不该的是，人家想离开他，他有自知之明的话，和平分手，两不相欠，虽不是理想结局，但也不至于走到这一步。他的嫉妒心太重，他接受不了输在一个的士佬面前的结果，他不认为章亚军凭借儿子就能在争夺美人的战争中取胜，他相信他的爱情是伟大的，是最后赢家。谁知道再伟大的爱情，如果没有金钱支撑，就只是一句笑话。

于海在监狱图书馆借到一本小说《不道德的交易》，故事是一个老板出1万美元要买一个小伙子女友陪睡一个晚上，小伙子拒绝了；老板说再加1万，小伙子还是拒绝了；老板说他干脆出10万美金，小伙子与女朋友对视一笑，心起微澜；老板说："这样吧，最后再问你们俩一句：我出100万美金！"小伙子与女朋友像中了彩票，满心欢喜地答应了。后来，小伙子收下了100万，其女友去了老板的酒店大套房。再后来，小伙子与女友分手了，他的女友真的爱上了那位有钱的老板……

于海联想到自己，如果章亚军不是的士佬，而是车行老板，还出钱让他退出，换句话说，就是花钱买断他的所谓爱情，他会怎么办？

"1万人民币？"

"不行！"

"2万？"

"不行！"

"10万？"

"不行！"

"100万，我出100万，请你离开赵美伶，让她回到我儿子身边，让她回到我身边，让我们一家三口真正团圆。行吗？"

倘若章亚军真这样说了做了，他于海还会拒绝吗？尽管100万人民币与100万美金相比少了很多，但他于海也大概率不会拒绝。

于海于是在想，他实际上用可以高价转让的所谓爱情，绑架了赵美伶，而且用章亚军丢下的一个烟头，引爆冲突，最后杀了他的合法妻子、杀了一个孩子的母亲、杀了与章亚军共同生育了孩子的情人……他于海怎么如此不堪？

监狱有助于海静下心来，他好像醒悟了一些，而痛苦的感觉也渐渐加重了。

其实，这个故事的主角是赵美伶，她意料之外地把身体交给了三个男人，最后被动地在痴迷她的男人的纷争中丢了性命。

站在外人的角度看，赵美伶的悲剧实际上是她自己种下的。

中国老话说，女怕嫁错郎！从赵美伶身边的三个男人来分析，好像一开始都不是从"嫁娶"的愿望出发的，而更像是男方以"色欲"开头的游戏。赵美伶更像是被动地嫁予，或者托付自己给某个男人的角色。当然，没有读过大学，一入职又是在欢场夜店，赵美伶在女大当嫁的年龄，确实少了主动选择对象的条件。她爱谁嫁谁？只能看谁靠近她，谁爱她？

她在爱她的不同对象中选择她认为合适嫁的人。可爱似河，情似流，在变化的爱情中，赵美伶的判断也在变化——先选择嫁给郑一豪，后来再嫁于海，当她与于海发生情变后，又计划三嫁情人章亚军。

林语堂先生还有一句警世良言："要想一天忙就宴客，要想一年忙就盖房子（现代人可以换说成装修房子），要想一辈子忙就换老婆。"

林先生是对男人说的，但是如果把换老婆改为换老公，对天下女人似也适用。

从事实婚姻角度说，赵美伶在其 29 岁的人生中，实际上有三任老公，且这三个老公几乎在同一个大时空里与她生活，上演着隐瞒、背叛、出轨、生育、原谅、冲突、离异、家暴、杀人等戏码。

好一个乱字了得!

显然,造成赵美伶人生悲剧的,还有三个男人,他们也许无意,也许还因为所谓的爱情,但客观上却成为埋葬赵美伶的情感坟墓。

郑一豪娶了赵美伶,但又有些放纵赵美伶。本来,他们相识之地就是鱼龙混杂之所,郑先生应该知道赵美伶的"圈子"并非纯净之地。但他好像具有一般男人没有的、开放的婚姻观。他的妻子活动自由度大,大到有了先后两个异地情人的程度。

赵美伶在这个不大的空间,往来于几个男人之间,郑一豪管不住不说,当妻子怀了情人的孩子时,他还原谅、接受、视若己出。如此举动,被赵美伶错误地理解了,她对男人的选择与取舍,从此就不得不夹杂着孩子的因素。也许可以说,郑先生可以高尚大度地对妻子大起来的肚子说"咱们养",但他阻挡不了章亚军及其家人偏执的吼叫:"那孩子是天赐的章家子孙呐!"

章亚军更像是在婚外情的赌盘上意外中奖的人。他因开出租车而偶遇香港太太赵美伶,身体牵着灵魂走的结果,是意外地当上了一个男孩的爸爸。于是,他以"章家有后"的心情,深度介入到"孩子他娘"复杂的婚姻关系当中。当赵美伶被丈夫于海误杀的前一天晚上,他与赵美伶像夫妻般同居一室,两个人商量当下的紧要话题,就是赵美伶与于海离婚,再与他——"孩子他爸"章亚军结婚。可能许多人都会赞同赵美伶的这个计划。如果说之前她涉世未深,盲目地处理情感与婚姻的关系,那么她想通过三婚嫁给出租车司机,也算是一次纠错的机会。

木桶最短的板子，可能就是于海了。他以老同学、以青梅竹马的关系、以第三者的身份得到了赵美伶的爱情与婚姻，他本来是知道且接受了赵美伶复杂的情史的，但他幼稚地希望赵美伶嫁给他之后，就专情于他。可怜这个男人，他怎么可能用一张结婚证，改变一个女性的性格呢？何况这女人早就在当郑太太时生下了章先生的儿子，现在当了你的于太太时，她怎么能不见自己的儿子呢？怎么可能与"孩子他爸"章亚军断绝来往呢？

当赵美伶不受他控制，打都打不服的时候，他视为"自己的一切"的女人，真的想与"孩子他爸"相守一生时，他的家暴行为彻底失控了……

2024 年 1 月 12 日于香港

后记

不由自主写爱情

古今中外的小说名家名作，多与爱情故事紧密相关。也许，这就是爱情是文学永不过时的主题之一的说法的依据。

我年轻时写小说，相隔几十年后再写小说，竟不由自主地都把爱情当成了写作内容，或者说当我写我熟悉的生活时，又不由自主地把生活中的爱情故事纳入笔端。而且在我的生活中，无论是哪一个年龄段，关于爱或者不爱的故事，仿佛从来都不曾远离。

我十分佩服具有天马行空般虚构能力的作家，但我自知我要写出好小说，还得依靠在自己的生活经历与积累中寻找故事线索。从这个意义上说，我只是个故事的讲述者，而不是故事的创造者。

这本小说集就是我常住深圳或者往返深圳的生活写照，是我关于深圳的文学报告。

我在用我的文字，试图再现不同时期的深圳男女们的感情生活和他们在人生历程中的风花雪月。

回望公元 1979 年末，"两万工程兵"作为最早参加深圳经济特区建设的有生力量，已经陆续进驻深圳并在深圳的东南西北无数个施工点上"大干快上"。在这支即将摘掉领章帽徽、集体转业并安家深圳的部队里，就有我转业前，在担任连队文书时所在部队的 100 多个战友。

此前大约半年前，我因升任团部政治处新闻报道员，而与战友们分别于湖南郴州。我到团部位于北京的指挥所报到上班，他们则直接南下进入深圳，且在莲花山（今邓小平铜像所在公园）安营扎寨。

我那时浅薄无比。仅仅因为工作关系进入北京而心里充满了优越感，心想全连战友离开湖南后，去了远离省城广州的深圳，而我却可以在周末假期随便到天安门广场散步……我是何等的幸运啊！

可是北京户口对于那个时期想转业后进京落户的基建工程兵部队官兵来说，几乎是大门紧闭。当深圳早已拥抱"两万工程兵"官兵时，我却不得不在 1984 年春，流着眼泪离开北京，转而通过我们同一部队另外一个团一道转业落户西安。

即便如此，当时我在相比深圳的战友们时，心里仍然残存着一点优越感。我在心里嘀咕："我在省会西安呢！总比那个宝安县（深圳前身）强一些吧！"

可是同年年底，我因出差去湛江，返回西安途经广州时，却因春运期间火车票紧张，而不得不滞留广州。无奈之际，我临时起意，就搭车到了深圳参观游览。

巧的是，在没有手机、没有座机电话号码、没有通信地址的情况下，我因给《深圳特区报》送自己临时写的稿件而路过红岭路时，碰到了我们连的战友郑开金。郑当即带我到红岭路建设集团公司（"两万工程兵"转业后单位名称）家属院，我们连指导员李国栋就住在那里。

正值春节，指导员家里热闹非凡，酒肉管饱。我在连首长的家宴上，见到了久别重逢的战友们，他们个个意气风发，志得意满。他们这时早已不屑于比较什么城市的大小，而更看重眼前这块热土充满着希望与活力。我联想到几天来看到的处处有高楼、处处是工地的繁荣景象，便对指导员表示——"我想调入深圳工作！"

李国栋指导员时任深圳市物业发展集团公司政工人事部主任，他端着酒杯笑着说："欢迎文书归队！"

人生最缺是贵人。我却轻易遇到了。当我当兵还不到一年时，就遇到部队扩编。新任指导员李国栋当即选调我当了文书，于是19岁的我成为在连首长身边工作的人，半年后我就入了党。随后又在指导员的支持下，上调到团部，成为令全团战友羡慕的机关兵。之后两年半时间，我能顺利提干，成为军官，显然与我在连队打下的良好基础分不开。

而当我想调入深圳时，竟然又巧遇李国栋主任（指导员这一时期的职务）正在为物业集团公司招兵买马。

于是几个月后的1985年4月，我便如愿调离西安，从而成为一个正牌的深圳人、一个深圳的未婚青年。

那一年，物业集团开发建设的"华夏第一楼"——高达53层的深圳国际贸易中心主体工程刚刚完成，铝合金玻璃幕墙工程与室内装修工程正在紧张地进行中。

我先是担任集团公司的党办秘书，三年后外派到集团所属的海南新达开发总公司担任贸易部经理、总经理，直至1995年辞职"下海"。

我下海的原因之一，是想从海南返回到深圳，想让家庭生活回到正常轨道，随后我安居在深圳市福田区白沙岭百花二路的南天花园小区。这处宽大的住宅是物业集团分配给我且在房改完成之后，成为我的私人财产。

有人说，拥有产权的房子，才是安家的房子，也才是安心之所。我深以为然。我拿着"44030……"开头的身份证，在这所属于自己的房子中结婚、生子。我心里早已认定：我是深圳人！

可当时间来到1998年末，我却不得不因夫人工作调动的原因而举家迁居北京。这时，我蓦然感到，我当深圳人的历史，至此便不得不暂时画上句号了。

一个人的一生，有几个十多年？这个生命历程长乎短乎？一个人从20多岁到30多岁，这个年龄段重要与否？一个人从未婚、离婚，又到再婚、生子的10多年，会有什么样的情感经历与心路历程呢？

答案是不言而喻的，正面说是丰富，负面讲是复杂。

作为曾经的部队新闻干事，亦作为一个文学爱好者，我在深圳、在海南的工作阶段，于繁忙的商务生活间隙，仍然放不下写作。写作好像成了我的兼职工作。这期间，我写了三部中篇小说——《阿美娜》和《能够说什么》发表于上世纪80年代后期的深圳《特区文学》；《走过泥泞》发表在90年代初的海南《天涯》；《阿美娜》在香港《文汇报》被冠之以"内地女性问题小说"连载，亦被收入特区文学《百期精选》一书；《能够说什么》被深圳出版社收入《优秀中篇小说集》。我凭借上述作品先后加入了广东作家协会、海南作家协会。

著名导演郭宝昌（电视连续剧《大宅门》的导演、编剧）就职于深圳影业公司期间，曾约我到他位于滨河新村的家里，讨论《阿美娜》的影视改编事宜，后因投资方的人事变化而放弃。想来难免令人遗憾。

这之后更令我惭愧的是，我被商海中的一波又一波巨浪打得失去了作家应有的热情与冷静，写的东西极少。直至岁月推着我进入花甲之龄，我猛一激灵，这才发现，原来提笔写作，才是我的安心之道。我于是又匆匆提起笔来，并且用新出版散文集之举，敲开了北京作协的大门，之后又担任了中国林业生态作家协会的理事。

我好像从商人的岗位上退休了，又走上了作家的岗位。

如果单从时间上说，经商这些年，我是耽误了写作的。但当我的散文集《我的商海往事》受到读者欢迎时，我反倒觉得商务生活未尝不是我文学生活的必要准备。我有理由认为，商海是我的文学故乡。是不是可以这样说，我正因为有了当年的"弃文从商"，才有了我的独特的生活积累，今天反过来"转身从文"时，我才能感觉到有太多的故事可以写，才有了"置身于故事之中"的写作角度。

我知道，我的文学才情是有限的。因此，我更愿意在非虚构写作的道路上跋涉。

从这个意义上说，我之前写的中篇和新近完成的中短篇，都是非虚构写作的尝试。

我理解的非虚构其实不是不虚构，只是我小说中的人物几乎都有生活原型，我是通过真实的原型与虚构的细节来完成人物塑造的。

也许正是由于这个原因，我以前的三篇中篇小说，反映了我年轻时的情感生活，而后来创作的小说，则是我看到的身边人的情感生活。

我绝对想不到当年《文汇报》在连载《阿美娜》时，把它归类为"内地女性问题小说"。

当我有意将过去的三篇旧作结集出版时，我才发觉内容太单薄了，且由于是"太旧的旧作"，小说人物无不是生活在没有手机的年代，他们的思想意识与爱情观念，与今天的深圳人，已经存在明显的代际之差。于是，我连忙写了部分新作。这样，《那时深圳爱情》似乎才像一席菜。

《人民文学》原副主编宁小龄先生的住所与我居住的小区很近，我们心理上互认对方为邻居。我把几篇新作交宁兄求教，他给我手书了两页半 A4 纸。有肯定，有批评，有建议，令我印象深刻的一句话是："你的小说提出了不少婚姻问题，值得探讨。"

在我看来，无论是之前的"女性问题"，还是现在的"婚姻问题"，我想，它们其实都是情感问题。而情感问题便是最大的人性问题。

但我知道，好的小说并不是为了提出问题的，小说的使命是人物，是故事。

从这个意义上说，我愿把这一本小说的评价，交由读者朋友来完成。

如果要让我对自己的作品排一个优劣顺序，我好像会按完成的时间顺序，倒着数，即，第一是《人面桃花》，第二是《高成就爱情史》。当然，这只是作者的偏见而已。

2023 年 11 月 18 日
于向阳院

图书在版编目（CIP）数据

那时深圳爱情 / 张建全著. —— 深圳：深圳出版社，
2024.7
ISBN 978-7-5507-4010-5

Ⅰ. ①那… Ⅱ. ①张… Ⅲ. ①中篇小说 – 小说集 – 中
国 – 当代②短篇小说 – 小说集 – 中国 – 当代 Ⅳ.
① I247.7

中国国家版本馆 CIP 数据核字 (2024) 第 073788 号

那时深圳爱情
NASHI SHENZHEN AIQING

出 品 人　聂雄前
责 任 编 辑　曾韬荔
责 任 技 编　梁立新
责 任 校 对　万妮霞
装 帧 设 计　Lizi

出 版 发 行　深圳出版社
地　　　址　深圳市彩田南路海天综合大厦（518033）
网　　　址　www.htph.com.cn
订 购 电 话　0755-83460239（邮购、团购）
排 版 制 作　深圳煦元文化创意有限公司
印　　　刷　深圳市华信图文印务有限公司
开　　　本　787mm×1092mm 1/32
印　　　张　15.25
字　　　数　320 千
版　　　次　2024 年 7 月第 1 版
印　　　次　2024 年 7 月第 1 次
定　　　价　68.00 元